Caleb Roehrig
Keiner sagt die Wahrheit

AF178362

© Uldis Baldolis

DER AUTOR

Caleb Roehrig ist Autor und TV-Producer. An chronischem Fernweh leidend, hat er bereits in Chicago, Los Angeles und Helsinki gelebt. Er hat über dreißig Länder bereist und kann Empfehlungen abgeben, wie man trotz eines bescheidenen Budgets die schönsten Orte zu sehen bekommt. Heute lebt er mit seinem Mann in Los Angeles.

Von Caleb Roehrig ist bei cbj bereits erschienen:
Niemand wird sie finden (17334)

Mehr über cbj auf Instagram unter
@hey_reader

CALEB ROEHRIG

KEINER SAGT DIE WAHRHEIT

Aus dem amerikanischen Englisch
von Heide Horn und Christa Prummer-Lehmair

Sollte diese Publikation Links auf Webseiten Dritter enthalten, so übernehmen wir für deren Inhalte keine Haftung, da wir uns diese nicht zu eigen machen, sondern lediglich auf deren Stand zum Zeitpunkt der Erstveröffentlichung verweisen.

 Dieses Buch ist auch als E-Book erhältlich.

Quellennachweis:
Mottozitat S. 4 aus Arthur Conan Doyle, *Die Abenteuer des Sherlock Holmes,* S. 98, neu übersetzt von Henning Ahrens, Fischer Taschenbuch 2016. Die Zitate aus den *Scott-Pilgrim*-Comics von Bryan Lee O'Malley sind aus folgenden Ausgaben zitiert: S. 311 aus *Scott Pilgrim (3), Drama ohne Ende,* S. 66 und 163, Stuttgart, Panini Verlag, 2011, S. 312 aus *Scott Pilgrim, Scott Pilgrim (2), Gegen den Rest der Welt,* S. 37, Stuttgart, Panini Verlag, *Scott Pilgrim (3), Drama ohne Ende,* S. 49, Stuttgart, Panini Verlag, 2011, und *Scott Pilgrim (4) … hat's voll drauf,* S. 19, Stuttgart, Panini Verlag, 2011, alle übersetzt von Sandra Kentopf.

MIX
Papier aus verantwortungsvollen Quellen
FSC
www.fsc.org
FSC® C014496

Verlagsgruppe Random House FSC® N001967

1. Auflage 2019
Erstmals als cbt Taschenbuch August 2019
© 2018 by Caleb Roehrig
Die Originalausgabe erschien unter dem Titel »White Rabbit« bei Feiwel and Friends, einem Imprint der Macmillan Publishing Group, LLC, 175 Fifth Avenue, New York, NY 10010
© 2019 für die deutschsprachige Ausgabe cbj Kinder- und Jugendbuch Verlag in der Verlagsgruppe Random House GmbH, Neumarkter Str. 28, 81673 München
Alle deutschsprachigen Rechte vorbehalten
Dieses Werk wurde vermittelt durch die Literarische Agentur Thomas Schlück GmbH, 30161 Hannover.
Aus dem amerikanischen Englisch von Heide Horn und Christa Prummer-Lehmair
Umschlaggestaltung: semper smile, München
Umschlagmotiv: © Arcangel Images/Lee Avison
kk · Herstellung: SeS
Satz: KompetenzCenter, Mönchengladbach
Druck und Bindung: GGP Media GmbH, Pößneck
ISBN 978-3-570-31271-1
Printed in Germany

www.cbj-verlag.de

Für meine Mutter, Kay Nichols.
Du hast einmal gesagt: »Ein Buch macht nur Spaß,
wenn dauernd jemand stirbt.«
Ich hoffe, die Zahl der Todesopfer genügt deinen Ansprüchen.

Und

in Erinnerung an meine Tante Holly und meinen Onkel Andy,
die zu früh von uns gegangen, aber für immer vereint sind.
Danke, dass ihr an mich geglaubt habt.

Nichts ist irreführender als
eindeutige Tatsachen.
Arthur Conan Doyle

1

DIE LEITUNG IST TOT. Die plötzliche Stille in meinem Ohr ist so absolut, so unheilvoll, dass mir ein kalter Adrenalinstoß trotz der stickigen, schwülen Nachtluft Gänsehaut verursacht. »Hallo?«, sage ich idiotischerweise und merke, wie aufgewühlt ich klinge. »Bist du noch da?« Ein kurzer, sinnloser Blick auf das Display bestätigt mir, dass die Antwort natürlich »Nein« lautet.

»Was ist?«, fragt der Junge hinter mir, er scharrt mit seinen uralten Chucks auf dem rauen Straßenpflaster. Sebastians »Glücksschuhe« sind so zerfleddert, dass sie buchstäblich auseinanderfallen, durch die ausgefransten Löcher in dem grau gewordenen Segeltuch sieht man seine dunklen Socken. Früher fand ich das süß. »Wer war das?«

Ich wedle gereizt in seine Richtung, um ihn zum Schweigen zu bringen, während ich die Nummer mit meinem Handy zurückrufe. Es klingelt mehrmals, aber niemand nimmt ab. »Komm schon«, bettle ich laut. »Geh schon ran, verdammt noch mal.«

»Rufus, wer war das?«, wiederholt Sebastian, als ich es frustriert aufgebe, das Handy wieder in meine Hosentasche stecke und mich zu ihm umdrehe. Seine weit aufgerissenen, dunklen Augen sind voller Sorge und das macht mich wütend. Er hat kein Recht, sich um mich zu sorgen – nicht jetzt, nicht nach allem, was er getan hat –, aber auf einmal bin ich zu beunruhigt und verunsichert, um, wie noch vor ein paar Minuten, berechtigten Zorn zu empfinden.

»April«, antworte ich steif und ärgere mich kurz über mich selbst, weil ich auf seine Frage reagiere. *Warum antworte ich ihm eigentlich?* Mein Leben geht ihn nichts an. Nicht mehr.

»Deine Schwester?« Fassungslos zieht er die Nase kraus und die Augenbrauen zusammen. Es ist ein vertrauter Anblick, und auch das fand ich früher süß an ihm – früher, bevor er mir das Herz gebrochen hat.

»Eine andere April kenne ich nicht.«

»Warum hat sie dich angerufen?« Er will keine Zusammenfassung unseres Gesprächs. Ihn verblüfft die bloße Tatsache, dass mich meine Schwester überhaupt angerufen hat – und ich bin genauso überrascht wie er.

April ist gerade mal zehn Monate jünger als ich, sie fünfzehn, ich sechzehn, trotzdem kennen wir uns kaum. Ich bin nur rein formal ihr Bruder und man kann uns nicht einmal als Freunde bezeichnen; Freundschaft ist etwas, was unser Vater Peter Covington II, ein kontrollsüchtiger, aufgeblasener Wichtigtuer, niemals zwischen uns dulden würde. Und auch wenn es mir persönlich scheißegal ist, was der heuchlerische Arsch duldet und was nicht, will ich mit keinem der Covingtons auch nur das Geringste zu tun haben.

April jedoch hat so eine Art, sich einem ins Herz zu schleichen, egal wie viele Hindernisse man ihr in den Weg legt. Sie ist geht auf andere zu, ist immer gut drauf und traut sich was, und bisher hat es noch keine Regel gegeben, bei der April Covington nicht ein Schlupfloch gefunden hätte. Sie hat etwas Liebenswertes an sich, was ihr nicht einmal ihre gefühlskalten Eltern austreiben konnten – und garantiert haben sie sich nach Kräften bemüht. Allerdings ist es Peter und seiner Frau Isabel gelungen, ihr ein paar schlechte Eigenschaften mitzugeben; und daher ist April, so liebenswert sie auch sein mag, zuweilen durchaus berechnend, manipulativ und verzogen. Mit ihr zusammen zu sein, hat meistens seinen Preis, und ich bin ziemlich sicher, dass sie gerade angerufen hat, weil ich ihr noch was schuldig bin.

»Sie ist in Schwierigkeiten«, höre ich mich zu Sebastian sagen. Es klingt absurd distanziert, meine Gedanken überschlagen sich bereits, während ich mir zu überlegen versuche, was ich jetzt tun soll. »Sie – sie braucht meine Hilfe.«

»April braucht *deine* Hilfe.« Er wiederholt die Worte, um sie abzuwägen, kann sich jedoch genauso wenig einen Reim darauf machen wie ich. Und dennoch hat sie das vor nicht einmal zwei Minuten zu mir gesagt.

»Hallo?« Mein Ton war verärgert, meine Geduld schon recht strapaziert, als ich den Anruf annahm. Kaum hatte ich es getan, bereute ich es bereits – wünschte mir, ich hätte einfach zu der wütenden Tirade angesetzt, mit der ich Sebastian gerade überziehen wollte.

Es folgte eine seltsam geräuschvolle Stille, ein raschelndes Nichts in der Leitung, das langsam von flachen, angestrengten Atemzügen abgelöst wurde. Schließlich, als ich das Ganze schon für einen Streich hielt: »Rufus?«

Ihre Stimme zitterte, klang wie von weit weg, mein Name rutschte in ihrem Mund herum wie ein Eiswürfel, und im Nu war mein Ärger verflogen. »Ja, ich bin dran. Was... Was ist denn?«

»Rufus«, wiederholte sie quengelig. Wieder hörte ich ihren Atem – gepresst und unnatürlich – und dann ihre wie von weit weg klingende Stimme. »Ich brauche... ich brauche Hilfe, Rufus.«

»Wovon redest du? Was ist los?«

»Ich bin... in Fox' Cottage«, machte sie weiter, die Worte kamen unzusammenhängend, stockend heraus, als kostete es sie eine enorme Anstrengung, sie aneinanderzufügen. »Im Cottage von Fox' Eltern. Du musst mir helfen. Bitte.«

»Was ist passiert?«, fragte ich. Mein angeborener Argwohn gegen alles, was mit den Covingtons zu tun hat, machte es mir schwer, den Anruf meiner Halbschwester für bare Münze zu nehmen. »Sag mir, was...«

»Du bist der Einzige, dem ich vertrauen kann!«, platzte sie schrill heulend heraus und wimmerte: »Du musst kommen, Rufus. Du musst! Bitte versprich es... versprich es mir.« Darauf folgte wirres Gefasel, eine Aneinanderreihung von Unsinn, als würde sie rückwärts sprechen, und schließlich: »Ich weiß nicht, was ich tun soll. Ich habe solche Angst. Ich glaube, ich... HILF MIR!«

Und dann war die Leitung tot.

Ich gebe Sebastian eine grobe Zusammenfassung, eigentlich will ich es ihm nicht erzählen, bin aber zu aufgeregt, um es nicht zu tun. Wir stehen vor seinem Auto, die bernsteinfarbene Straßenlampe taucht sein unverschämt schönes Gesicht in Sepiatöne und in der schweren, stehenden Luft um uns herum riecht es nach Schwarzpulver. Einen Häuserblock weiter veranstaltet meine beste Freundin, Lucy Kim, ihre Party zum 4. Juli mit Feuerwerk und allem Drum und Dran; das ist unser jämmerlicher Versuch, all den kultigen Hollywood-Teenagerfilmen gerecht zu werden, in denen abwesende Eltern und eine Menge Bier genügen, um einer Handvoll quirliger, liebenswerter Underdogs eine unvergessliche, alles verändernde Nacht zu bescheren. Wir haben es allerdings bisher nur geschafft, eimerweise Kotze und ein paar Brandflecken auf dem Sofa zu produzieren, für die sich Lucy eine gute Erklärung überlegen muss, wenn Mr und Mrs Kim am 6. Juli aus Boston zurückkehren.

»Was willst du tun?«, fragt Sebastian besorgt. Er kommt näher, als wollte er mich berühren, und ich trete einen Schritt zurück. Er nimmt die Abfuhr zur Kenntnis und hält inne, doch seine Augen sind weiter auf meine gerichtet, und in seinem Blick liegt genug Gefühl, um etwas in meinem Innern zu wecken, dem ich eigentlich längst einen Pfahl ins Herz getrieben hatte.

»Ich weiß es nicht«, murmle ich und sehe zu Lucys Haus hinauf, um seinem Blick auszuweichen. Ich höre Rufe, Musik und Lachen, und von irgendwo am See knallen immer noch gelegentlich Feuerwerkskörper. Es ist fast zehn … Gibt es auf der Party überhaupt noch jemanden, der nüchtern ist? »Ich weiß es ni… vielleicht sollte ich Peter anrufen.«

»Euren Dad?« Dieser Vorschlag verwirrt ihn noch mehr als Aprils Hilferuf an mich. »Ist das eine gute Idee?«

»Nein«, gebe ich zu und merke, wie ich rot werde. »Aber

was soll ich sonst machen? Ich habe kein Auto, alle meine Freunde sind stockbesoffen, und ich habe keinen Schimmer, wo April eigentlich ist. Dieses Cottage von Fox' Eltern, wo zum Teufel soll das sein? Es könnte überall sein!«

»South Hero Island«, antwortet Sebastian prompt. Klar, *er* weiß es natürlich. »Ich war ein paarmal dort. Von hier ist es nur so eine halbe Stunde – ich fahre.«

»Nein, danke«, sage ich kühl, mit dem Rest Würde, den ich zusammenkratzen kann, auch wenn ich mir offensichtlich gerade ins eigene Fleisch schneide – ein stillschweigendes und peinliches Eingeständnis, dass es mir immer noch wehtut. Dass ich nicht darüber hinweg bin.

»Wie kommst du dann hin?«

»Ich lasse mir was einfallen.«

»Ach ja?«, fragt er herausfordernd, und endlich macht sich ein Anflug von Ärger unter seiner ewig coolen Fassade bemerkbar. »Willst du zu Fuß raus auf die Insel laufen? Und bei jedem Haus an die Tür klopfen, bis du April findest?« Er tritt einen Schritt zurück und zeigt auf seinen anderthalb Meter entfernt geparkten Jeep. »Mein Auto steht da und ich kenne den Weg. Wenn du mich anbrüllen willst, und das seh ich dir an, kannst du es unterwegs tun, dann schlägst du zwei Fliegen mit einer Klappe.«

Diesen Vorschlag unterstreicht er mit einem verwegenen Lächeln – jenem verschlagenen Wolfsgrinsen, das in allen vier Jahrgangsstufen der Ethan Allen High die Herzen zum Schmelzen bringt und für erotische Fantasien sorgt –, und ich wappne mich gegen seine beängstigende Macht, indem ich mein Herz mit einem dicken Eispanzer überziehe. Ein ängstlicher Blick auf mein Handy sagt mir jedoch, dass die

Uhr bereits tickt; ich habe keine Ahnung, welche Art von Hilfe April braucht, wie ernst ihre Lage ist, und ob ich mir die Zeit nehmen kann, noch mal auf Lucys Party zu gehen und dort nach jemandem zu suchen, der nüchtern genug ist, um mit mir einen halbstündigen Ausflug zum Lake Champlain zu unternehmen.

Ganz abgesehen davon könnte es trotz meiner Abneigung gegen Sebastian Williams ganz vorteilhaft sein, ihn dabei zu haben. Aprils Clique ist auch seine Clique, und wenn sich herausstellt, dass es doch eine Falle ist, könnte seine Anwesenheit ihre Pläne durchkreuzen. Könnte.

Innerlich zittriger, als ich mir anmerken lasse, und trotz all meiner Bedenken allmählich doch in Sorge um meine Schwester nicke ich kurz und wortlos und gehe zur Beifahrertür. Sebastians Lächeln wird breiter, als er das Auto aufsperrt, aber ich tue so, als bemerkte ich es nicht, und beschäftige mich damit, mir eine Erklärung für Lucy zu überlegen. Ich habe das Haus noch keine zehn Minuten verlassen, und schon hat sie mir eine (reichlich betrunkene) Nachricht geschrieben, in der sie sich nach meinem Verbleib erkundigt: *WO BIST DU, RUFUS HOLT?? ZEIT FÜR TEQUILA SHOTS UND ICH BRAUCHE MEINEN BESTEN FREUND!!!*

Vor drei Jahren, als ich tief im Sumpf eines wirklich grauenvollen Coming-outs steckte, war Lucy Kim die erste Freundin, die sich auf meine Seite schlug und ihre Loyalität in einer Reihe überschwänglicher Textnachrichten zum Ausdruck brachte. Zuerst: *HAB GERADE RAUSGEFUNDEN DASS MEIN ALLERBESTER FREUND SCHWUL IST OMFG SUPERCOOL WOW LASS UNS SCHUHE*

KAUFEN GEHEN, gefolgt von: *jkjkjk du weißt, dass ich dich über alles liebe, Rufus, und ich bin zu 110 % auf deiner Seite, egal was kommt mwah xoxo*. Und: *Wenns sein muss, kämpfe ich wie eine Löwin für dich, du musst nur was sagen.* Und schließlich: *Im Ernst, ich brauch wirklich neue Schuhe, also wie siehts aus?*

Lucy ist total energiegeladen und total aufmerksamkeitssüchtig und manchmal einfach nur total high, aber ich liebe sie heiß und innig. Während ich in Sebastians Jeep klettere, feuere ich mit den Daumen eine Nachricht ab: *Musste los. Irgendwas mit April?!? Melde mich morgen bae.* Bis morgen früh schickt sie mir bestimmt noch siebzig Nachrichten.

✳ ✳ ✳

Während wir nach Norden Richtung Winooski und Malletts Bay fahren, sausen die Straßen von Burlington in einem Wirbel aus Laub und Sternenlicht an uns vorbei. Unser Ziel ist die schmale Dammstraße, die das Ufer mit der Kette von Inseln inmitten des gewundenen Sees an der Grenze zwischen den Bundesstaaten Vermont und New York verbindet. Sebastian hatte vollkommen recht – ich hätte ihn am liebsten angebrüllt, aber ich bin viel zu besorgt wegen Aprils Anruf, um mein Hirn auf all die angestauten Vorwürfe an den Typen zurückzuschalten, der sich bereitwillig als mein Chauffeur angeboten hat. Und der vor nicht allzu langer Zeit mein erster richtiger Freund war.

Mit Sebastian Williams zusammen zu sein, war das Beste und das Schlimmste, was mir je passiert ist. In vielerlei Hinsicht gab mir die Zeit mit ihm das Gefühl, als hätte ich vorher gar nicht richtig gelebt. Ich war wie eine Geige – ein Gegenstand, der keinen rechten Zweck hat, bis jemand ihn berührt, ihn zum Klingen bringt, Dinge aus ihm herausholt, die er allein nie hervorbringen könnte. Sebastian war derjenige gewesen, der mir die Musik entlockt hatte, und deswegen war das Ende auch so schlimm; vor ihm war mir nie bewusst gewesen, wie schmerzhaft die Stille ist.

Doch das Schwierigste an unserer Trennung war zugleich das Schwierigste an unserer gesamten Beziehung: Wir mussten es vor allen, die wir kennen, geheim halten.

Ich sehe zu ihm rüber, als wir uns in einen Kreisverkehr einfädeln, das Licht streicht auf eine Art über sein Gesicht, wie ich es tausendmal erfolglos auf ein Foto zu bannen versucht habe. Er ist so verdammt attraktiv, dass es mir immer noch den Atem verschlägt, auch wenn ich wünschte, ich hätte ihn nie kennengelernt. Mit seiner dunklen Haut, den flirtenden Augen und dem rotzfrechen Lächeln sieht er besser aus, als gut für ihn ist – und da ist sein langbeiniger, schmalhüftiger und durch und durch straffer Körper noch gar nicht miteinberechnet.

Fuck.

Es ist erst sechs Wochen her, dass er urplötzlich und ohne Erklärung aufgehört hat, meine Nachrichten zu beantworten; fünf Wochen, dass er ganz offiziell auf unfassbar schmerzhafte Art mein Herz zertrampelt hat, als würde er eine Kippe austreten; und erst eine Woche, dass ich aufgehört habe, die sinnlose Illusion zu hegen, er könnte eines Tages zu mir zurückkehren – oder würde mir zumindest die Gelegenheit geben, ihm ins Gesicht zu sagen, was ich von ihm halte. Man kann sich meine Überraschung vorstellen, als er dann aus heiterem Himmel auf Lucys Party auftauchte und mich sprechen wollte, sofort. Aber wir waren kaum zum Thema gekommen, als mein Handy in meiner Hosentasche klingelte und April mit ihrem rätselhaften Notfall anrief, und jetzt sind wir hier, sitzen einen halben Meter voneinander entfernt in unbehaglichem Schweigen, während die Nacht um uns herum immer merkwürdiger wird.

Was auch immer er auf dem Herzen hat, es muss etwas Wichtiges sein – wichtig genug für ihn jedenfalls, um herauszufinden, wo Lucy wohnt. In den vier Monaten unserer Beziehung hat er nämlich immer tunlichst darauf geachtet, meinen Freunden aus dem Weg zu gehen. Trotzdem bin ich entschlossen, ihm zuerst meine Meinung zu sagen, mich von all den giftigen, ätzenden Gefühlen zu befreien, die sich im Lauf von sechs langen Wochen bis in mein Knochenmark gefressen haben. Ich habe diese Szene so oft im Kopf durchgespielt, dass es mir nicht schwerfallen sollte, meine berechtigten Vorhaltungen loszuwerden … nur dass ich mich inzwischen sieben Tage lang darin geübt habe, nicht mehr daran zu denken, aus der idiotischen, dem Selbstschutz dienenden Auffassung heraus, dass mir all die negativen Gefühle nicht guttaten. Und so sind meine kristallklaren Beschuldigungen und Argumente hoffnungslos durcheinandergeraten. Aprils Anruf anzunehmen, war zum Teil auch der Versuch gewesen, Zeit zu gewinnen, um meine Gedanken zu sortieren.

»Hin und zurück dauert es eine Stunde«, bemerkt Sebastian im Konversationston, seine Stimme durchschneidet die Stille. »Du kannst mich nicht die ganze Zeit ignorieren.«

»Herausforderung angenommen«, gebe ich frostig zurück. Auf diese Weise muss ich wegen meiner eigenen perversen Sturheit meine Rachegelüste noch weiter zügeln. Es ist wirklich bescheuert; so gern ich ihm den Kopf waschen würde: Wenn er darauf wartet, werde ich den Teufel tun und ihm die Genugtuung gönnen. Ich habe einmal aus purem Groll auf Tickets für ein Konzert von Death Cab for Cutie verzichtet, weil sie ein Friedensangebot meines Freundes Brent waren. Damals befand ich mich mitten in einer blutigen Fehde mit ihm und wollte nicht, dass er sich besser fühlte, was immer er mir auch angetan hatte.

Ich kann mir allerdings nicht vorstellen, was Sebastian mir nach all der Zeit zu sagen hat – was ihn dazu veranlasst haben mag, sich spätabends auf die Suche nach mir zu machen, wo er doch eigentlich mit seinen coolen Freunden Party machen sollte – und ich gebe zu, dass es mich brennend interessieren würde. Auch wenn ich wollte, es wäre nicht so. Und ebenso wenig kann ich mir im Entferntesten vorstellen, wie April darauf gekommen ist, ausgerechnet mich anzurufen und zu behaupten, ich sei der Einzige, dem sie vertrauen könne. Nichts davon ergibt irgendeinen Sinn; der ganze Abend ist innerhalb kürzester Zeit so bizarr geworden, dass ich mir in den Oberschenkel kneife, bis es wehtut, nur um mich zu vergewissern, dass ich wirklich wach bin.

»Das ist aber nicht irgendein Trick, oder?«, frage ich schließlich mit eingerosteter Stimme, als Sebastian den Jeep auf die zweispurige Dammstraße lenkt. Der Himmel ist mit Sternen übersät, und links und rechts von uns glänzt der See wie geriffeltes schwarzes Metall.

»Was meinst du damit?« Wieder zieht er die Nase kraus.

»Ich meine damit, ich werde doch nicht in irgendeinen Hinterhalt gelockt, oder?«

»Das würde April nicht mit dir machen«, entgegnet Sebastian überzeugt.

»Doch. Das hat sie schon mal gemacht.«

In der fünften Klasse, als ich noch nicht wusste, dass man den Covingtons auf keinen Fall trauen darf, kam April eines Tages nach der Schule zu mir. Ich hatte gerade mein Rad aufgeschlossen, da stand sie plötzlich am Ende des langen Metallständers, nervös, aber aufgekratzt.

»Rufus, ich muss mit dir reden!«, zischte sie mir in drängendem Ton zu und sah sich mit ihren riesigen blaugrünen Augen um. Wir sollten eigentlich nicht miteinander reden, und ich nahm an, sie machte sich Sorgen, dass man uns sehen könnte. »Es ist echt wichtig. Es geht … um meinen Dad und deine Mom?«

»Ähm, okay«, sagte ich, nur leicht argwöhnisch. Sie benahm sich komisch, ihre Worte klangen irgendwie unnatürlich, aber ich konnte mir keinen Reim darauf machen. »Was ist mit ihnen?«

»Nicht hier – unter vier Augen!« Sie zog sich zurück. »Komm hinter die Turnhalle, ja? Ich will nicht, dass jemand davon erfährt.«

»April, was …«, fing ich an, doch sie lief schon quer über den Spielplatz zu dem großen Backsteinanbau, der Turnhalle unserer Grundschule. Nach einer kurzen Bestandsaufnahme meiner Zweifel schloss ich mein Rad wieder ab und trottete ihr nach.

Ich bog um die Ecke und lief direkt in eine Falle. April

stand an die Mauer gelehnt, ihre blauen Augen ernst und feierlich, und sah mit stummer Faszination zu, wie unser älterer Bruder, Hayden, und zwei seiner Freunde die nächsten vier Minuten damit verbrachten, mich zusammenzuschlagen und in ein zitterndes, blutendes Häufchen zu verwandeln.

»Damals wart ihr noch Kinder«, meint Sebastian, der die Geschichte kennt und so tut, als wäre es nichts Besonderes – als wäre es nicht Teil einer riesengroßen Hölle, aus der es für mich buchstäblich kein Entkommen gibt.

»Manche Menschen ändern sich nicht«, beharre ich fest. Wie kann ich ihm deutlich machen, wie gefährlich April trotz ihrer einnehmenden Art ist? Dass sie in einer Blase aufgewachsen ist, was sie zugleich hilflos und skrupellos hat werden lassen, geschützt vor den Konsequenzen ihrer Handlungen durch eine Familie, die sich weigert wahrzunehmen, was sie tut?

»Das wäre eine idiotische Falle. Ich meine, sie weiß doch, dass du kein Auto hast, wie könnte sie also sicher sein, dass du …«

Er verstummt, als ihm das ganze Ausmaß meiner Unterstellung klar wird, und seine Stimme wird abweisend, was unendlich viel angenehmer ist als seine vorherigen Versuche, freundlich zu sein. »Du denkst, dass ich da vielleicht mit drinstecke.« Ich quittiere seinen Vorwurf mit Schweigen, und er bemerkt schroff: »So was würde ich nicht machen, Rufe. Das würde ich dir nicht antun. Das weißt du.«

»Ich habe keine Ahnung, wozu du fähig bist«, gifte ich zurück, und sechs Wochen Schmerz und Zweifel und rohe Wut durchbrechen wie eine Unterwasserexplosion die Oberfläche, das Gift verätzt meine Kehle und sticht in meinen Augenlidern. Beschämt drehe ich mein Gesicht zum Fenster.

Wir verlassen die Dammstraße und fahren landeinwärts auf dem Highway Number Two, rollen an den Apfelgärten und Landhäusern von South Hero Island vorbei, die Stille der Nacht noch immer durchbrochen vom Knallen der Feuerwerke. Gerade biegt Sebastian von der Hauptstraße auf einen schmalen Weg ab und fährt durch einen Korridor üppig wuchernder Bäume auf das Westufer zu. Es herrscht absolute Dunkelheit, man fühlt sich wie abgeschnitten und auf einmal kommt mir die Insel schrecklich abgelegen vor. Meine Hände wandern zum Sicherheitsgurt, nesteln mit rhythmischen Bewegungen daran herum, während unter den Reifen des Jeeps die geteerte Straße in einen Feldweg übergeht. *Wo zum Teufel fahren wir hin?*

Schließlich teilen sich die Bäume und Sebastians Scheinwerfer fallen auf die mondbeschienene Leere des Lake Champlain. Er wendet sich parallel zum See Richtung Norden. Wir passieren einige Cottages – hauptsächlich Ferienhäuser –, bevor wir endlich unser Ziel erreichen und der Jeep langsamer wird.

Zu unserer Linken schlängelt sich eine Kiesauffahrt durch ein Wäldchen aus Espen und Kiefern und führt zu einem dekorativen Holzhaus, dessen Dachgeschoss mit Spitzgauben ausgebaut ist. Dichte Büsche drängen sich unter einer umlaufenden Veranda, und in einem separaten Carport parkt ein schwarzer Range Rover. Sebastians Scheinwerfer beleuchten den Aufkleber eines Playboy-Häschens auf der imposanten Stoßstange des Rover, und als ich ihn erkenne, rutsche ich auf meinem Sitz herum. Der SUV gehört Aprils superbescheuertem Freund, Fox Whitney.

Fox ist siebzehn, angehender Zwölftklässler an der Ethan Allen und so widerlich und überflüssig wie ein Mastdarmvorfall. Außerdem ist er der jüngste von drei Söhnen eines Wirtschaftsanwalts und einer Dermatologin und somit fast genauso verzogen wie meine Schwester. Verwirrt blinzelnd betrachte ich sein Auto, wobei sich mein Unbehagen noch mehr steigert; wenn Fox hier ist, wozu braucht April dann mich? Und warum ausgerechnet mich und nicht den Bruder, mit dem sie sich abgeben darf – oder einen ihrer vielen angesagten Freunde?

»Hier ist es«, sagt Sebastian leicht unsicher, als er die Tür des Jeeps aufstößt und hinausspringt. Ich folge seinem Beispiel und bin sofort von einem Mückenschwarm umgeben, was mich fast bereuen lässt, dass ich zu Lucys Party ein Muskelshirt angezogen habe. »Fast« aus zwei einfachen Gründen: 1) Meine Arme und Beine sind ohnehin schon mit Stichen übersät, was machen da ein paar mehr aus?, und 2) Fest entschlossen, bei meiner nächsten Begegnung mit Sebastian superheiß zu sein, habe ich in den letzten sechs Wochen hart trainiert, und meine Arme sehen ziemlich gut aus.

Mein Ex-Freund geht voran zu einer Holztreppe, die zur Veranda führt, und ich ignoriere nach Kräften, wie gut *seine* Arme aussehen – wie seine Wadenmuskeln direkt vor meinen Augen spielen, wie der Duft seines blöden Rasierwassers mich auch nach all der Zeit noch trügerisch betört –, und konzentriere mich darauf, was mich da drin womöglich erwartet. Im Cottage brennt Licht, jedes Fenster ist hell erleuchtet, und ich höre Musik wummern.

Als Sebastian an die Haustür klopft und durch die rautenförmigen Scheiben späht, würde ich ihm am liebsten sagen, dass das Zeitverschwendung ist; ich habe April auf der Fahrt hierher immer wieder Nachrichten geschickt und versucht sie anzurufen, ohne irgendeine Reaktion. Wenn sie da drin ist, wird sie nicht aufmachen. Ich greife an ihm vorbei zum Türknauf, drehe versuchsweise und die Tür öffnet sich.

»April«, rufe ich besorgt. Ein holzgetäfelter Eingangsbereich geht in ein Wohnzimmer über, eingerichtet in einem Stil, den obszön reiche Menschen als »rustikal« bezeichnen würden. Es ist jene Art von bodenständigem Landhaus-Charme, zu dem Kissenbezüge aus Rohseide und aus der Provence importiertes Kunsthandwerk gehören. Der Zustand des Zimmers lässt jedoch zu wünschen übrig; die Möbel wurden von ihrem Platz gerückt, überall stehen rote Plastikbecher und herrenlose Flaschen herum, und der Boden ist mit Glas- und Keramikscherben übersät wie mit Killer-Konfetti. Von meiner Schwester keine Spur.

Vorsichtig trete ich über die Schwelle und meine Sorge wächst. Dennoch nehme ich Sebastians Gegenwart hinter mir überdeutlich wahr und frage mich – nicht zum ersten Mal –, wie er seine Anwesenheit hier zu erklären beabsichtigt. Es besteht nach wie vor die Möglichkeit, dass das Ganze ein Trick ist, dass er mich in eine Falle gelockt hat, um seinen Arschlochfreunden, die uns vermutlich ohnehin auf die Schliche gekommen sind, etwas zu beweisen. Vielleicht besteht er bei seiner Clique gerade irgendeine unbarmherzige soziale Mutprobe auf meine Kosten. »April, ich bin's, Rufus. Bist du da?«

Rechts von mir befindet sich eine auf Hochglanz polierte Treppe, die, wie ich vermute, zu einem loftartigen Schlafzimmer oder Arbeitszimmer führt, und ich spitze die Ohren in Richtung Obergeschoss. Das schwache Geräusch, das ich vernehme – eine Mischung aus Seufzen und Flüstern – kommt allerdings nicht von oben, sondern von irgendwo im Erdgeschoss.

Beim Betreten des Wohnzimmers sehe ich, dass es links weitergeht in einen Essbereich – und von dort aus wiederum in die Küche. Dort entdecke ich April endlich, als ich die Kücheninsel umrunde und auf den Boden blicken kann.

Meine Schwester kauert zusammengesunken vor dem Schränkchen unter dem Spülbecken, ihre Haut ist wachsweiß im Kontrast zu ihrem purpurroten Bikini; Fox liegt zusammengekrümmt neben ihr auf dem Fliesenboden, fast wie ein Kind im Mutterleib, sein Gesicht albtraumhaft schlaff.

Beide sind blutüberströmt und in den Fingern von Aprils rechter Hand liegt der Griff eines großen Fleischermessers.

2

»*APRIL!*« Ich packe sie an den Schultern, ihre Haut fühlt sich erschreckend kalt und klebrig an, und ziehe sie hoch, richte sie auf. Das Messer fällt ihr aus der rechten Hand, als mein Knie an ein links von ihr liegendes Smartphone stößt, und ihr Kopf baumelt schwer wie ein Sandsack hin und her. Verzweifelt schüttle ich sie. »April!«

»Verdammte Scheiße, Alter.« Die Augen vor Panik weit aufgerissen, tastet Sebastian Fox' Körper ab und sucht einen Puls. »Verdammt noch mal, Rufus, ich glaube, er ist tot!«

Ich zwinge mich, nicht durchzudrehen, und drücke meine Finger mit angehaltenem Atem auf Aprils Halsschlagader. Sobald ich das schwache, unregelmäßige Pulsieren von Blut unter ihrer bleichen Haut spüre, stoße ich einen urtümlichen Laut der Erleichterung aus und kneife fest die Augen zu. »Sie lebt.«

»Was zum Teufel ist hier passiert, Mann?«, fragt mich Sebastian todernst. Erschüttert weicht er von Fox' Leiche zurück. Der Lieblingssohn der Whitneys liegt ausgestreckt auf dem Schieferböden, sein T-Shirt ist so blutgetränkt, dass man die ursprüngliche Farbe nicht mehr erkennen kann. »*Was zum Teufel ist hier passiert?*«

Er springt auf die Füße und stolpert ein bisschen, seine Augen weiten sich noch mehr. Seine Angst wirkt so echt, dass mir nun endgültig klar ist: Wenn es sich hier tatsächlich um einen perversen Streich handelt, ist er mit Sicherheit nicht daran beteiligt. Ich untersuche meine Schwester nach offenen Wunden oder irgendwelchen anderen Verletzungen, finde jedoch nichts. Das Blut scheint nicht von ihr zu stammen.

»April, wach auf!«, rufe ich in harschem Befehlston, streiche ihr das kastanienbraune Haar aus dem Gesicht und hebe ihr Kinn ans Licht. Sie murmelt etwas Unverständliches und ich ziehe eines ihrer Augenlider nach oben. Die Pupille ist ein winziger Punkt in einem aquamarinblauen Teich, und sie verdreht die Augen, bis man nur noch das Weiße sieht. »Sie hat was eingeworfen.«

»Scheiße, Mann!« Sebastian tigert aufgeregt hin und her, zwanghaft auf Fox' Leiche starrend. »Wir müssen jemanden anrufen.«

»Noch nicht«, sage ich bestimmt und schüttle April noch einmal fest. Mit schlechtem Gewissen gebe ich ihr eine leichte Ohrfeige. Sie schnaubt auf und hebt flatternd die Augenlider. »April! April, kannst du mich hören?«

»... Rufus?«, haucht sie.

»Ja, ich bin's.«

Dicke Tränen rollen ihr über die Wangen und dann wirft sie zu meiner absoluten Überraschung kraftlos und verzweifelt die Arme um mich. Ihre Stirn sackt gegen meine Schulter und sie fängt leise zu wimmern an. Ich lasse sie kurz gewähren, aber dann löse ich ihre Arme von mir und richte sie wieder auf, weil ich zu hektisch bin. »April, was ist passiert?«

»Ich – ich weiß es nicht …« Als ihr Blick zu Fox' Leiche wandert, packe ich sie erneut am Kinn und zwinge sie, mich anzusehen. Sie darf jetzt nicht den Fokus verlieren.

»Bleib bei mir, April. Sag mir, was passiert ist.«

Sie fährt sich mit der Zunge über die Lippen, kurz trübt sich ihr Blick, bevor sie sich wieder fasst, doch ihre Stimme ist nur ein mattes, abgehacktes Flüstern, als sie jammert: »Ich kann mich nicht erinnern. Ich weiß nicht … da war … das viele Blut.«

Mit Sebastians Hilfe ziehe ich sie auf die Beine, dann nehmen wir sie in unsere Mitte und marschieren mit ihr durch den Essbereich und das Wohnzimmer, während aus unsichtbaren Lautsprechern Hip-Hop-Musik dröhnt. April erinnert mich an ein neugeborenes Fohlen, wie sie auf gummiartigen, unsicheren Beinen umherstakst, und immer wieder sackt ihr das Kinn auf die Brust. Ich frage sie, was sie genommen hat, aber ihre Antworten sind unverständlich, und ich spüre vor Ungeduld ein heißes Kribbeln unter der Haut. Um mich zu beruhigen, rufe ich mir den Rat meines Therapeuten ins Gedächtnis: *Tief durchatmen und einen Schritt zurücktreten.* Über Aprils Kopf hinweg frage ich Sebastian: »Gibt es hier eine Dusche? Vielleicht kriegen wir sie damit wach.«

»Dort geht's zu einem Schlafzimmer«, antwortet er nach einem Moment, seine Miene ist beängstigend fahl, und er deutet zu einer Tür in einem kleinen Vorraum neben dem steingefassten Kamin. »Es hat ein Bad. Zwar ohne Badewanne, glaube ich, aber …«

»Bringen wir sie hin.«

Das Hauptschlafzimmer der Whitneys ist großzügig

dimensioniert und luxuriös ausgestattet – Laken aus ägyptischer Baumwolle, ein Bett mit handgeschnitztem Kopfteil, kostbare antike Schränke –, doch ein offener Durchgang führt zu einem überraschend spartanischen Badezimmer mit Duschkabine.

Ich schiebe April in Sebastians Arme, streife meine Schuhe ab, ziehe mein Muskelshirt aus und drehe das kalte Wasser voll auf. Anschließend trete ich mit meiner blutüberströmten, halb toten Halbschwester unter den Duschstrahl und halte sie aufrecht, während sie sich windet und vor sich hin brabbelt. Rotes Wasser strömt an ihr herab und verschwindet langsam im Ausguss. Ihre nackte Haut wird glitschig, als sich das verkrustete Blut löst, und ich muss meinen Griff verstärken. Schließlich zappelt und wehrt sie sich immer heftiger und ich drehe das Wasser ab.

Sobald der Großteil des Blutes abgewaschen ist, sieht man ganz deutlich, dass sie nicht verwundet ist. An ihrem schlanken, blassen Leib sind noch rötliche Spuren zu sehen, wo das Blut heruntergelaufen ist, und sie hat Gänsehaut, aber sonst fehlt ihr nichts. Ich setze sie auf den Toilettendeckel und sie starrt mit leerem Blick und zitternd auf den weißen Fliesenboden. Schwer atmend von der Anstrengung, sie zu halten, frage ich sie: »Fühlst du dich besser?«

Ein paar Sekunden lang sieht sie mich nur an, dann nickt sie schwach. »Ja.«

»Wo sind deine Kleider?«

Sie hebt den Arm, als wäre er zweihundert Pfund schwer, und deutet vage in Richtung Schlafzimmer. »Da drin. Ist ... ist Fox ...«

»Wasch dich ganz ab, zieh dich an, und dann musst du

uns erzählen, was heute Abend passiert ist, ja?« Ich bemühe mich, es nicht wie einen Befehl klingen zu lassen, imitiere Mom, wenn sie mich bittet, Haushaltspflichten zu erledigen, und es scheinbar als Frage formuliert – *Du musst für mich den Rasen mähen, ja?* –, aber meine Stimme zittert. Ich kämpfe energisch gegen meine Angst an. Ich darf nicht die Kontrolle verlieren. *Einen Schritt zurücktreten.* »Kriegst du das hin?«

Wieder nickt April und murmelt: »Ja.«

Als ich Sebastian zurück in das chaotische Wohnzimmer scheuche und die Tür hinter uns schließe, höre ich, wie die Dusche erneut angestellt wird. Mein Ex-Freund sieht mich ungläubig an und seine schönen weichen Lippen kräuseln sich wie ein Katzenhintern. »Mann, du lässt sie eine verdammte Dusche nehmen? An ihr klebt Beweismaterial!«

»Hier klebt *überall* Beweismaterial«, blaffe ich zurück und wedle mit der Hand zu den angeschlossenen Räumen. Wir haben Abdrücke von Fox' Blut auf den Kieferndielen hinterlassen, und Spuren davon befinden sich auch an Sebastians Kleidung, an seinen Armen und an seinem Gesicht. Während ich dastehe und versuche, meine Gedanken zu sortieren, überhaupt einen klaren Gedanken zu fassen, merke ich, dass seine Augen an meinem Oberkörper auf und ab wandern, und mir wird bewusst, dass ich kein Shirt trage. Mitten in all dem Durcheinander und Schock erfüllt mich vollkommen unangebrachte Genugtuung darüber, dass mein Ex-Freund sieht, wie definiert meine Brust- und Bauchmuskeln in den Wochen, seitdem er mich abserviert hat, geworden sind.

Ich hatte den Plan, mich über den Sommer in einen

superheißen Sexgott zu verwandeln, mir Muskeln wie ein Unterwäschemodel zuzulegen und dann Lucy ein paar Schnappschüsse von mir machen zu lassen. Die Fotos wollte ich auf Facebook und Instagram und überall sonst posten, damit Sebastian sie sieht und merkt, wie wunderbar es mir auch ohne ihn geht – damit er den neuen, heißen Rufus Holt sieht und sich nach ihm verzehrt. Meine biologischen Voraussetzungen machten mir jedoch einen Strich durch die Rechnung; mein Oberkörper wurde zwar ein wenig straffer, aber nach genau zwei Pfund zusätzlicher Muskelmasse hat mein schmalschultriger Körper wohl aufgegeben. Was ich auch mache, ich bin offenbar auf schmächtig abonniert. Trotzdem, ich habe deutlich mehr Bauchmuskeln als das letzte Mal, als mich Sebastian ohne Hemd gesehen hat, und das ist ja wohl die Hauptsache.

»Wir müssen die Polizei rufen«, sagt er jetzt eindringlich. Ich schüttle den Kopf. »Noch nicht.«

»Was zum Teufel meinst du mit *noch nicht*?«, will Sebastian wissen, seine Stimme wird hysterisch. »Warum nicht? Verflucht noch mal, Rufus, Fox ist tot!«

»Erst wenn wir gehört haben, was April zu sagen hat! Wir müssen wissen …« *Wir müssen wissen, wo wir da hineingeraten sind.* »Wir müssen erst wissen, was passiert ist.«

Irgendetwas stimmt hier nicht. Oberflächlich wirkt es eindeutig so, als hätte April ihren Freund mit einem großen alten Messer umgebracht … aber warum? Und warum hat sie ausgerechnet mich um Hilfe gebeten? Auch wenn sich das jetzt egoistisch anhört, ist dies der eigentliche Grund, warum ich die Polizei noch nicht einschalten möchte. Sie hat nicht ihre sie liebenden Eltern oder ihre besten Freunde oder gar unseren herrschsüchtigen Arsch von einem Bruder da reingezogen, sondern mich, und ich will genau wissen, wo ich stehe, bevor ich die Cops einweihe. Meine jüngsten Erfahrungen mit dem Gesetz sind nämlich nicht die besten und ich kann mir keine Missverständnisse erlauben.

»Warte einfach, bis sie es uns erzählt hat, okay? Warte einfach.« Ich bemühe mich, Nachdruck in meine Stimme zu legen, als ich mich umdrehe und Richtung Haustür gehe. Dabei arbeitet mein Verstand fieberhaft, und ich unterbinde jeden Gedankengang, der uns nicht weiterbringt.

»Wo willst du hin?«, fragt Sebastian aufgebracht.

»Ich will mich nur mal draußen umsehen. Ich glaube – Versuchen wir einfach, so viel wie möglich darüber herauszufinden, was hier los ist, okay? Bevor wir irgendjemanden rufen.«

Sebastian schweigt einen Augenblick, die Lippen fest aufeinandergepresst. Er wirkt mehr als nur leicht beunruhigt, aber er nickt mir kurz zu. »Okay. Okay.«

Kaum ist die Tür hinter mir zugefallen, stürze ich zum Geländer der Veranda, schaffe kaum die drei Schritte, bevor sich mein Magen umdreht. Es kommt nichts heraus außer einem schauerlichen, würgenden Geräusch, mein Magen krampft sich zusammen, Speichel läuft mir über die Unterlippe, während ich mich bemühe, tief durchzuatmen und meine Übelkeit zu unterdrücken. Die Luft draußen ist immer noch schwer und warm, doch erst als ich sie mit tiefen Zügen einatme, merke ich, wie gut sie riecht. Im Innern des luxuriös eingerichteten Hauses dagegen herrscht ein metallischer Blutgeruch.

Ich zwinge meinen Magen, sich zu beruhigen, und

kämpfe gegen den Aufruhr in meinem Kopf. Als ich schließlich wieder gleichmäßig atme, trete ich vom Geländer zurück und beginne eine methodische Umrundung des Hauses, meine Augen wandern nach links und rechts, während ich nach etwas Ausschau halte, von dem ich nicht weiß, was es sein könnte. Aber mir fällt nichts Besonderes auf – nur noch mehr Plastikbecher und Zigarettenkippen – und bald bin ich an einer der Verandatreppen angekommen. Sie führt nach rechts hinunter in den Garten, während links von mir eine Glastür vollen Blick in Farbe auf die Küche und Fox' Leiche bietet, der immer noch in einer riesigen Lache seines eigenen Bluts liegt.

Schaudernd mache ich kehrt und ziehe mein Handy aus der Hosentasche. Es ist feucht von der Dusche, scheint dem vollen Wasserstrahl jedoch entkommen zu sein, und es funktioniert noch. Ich bin definitiv nicht bereit, mit den Cops zu reden, aber ich habe auch nicht völlig den Verstand verloren; ich weiß, dass bei diesem Splatterfilm-Albtraum ein Erwachsener hinzugezogen werden muss. Allerdings einer, dem ich vertraue.

Meine Mom geht nach dem vierten Klingeln ran, ihre Stimme ist benommen und belegt. Ich stelle mir vor, wie sie auf dem Bett liegt, ein aufgeschlagenes Taschenbuch auf der Brust, und nach ihrer Brille auf dem Nachttisch tastet. »Hey, Rufus, was gibt's?«

»H-Hey, Mom, ich ...« Meine Stimme erstirbt, mir wird schlagartig bewusst, was ich ihr gleich sagen muss. *April hat vielleicht ihren Freund umgebracht.*

»Was ist? Stimmt was nicht?« Sie ist sofort hellwach, mein Zögern hat sie in höchste Alarmbereitschaft ver-

setzt. »Hast du dich mit Lucy gestritten? Soll ich dich abholen?«

»Nein, das ist es nicht«, beeile ich mich ihr zu versichern,
taste mich vorsichtig an das heran, was ich zu sagen habe.
»Es geht ... es geht um, ähm ... April.«

»Die schon wieder.« Moms Ton wird so hart und scharf
wie ein abgebrochener Zahn. »Was hat sie diesmal angestellt? Ist sie uneingeladen zu eurer Party gekommen?
Hör mal, wenn sie etwas erzählt hat ... wenn sie etwas über
meinen Anruf bei Peter erzählt hat ...«

»Nein Mom, das ist es nicht ...« Ich verstumme, als ihre
Worte bei mir ankommen. »Moment mal, was meinst du
mit ›deinem Anruf bei Peter‹? Hast du mit ihm gesprochen?«
Sie schweigt, und ich merke, wie sich meine Nackenhaare
sträuben. »Mom?«

»Schon möglich, dass ich heute deinen Erzeuger angerufen habe«, gibt sie schließlich mit einem gekränkten
Schnauben zu. »Ich hatte einen schwachen Moment und
bin nicht stolz darauf.«

»Warum?«, frage ich überrascht. Kaum zu glauben, aber
dieser Abend kann tatsächlich noch schlimmer werden. Mit
einer Ausnahme – nämlich mir – ist noch nie etwas Gutes
dabei herausgekommen, wenn Peter Covington und Genevieve Holt miteinander Kontakt hatten.

Vor sechzehn Jahren war meine Mutter eine aufgeweckte
fünfundzwanzigjährige Innenarchitektin und Kunstberate-
rin, gerade frisch nach Burlington, Vermont, gezogen, und
stolze Besitzerin einer kleinen Firma mit ihrem Namen. Sie
hatte drei Jahre lang die Kunstakademie besucht, aber aufgehört, als man ihr nach einem Praktikum bei einem großen

Innenausstatter in New York eine Festanstellung anbot, die sie nicht ablehnen konnte, und folgte schließlich ihrem Herzen nach Neuengland. Dank einer bescheidenen Erbschaft von meinen Großeltern – dem Vernehmen nach zwei schrullige, liebenswerte Leute, die in einem kleinen Ort in Maine einen Dorfladen betrieben und ihren Kindern mit auf den Weg gaben, dass sie ihren Träumen folgen sollten, leider jedoch schon vor meiner Geburt starben – konnte sie sich ein Büro mieten, ihr Schild raushängen und für Privatkunden arbeiten.

Es war nicht immer leicht. Wenn die Wirtschaft brummte, hatte sie Arbeit, aber bei Flaute stagnierten die Aufträge, und sie musste zusehen, wie sie ihre Rechnungen bezahlen konnte. Als ihr dann die Anwaltskanzlei Pembroke, Landau und Wells einen großen Batzen Geld dafür anbot, bei der Auswahl unschätzbar teurer Kunstwerke für ihre Büroräume beratend tätig zu sein, nahm sie überglücklich an. Der Juniorpartner der Kanzlei, ein Harvard-Absolvent in zweiter Generation namens Peter Covington II, eroberte bereits bei ihrer ersten Begegnung ihr Herz im Sturm. Er war groß und attraktiv, hatte blondes Haar und graue Augen, und er war bezaubert von der unkonventionellen Genevieve mit ihrer Unberechenbarkeit und ihrer freien Art zu denken. Sie passten überhaupt nicht zusammen, er der steife Bürohengst, sie die unangepasste Künstlerin, die vor Leben nur so sprühte, doch zumindest in den Augen meiner Mutter wurde ihre Romanze gerade durch die Funken, die ihre Unterschiede schlugen, befeuert.

Die Funken versprühten ihren Zauber ungefähr zwei Wochen lang, bis meine Mom herausfand, dass Peter

Covington verheiratet war und ein kleines Kind hatte – den kleinen Hayden – und dass das meiste von dem, was er ihr in intimen Momenten erzählt hatte, ein Haufen Lügen war. Sie machte sofort Schluss, mit einer flammenden Rede, die sie heute noch gern wortwörtlich wiedergibt, wenn sie ein bisschen zu viel Weißwein intus hat, und erwog danach einige Monate, ihn bei seiner Frau zu verpfeifen. Zu allem Überfluss stellte sie dann auch noch fest, dass sie schwanger war.

Ich wurde in einen hässlichen Krieg hineingeboren, der bis zum heutigen Tag anhält. Immer wieder kommt es zu offenen Scharmützeln, bei denen Peter Covington versucht, das Leben und die Karriere meiner Mutter zu ruinieren, und sie ihn wegen übler Nachrede und ausstehender Alimente verklagt. Peters Frau Isabel hat auf wundersame Weise während des ganzen langen Martyriums zu ihm gehalten; vermutlich wurde April geboren, um ihre Ehe zu retten, aber ich glaube, dass ihr Ehevertrag der eigentliche Kitt ihrer Beziehung ist.

Mit mir wollte Peter nichts zu tun haben; in sechzehn Jahren habe ich nie auch nur eine Geburtstagskarte von ihm bekommen. Als ich noch ein Kind war, faszinierte er mich – mein wohlhabender und unerreichbarer Vater, der in einem wunderschönen Haus wohnte und ein ausgefallenes Auto fuhr –, aber ich beging nur ein einziges Mal den Fehler, ihn Dad zu nennen. Ich war damals fünf, und er kam bei uns vorbei, um meiner Mom eine persönliche Mitteilung zu machen; seine Reaktion war unvermittelt, heftig und furchterregend und heilte mich dauerhaft von meiner fehlgeleiteten Zuneigung. Selbst in einem Notfall hätte sich meine Mutter eher an das Cloverfield-Monster gewandt als an Peter Covington – und wenn sie ihn jetzt angerufen hatte, konnte das nur eins bedeuten.

»Wie pleite sind wir?«, frage ich rundheraus, als ihr Schweigen unerträglich wird. Die Gedanken in meinem Kopf zerfallen in Bruchstücke. Fox' Leiche späht sozusagen drohend über meine Schulter, aber die Armut, gegen die meine Mom und ich ankämpfen, ist ein schwarzes Loch, das uns unausweichlich anzieht. Es gibt kein Entrinnen, also kann ich mich genauso gut mitten hineinstürzen, damit erkaufe ich mir noch ein bisschen mehr Zeit, um zu überlegen, wie ich den *Toten*, den ich gerade entdeckt habe, zur Sprache bringen soll.

Sie holt zögernd Luft. »Darüber musst du dir keine Sorgen machen, mein Junge.«

»Mom.«

»Ich hab's im Griff, Rufus.«

Die Lüge ist so fadenscheinig, dass ich ihr das nicht durchgehen lassen kann. »Du hast gesagt, du würdest lieber zusammen mit einem Rasenmäher ein Bad nehmen als den Arsch noch einmal um Geld bitten! Du hättest ihn niemals angerufen, wenn es nicht richtig ernst wäre.« Wieder folgt Schweigen, und ich kaue auf der Innenseite meiner Backe herum, während sich das mulmige Gefühl in meinem Bauch verstärkt. *Wie schlimm wird dieser Abend denn noch?*

»Wie schlimm ist es?«

»Ruf-«

»Bitte Mom ... sag es mir einfach.« Inzwischen stehe ich an der Rückseite des Hauses und lehne mich müde ans Geländer, das Zirpen der Grillen unterstreicht den täuschend friedlichen Anblick des schwarzen Wassers, das sich weit bis ans gegenüberliegende Ufer erstreckt. Der Mond scheint hell auf das Cottage der Whitneys wie der Suchscheinwerfer eines Polizeihubschraubers und ich ziehe den Kopf ein. »Was immer es ist, meine Fantasie macht es nur noch schlimmer.«

»Wir schulden der Bank ungefähr achttausend«, beichtet meine Mutter kläglich, »und naja, es ist irgendwie ... dringend.« Wir haben erst den vierten des Monats und sie ist bereits so in Panik, dass sie sich an meinen Vater wendet; das heißt, es sind alte Schulden, die sich immer weiter angehäuft haben, und sie ist wirklich am Rand der Verzweiflung. »Ungefähr ein Viertel kann ich zusammenkratzen, wenn ich deinen Onkel Connor dazu bringen kann, mir das Geld zurückzuzahlen, das ich ihm an Weihnachten geliehen habe. Aber ...«

Sie verstummt, wieder hebt sich mein Magen, und auf einmal spüre ich den Phantomgriff von Fox' kalten Fingern an meinem Hals. Ich wollte meiner Mutter von einem Mord erzählen, und jetzt reden wir davon, dass wir vielleicht unser Haus verlieren? Der Boden scheint unter mir wegzukippen, ich spüre einen Druck auf meiner Brust und ringe nach Luft.

Meine Mutter ist alles, was ich habe; mein ganzes Leben lang gab es immer nur uns beide, Hand in Hand trotzten wir dem Sturm; allzu oft war *ich* der Sturm. Irgendwo in mir drin lauert ein Mr Hyde, mein Alter Ego, das jederzeit hervorbrechen kann, befeuert durch leicht entflammbaren Zorn, den ich erst seit Kurzem unter Kontrolle habe. Mitgerissen vom Hurrikan meiner Wut habe ich geschrien und getobt, Geschirr und Knochen zerbrochen, meine Lehrer terrorisiert – und meinen Vater mit Munition gegen uns versorgt. Ich habe den Überblick darüber verloren, wie oft meine Mutter von der Schule angerufen wurde, weil ich durchgedreht war und eine Glasvitrine mit Pokalen zertrümmert oder jemanden aus meiner Klasse attackiert hatte.

Und sie hat immer zu mir gehalten. Ich verdanke ihr so viel. Ich verdanke ihr alles. Wie viel mehr kann sie noch ertragen? Mein Mund ist ausgetrocknet und gibt ein schnalzendes Geräusch von sich, meine freie Hand verstärkt den Griff um das Holzgeländer. »Ich habe das ganze Jahr gearbeitet, Mom. Ich kann dir helfen ...«

»Nein. Auf keinen Fall!« Sie sagt es so vehement, dass ich förmlich hören kann, wie sie auf Karateart mit der Hand durch die Luft fährt. »Ich werde nicht zulassen, dass du dein Geld dafür verwendest, Rufus Holt. Hörst du mich? Das sind meine Fehler, nicht deine, und wenn ... wenn ...«

Sie bricht ab und wieder sehe ich sie vor mir: die Brille auf dem Schoß, die Finger fest gegen die Lippen gepresst, der Mund zitternd von der Anstrengung, nicht zu weinen. Der See verschwimmt vor meinen Augen, Schwarz und Grau und Blau laufen ineinander und ich blinzle heftig. Wie unfair das alles ist. »Es ist auch meine Sache, Mom. Es ist auch mein Haus.«

»Ich kümmer mich drum. Und wenn ich meine Organe auf dem Schwarzmarkt verkaufen muss, ich krieg das hin. Okay?« Ihr Ton wird stählern. »Wenn mir dein Scheißkerl von einem Erzeuger alles bezahlen würde, was er mir schuldet, wäre das hier längst mein Haus.«

»Da kannst du lange warten«, murmle ich schwach.

»Tut mir leid, Rufus. Das alles ... vergessen wir das Ganze und fangen noch mal von vorn an. Was hat April nun schon wieder angestellt?«

Reflexhaft drehe ich mich um und spähe durch die breite Glastür des Wohnzimmers in das Cottage. Im vorderen Teil des Hauses funkeln kalt die Küchenarmaturen, Sebastian steht neben dem Kamin und beobachtet mich mit glänzenden, nervösen Augen; alles an ihm strahlt sein Entsetzen darüber aus, dass er allein da drin mit einer Leiche ist. Ich weiß, ich sollte ihr erzählen, was wir gefunden haben ... aber kann ich ihr das wirklich antun? Ihr geht es jetzt schon hundsmiserabel; sie würde als Erstes die Polizei anrufen – oder, noch schlimmer, Peter –, und damit hätte ich keine Chance mehr, meine Rolle in alldem zu kontrollieren.

Ich gehöre eigentlich nicht zu den bösen Jungs, aber ich bin durch meine Wutausbrüche immer wieder auffällig geworden, und die Cops interessieren sich nicht für deine Durchschnittsnote, wenn sie sich noch daran erinnern, wie du in der achten Klasse durchgedreht bist und einem tyrannischen Mitschüler mit der Stuhllehne einen Zahn ausgeschlagen hast. Besonders dann nicht, wenn dein eigener Vater daraufhin für besagten Mitschüler das Schulamt verklagt und dich in aller Öffentlichkeit als »gefährliches Tier« bezeichnet hat. Dank einem guten Therapeuten und der richtigen Medikation habe ich mich inzwischen besser im Griff, aber die Vorsitzende des Schulausschusses wartet nur auf einen Vorwand, um mich rauswerfen zu können – und da ich dieses Jahr schon einmal vom Unterricht ausgeschlossen wurde, ist meine Lage prekär.

Wie ich jetzt merke, habe ich das Ganze nicht richtig

durchdacht; sobald meine Mom erfährt, was passiert ist, gibt es kein Zurück. Ich muss mehr herausfinden. Ich brauche noch ein bisschen mehr Zeit.

»Nichts«, murmle ich schließlich. »Mach dir keine Sorgen.«

Als ich die Verbindung unterbreche, habe ich allerdings das ausgeprägte Gefühl, dass die Covingtons es irgendwie schon wieder geschafft haben, mein Leben zu ruinieren.

3

»**MIT WEM HAST DU GESPROCHEN?**«, will Sebastian sofort wissen, als ich durch die Verandatür zurück ins Wohnzimmer komme, wobei ich sorgfältig den Glassplittern auf dem glänzenden Parkett ausweiche. Die Musik ist inzwischen abgestellt, ebenso wie das Wasser im Badezimmer. April hat fertig geduscht. »Hast du nicht gesagt, wir sollen nicht die Polizei rufen?«

»Vor fünf Minuten wolltest du sie selbst noch holen«, halte ich dagegen, verblüfft über seine Kehrtwende. Jetzt, da ich mitten im Wohnzimmer stehe, wirkt die Unordnung auf mich, als hätte hier ein Kampf stattgefunden; die Stühle wurden nicht zur Seite geschoben, sondern gestoßen, und der Glaseinsatz des Couchtischs ist von Sprüngen durchzogen.

»Vor fünf Minuten hatte ich noch keine Gelegenheit, mich hier umzusehen«, kontert Sebastian ruhig, aber eindringlich. Er tritt näher, sieht mich mit seinen sanften, dunklen Augen unverwandt an, und da durchzuckt mich eine schmerzhaft glückliche Erinnerung wie ein Elektroschock. »Rufus, mit wem hast du gesprochen?«

»Mit meiner Mom, in Ordnung?«

»Du hast es deiner Mom erzählt?« Entsetzen malt sich auf seinem Gesicht, er wird aschfahl.

»Nein, hab ich nicht. Es war nur ... vergiss es, ist nicht wichtig. Was meinst du damit, du hattest Gelegenheit, dich umzusehen? Was hast du gefunden?«

Wortlos führt er mich in die Essecke. An der Wand hängen Gemälde von Segelbooten und Häfen. Darunter steht ein Sideboard mit allerlei Krimskrams und schmiedeeisernen Kerzenhaltern, und auf einem klobigen Holztisch finden sich alle möglichen Sachen, von denen man besser die Finger lassen sollte. Krüge mit billigem Wein, ein offener Karton mit noch billigerem Bier und ungefähr ein halbes Dutzend fast leere Schnapsflaschen; ein Aschenbecher ist mit Zigarettenkippen gespickt wie ein Stachelschwein; und ein breiter Handspiegel weist unmissverständliche Spuren eines weißen Pulvers auf, daneben eine fest zusammengerollte Dollarnote.

Schon will sich Mr Hyde in mir Bahn brechen, eine heiße, dunkle Emotion wütet wie Sodbrennen in meiner Brust, als Sebastian meine Aufmerksamkeit auf die kleinen weißen Pillen lenkt, die überall auf dem Boden verstreut liegen wie Reis bei einer Hochzeit; es sind so viele, dass man sie nicht zählen kann. Mit zitternden Fingern drehe ich eine um und sehe den verräterischen Stempel, der auf die Vorderseite der Tablette eingeprägt ist: die Umrisse eines Kaninchens.

»White Rabbits, Mann«, bemerkt Sebastian überflüssigerweise. »In Massen.«

Die Wut überkommt mich so schnell, dass ich buchstäblich Lichtblitze sehe. Es fühlt sich an, als würde sich mein Gehirn im Kreis drehen, explodieren, schmelzen, alles gleichzeitig, und die Hitze, die mein Gesicht und meinen Hals erfasst, macht mich schwindelig. *Wo zum Teufel hat April mich da reingeritten?*

Die Designerdroge »White Rabbit« hat es aus der New Yorker Clubszene bis zu uns geschafft und soll Euphorie, eine erhöhte sensorische Wahrnehmung und Halluzinationen hervorrufen. Die Pillen werden vor allem auch mit extremen Gewaltakten in Verbindung gebracht – die Art von extrem, dass man versucht, seinem Nachbarn die Haut mit der Bandschleifmaschine abzuziehen –, und Eltern weit und breit haben eine Riesenangst davor. Allein in diesem Frühjahr gab es an der Ethan Allen zwei Schulversammlungen zum Thema Drogenmissbrauch, nachdem man bei mehreren Festnahmen auf dem Campus der Universität White Rabbits gefunden hatte. Wenn man dich dabei erwischt, wie du einen Joint rauchst oder ein paar Adderall von deinem besten Freund einwirfst, bist du in Schwierigkeiten; wenn man dich mit White Rabbits erwischt, bist du geliefert. Sie haben Badesalzdrogen als gefährlichste Substanzen in der Geschichte der Menschheit abgelöst, und die lokalen Polizeibehörden machen jeden, den sie beim Kauf, Verkauf oder Konsum dieser Dinger erwischen, einen Kopf kürzer.

An der Ethan Allen hört man ständig Gerüchte über die diversen Loser und Burnout-Opfer, die harte Drogen nehmen, weil sie die trostlose Aussicht auf eine ungewisse Zukunft mit einem chemischen Hilfsmittel ausblenden wollen. Und die gelangweilten reichen Kids sind bekannt dafür, ihr gigantisches Taschengeld in Partydrogen zu investieren, wobei sie darauf zählen, dass ihr Treuhandvermögen und ihre einflussreichen Eltern sie im Fall »rechtlicher Komplikationen« schon vor Schaden bewahren. Aber was Sebastian und ich da vor uns sehen, hat ein ganz anderes Kaliber.

Lucy und ich haben uns irgendwann einmal feierlich geschworen, von White Rabbits auf jeden Fall die Finger zu lassen. Zum einen ist meine Neurochemie unberechenbar genug, ohne sie mit halluzinogenen Albträumen zusätzlich durcheinanderzubringen, und zum anderen kann ich mir die Probleme absolut nicht leisten, die ich bekommen würde, sollte man mich mit White Rabbits erwischen. Meine Mom und ich haben weder Geld noch Prestige. Mein Leben wäre ruiniert.

Und nun hat April mich zum Schauplatz eines Mordes gelotst, der mit so vielen Pillen dekoriert ist, dass es als Füllung für einen verdammten Sitzsack reichen würde.

»Hey – hey, Rufus? Tief durchatmen, Kumpel, okay? Tief durchatmen. Schau, wie ich. Mach es genauso wie ich.« Sebastians Stimme durchdringt den Nebel meiner Wut, er hält meinen Blick fest, meine Hand fest in seiner. »Einen Schritt zurücktreten. Sag es.«

»*Einen Schritt ... zurücktreten*«, wiederhole ich und zwinge mich, meine Gedanken zu fokussieren – auf sein Gesicht, seine Berührung. Ich bemühe mich, meinen Atem unter Kontrolle zu bekommen, und er führt meine freie Hand zu seiner Brust und hält sie dort fest. Das hat er auch früher schon gemacht, wenn die Wut von mir Besitz ergriff, hat mich durch Reden wieder runtergebracht, wenn ich kurz vor dem Durchdrehen war, und diese Routine ist mir schmerzlich vertraut. Es fühlte sich enorm wichtig an, bedeutsam, eine so schrecklichen Seite von mir mit ihm zu teilen – aus dem Gleichgewicht zu sein und darauf vertrauen zu können, dass er mein Gegengewicht war.

Er sieht mich an, sieht in mich hinein, und seine Augen sind warm, dunkle Teiche, angefüllt mit unserer gemeinsamen Geschichte – Fenster in eine Vergangenheit, die immer noch zu schmerzhaft ist, um sie zu berühren.

Meine erste Begegnung mit Sebastian »Bash« Williams fand bei einem Treffen von Front Line *statt, unserer armseligen Schülerzeitung. Jeder wusste natürlich, wer er war; Bash war zu gut aussehend und sein Dad zu wichtig, um von irgendjemandem allzu lange unbemerkt zu bleiben. Er und ich lernten uns jedoch erst zu Beginn der zehnten Klasse im September persönlich kennen.*

Ich hatte mich seit meinem ersten Jahr an der Ethan Allen für die Schülerzeitung engagiert und gelegentlich Leitartikel geschrieben, hauptsächlich jedoch als Fotograf fungiert. Bash stieg als Sportkolumnist ein. Unser Betreuer, Mr Cohen, hielt ihn hervorragend geeignet für diesen Posten, was sich einzig und allein auf die Tatsache stützte, dass Sebastian 1) Lacrosse spielte und 2) sein Vater der sportliche Leiter an der Universität war. Mir kam es nicht besonders logisch vor, aber bei Front Line *waren alle dermaßen beeindruckt von Bashs Lacrosse-Statistiken – und seinem Aussehen –, dass es ihnen egal war. Aus einem noch unerfindlicheren Grund ernannte Mr Cohen ausgerechnet mich zu Bashs persönlichem Fotografen, ich sollte die Fotos zu seinen Artikeln schießen.*

Zu Anfang war es keine einfache Partnerschaft. Bash war mir, was den gesellschaftlichen Status betraf, aufgrund seiner

Popularität haushoch überlegen, er bewegte sich im Dunstkreis des Schuladels der Ethan Allen. Er hing mit Leuten wie Fox Whitney und Race Atwood ab – folglich auch mit meinem Bruder Hayden. Als natürliche Feinde waren Sebastian und ich uns vom Moment unseres Kennenlernens an spinnefeind und durchbohrten einander mit stählernem Blick.

Im Lauf der folgenden zwei Monate jedoch vollzog sich eine allmähliche Veränderung. Es fiel uns schwer, die gegenseitige Abneigung aufrechtzuerhalten, wenn wir bei Fahrten zu Auswärtsspielen mehrmals die Woche gezwungen waren, stundenlang zusammen im Auto zu sitzen. Ich erkannte, dass er tatsächlich ein ziemlich guter Sportjournalist war, und die Atmosphäre zwischen uns veränderte sich: Aus offener Animosität wurde missmutige Zusammenarbeit und schließlich kam es zu einem widerwilligen, aber notwendigen stillschweigenden Nichtangriffspakt. Bei einem Footballspiel in Brattleboro eine Woche vor Thanksgiving unterhielt sich Bash Williams schließlich zum ersten Mal richtig nett mit mir.

Ich wühlte gerade in meiner Tasche auf der Suche nach einem Fotoobjektiv, das sich zwischen dem ganzen nutzlosen Kram da drin versteckte, und hatte einige Sachen rausgeholt, um mir die Suche zu erleichtern. Ganz oben auf dem unordentlichen Stapel, den ich neben mir aufbaute, lag ein zerfleddertes und eselsohriges Exemplar von Liebe *– der vierte Band der krassesten Manga-Serie aller Zeiten.*

»Alter«, platzte Bash unerwartet heraus, etwas Unvertrautes blitzte in seinen Augen auf. »Liest du tatsächlich Death Note?«

»Äh … ja?« Wohl wissend, dass dies eine Falle sein könnte, antwortete ich vorsichtig. Doch Bash verblüffte mich.

»Diese Story ist der heiße Scheiß!« Er konnte seine Begeiste-

rung nicht verhehlen. »Ich will ja nichts verraten oder so, aber wenn du weiterliest, drehst du durch. Wo bist du gerade?«

»Echt jetzt? Ehrlich gesagt lese ich es nicht zum ersten Mal. Genauer gesagt zum dritten Mal«, gestand ich und beäugte ihn neugierig und mit neuem Respekt. Ich dachte, die angesagten Leute an der Schule würden sich für nichts interessieren außer für die Top 40, die anderen angesagten Leute und dafür, gemeinsam Nerds fertigzumachen. »Du magst Mangas?«

»Ja, irgendwie schon.« Er zuckte verlegen die Schultern. »Der kleine Bruder von meiner Freundin, Javier, der ist total versessen auf Anime und solches Zeug. Er hat mich den ganzen letzten Sommer genervt, dass ich Death Note lesen soll.« Bash hatte eine öffentlich geführte On-Off-Beziehung mit Lia Santos – eine ekelhaft glühende Liebesaffäre mit haufenweise Gefummel und Geknutsche auf den Schulfluren, gefolgt von lautstarken Streits ebenfalls auf den Schulfluren, einer Trennung, einer Versöhnung, und das Ganze dann noch mal von vorn. Dabei auf dem Laufenden zu bleiben, war anstrengend. »Irgendwann hab ich nachgegeben, nur damit er mich in Ruhe lässt, und … Mann, als ich angefangen hatte, hab ich sechsunddreißig Stunden nicht geschlafen und die ganze Serie in einem Rutsch gelesen. Jetzt weiß ich, glaube ich, wie es ist, von einem Meth-Rausch runterzukommen.«

»Ich weiß, was du meinst«, sagte ich kurz auflachend. »Als ich es das erste Mal gelesen habe, war ich in der siebten Klasse, und ich konnte ungefähr eine Woche lang nicht schlafen – ich hatte Angst, dass es vielleicht tatsächlich möglich ist, jemanden umzubringen, indem man seinen Namen in ein Notizbuch schreibt.«

Er grinste. »Echt?«

»*Das ist so peinlich.*« Ich spürte, wie ich rot wurde, aber ich lächelte trotzdem, weil er sich nicht über mich lustig zu machen schien.

»*Das verstehe ich. Ich, äh … ich glaube, ich habe auch ein paar Tage lang mit Licht an geschlafen, als ich es ausgelesen hatte*«, gestand er mir und rieb sich den Hinterkopf. »*Und das war letzten August.*«

»*Es ist total unheimlich*«, stimmte ich ihm zu.

»*Es ist super*«, gab er ernsthaft zurück. »*Kennst du* Blue Exorcist? *Das ist echt krass – es handelt von Satans Sohn, der lernt, wie man Dämonen bekämpft, damit er seinen Dad bezwingen kann. Die Action-Szenen sind echt der Hammer.*«

»*Hab davon gehört.*«

»*Du solltest mal reinlesen*«, meinte Bash und sah dabei knapp an mir vorbei. »*Ich bin total besessen davon und … und ich habe es satt, dass ich mit keinem darüber reden kann.*«

Einen Moment wusste ich nicht, wie ich darauf reagieren sollte. Dieses plötzliche und unerwartete Friedensangebot war schwer zu begreifen, und angesichts unserer Vorgeschichte war es noch schwerer, der Sache zu trauen; aber schließlich sagte ich: »Mach ich. Es klingt wirklich cool.«

Da sah er mich an und lächelte; es hatte etwas Scheues und Ehrliches und Suchendes an sich und ich spürte ein warmes Flattern in meiner Brust.

Und auf einmal fiel es mir wie Schuppen von den Augen, und mir wurde eine schreckliche Wahrheit bewusst: Ich hatte mich in Bash Williams verknallt.

Sobald sich das Karussell in meinem Kopf und das wütende Feuer in meiner Brust legen, löse ich meine Hand von

Sebastian und gehe auf Abstand. Egal wie sehr ich ihm früher vertraut habe, ich kann es nicht mehr – und vielleicht war es von Anfang an falsch.

»Alles okay?«, fragt er sanft. Das Mitgefühl in seiner Stimme ist fast mehr, als ich ertragen kann.

»Mir geht's gut.« Ich sehe an ihm vorbei in die Küche, wo Fox' Kopf hinter der Kücheninsel hervorragt, eine dunkle Masse in einer schwärzlich-roten Blutlache. Seltsamerweise hilft mir das dabei, mich zu fassen, wie eine kalte Dusche. »Mir geht's gut.« Steif, aber durchaus ehrlich gemeint murmle ich: »Danke.«

»Hast du draußen irgendwas entdeckt?«

»Eigentlich nicht. Keine blutigen Fußabdrücke oder dergleichen, und quasi jeder Raum im Cottage hat eine Tür zur Veranda. Allerdings liegt das Haus am Arsch der Welt. Das war niemand von der Straße. Entweder war es April oder ...«

Nur dass ich kein *oder* habe. Im Augenblick gibt es keine bessere Erklärung. Es ist ziemlich offensichtlich, dass April und Fox nicht den ganzen Abend allein im Haus waren; abgesehen von den Unmengen Drogen und Alkohol auf dem Esstisch stehen auch einige Einkaufstüten mit einer Menge an Junkfood, dass einem schlecht werden könnte, auf der Kücheninsel. Bunte Chips- und Bonbontüten sind aufgerissen worden, viele davon halb leer, und die Küchentheke ist mit Bröseln übersät. Hier waren Leute – aber wer und wann und wie viele, werden wir erst wissen, wenn April aus dem Schlafzimmer kommt.

Als ich mich zu Sebastian drehe, um etwas zu sagen, ertappe ich ihn dabei, wie er schnell den Blick abwendet. »Was ist?«

»Häh?« Er versucht vergeblich, eine Unschuldsmiene aufzusetzen, sein »Wer, ich?«-Gesicht. Diese Masche kenne ich gut aus der Zeit, als wir noch zusammen waren, aber er war immer furchtbar schlecht darin.

»Du hast mich angesehen. Was ist?«

»Nichts, bloß …« Sebastian zuckt die Achseln und seine Augen wandern erneut an meinem Oberkörper auf und ab. »Hast du trainiert oder so?«

Wieder wird mein Gesicht heiß, diesmal vor Verlegenheit, und ich verschränke befangen die Arme vor meiner nackten Brust. Ich wollte natürlich, dass es ihm auffällt; das ist im Grunde der Moment, den ich mir die letzten sechs Wochen immer wieder ausgemalt habe: wie Sebastian den neuen Rufus Holt sieht und wünscht, er könnte mich zurückhaben, und sich dafür verflucht, mich abserviert zu haben. Nur dass die Umstände jetzt ganz anders sind – Fox' grässlicher Tod überschattet alles, und mein Ex-Freund registriert die Veränderungen meines Körpers zwar mit verwundertem Blick, doch anscheinend mit rein klinischem Interesse.

Urplötzlich fühle ich mich wieder einmal schrecklich gedemütigt. Nicht einmal hier, am Schauplatz eines Verbrechens, kann ich abschütteln, wie sehr er mein Denken beherrscht. Wie sehr ich mir nach wie vor wünsche, dass Sebastian Williams mich begehrt, und wie weh es mir tut, dass dies nicht mehr der Fall ist.

Zu meiner großen Erleichterung öffnet sich just in diesem Moment die Tür zum Hauptschlafzimmer und April schleicht kleinlaut herein. Sie trägt Jeans-Shorts und ein weites T-Shirt, ihr kastanienbraunes Haar fällt ihr in feuchten, zerzausten Strähnen auf die Schultern. Ihr Gesicht ist noch immer abgespannt und blass, aber ihre Augen wirken um einiges wacher.

»Wie fühlst du dich?«, frage ich in neutralem Ton und bahne mir durch das Durcheinander im Wohnzimmer einen Weg zu ihr.

Sie starrt mich ausdruckslos an. »Besser, glaube ich. Ähm ... danke.« Ihr Blick wandert zur Küche und verharrt dort, wie eine Lenkrakete, die ihr Ziel anvisiert. Von dem kleinen Vorraum aus kann sie Fox bestimmt nicht sehen, doch die Anwesenheit seiner Leiche zieht trotzdem ihre Aufmerksamkeit auf sich. »Ist, ähm ... ist er noch ...?«

»Willst du zum Reden ins Schlafzimmer gehen?«

April antwortet mit einem winzigen, fast ängstlichen Nicken und wir drei ziehen uns dorthin zurück und schließen die Tür hinter uns. Meine kleine Schwester sinkt auf die Bettkante und lässt das Haar vors Gesicht fallen, während ich mich rittlings auf einen schäbig-schicken Stuhl vor einem schäbig-schicken Schminktisch setze. Sebastian bleibt in meiner Nähe. Jetzt wo sich zwischen Fox und ihm eine physische Barriere befindet, kann er befreiter atmen.

»Was ist heute Abend passiert, April?«, frage ich.

Sie schnieft, zupft an dem dunklen Nagellack auf den Nägeln ihrer rechten Hand herum und sagt in Richtung meiner linken Kniescheibe: »Ich bin mir nicht sicher. Ich meine, ich erinnere mich nicht richtig daran.«

»Versuch nachzudenken«, dränge ich sie mit zusammengebissenen Zähnen. Auf einmal bin ich mit meiner Geduld am Ende. »Du hast mich um Hilfe gebeten, oder? Ich kann dir nicht helfen, wenn du mir nichts erzählst.«

»Aber ich weiß doch nichts, Rufus.« Ihre Stimme zittert,

ihre großen blauen Augen begegnen meinen und füllen sich mit Tränen. »Wir hatten eine Party und ich bin müde geworden, deshalb bin ich hier reingegangen und habe mich hingelegt, und dann … als ich aufgewacht bin, war ich in der Küche und … und Fox, er, er …«

April fängt an zu weinen, ihr Kopf fällt nach vorne, ihre Schultern beben und hinter ihrem Haarvorhang dringt verschleimtes Schniefen hervor. Immer wieder wischt sie sich mit den Händen das Gesicht ab, bis Sebastian sich an mir vorbei zum Schminktisch beugt, sich ein paar Kosmetiktücher schnappt und sie ihr reicht. Wortlos nimmt April sie entgegen und nach einigen Augenblicken hebt sie den Kopf wieder.

Ich weiß nicht, was das über mich als Mensch aussagt, aber ich verbringe einen ausgedehnten Augenblick damit, ihr Gesicht zu mustern, um herauszufinden, ob sie mich verarscht, bevor ich weiterspreche. »Was hattest du eingeworfen, als wir kamen?«

»Nichts«, erklärt sie unglaublicherweise.

Mein Kiefer verspannt sich. »Lüg nicht.«

»Ich lüge nicht!«

»April, als wir dich in der Küche gefunden haben, warst du so zugedröhnt, dass du nicht mal laufen konntest«, rufe ich ihr ins Gedächtnis, und ich habe das Gefühl, dass sich mein Hirn allmählich in ein tropisches Gewächshaus verwandelt. »In der Essecke liegt ein Berg Koks und Pillen herum, auf dem man Schlitten fahren könnte, und du willst uns weismachen, dass du nüchtern warst?«

»*Ich habe nichts genommen!*« Jetzt kreischt sie förmlich, und ich kaufe ihr fast ab, dass sie die Wahrheit sagt. »Ich rühre das Zeug nicht an! Fox … na ja, okay, er hat mich ein oder zwei Mal überredet, was zu probieren, aber ich habe es gehasst, wie ich mich dann fühlte!«

»Auch White Rabbits?«

»Ganz besonders dieses Zeug.« Sie schaudert. »Das habe ich einmal eingeworfen und gedacht, unter meiner Haut wachsen Pflanzen. Fast hätte ich mir den Arm aufgeschnitten, um sie rauszulassen.«

Sebastian und ich wechseln einen verdutzten Blick und ich drehe mich zurück zu meiner Schwester. Sie sieht mir fest in die Augen, mit grimmiger Miene. Wenn sie lügt, ist sie um einiges besser geworden als bei unserer letzten Konfrontation, aber wenn sie die Wahrheit sagt, ergibt das keinen Sinn. »Hör mal … am besten fangen wir noch mal ganz von vorn an. Wer war heute Abend hier und was ist passiert?«

April holt Luft. »Also, wir haben gefeiert. Fox' Eltern sind nach New York gefahren, deshalb wusste er, dass sie nicht im Cottage sein würden, und er hat alle dorthin eingeladen.«

»Mit ›alle‹ meinst du Race und Peyton?«, frage ich nach. Race und Peyton sind Fox' und Aprils beste Freunde und zufällig ebenfalls ein Paar.

Sie nickt. »Dann noch Arlo Rossi und … noch jemand.«

Als sie das sagt, schießen ihre Augen kurz hoch zu Sebastian, richten sich aber sofort wieder auf meine Kniescheibe. Das macht mich neugierig, doch ich beschließe, nicht weiter nachzuhaken. Zumindest jetzt noch nicht. »Okay, Peyton und Race und Arlo kamen hierher und ihr hattet eine Party. Und was dann?«

»Danach weiß ich nichts mehr«, sagt sie hilflos, ihre Stimme ist nun wieder leise und zittrig. »Ehrlich, Rufus, ich habe nichts genommen – ich hatte nur ein paar Drinks, aber vielleicht waren sie stärker, als ich dachte, weil ... dann hatte ich einen Filmriss. Das Letzte, woran ich mich erinnere, ist, dass alle hier waren, und dann ... dann wache ich in der Küche auf und Fox liegt neben mir auf dem Boden und, und ...« Sie bricht ab, hickst und schlägt sich die Hand vor den Mund. Einen Augenblick lang habe ich Angst, dass sie kotzen muss, doch dann fragt sie: »Ist er wirklich tot?«

Ich rutsche auf dem albernen kleinen Stuhl herum. »Ja, April, ist er.«

Sie schüttelt ungläubig den Kopf, dass ihre kastanienbraunen Strähnen schwingen, und kneift die Augen fest zusammen. Ein paar stumme Tränen kullern über ihre bleichen Wangen. »Ich habe ihn nicht umgebracht. Das musst du mir glauben.«

Es fällt mir nicht leicht, ihren Angriff auf meine Tränendrüsen zu ignorieren, doch ich bin entschlossen, einen kühlen Kopf zu bewahren. Ich werde nicht zulassen, dass mein Urteil durch meine unterschwelligen sentimentalen Gefühle für April Covington getrübt wird. Ich bin sowieso schon ziemlich durch den Wind, an meinen nassen Shorts sind noch hellrote Ränder von Fox' Blut, und ich kann es mir im Augenblick nicht leisten, weich zu werden. Ich versuche mich an alle Gründe zu erinnern, ihr zu misstrauen, aber unsere Vergangenheit funkt immer wieder dazwischen.

Als das Getuschel und die Gerüchte über meine sexuelle Orientierung in der achten Klasse öffentlich bestätigt wurden, war April – nach Lucy – zu meiner Überraschung der zweite Mensch, der mich offen unterstützte. Der Tag, an dem ich erfuhr, dass mein Geheimnis gelüftet und ich geoutet war, war schrecklich, und nach dem Schulschlussgong floh ich aus der Schule und zog mich auf eine bewaldete Anhöhe hinter dem Fußballplatz zurück. Alles, was ich wollte, war, meinen Tränen irgendwo freien Lauf lassen zu können ohne ein Publikum aus johlenden, höhnischen Dreizehnjährigen, aber meine Halbschwester schaffte es irgendwie, mich zu finden.

»Mir ist das egal«, platzte sie mit gedämpfter Stimme heraus, sobald ich sie bemerkte, das kupferfarbene Sonnenlicht vergoldete ihr Gesicht. »Es ist mir egal, dass du schwul bist, meine ich. Für mich macht das keinen Unterschied. Da ist doch nichts falsch daran, und wenn Cody und Eric sich deswegen über dich lustig machen, sind sie einfach nur Scheißkerle.«

»Danke«, antwortete ich unbeholfen, verwirrt durch ihr Mitgefühl, und außerdem fiel mir auch nichts Bedeutsameres ein. Cody Barnes war einer von Haydens vielen Gefolgsleuten und immer bereit, mich auf jede nur denkbare banale Art zu verletzen, wenn er sich damit die Aufmerksamkeit seines Helden sichern konnte, aber Eric Shetland war – bis zu diesem Morgen – einer meiner besten Freunde gewesen. Sein Verrat schmerzte mich so sehr, dass ich das Gefühl hatte, überhaupt niemanden mehr verstehen zu können.

»Hayden ist auch ein Scheißkerl.« April errötete vor heimlichem Vergnügen, weil sie es laut gesagt hatte. »Er ist total gemein. Die ganze Zeit. Du hast wirklich Glück, dass du nicht mit ihm zusammenleben musst.« Instinktiv warf sie einen

Blick über ihre Schulter, als könnte sie allein durch das Aussprechen seines Namens seine Gegenwart heraufbeschwören, und fuhr dann mit glühender Inbrunst fort: »Ehrlich, Rufus. Manchmal wünsche ich mir, er wäre tot. Manchmal wünsche ich mir, du wärst mein richtiger Bruder und Hayden würde gar nicht existieren!«

Daraufhin warf April plötzlich und ohne Vorwarnung die Arme um mich – unsere erste richtige Umarmung –, bevor sie sich umdrehte und zurück zur Schule lief, während ich immer noch ganz verdattert war von dieser unvermuteten Liebesbezeugung.

Diese Erinnerung bewusst ausblendend frage ich April: »Wo war dein Handy?« Die Frage scheint sie zu verwirren, deshalb hole ich weiter aus. »Du bist neben Fox aufgewacht und dann hast du mich angerufen. Wo war dein Handy?«

Sie setzt ein bestürztes Gesicht auf. »Ich nehme an, das hatte ich bei mir. Ehrlich gesagt weiß ich es nicht.«

»Du musstest es nicht erst suchen?«

»Ich glaube nicht. Ich meine, wenn doch, hätte ich nicht neben Fox gesessen, als du kamst.« Sie zittert ein bisschen.

»Und warum hast du mich eigentlich angerufen?«, frage ich schließlich, nachdem ich eins und eins zusammengezählt habe. Ich bin mir ziemlich sicher, den Grund dafür zu kennen, und erwarte ihre Antwort mit wachsendem Unbehagen.

»Verstehst du das nicht?« Sie fixiert mich mit gehetztem Blick. »Alle meine Freunde waren da. Das Letzte, woran ich mich erinnere, ist, dass wir eine große Party feierten; und dann wache ich plötzlich auf, mein Freund ist tot und ich bin ganz allein hier! Sie haben mich im Stich gelassen, Rufus.« Mit beiden Händen streicht sie sich das Haar aus dem Gesicht und flüstert: »Ich habe es nicht getan. Ich weiß, dass ich es nicht getan habe. Aber das bedeutet ... es bedeutet ...«

»Einer von ihnen ist der Mörder«, folgert Sebastian und reibt sich die Augen. »Fuck.« Ich sehe ihm an, dass er bereut, sich heute Abend aus einem Impuls heraus auf die Suche nach mir gemacht und mich aus schlechtem Gewissen oder Neugier heraus so bereitwillig nach South Hero Island kutschiert zu haben, nur um dann über die Leiche eines seiner Freunde zu stolpern.

»Ich habe es nicht getan«, beharrt April und blickt mich so flehentlich und verzweifelt an wie ein bettelndes Waisenkind. »Du kennst mich, Rufus, zu so etwas wäre ich niemals fähig!« Da bin ich mir nicht so sicher, aber bevor ich es ansprechen kann, kommt sie bereits zum eigentlichen Grund ihres Anrufs. »Du musst mich von hier wegbringen, ja? Meinen Bikini habe ich schon eingepackt – wir können ihn in den See werfen und ...«

»April ...«

»Sie haben mich hier allein sitzen lassen, damit ich für etwas den Kopf hinhalte, was ich nicht getan habe!« Die Stimme meiner Halbschwester schraubt sich nach oben, ihre Wangen werden fleckig. »Das ist hier etwas anderes, als mit deinen Loser-Freunden beim Saufen erwischt zu werden, Rufus«, schleudert sie mir in Anspielung auf das Sündenregister in meiner Schulakte entgegen, sie weiß genau, welche Knöpfe sie bei mir drücken muss. »Ich könnte verdammt noch mal im Gefängnis landen! Im Gefängnis!«

»Wenn ich tue, was du von mir verlangst, könnte verdammt noch mal *ich* im Gefängnis landen«, blaffe ich zurück. Die Wut, die in mir aufsteigt, ist stärker als mein Pflichtgefühl und lässt meine Sicht verschwimmen. »Selbst wenn du deinen Bikini wegwirfst – selbst wenn wir deine Fingerabdrücke vom Messer und allem anderen hier wegwischen –, werden Fox' Eltern ihn trotzdem tot in ihrer Küche finden, werden die Cops trotzdem eine beschissene Tonne Drogen im Esszimmer finden und all deine Freunde trotzdem sagen, dass dein Freund noch gelebt hat, als sie ihn zuletzt gesehen haben, und dass er mit dir allein im Haus war.« Ich sauge gierig Luft in meine Lungen, weil ich meinen ganzen Sermon mit einem einzigen Atemzug von mir gegeben habe. »Kapierst du es nicht, April? Du kannst das hier nicht vertuschen, und wenn du es versuchst, wird es nur noch schlimmer für dich aussehen!«

Sie verstummt, presst die Lippen zu einem dünnen Strich zusammen und wir starren einander finster an. Ich kenne sie besser, als sie glaubt; ich kann sehen, was hinter ihren leuchtend blauen Augen vorgeht. Die meisten Menschen in ihrem Leben sind empfänglich für ihre Manipulationen, weil sie ihr gefallen wollen, doch ihre Tränen und ihr Getue ziehen bei mir nicht. Sie sucht ganz bewusst nach einer Schwachstelle bei mir, an der sie ansetzen kann.

»Okay, du hast recht«, sagt sie schließlich. »Ich glaube, ich habe nicht richtig nachgedacht. Aber du kannst nicht einfach die Polizei rufen, Rufus. Dad – *unser* Dad – wird mich umbringen. Das weißt du.«

Auch das ist fraglich. Peter ist für seine Wutanfälle berüchtigt – wer wüsste das besser als ich, schließlich habe ich nicht nur darunter gelitten, sondern auch die Neigung dazu geerbt –, aber er und Isabel behandeln April wie ein rohes Ei. Der Mann würde durchdrehen, sollte seine Tochter in einen Mord verwickelt werden, und doch kann man sich kaum vorstellen, dass er es an ihr auslassen würde. Andererseits habe ich im Grunde keine Ahnung, was bei den Covingtons hinter verschlossenen Türen vorgeht.

»Also, was genau schlägst du vor?«, frage ich argwöhnisch.

»Ich weiß von dem Anruf deiner Mom heute«, verrät sie mir, endlich hat sie ihren Ansatzpunkt gefunden, und ich spüre, wie sich unter meinen Füßen die Falltür öffnet. »Ich weiß, dass ihr Geld braucht, und ich bin bereit, dich zu bezahlen …«

»Ich nehme kein Geld dafür, bei der Vertuschung eines Mordes mitzuhelfen«, erkläre ich aufgebracht. Es bestürzt mich, wie demütigend genau sie mich durchschaut hat.

»Nicht dafür«, beharrt sie und beugt sich vor, die Sehnen ihrer Hände zeichnen sich deutlich ab, als sie die Finger in die Bettdecke krallt. »Du bist schlau, Rufus – das ist allgemein bekannt. Erinnerst du dich noch, als wir zusammen im Sommerleseklub waren? Du konntest all die kleinen Detektivgeschichten zum Mitraten lösen. Vielleicht findest du raus, was heute Abend passiert ist!«

»April, ich war elf«, bringe ich stotternd hervor, »und das waren nur ein paar blöde Rätsel, in denen die Antwort schon versteckt war!« Der »Sommerleseklub« war eine Veranstaltung der öffentlichen Bibliothek, bei der die Eltern ihre Kinder guten Gewissens einige Stunden abliefern konnten. Ein mutiger Freiwilliger, der vor Herablassung triefte, las uns eine Reihe zweiseitiger Detektivgeschichten vor –

es ging um Diebstahl oder Leute, die überfallen wurden –, deren Lösung sich ganz einfach finden ließ, indem man die Ungereimtheiten in der Handlung aufspürte. Ein Mann behauptet zum Beispiel, bei ihm wäre gerade die Post gekommen, als sein Nachbar ausgeraubt wurde, nur dass es anscheinend an einem Sonntag passierte, und da gibt es keine Post. Es war Kinderkram, und ich knackte nur deshalb als Einziger die Rätsel, weil es die anderen nicht einmal versuchten. »Das hier ist das richtige Leben – verdammt, das ist ein echter Mord –, und ich wüsste nicht, wie ich das anpacken soll! Selbst wenn ich etwas herausfände, müssten wir zur Polizei gehen.«

»Schon klar«, flüstert sie wehrlos, ihr Kinn bebt. »Aber … bitte Rufus. Bitte. Ich will ja gar nicht, dass du denjenigen, der das getan hat, schnappst, aber ich brauche Hilfe. Ganz, ganz dringend.« Tränen kullern über ihre Wangen und mir wird bewusst, dass ihre Angst echt ist. »Alles, was ich möchte, ist, dass du mit den Leuten redest, die auf der Party waren, und dir anhörst, was sie erzählen. Vielleicht merkst du es, wenn einer lügt? Vielleicht verrät sich ja einer? Und dann können wir zur Polizei gehen und dort sagen, was wir wissen. Alles. Mehr verlange ich nicht.«

Ich seufze. Ein pochender Schmerz erfasst meine Schläfen, als würde ein Schmiedehammer ein Hufeisen bearbeiten. »April …«

»Ich habe zweitausend Dollar in bar und gebe dir alles, wenn du mir hilfst herauszufinden, wer Fox wirklich umgebracht hat«, schneidet sie mir entschieden das Wort ab, und meine Kinnlade sackt nach unten. »Zweitausend, Rufus – einfach so –, wenn du bereit bist, mit allen zu reden. Nur reden. Und danach gehen wir auf alle Fälle zur Polizei. Okay?«

Ich kann von ihren Augen ablesen, dass sie vor der Polizei unendliche Angst hat, und auch, dass sie das mit den zweitausend wirklich ernst meint. Es wäre Wahnsinn, das anzunehmen – das Sündenregister in meiner Schulakte ist bereits so lang, dass ich mir keine weiteren Schwierigkeiten mehr leisten kann –, aber damit hat sie meine Achillesferse getroffen. Noch während ich mir vornehme, Nein zu sagen, gehe ich im Geist die Gründe durch, die es rechtfertigen würden, Ja zu sagen.

Mein Blick fällt auf die Uhr auf dem Nachttisch der Whitneys, leuchtend rote Ziffern erinnern mich daran, dass die Zeit tickt. »Wann sollen Fox' Eltern aus New York zurückkommen?«

»Erst in ein paar Tagen«, antwortet April und mustert mein Gesicht eindringlich.

Ich nicke. Keine Gefahr von dieser Seite. Ich werde keine polizeiliche Untersuchung behindern, weil es bislang keine Untersuchung gibt; ich werde keine Beweismittel entfernen oder zerstören; und wir werden letztendlich zur Polizei gehen und das Verbrechen selbst anzeigen. Genauer gesagt: April wird das Verbrechen anzeigen – und der Schaden, der theoretisch dadurch entsteht, dass sie den Tatort verlässt, ist schon passiert, als ich sie unter die Dusche gezerrt habe, damit sie wieder zu sich kommt. Das lässt sich nicht mehr ungeschehen machen, aber wir können dafür sorgen, dass sie nicht ganz so schlecht dasteht, indem wir die Polizei verständigen, bevor sie überhaupt von dem Mord erfährt.

Doch das ist alles nur nebensächlich. Das Einzige, was

wirklich zählt, ist, dass meine Mom der Bank achttausend Dollar schuldet und nicht weiß, wo sie die hernehmen soll. Sie hat knapp zweitausend zusammengekratzt; ich habe gut zweitausend gespart – und ich werde sie zwingen, sie anzunehmen, egal, was sie dagegen einwendet; dazu noch die zwei von April. Das ist zwar nicht genug, aber fast. Vielleicht reicht es, um für den Rest einen Aufschub heraushandeln zu können.

Selbst wenn der Plan nicht aufgeht, ist es einen Versuch wert. Auf jeden Fall. Denn von der Schule zu fliegen, weil ich mich in irgendein Psychodrama in Fox' Cottage verwickeln habe lassen, ist immer noch besser, als obdachlos zu sein – und wenn wir sowieso aus dem Haus geworfen werden, ist meine Schulakte mein geringstes Problem.

Ich schließe kurz die Augen, hole tief Luft und nicke April zu. »Okay. Ich mache es.«

4

WORTLOS BEUGT sich meine Schwester nach unten und holt einen Rucksack unter dem Bett hervor, den der Spitzenvolant des Bettüberwurfs zugedeckt hatte. Nachdem sie mehrere Fächer durchwühlt hat, zieht sie schließlich ein fettes Bündel Banknoten heraus – eine mit Gummiband zusammengehaltene Rolle, dick genug, um ein Zebra zu ersticken – und reicht es mir. »Wenn du willst, kannst du nachzählen, aber es sind zweitausend. Sie gehören dir, egal, was passiert.«

Das soll mich wohl beruhigen, aber mein Magen hebt sich schon wieder. Niemand trägt zweitausend Dollar in bar einfach so mit sich herum. Entweder war das Geld für etwas Illegales gedacht oder es stammt aus einem illegalen Deal, und während ich dasitze und die Zehner, Zwanziger und Fünfziger zähle, wird mir immer mulmiger zumute. Es ist mir nicht entgangen, dass April den Rucksack erst nach dem Geld durchsuchen musste und dass an einem der Zipper ein Schlüsselring baumelt, der sich leicht zuordnen lässt – ein Metallemblem aus zwei überkreuzten Lacrosseschlägern. Die Tasche gehört Fox, das Geld auch, und je weniger ich darüber weiß, desto besser für mich.

»Okay«, beginne ich mit rauer Stimme, während ich exakt zweitausend Dollar in die trockenste Tasche meiner feuchten Cargoshorts stopfe, »wie viele Leute waren auf der Party?«

»Sechs«, antwortet April prompt. Die Rechnung ist einfach, aber die Gleichung enthält eine Unbekannte: April + Fox, Peyton + Race und Arlo +«irgendwer« = sechs. Bevor ich nachfragen kann, wer die sechste Person war und warum April diesbezüglich so bewusst vage bleibt, fährt sie schon fort: »Es sollte kein großes Ding sein – nur unsere Clique, verstehst du? Fox hatte keinen Bock mehr auf Partys, zu denen die halbe Schule auftaucht und bei denen irgendwas zu Bruch geht oder irgendjemand Bier über die Arbeitsunterlagen seiner Mutter kippt, also war es nur unser engster Kreis.«

»Und was ist passiert?«, fragt Sebastian behutsam. Auch er hat Aprils defensiven Ton bemerkt. Offensichtlich war schon irgendetwas vorgefallen, bevor sie angeblich einen grausigen Mord verschlief.

Meine Halbschwester hält einen Augenblick inne, für mich ein sicheres Zeichen, dass sie uns nur eine zensierte Version der Ereignisse liefern wird. »Es gab eine Schlägerei«, räumt sie ein. Arlo und Fox … sie haben sich geprügelt.«

»Weswegen?«, frage ich.

»Keine Ahnung.« Sie zuckt mit den Schultern, es wirkt ehrlich. »Ich war draußen hinterm Haus, im Whirlpool, und wir haben die beiden brüllen hören. Als wir zur Veranda kamen, haben sie schon aufeinander eingeschlagen und alles. Dann hat Fox zu Arlo gesagt, er soll abhauen, und Arlo ist gegangen.«

»Wann genau war das?«

»Keine Ahnung«, wiederholt sie schuldbewusst. »Ungefähr eine halbe Stunde, bevor ... bevor ich diesen Blackout oder was auch immer hatte?«

Die letzten Worte dieses Satzes sind so offenkundig an den Haaren herbeigezogen, so weit entfernt von dem, was sie eigentlich sagen wollte, dass mir erst mal keine Entgegnung einfällt und Sebastian einwerfen kann: »Also, soweit du dich erinnerst, war Arlo schon lange weg, als du eingeschlafen bist?«

»Vielleicht. Also, wahrscheinlich?« Schlagartig hat April auf »hilfloses kleines Mädchen« umgeschaltet, mit weit aufgerissenen Bambi-Augen und zerknirschter Miene, und am liebsten würde ich sie wieder schütteln. »Ich erinnere mich nicht direkt daran, dass ich sein Motorrad hätte wegfahren hören, aber selbst wenn er gefahren ist, hätte er doch zurückkommen können in der Zeit, als ich ausgeknockt war?«

»Hör mal«, erkläre ich, teils bedauernd, teils aber auch erleichtert, »wenn Arlo ihn umgebracht hat, dann kann ich dir dein Geld auch gleich wieder zurückgeben. Dieser Typ hasst mich wie die Pest und wird bestimmt kein Wort mit mir reden. Und wenn er es war, schon zweimal nicht.«

Arlo Rossi, der genau wie Hayden in diesem Frühjahr die Ethan Allen abgeschlossen hat, ist vielleicht der schlimmste Missgriff, den sich Mutter Natur jemals geleistet hat. Während Hayden mit seinem bewusst schnöseligen Look wie ein Sexualmörder aus den Achtzigern wirkt, bemüht sich Arlo nach Kräften, die Rolle des stadtbekannten Rowdys auszufüllen; er entspricht allen Klischees, fährt Motorrad, hat eine hässliche Frisur und trägt am Hals ein Tattoo, das wohl einen Feuer speienden Leoparden darstellen soll. Hayden und er waren zwar nicht gerade Freunde, aber sie waren ebenso angesagt wie gefürchtet. Zwischen ihnen gab es einen Nichtangriffspakt, mit dem sie die Schule und die Schülerschaft in Einflussbereiche aufgeteilt hatten, und ich gehörte bei beiden in die Feindeszone. Mich einfach so aus Jux absichtlich-zufällig gegen Wände zu knallen, war eines der wenigen Dinge, die sie gern gemeinsam taten.

»Du kannst es aber doch zumindest versuchen, oder?«, fordert April empört. »Er wird dich schon nicht gleich zu-sammenschlagen, nur, weil du ihm ein paar Fragen stellst!«

Ich beiße die Zähne zusammen, frustriert von ihrer Ahnungslosigkeit. »April, Arlo würde mich auch ohne Grund zusammenschlagen, und umso mehr, wenn ich ihm Fragen zu einer Party stelle, bei der er womöglich jemanden umgebracht hat. Weiter als ›Hi, wie geht's?‹ werde ich nicht kommen, bevor er mir einen Stahlkappenstiefel in den Hintern rammt!«

»Mit mir wird er reden«, schaltet sich Sebastian über-raschend ein. Ich werfe ihm einen Blick zu, aber er starrt zu Boden, seine Haltung ist angespannt. Als er schließlich auf-sieht, lese ich widerstreitende Gefühle in seinen Augen, ein Tauziehen zwischen Angst und Überzeugung. Er holt tief Luft. »Wir kommen ganz gut miteinander klar. Wir sind zwar nicht unbedingt Freunde oder so, aber wenn ich die Fragen stelle, besteht die Chance, dass wir eine Antwort kriegen.«

»Du musst das nicht machen«, sage ich automatisch. Meine ablehnende Haltung hat mehrere Gründe, die miteinander zusammenhängen. Während ich vor gar nicht allzu langer Zeit alle möglichen Vorwände gesucht habe, um Sebastian nur noch ein einziges Mal zu sehen, ist jetzt mein einziger Wunsch, dass er wieder aus meinem Leben verschwindet. Ich bin immer noch wütend, immer noch verletzt, und – was das Schlimmste ist – ich fühle mich nach wie vor zu ihm hingezogen, selbst nach einer Woche voller Panik, vier Wochen tränenreichem Elend und einer weiteren Woche, in der ich mir erfolglos vorgemacht habe, er sei für mich gestorben. Ich hatte mir eingeredet, über ihn hinweg zu sein, aber jedes Mal, wenn er mich jetzt ansieht, mich anlächelt, mich berührt, fühlt es sich zu meinem Entsetzen gut an; mir wird allmählich klar, dass ich nie aufgehört habe, ihn zu vermissen, und das macht mir Angst. »Setz mich einfach bei mir zu Hause ab, dann nehme ich das Auto von meiner Mom. Sie ist inzwischen bestimmt schon im Bett.«

»Gerade hast du selbst gesagt, dass Arlo nicht mit dir reden wird«, kontert er und reibt sich nervös die Oberschenkel, »und Race wahrscheinlich auch nicht. Ich dagegen komme gut mit den Jungs klar. Sieh's einfach ein: Du brauchst mich.«

April beobachtet unseren Wortwechsel mit zusammengekniffenen Augen und spricht schließlich aus, was ich schon den ganzen Abend fragen wollte. »Bash, was machst du überhaupt hier?«

»Ähm ...« Sebastian erstarrt und blinzelt hilflos. »Wir waren ... ich war auf einer Party ... auf derselben Party wie Rufus, als du angerufen hast. Und weil ich schon mal hier draußen gewesen bin, habe ich angeboten, ihn zu fahren.«

Diese Erklärung ergibt für sie eindeutig keinen Sinn. »Aber –«

»Wo wohnt Arlo überhaupt?«, unterbreche ich, um das Gespräch in eine andere Richtung zu lenken. Gegen besseres Wissen interessiert es mich ebenfalls brennend, warum Sebastian wieder in mein Leben getreten ist, aber das werde ich ganz bestimmt nicht vor April erörtern. Außerdem, egal, wie sehr mich mein Ex-Freund verletzt hat, es liegt mir nach wie vor viel daran, sein Geheimnis zu wahren. Dass mir ein Recht auf ein selbstbestimmtes Coming-out vorenthalten wurde, war eine verheerende Erfahrung; trotz aller Selbstgerechtigkeit möchte ich nicht, dass es einem anderen genauso ergeht. »Du wirst es nämlich nicht glauben, aber er hat mich noch nie zu sich eingeladen.«

April sieht mich ausdruckslos an und gibt die Frage mit einem auffordernden Blick an Sebastian weiter, der nur unsicher mit den Schultern zuckt. »Keine Ahnung, Mann. Ich bin auch noch nicht dort gewesen.«

»Na toll.« Ich seufze übertrieben laut. »Was für ein grandioser Start – wir wissen nicht mal, wo unser Hauptverdächtiger wohnt. Ich will ja nicht pessimistisch klingen, aber was ist, wenn wir zwar seine Adresse rausfinden, ihn aber nicht antreffen, weil er untergetaucht ist? Eventuell um zu vermeiden, in eine Mordermittlung hineingezogen zu werden?«

»Ich kann ihn anrufen«, schlägt April vor.

»*Nein.*« Mein Ton ist so scharf, dass sie zusammenzuckt. »April, wenn Arlo Fox' Mörder ist, dann ist er auch derjenige, der es dir in die Schuhe schieben will. Wer immer dich hier sitzen lassen hat, hat dafür gesorgt, dass dein Telefon griffbereit neben dir liegt. Kapierst du denn nicht, was das bedeutet?« Als Reaktion ernte ich nur wieder einen leeren Blick. »Es bedeutet, jemand wollte, dass du die Polizei anrufst! Die Cops sollten hier rauskommen und dich total stoned und blutüberströmt neben der Leiche deines Freundes finden, und das in einem Haus voller Drogen, die bekanntermaßen gewalttätig machen!«

»Ich hab dir doch gesagt, ich hab nichts genommen –«

»Gut, egal«, zische ich gereizt und beschließe, das Thema nicht weiter zu verfolgen. Dazu haben wir keine Zeit. »Wer es auch getan hat, er ist überzeugt davon, dass dich all diese Indizien belasten, und rechnet damit, dass du nach dem Aufwachen zum Handy greifst. Falls Arlo der Mörder ist und du ihn anrufst und ganz lässig tust, so in dem Stil: ›Oh, ich wollte nur wissen, wo du gerade bist – einfach so!‹, wird er bestimmt misstrauisch. Deswegen muss jetzt erst mal Funkstille sein, April. Das meine ich ernst.«

»Okay.« Sie hebt kapitulierend die Hände und macht ein schmollendes Gesicht dabei. Seltsamerweise gleitet ihr Blick erneut zu Sebastian, bevor er wieder zu mir schießt. »Es gibt da jemanden, der wahrscheinlich weiß, wo Arlo ist. Und sogar … ihr wisst schon, gerade mit ihm zusammen sein könnte.«

»Wer?«

April spielt mit den Anhängern ihres silbernen Armbands. »Lia.«

Sebastian und ich erstarren gleichzeitig, und meine Augen werden zu Granit, so hartnäckig weigern sie sich, ihn anzusehen. Zögernd und verwirrt fragt er nach: »Lia *Santos?*«

»Hm.« April windet sich reumütig. »Sie und Arlo sind zusammen zur Party gekommen. Sie sind … egal. Mir war nicht klar, ob du von den beiden wusstest.«

»Nein.« Sebastians Stimme klingt leer. »Ich hatte keine Ahnung.«

Am letzten Freitag im Mai wankte ich wie ein Zombie aus der siebten Unterrichtsstunde, der bloße Akt, einen Fuß vor den anderen zu setzen, kostete mich schier übermenschliche Kräfte. Ich schleppte mich durch die Flure zu dem Klassenzimmer, in dem sich die Autoren und Redakteure von Front Line *nach dem Unterricht trafen, und ließ mich auf einen Stuhl fallen. Nichts wollte ich weniger, als noch eine Stunde in einem Raum voller nichts ahnender Leute zu sitzen und so zu tun, als wäre ich nicht untröstlich und verzweifelt, aber meine Mom konnte mich erst nach der Sitzung abholen – und es war ja nicht so, als hätte ich mich in einer anderen Umgebung weniger mies gefühlt.*

Außerdem bestand immer noch die Chance – ich war so tief gesunken, mich an diesen Gedanken zu klammern –, dass Sebastian vielleicht dieses Mal auftauchte.

Vor genau sechs Tagen und neunzehn Stunden hatte ich das letzte Mal von ihm gehört – sechs Tage und neunzehn Stunden unbeantworteter Nachrichten und Anrufe, in denen ich wie besessen seine Accounts bei Twitter, Instagram und Facebook nach Hinweisen darauf checkte, was in ihm vorging, und in denen ich versuchte herauszufinden, wie ich das, was immer ich falsch gemacht hatte, wiedergutmachen könnte.

Mir war regelrecht übel. Vier Monate waren wir zusammen gewesen – vier Monate! *Das verstohlene Lächeln, das wir*

tauschten, wenn niemand hinsah, die hastigen Küsse in leeren
Fluren oder an unserem geheimen Platz hinter dem Theater,
die mein Herz wie wild schlagen ließen, unsere gemeinsamen
Abende, an denen wir schlechte Horrorfilme ansahen und
Pizza aßen und in seinem Zimmer knutschten, während seine
Eltern dachten, wir würden für einen Biologie-Test lernen;
alles war so fantastisch und so aufregend gewesen, eine endlose
Reihe von Türen zu immer neuen, erhebenderen Glücksmomen-
ten. Wie konnte er mich nach all dem einfach so, ohne jede
Erklärung, davon aussperren?

An jenem Tag jedoch glänzte Sebastian wieder durch Ab-
wesenheit, und ich legte mein Handy vor mir auf den Tisch,
damit ich sofort sehen könnte, falls er mir eine Nachricht
schickte. Die Minuten verstrichen quälend langsam, während
langweilige Ideen für Artikel vorgeschlagen, besprochen und
zugeteilt wurden. Zeitgleich mit unserer Sitzung traten in der
Turnhalle die Cheerleaderinnen auf, und die gelegentlichen
Unterbrechungen durch Jubelrufe und rhythmisches Stampfen
betonten nur, wie schrecklich öde unsere Debatte darüber war,
ob es Front Line zustand, das Verhalten bestimmter Mitglieder
des Lehrkörpers offen zu kritisieren.

Mr Cohen spaltete gerade hauchdünne ideologische Härchen, wobei er die Vorzüge der Redefreiheit pries und uns
gleichzeitig nahelegte, unsere vorlaute Klappe zu halten, als das
Quietschen von sich eilig nähernden Tennisschuhen auf dem
Linoleum des Flurs unsere Aufmerksamkeit erregte. Zwei
Sekunden später platzte Ramona Waverley – eine aufdring-
liche Elftklässlerin, die sich unerklärlicherweise mit Haut und
Haaren unserem High-School-Blättchen verschrieben hatte –
ins Zimmer. Mit rotem Gesicht und weit aufgerissenen Augen

verkündete sie: »Oh mein Gott, Leute! Scheiße noch mal, OH MEIN GOTT!«

Mr Cohen war das personifizierte Stirnrunzeln. »Ramona –«

»Tut mir leid, Mr C.«, entschuldigte sie sich brav für ihre obszöne Wortwahl, »aber das ist einfach … also echt … Ich war gerade in der Turnhalle, okay? Und wir müssen es einfach in der Schülerzeitung bringen, Mr C., weil die ganze Schule darüber reden wird!«

»Worüber denn, Ramona?«

Und dann erzählte sie es uns. »Okay, vor dem Spiel stehen ja immer die Lehrer und Spieler auf und sagen was, um die Zuschauer anzuheizen, ja? Halten eine Rede und so. Also, gleich nachdem Coach Kowalski gesprochen hatte, ist Bash nach vorne gegangen und hat sich das Mikrofon geschnappt – obwohl er gar nicht dran war – und hat vor allen Leuten Lia Santos angefleht, ihn wieder zurückzunehmen! Er sagte, er hätte nie aufgehört, sie zu lieben, und es wäre der größte Fehler seines Lebens gewesen, dass er vor vier Monaten mit ihr Schluss gemacht hat, und dann fiel er auf die Knie und fragte sie, ob sie wieder seine Freundin sein wollte! Und als sie ›Ja‹ sagte, fing er doch tatsächlich an zu heulen!« Ramona war ganz außer Atem. »Es war total romantisch! Echt, ich wäre fast gestorben. Alle wären fast gestorben. Das muss unbedingt in die Zeitung.«

Plötzlich fingen alle gleichzeitig zu reden an. Einige Mädchen vorne gurrten, wie sehr sie sich wünschten, ein Junge würde das für sie empfinden, was Bash für Lia empfand, und ein paar Zyniker schlossen Wetten darüber ab, wie lange das launenhafte Superpaar diesmal zusammenbleiben würde.

Ich starrte nur auf mein Handy, durch einen dichten,

schimmernden Vorhang aus ungeweinten Tränen, und spürte,
dass gerade etwas in mir zerbrochen war.

In der Totenstille, die auf Aprils unerwartete Enthüllung folgt, während sie es vermeidet, Sebastian anzusehen, und Sebastian es vermeidet, mich anzusehen, sage ich hölzern: »Okay, dann reden wir am besten als Erstes mit Lia.«

Ohne ein weiteres Wort stehe ich auf, gehe zur Tür und stürme hinaus mitten in das verwüstete Wohnzimmer, wo nach wie vor der Geruch von Fox' Blut in der Luft liegt.

5

LEIDER VERPUFFT die Wirkung meines hochdramatischen Abgangs ziemlich schnell, denn mir fällt auf, dass ich meine Schuhe und mein T-Shirt im Badezimmer vergessen habe, und ich muss zurück, um sie zu holen. Ich erinnere April daran, ihr Smartphone aus der Küche mitzunehmen, und bevor Sebastian oder ich reagieren können, hat sie sich ein Küchenhandtuch von der Arbeitsplatte geschnappt und damit ihre Fingerabdrücke vom Messergriff gewischt. Trotzig verkündet sie: »Ich werde auf gar keinen Fall wegen dieser Sache ins Gefängnis gehen. Ich habe ihn nicht umgebracht, und das lasse ich mir auch von niemandem anhängen!«

Es ist zu spät, um sie aufzuhalten, und ich habe keine Kraft, darüber zu spekulieren, was passieren wird, wenn die Cops rauskriegen, was sie gemacht hat, also führen wir sie nur aus dem Haus und hinunter zu Sebastians Jeep. Während wir vor dem Cottage der Whitneys in drei Zügen wenden, vermittelt es einen erschreckend friedlichen, bewohnten Eindruck, aus den Fenstern fällt warmes Licht auf die Veranda und die Büsche, und bei dem Gedanken, was einen dort drinnen erwartet, überläuft mich unwillkürlich ein Schauder.

Meine Finger malträtieren wieder den Sicherheitsgurt, als ich mich frage, wie viel Zeit uns wohl noch bleibt. Jede Minute kann es so weit sein, dass jemand die Leiche findet und die Polizei verständigt. Ich bin mir ziemlich sicher, dass noch niemand sie alarmiert hat; hätte einer der Nachbarn den Mord mitbekommen, hätte es dort schon lange, bevor Sebastian und ich uns überhaupt auf den Weg machten, vor Cops gewimmelt. Und außerdem: Wir haben eine halbe Stunde gebraucht. Die Aussicht auf eine einstündige Fahrt hin und zurück wird die Partygäste vermutlich davon abhalten, so spät in der Nacht noch mal zum Cottage zu fahren, für den unwahrscheinlichen Fall, dass jemand etwas dort vergessen hat.

Innerlich bete ich mir diese Tatsachen vor wie ein Mantra, versuche, meine Angst zu unterdrücken, aber es hilft wenig. Das Verhalten eines Menschen, der Fox mit dem Messer durchlöchert hat, lässt sich schwer einschätzen; er hat Aprils Handy da hingelegt, wo sie es erreichen konnte, vermutlich in der Hoffnung, sie würde das Naheliegendste tun – ihre Eltern oder die Polizei anrufen und den Mord an Fox melden –, aber es ist durchaus möglich, dass der- oder diejenige vorhat, sie selbst bei der Polizei zu verpfeifen. Ich habe mich da auf ein ziemliches Wagnis eingelassen.

Wie lange will ich mit dieser närrischen Aktion eigentlich noch weitermachen, bevor ich April an ihr Versprechen erinnere, zur Polizei zu gehen? Und was erwarte ich eigentlich von dieser Ansammlung arroganter, feindseliger Typen zu erfahren, die auf Fox' Party waren? So gut wie nichts, wenn ich ehrlich bin; aber für zweitausend Dollar bin ich sogar bereit, mit dem Kopf gegen die sprichwörtliche

Wand zu rennen, also kann ich zumindest einen Versuch wagen.

Während der Jeep durch den dunklen Tunnel aus Bäumen gleitet, der uns zurück zum Highway Number Two führt, werfe ich aus dem Augenwinkel einen verstohlenen Blick auf Sebastian, und seine angespannte, brütende Miene bereitet mir ein perverses Vergnügen. Ich bin nicht stolz darauf, aber ein boshaftes Teufelchen in meinem Innern reibt sich schadenfroh und erwartungsvoll die Hände.

Es war schwer für mich, niemandem erzählen zu können, dass ich mit Sebastian zusammen war – vor allem Lucy anzulügen ging mir total gegen den Strich –, aber ich wusste natürlich, wie heikel seine Lage war. Ich verstand die Angst vor zerbrochenen Freundschaften und geschockten Eltern, davor, dass sich die Welt gegen dich wendet, nur weil du durch eine Laune der Natur ANDERS bist. Unsere Beziehung geheim zu halten, fiel mir nicht immer leicht, aber ich tat es, weil mir Sebastian wichtig war. Ich tat es, weil er es so wollte und weil ich fast alles für ihn getan hätte.

Als sich die Redaktion von Front Line *zu ihrer ersten Sitzung nach den Winterferien traf, war mir mit Schrecken bewusst geworden: Ich hatte mich in einen Hetero verliebt – und zwar heftig.*

Je häufiger Bash und ich zusammenarbeiteten, desto besser lernte ich ihn kennen und desto mehr kam ich aus der Deckung. Er fing an, über meine Witze zu lachen, vertraute mir seine geheimsten Gedanken an, und wenn er mich neckte, breitete sich eine verräterische Wärme in meinem Bauch aus. Ich begann mich auf diese Treffen nach der Schule zu freuen –

darauf, Bash Williams lächeln zu sehen, wenn ich durch die Tür trat, auf dieses elektrisierende Gefühl von Aufregung und Befangenheit, wenn ich ihn dabei ertappte, wie er mich ansah, während ein anderer redete. Und ich freute mich doch tatsächlich darauf, seinen süßen, perfekten Hintern zu betrachten, wann immer Bash zufällig vor mir ging.

Es war eine Tortur. Bash William war nicht nur mit meinen Erzfeinden befreundet, sondern er hatte auch noch eine Freundin – und jeder wusste, dass Lia und er ein fantastisches Paar abgaben. Das Problem war, dass ich ihn nicht meiden konnte, ohne die Schülerzeitung aufzugeben, was ich nun wirklich nicht wollte, dass es mir aber auch schwerfiel, mich in seiner Nähe aufzuhalten, weil meine bescheuerten Gefühle immer stärker wurden.

Wochenlang hatte ich mich insgeheim mit meiner frustrierenden Schwärmerei gequält, bis zu jenem schicksalhaften Tag im Februar, an dem wir beide uns zufällig allein im Front-Line-Büro aufhielten. Nach einem langen, seltsamen Schweigen verkündete Bash plötzlich ein wenig verlegen: »Mit Lia habe ich wieder Schluss gemacht.«

»Ach ja?« Ich schaute von meinem Laptop auf, auf dem ich gerade zwischen zwei Fotos hin- und hersprang, die ich für die nächste Ausgabe in Betracht zog, und versuchte, ganz locker zu klingen. »Ähm ... das tut mir leid.«

Er zuckte mit den Schultern, irgendwie steif und ungelenk. »Es ist okay. Ich meine, es ist ... wir haben uns ja schon öfter getrennt. Aber ich denke, dieses Mal ist es endgültig. Verstehst du? Ich meine, ich möchte, dass es endgültig ist. Ich habe nachgedacht ... Keine Ahnung.« Er holte tief Luft, und einen langen, wortlosen Moment wirkte es merkwürdigerweise so, als *hätte er Angst. Er fuhr sich mit der Zunge über die Lippen und atmete noch einmal tief ein. »Ich glaube ... ich glaube, ich stehe auf jemand anders.«*

Die ganze Zeit über hatte er mit seinem Smartphone herumgespielt, es immer wieder mit fahrigen Bewegungen gedreht, als wüsste er nicht, wie herum er es halten wollte. Dann schaute er auf einmal zu mir herüber, und da lag etwas in seinem Blick, das meinen Magen Purzelbäume schlagen und meinen Hals heiß werden ließ. Wir sahen uns gefühlte hundertfünfzig Jahre lang an, mein Herz wummerte so laut, dass mir beinahe die Trommelfelle platzten; schließlich rückte er näher, bis ich sein Rasierwasser – Vetiver und Zitrusnoten – riechen konnte ... und dann küsste er mich.

Es war eine Offenbarung. Ich war einer von vielleicht drei offen schwulen Jugendlichen an unserer dämlichen Schule und tatsächlich noch ungeküsst. Der Kuss war beinahe aggressiv, als fürchtete Sebastian, ich würde mich losreißen, als wollte er es unbedingt durchziehen, bevor ich flüchten konnte; schließlich lehnte er sich zurück und wir starrten einander in überraschtem Schweigen an.

Und dann küsste er mich noch einmal, sogar noch aggressiver, und mein Puls ging so schnell, dass er in meinen Ohren summte, in meiner Lunge war gleichzeitig zu wenig und zu viel Luft und ich konnte die ganze Zeit nur denken: Das ist real, das passiert wirklich, ich kann nicht glauben, dass das wirklich passiert.

Eine Sekunde später hörten wir Schritte vor der Tür, und Bash fuhr zurück, genau in dem Moment, als Mr Cohen hereinkam. Ich war vollkommen überwältigt, unser Kuss brannte noch auf meinen Lippen, während Bash seinen Rucksack vom

Boden schnappte wie ein von blinkendem Blaulicht auf-
geschreckter Einbrecher.

»Ich muss mich beeilen«, verkündete er mit unnatürlich
dünner Stimme. »Bis später.«

Und weg war er. Was da gerade passiert war, hatte mich
völlig umgehauen, meine Gedanken waren ein solcher Strudel
aus Hoffnung und Freude und Verwirrung, dass ich mich auf
nichts konzentrieren konnte, was Mr Cohen mich in den
folgenden zehn Minuten fragte. Schließlich wählte ich aufs Ge-
ratewohl ein Foto aus und die ganze Zeit tobte mein Herz in
meinem Brustkorb wie eine Abrissbirne.

Das war nur der Anfang. Nach diesem ersten fantastischen
Kuss fand Sebastian immer wieder einen Vorwand, mit mir
allein zu sein, presste seine Lippen auf meine, sobald wir
ein wenig ungestört waren, und hörte erst auf, wenn wir
beide ganz benommen und außer Atem waren. Er war noch
nicht bereit, es der Welt zu sagen, und bat mich inständig,
niemandem etwas zu erzählen. Ich wollte ihn unbedingt
glücklich machen – und außerdem war ich nicht gerade erpicht auf die zusätzliche Aufmerksamkeit, die mir eine solche Neuigkeit bringen würde –, daher versprach ich ihm,
dass es unser Geheimnis bleiben würde.

In gewisser Weise wurde unsere Beziehung noch auf-
regender, weil wir sie geheim halten mussten. Die verschwörerischen Blicke, mit denen wir uns in Gegenwart anderer
Leute verständigten, wie sein Fuß während der Redaktionssitzungen von *Front Line* unter dem Tisch nach meinem
tastete, wie wir es arrangierten, dass wir zur gleichen Zeit
um eine Toilettenpause baten, damit wir uns hinter dem

Theater treffen und kurz knutschen konnten – alles fühlte sich hoch aufgeladen und irgendwie sexy und dramatisch an. Natürlich quälte es mich, dass Sebastian immer noch offen mit Mädchen flirtete – sogar direkt vor meiner Nase –, weil ich wusste, dass er Mädchen nach wie vor *mochte*. Doch ich verstand auch, warum er es für notwendig hielt, und glaubte ihm alles, was er mir sagte, wenn wir allein waren – dass ich etwas Besonderes sei, wie glücklich ich ihn mache, wie wohl er sich in meiner Gesellschaft fühle –, und so unterdrückte ich meine Eifersucht und ließ mich mit Haut und Haaren auf ihn ein.

Ich muss zugeben, auch wenn es im Rückblick ziemlich jämmerlich klingt, ich hätte nie gedacht, dass er mich abservieren würde – zumindest nicht auf die Art und Weise, wie er es getan hat, und ganz bestimmt nicht, damit er wieder zu Lia zurückkehren konnte. Er hatte mir so viel über ihre Streitereien und den beiderseitig tief sitzenden Groll erzählt, dass ich wirklich glaubte, er hätte sich endgültig aus dieser zerstörerischen Beziehung befreit. Und dann das Gegenteil herauszufinden, es noch dazu aus dem Mund dieser bescheuerten Ramona Waverley zu erfahren, die es entzückt verkündete, und nicht von Sebastian selbst … das zerriss mich innerlich.

Daher freue ich mich jetzt mit boshaftem Vergnügen auf sein Zusammentreffen mit Lia – freue mich darauf zuzusehen, wie er sie mit der Tatsache konfrontiert, dass sie ihn mit Arlo betrogen hat. Ich bin nicht stolz darauf, aber ich will ehrlich sein.

Lias Familie wohnt in einem schmucken Haus im Cape-Cod-Stil im Süden der Stadt, in einem Viertel ähnlich gestalteter Häuser, die alle gespenstisch verlassen wirken. Es ist gerade mal Mitternacht, als wir dort halten, und obwohl Feiertag ist, scheint kaum noch jemand wach zu sein. Hinter einem der Mansardenfenster, die auf die Straße hinausgehen, flimmert jedoch Licht, und Sebastian rutscht nervös auf dem Fahrersitz herum. »Das ist Lias Zimmer.«

»Also ist sie zu Hause?«

»Scheint so.«

Wir starren alle drei durch die Windschutzscheibe. Plötzlich frage ich mich, was wir machen sollen, wenn sie sich weigert, mit uns zu reden; sie hat keinen Grund, mir einen Gefallen zu tun, und wenn sie hinter Sebastians Rücken Arlo datet, ist sie wahrscheinlich auch nicht gerade erpicht darauf, ihn zu sehen. Ich lasse meinen Blick die Straße rauf und runter wandern, keine Spur vom Motorrad des tätowierten Idioten, also scheint er wenigstens nicht bei ihr zu sein.

Von der Rückbank aus unterbricht April unser unentschlossenes Schweigen mit einem genervten Seufzer. »Wollt ihr darauf warten, dass sie rauskommt und gesteht, oder was?«

»Schreib ihr«, weise ich Sebastian an. »Sag ihr, dass du hier vor dem Haus parkst.«

Widerstrebend zieht er sein Telefon hervor und tippt eine Nachricht, die ich über seine Schulter mitlese: *Muss mit dir reden. Kannst du rauskommen? Steh direkt vor dem Haus.*

Nachdem er sie abgeschickt hat, warten wir und beobachten das flackernde Licht, und aus Sekunden werden Minuten. Auf der Rückbank murmelt April boshaft: »Vielleicht will sie dich nicht sehen.«

Sebastian versucht es noch einmal. *Lia, hier ist B und ich steh vor dem Haus. Ich bleib so lange, bis du rauskommst.*

»Ist das dein Ernst?«, frage ich ihn ungläubig. »Du klingst wie ein Stalker – sie wird noch die Polizei rufen!«

»Nicht, wenn sie Fox umgebracht hat«, wirft April ein, aber da schnappe ich mir schon Sebastians Handy und tippe selbst eine Nachricht.

Ich weiß, wo du heute Abend warst. Entweder du kommst raus oder ich hämmere so lange an die Tür, bis deine Eltern aufwachen, und erzähle es allen.

Eine halbe Sekunde, nachdem ich Sebastian das Telefon wieder in die Hand gedrückt habe, verlischt das Licht hinter dem Mansardenfenster. Es vergehen noch einmal drei Minuten – in denen ich mir alles Mögliche ausmale, angefangen damit, dass sie Arlo anruft und um Hilfe bittet, bis hin dazu, dass sie sich zur Begrüßung ihres Freundes, den sie betrogen hat, in irgendwelche sexy Dessous wirft – und dann öffnet sich langsam die Haustür und Lia kommt den kleinen Weg vom Haus runter.

Sie ist eines dieser Mädchen, die so atemberaubend schön sind, dass es einen einschüchtert – Kussmund, verführerischer Blick und makellose braune Haut; sogar ihr Gang ist irgendwie beeindruckend. Sie trägt ein verknittertes T-Shirt und Laufshorts aus Baumwolle, ihr dickes schwarzes Haar hängt ihr wie ein Samtvorhang ins Gesicht, und trotzdem sieht sie immer noch aus, als würde sie gerade bei der New York Fashion Week den Laufsteg im Sturm erobern – jedenfalls steuert sie mit unverkennbar wütendem Schritt auf den Jeep zu.

»Bleib im Auto«, befehle ich April. »Sie soll dich nicht

sehen. Niemand soll wissen, dass du schon aufgewacht bist.«

»Schon kapiert.« Gereizt verzieht sie das Gesicht, duckt sich aber außer Sicht, als Sebastian und ich die Türen öffnen.

Lia, die eindeutig nicht damit gerechnet hat, dass ihr Freund noch jemanden mitbringt, bleibt abrupt am Ende des Gartenwegs stehen, in einem dunklen Fleck zwischen den Lichtkreisen der Straßenlaternen. »Was zum Teufel willst du?«, zischt sie, Arme und Schultern angespannt. Dann erkennt sie mich und schaut verblüfft. »Und was zum Teufel macht *er* hier?«

»Ich freu mich auch, dich zu sehen«, sage ich, aber sie beachtet mich nicht.

»Was verdammt noch mal bedeutet der Satz *Ich weiß, wo du heute Abend warst*?« Sie stößt Sebastian fast ihr Handy ins Gesicht. »Bash Williams, das ist bestimmt der schlimmste, erbärmlichste Versuch, meine Aufmerksamkeit zu erregen, den du je gestartet hast. Im Ernst, das ist voll daneben.«

In dem darauffolgenden Schweigen scheint die Luft förmlich zu knistern. Lias Augen blitzen im Dunkeln, während sie uns hasserfüllt ansieht. Sebastian lässt ihren Ausbruch ein wenig nachwirken. »Bist du fertig?«

»Leck mich«, faucht sie.

»Super. Wir haben da ein paar Fragen …«

»Weißt du was? Du kannst mich mal mit deinen Fragen, Bash! Ich hab's satt, mich von dir verarschen zu lassen, mir deine Versprechungen anzuhören und mich vollquatschen zu lassen! Ich bin fertig damit, also … egal, worum es geht, das kannst du dir sonstwohin stecken.«

Sie dreht sich um, will wieder zurück ins Haus gehen, da platze ich heraus: »Wo ist Arlo?«

Lia erstarrt, wirbelt herum und sieht mich argwöhnisch an. »Keine Ahnung. Woher soll ich das wissen?« Dann, als wäre sie plötzlich verwirrt: »Du meinst Arlo Rossi?«

»Ach, bitte, verschone mich«, höhnt Sebastian. »*Du meinst Arlo Rossi?* Du bist eine grottenschlechte Lügnerin.«

»Na, du musst es ja wissen«, giftet sie zurück, »Lügen waren doch immer *dein* Spezialgebiet!«

»Hört auf, alle beide!« So sehr ich ihren Krach auch genieße, ich möchte auf den Punkt kommen; Fox liegt fünfundzwanzig Meilen von hier tot in einem Cottage, und alle paar Sekunden habe ich eine neue Schreckensvision davon, wie die Polizei ihn findet, bevor wir Gelegenheit hatten, sie selbst zu benachrichtigen. »Hör zu, Lia, das ist wirklich wichtig. Wir wissen, dass du heute Abend mit Arlo auf eine Party gegangen bist, also sag die Wahrheit, okay?«

»Das stimmt nicht«, erwidert sie hartnäckig, wirkt allerdings wieder nervös. Ich muss Sebastian recht geben, sie lügt wirklich schlecht. »Ich habe keinen blassen Schimmer, wovon du da redest. Wer hat dir überhaupt so was erzählt?«

Ich wäge meine Optionen ab. »April. Sie hat mir von Fox' Party geschrieben und wollte mich danach anrufen, aber jetzt geht sie nicht ans Handy, und ich mache mir langsam Sorgen.«

Lia sieht mich mit schmalen Augen an. »Warum sollte sie ausgerechnet *dich* anrufen?«

»Weil ich der Einzige in ihrem Bekanntenkreis bin, der noch auf *Supernatural* steht und sie möchte, dass wir zusammen Fan-Fiction schreiben«, erwidere ich mit beißendem Spott. »Worüber sie mit mir reden wollte, geht dich überhaupt nichts an, aber du warst heute Abend mit ihr zusammen, also will ich wissen, was passiert ist.«

Sie wird ganz hibbelig, sieht zwischen uns beiden hin und her und richtet ihre nächste Frage an Sebastian. »Und was machst *du* dann hier? Was hast du damit zu tun?«

»Antworte ihm doch einfach«, stöhnt Sebastian. »Bitte!«

»Wahrscheinlich vögelt sie gerade mit Fox.« Die Antwort kommt wie aus der Pistole geschossen, ist gewollt grob. »Wenn man Versöhnungssex hat, vergisst man schon mal sein Telefon. Hoffentlich bist du jetzt nicht schockiert.«

Während ich noch rätsle, ob sie das wirklich vermutet oder ob sie mich nur ablenken will, indem sie dieses unwillkommene Bild vor meinem inneren Auge heraufbeschwört, wirft sie ihr langes Haar herausfordernd nach hinten, sodass zum ersten Mal Licht auf ihr Gesicht fällt. Zwischen ihrem linken Wangenknochen und der Augenhöhle prangt eine hässliche violette Verfärbung, und Lia hat gerade gemerkt, dass es uns aufgefallen ist, als Sebastian auch schon zu ihr stürzt. »Verdammt, was ist da passiert? Hat Arlo dich geschlagen?«

»Nein.« Sie schiebt ihn weg und senkt den Kopf, damit ihr verletztes Auge wieder im Dunkeln liegt.

»Lüg nicht für ihn!«

»Ich lüge nicht!«

»Ich bring ihn um«, schäumt Sebastian, das Gesicht dunkelrot vor Zorn. Er ballt die Fäuste, und die Venen an seinen Oberarmen treten hervor. »Wo ist er?«

»Jetzt krieg dich wieder ein, Bash!«, blafft Lia plötzlich. »Dieser ›Eifersüchtiger Beschützer‹-Scheiß zieht bei mir nicht, also kannst du es auch gleich lassen, okay? Ich habe es so satt! Wenn wir zusammen sind, ignorierst du mich, und wenn wir uns getrennt haben, meinst du, du bräuchtest nur irgendeine große Geste zu machen und schon wäre ich wieder bei dir, weil ich mich so verzweifelt nach irgendeinem Kerl sehne, der mir Bestätigung gibt.«

»Das ist nicht –«

»Ich hab's dir beim letzten Mal gesagt, dass es endgültig aus ist zwischen uns, und ich habe es auch so gemeint.« Sie macht eine entschiedene Handbewegung. »Ich habe genügend Zeit meines Lebens damit verschwendet, mit dir zusammen zu sein; fick dich doch selbst.«

In der darauffolgenden aufgeladenen Stille hört man nur die Grillen vor sich hin zirpen und ich drehe mich überrascht zu Sebastian um. *Lia und er haben sich wieder getrennt?* Er jedoch meidet meinen Blick; immer noch starrt er finster auf seine – inzwischen – Ex-Freundin. Mit zusammengebissenen Zähnen sagt er leise: »Wenn du glaubst, dass ich mich mit einem Typen, der dich schlägt, nur anlege, um dich zu beeindrucken, dann weißt du wirklich überhaupt nichts über mich. Jeder Typ, der ein Mädchen schlägt, hat eine Abreibung verdient. Einen anderen Grund brauche ich nicht.« Und dann: »Und nur fürs Protokoll, ich will sowieso nicht mehr mit dir zusammen sein.«

»Super, dann sind wir uns ja wenigstens in einem Punkt einig«, blafft Lia, obwohl ihre Erleichterung nicht vollkommen ehrlich wirkt. »Außerdem, wie gesagt, es war nicht Arlo – und es war auch keine Absicht. Arlo und Fox haben sich geprügelt, und ich habe versucht, dazwischenzugehen, da hat mich Fox aus Versehen erwischt. Keine große Sache.«

»Weswegen haben sie sich geprügelt?«, fragt Sebastian nach und verblüfft mich, indem er rät: »Drogen?«

In Lias Innern gehen die Rollläden runter, das sehe ich an ihrem Blick. Sie tritt einen Schritt zurück. »Ich habe keine Ahnung, wovon du redest. *Du* hast keine Ahnung, wovon du redest.«

»Oh, bitte. Jeder weiß, dass Arlo und Fox dealen«, sagt er nüchtern, aber ich sehe ihn schon wieder mit großen Augen an, weil ich es – natürlich – nicht wusste. Doch wenn ich darüber nachdenke, ist das gar nicht so abwegig; Arlos Familie ist nicht reich, und obwohl er nur stundenweise in einem Lebensmittelladen arbeitet, hat er sich vor wenigen Monaten ein sehr teures Motorrad geleistet. Ich habe mich nie gefragt, wie ihm dieses Kunststück gelungen ist. Und Fox … also, ich habe genügend beiläufige Bemerkungen von ihm und seinen Freunden aufgeschnappt, um zu kapieren, wie beunruhigend gut sie sich mit Drogen auskennen.

»Dazu habe ich nichts zu sagen«, erklärt Lia fest. »Arlo ist in Ordnung, okay? Und nur mal angenommen, er und Fox *hätten* sich … *darüber* gestritten, dann nur, weil Fox versucht hat, ein krummes Ding zu drehen, und Arlo damit nichts zu tun haben wollte. Aber das habe ich jetzt nicht gesagt, weil ich nichts darüber weiß. Okay?«

»Verstanden.« Ich denke an Lias blauen Fleck und ziehe mich selbst ein bisschen aus dem Licht zurück. Meine Shorts sind immer noch feucht und mir ist bewusst, dass ich Blutflecken auf meinem T-Shirt habe. »Also ist Arlo nach dem Streit abgehauen?«

»Ja, kann man so sagen.« Falls sie meine Frage seltsam findet, zeigt sie es nicht. »Er ist raus, um sich zu beruhigen und so, aber die Party ... sie hat sich kurz darauf sowieso aufgelöst, und wir sind alle gegangen.«

»Alle gleichzeitig?«

Sie stutzt. »So ziemlich, ja. Was spielt das für eine Rolle?«

»Ich mache mir Sorgen um April«, erinnere ich sie, als würde das etwas erklären.

Lia gibt einen übertriebenen Seufzer von sich. »Als Erster ist Race gegangen, dann Peyton und einige Minuten später Arlo und ich. Wir haben die beiden auf der Straße überholt.«

»Und wo ist Arlo jetzt?«

»Zu Hause wahrscheinlich.« Sie hat eindeutig keinen Bock mehr auf diese Unterhaltung. »Nicht, dass ich ihn ständig kontrolliere, aber das hat er gesagt, als er mich abgesetzt hat. Warum?«

»Ich will nicht den ganzen Weg zu Fox' Haus am See rausfahren, falls es vielleicht keinen Grund zur Sorge gibt, also hör ich mir lieber zuerst an, was Arlo zu sagen hat. Wo wohnt er?«

»Er wird dir auch nichts anderes erzählen als ich. Und April hat sich heute Abend die Kante gegeben, weißt du. Sie ist wahrscheinlich längst hinüber.«

»Tu mir einfach den Gefallen«, bitte ich sie. »Gib mir seine Adresse, und du bist uns los.«

»Versprochen?« In ihrer Stimme schwingt Sarkasmus. Aber sie geht darauf ein und beschreibt uns den Weg zu Arlos Haus, das zum Glück ganz in der Nähe liegt. Mit einem extra koketten Lächeln für Sebastian schnurrt sie: »Grüßt ihn von mir.«

Es gibt allerdings immer noch eine Sache, die mir nicht

in den Kopf will. Irgendetwas an den zeitlichen Abläufen passt nicht zusammen und drängt sich in meine Aufmerksamkeit wie ein juckender Mückenstich. Wenn Arlo rausgeschmissen wurde und so sauer war, dass er sich erst mal beruhigen musste, warum ist er dann als Letzter gegangen? »Es klingt so gar nicht nach Arlo, nach einer Prügelei klein beizugeben. Sich von Fox in den Arsch treten zu lassen und dann einfach abzuhauen.«

Da passiert etwas Seltsames: Lia erstarrt, für den Bruchteil einer Sekunde weiten sich ihre Augen, bevor sie sich wieder unter Kontrolle hat. Ihr Ton ist beiläufig, beinahe schnippisch, als sie fragt: »Was weißt du denn schon davon?«

»Da ich einer der Typen bin, die er sich am häufigsten vornimmt, spreche ich sozusagen aus Erfahrung«, erwidere ich kühl und mustere ihre gezwungen ausdruckslose Miene. Kein Rauch ohne Feuer, wie man so schön sagt, und Lias schlecht gespielte Gleichgültigkeit qualmt wie ein riesiger kalifornischer Buschbrand. »Arlo hasst es, das Gesicht zu verlieren. Und er hat nur ungern mit jemandem eine Rechnung offen.«

»Oh bitte, als ob du das wüsstest.« Sie spricht schnell, wirft ihr Haar erneut mit einer gereizten Kopfbewegung nach hinten. »Sie haben sich geprügelt. Das tun Jungs manchmal. Sie haben sich geprügelt, er hat sich beruhigt, wir sind gefahren und zwar direkt hierher. Frag ihn doch, wenn du ihn siehst – er wird dir genau dasselbe sagen.«

Klar wird er das, denke ich, spreche es aber nicht laut aus, *denn sobald du wieder im Haus bist, wirst du ihn postwendend anrufen.*

»Danke, dass du unsere Fragen beantwortet hast«, erwidere ich stattdessen.

»Kommt bloß nicht wieder«, herrscht sie mich an. Und dann wirbelt sie herum und marschiert ohne einen Blick zurück den Fußweg zu ihrem Haus hinauf.

6

SEBASTIAN SAGT NICHTS, als wir uns umdrehen und zum Jeep zurückgehen, er hat die Augen niedergeschlagen und wirkt beunruhigt. Bevor ich mich zurückhalten kann, platze ich heraus: »Ihr habt Schluss gemacht, du und Lia?«

Es klingt so bedürftig und schwach, dass ich mich dafür verfluche, kaum dass ich es ausgesprochen habe, aber Sebastian sieht mich nicht einmal an. »Ja. Vor ein paar Wochen. Es war ziemlich unschön.«

Ich beiße die Zähne zusammen. Auf mein Mitgefühl muss er leider verzichten; den gesamten Juni über habe ich mir die übelsten Horrorszenarien ausgemalt, wie Sebastian und Lia miteinander knutschen und sich einen Latte Macchiato teilen und sich streiten, bevor sie mit dem Knutschen weitermachen, und die ganze Zeit habe ich ihnen die Pest an den Hals gewünscht. Jetzt herauszufinden, dass ihre Aussöhnung gerade mal bis zu den Sommerferien hielt, sollte mich eigentlich mit Genugtuung erfüllen, aber im Endeffekt kann auch das meine Qual nicht lindern. Der Schmerz sitzt immer noch tief.

Sobald wir wieder in den Jeep eingestiegen sind, setzt sich April hinter uns auf. »Was hat sie gesagt?«

»Sie hat eine ganze Menge gesagt.« Ich drehe mich zu meiner Halbschwester um und spüre, wie sich Empörung in mir breitmacht. »Worüber hast du dich heute Abend mit Fox gestritten?«

Sogar in dem trüben bernsteinfarbenen Licht, das die Straßenlaternen von der Seite in den Jeep werfen, kann ich erkennen, dass April blass wird. »Ich weiß nicht, wovon du re–«

»*Stopp*«, schneide ich ihr das Wort ab. »Lia meinte, ihr hättet wahrscheinlich gerade ›Versöhnungssex‹. Das hat man nur, wenn man vorher gestritten hat, also worum ging es da?«

Sie windet sich. »Nichts. Es war einfach ein dummer Streit.«

»Wenn es nichts war, wieso hast du uns vorhin nichts davon erzählt?«

»Weil euch das verdammt noch mal nichts angeht!« Sie funkelt mich wütend an. »Und weil es keine Rolle spielt, worüber wir gestritten haben, weil *ich ihn nicht umgebracht habe!*«

Sie lässt sich mit einer heftigen Bewegung in die Lehne zurückfallen und dreht in stummem Groll den Kopf zum Fenster. Wie ein beleidigtes Kind mache ich es ihr nach, starre missmutig durch die Windschutzscheibe. Ich versuche mich damit zu trösten, dass schließlich April diejenige ist, die von dieser sinnlosen Unternehmung Ergebnisse erwartet, und wenn sie Informationen zurückhält, ist das ihr Bier. Zweifellos wird Peter Himmel und Hölle in Bewegung setzen, um sie rauszuhauen – das unvermeidliche Medieninteresse ist ihm sicher ein Graus, und er wird alles tun, um den Namen Covington zu schützen. Soll *er* sich doch mit ihren dummen Spielchen herumärgern. Ich habe meine zweitausend Dollar auf jeden Fall, egal ob bei unserem Stochern im Nebel was rauskommt oder nicht, also was kümmert es mich?

Nur – es kümmert mich eben doch. Das ist das Problem. Auch wenn April oft rücksichtslos und egoistisch ist, hat sie ein gutes Herz, und sie ist der einzige Spross meines Covington-Stammbaums, den ich nicht am liebsten absägen und verbrennen würde. »Also, bei einigen Sachen hat sie definitiv gelogen.«

»Aber sie hat ihn auch nicht umgebracht«, wirft Sebastian missmutig ein. »Dazu wäre Lia niemals imstande.«

»Oh, ja, sie ist wirklich ein echter Schatz«, ätze ich und klinge wie der letzte Arsch. »Ist dir übrigens aufgefallen, wie sie Panik gekriegt und uns die Hucke vollgelogen hat, als ich meinte, es sei Bullshit, dass Arlo Fox so leicht davonkommen lässt?«

»Sie wollte ihn nicht in Schwierigkeiten bringen! Das bedeutet noch lange nicht, dass sie jemanden umgebracht hat.«

»Das hab ich nie behauptet«, kontere ich und spüre, wie hässliche kleine Dämonen durch meine Adern sausen, wie meine persönlichen Gefühle in Bezug auf Sebastians Geschichte mit Lia Santos unsere Meinungsverschiedenheit in etwas ganz anderes verwandeln als das, worum es eigentlich geht. Ich hole tief Luft und füge in versöhnlicherem Ton hinzu: »Es ist mir egal, warum sie gelogen hat – der Punkt ist, *dass* sie es getan hat, und zwar so offensichtlich, dass es Arlo erst recht schuldig wirken lässt.«

»Denkst du, sie weiß, dass er Fox umgebracht hat?«, fragt April von der Rückbank, deren Neugier nun stärker ist als ihr Groll.

»Ich hab echt keinen Schimmer«, sage ich nach einer kurzen Pause. »Ich glaube nicht. Sie ist ausgeflippt, als wir die Drogen erwähnt haben und ich gesagt habe, dass Arlo niemanden so leicht davonkommen lässt, aber als es um dich und Fox ging, haben wir anscheinend keinen wunden Punkt berührt. Glaube ich zumindest.« Seufzend reibe ich mir das Gesicht. »Sie war total nervös und eindeutig aufgewühlt, deshalb ist ihre Reaktion schwer einzuschätzen. Vielleicht ahnt sie, dass Arlo irgendwas auf dem Kerbholz hat, weiß aber nicht, was.«

Ein kurzes unangenehmes Schweigen breitet sich im Jeep aus, während jeder für sich missmutig vor sich hin grübelt, doch schließlich startet Sebastian den Motor. »Tja, ich würde sagen, am besten fragen wir den Typen selbst.«

✳ ✳ ✳

Die Rossis wohnen in einem schmalen viktorianischen Haus mit einem spitz zulaufenden Giebel, über das eine riesige Eiche ihre Äste breitet. Die Fassade ist mit kunstvollen Holzschnitzereien verziert und Spaliere schirmen die vordere Veranda vor Blicken ab. Mr Rossi ist Elektriker; einmal war er sogar schon bei meiner Mom und mir, nachdem aufgrund eines Blitzschlags mehrere Sicherungen durchgebrannt waren. In seinem Haus jedoch leuchtet momentan kein einziges Licht. Sogar die Straßenlaternen müssen vor der dicht belaubten Baumkrone kapitulieren, und die Schatten sind so undurchdringlich, dass wir kaum die Hausnummer entziffern können. Arlos Haus ist die schwarze Zahnlücke im strahlenden Lächeln der Nachbarschaft.

»Ach du Scheiße, er muss einfach der Mörder sein«, quietscht April und schnappt nach Luft. »Schaut euch diesen Kasten an! Nicht mal Dracula würde da einen Fuß reinsetzen!«

»Es ist nur ein Haus.« Ich sehe sie missbilligend an, obwohl auch ich nicht unbedingt scharf darauf bin, näher ranzugehen. Dieses Gebäude macht einen gewollt abweisenden Eindruck und ich kann nirgends eine Spur von Arlos Motorrad entdecken. »Vielleicht hat ihn Lia gewarnt, dass wir unterwegs zu ihm sind, und er ist abgehauen.«

»Vielleicht«, grummelt Sebastian. Näher werden wir einem Friedensabkommen in Bezug auf dieses Thema nicht kommen, und angesichts der vor uns liegenden Aufgabe akzeptiere ich es.

»Es gibt wohl nur einen Weg, das rauszufinden.« Äußerst widerwillig drücke ich die Tür des Jeeps auf und steige aus. Die ganze Straße wirkt verlassen und eine Windbö wirbelt die Überreste einiger Feuerwerkskörper über den Gehsteig. Ich starre in die undurchdringliche Dunkelheit unter den überhängenden Eichenästen und spähe mit zusammengekniffenen Augen direkt in die schmale Lücke zwischen den Spalieren, die sich oben an der Verandatreppe auftut – eine Furcht einflößende Höhle, in der sich die Eingangstür verbirgt. April hat recht: Es sieht aus wie ein Spukhaus.

Die Entfernung zwischen Arlos Wohnviertel und dem Cottage der Whitneys lässt sich am besten in Steuerklassen messen, und ich frage mich, wie es wohl für ihn sein mag, als Junge aus ärmlichen Verhältnissen mit einer Clique privilegierter Kids abzuhängen. Über was sie sich wohl unterhalten? Das Einzige, was sie gemeinsam haben, ist, dass sie gern Leute tyrannisieren. Ist er von ihrem Reichtum fasziniert? Und sie von seinem prolligen Arbeiter-Image? Ich kann mir nicht vorstellen, dass sich Snobs wie Fox oder Race oder Peyton in einem Haus wie diesem zum Chillen treffen, mit seinem düsteren Garten voller Unkraut und der von der Fassade abblätternden Farbe.

Sebastian kommt um den Jeep herum, und wir wechseln wortlos einen Blick, bevor wir den mit Betonplatten belegten Zugangsweg hinaufgehen. Wir sind kaum anderthalb Meter weit gekommen, als sich eine Gestalt aus dem schwarzen Schatten der Veranda löst und sich drohend am oberen Absatz der Treppe aufbaut. »Ich weiß nicht, was mit April los ist, und es ist mir auch egal, also könnt ihr zwei Idioten euch gleich wieder verpissen.«

Arlos Stimme ist so laut in der Stille der Nacht, dass ich zusammenfahre; und der Gegenstand, den er lässig über der Schulter trägt, ist nicht gerade dazu angetan, meinen Herzschlag zu beruhigen. Arlo poltert in seinen Stiefeln geräuschvoll die Holzstufen herab. Am Fuß der Treppe bleibt er stehen – breitbeinig, in der einen Hand eine Zigarette, die andere besitzergreifend um den Schaft eines Jagdgewehrs gelegt.

»Hast du die wegen uns?«, quieke ich dümmlich und nicke in Richtung der Waffe, während ich es gerade so schaffe, mir nicht in die Hose zu machen.

»Kommt drauf an.« Arlo schenkt mir ein Haifischgrinsen. Seit ich ihn das letzte Mal gesehen habe, hat er sich noch ein paar Tattoos mehr zugelegt; sein nackter, muskulöser

Oberkörper und die Arme sind mit den unterschiedlichsten Bildern zugepflastert – Dolche und Rosen, Sugar Skull Girls, Segelschiffe –, und unterhalb der Unterlippe steckt eine Metallniete, die aussieht wie ein Knollengewächs. »Habt ihr vor, mir einen Haufen dämlicher Fragen darüber zu stellen, wo ich heute Abend war?«

Ganz offensichtlich wurde er von Lia gebrieft. Seine Haltung ist lässig, die Waffe zielt nach oben, aber gleichzeitig strahlt er eine unmöglich zu ignorierende, bedrohliche Anspannung aus. Ich fahre mir mit der Zunge über die Lippen und wage mich vor: »Hör mal, ich mache mir nur Sorgen um April, okay?«

»Deine Sorgen interessieren mich einen Scheißdreck«, entgegnet er. Da sich meine Augen allmählich an die Dunkelheit gewöhnen, fällt mir auf, dass Arlos Blick wandert, während er mit uns redet; er schaut an uns vorbei zur Straße, sucht sie in ihrer ganzen Trostlosigkeit nach links und rechts ab, als fürchtete er, unsere Verstärkung wäre bereits im Anmarsch. »Von mir braucht ihr keine Hilfe zu erwarten, also verpisst euch.«

»Komm schon, Mann. Sie ist seine Schwester«, legt Sebastian für mich Fürsprache ein.

»Nicht ganz«, schnaubt Arlo, »und es interessiert mich trotzdem einen Scheiß. Was gibst du dich überhaupt mit dieser Schwuchtel ab, Bash? Hat Lia dir die Frauen für immer verdorben, als sie dich abserviert hat?«

Eine typische Schulhof-Beleidigung, grob und einfallslos; aber es ist auch genau die Art von Bemerkung, vor der mein Ex-Freund immer am meisten Angst hatte, und sie lässt ihn verstummen. Ich für meinen Teil bin nicht sonderlich begeistert, als Schwuchtel bezeichnet zu werden, und ich würde liebend gern den Versuch wagen, eines von Arlos Tattoos als Trophäe zu ergattern – aber auch wenn es nicht das erste Mal wäre, dass ich meiner Wut nachgebe und einen Streit mit jemandem vom Zaun breche, dem ich hoffnungslos unterlegen bin, bin ich doch nicht so lebensmüde, einen Gegner anzugreifen, der ein waschechtes Gewehr mit sich herumträgt. Stattdessen hole ich tief Luft und konzentriere mich. *Tief durchatmen und einen Schritt zurücktreten.*

»Lia hat gesagt, ihr beiden hättet Fox' Cottage heute Abend als Letzte verlassen. Kannst du dich vielleicht erinnern, in welchem Zustand April um diese Zeit war?«

»Mann, ist mir doch scheißegal, was Lia gesagt hat!« Er schnippt seine Zigarette weg, nimmt das Gewehr von der Schulter und hält es mit beiden Händen im Anschlag; der Lauf zielt in unsere Richtung und Sebastian und ich weichen unwillkürlich einen Schritt zurück. »Du machst dir Sorgen um April? Dann fahr doch raus nach South Hero und schau selbst nach. Aber geh nicht *mir* auf den Sack. Und jetzt verschwindet aus meinem Garten.«

»Oder was?«, fordere ich ihn heraus. Mit wachsendem Zorn lässt mein Verstand nach. »Oder du erschießt uns? Ich will sicher sein, dass meine fünfzehnjährige Halbschwester bei einer Koksparty, die du und dein *Geschäftspartner* geschmissen habt, keine Überdosis abgekriegt hat, und alles, was du dazu zu sagen hast, ist, dass wir abhauen sollen?«

Er macht einen Schritt auf uns zu, seine Augen funkeln gefährlich und er richtet das Gewehr auf mich. »Was ich dazu zu sagen habe, ist: Verlass mein Grundstück, du Scheißschwuchtel, sonst mach ich dir Beine.«

»Also, danke für deine Hilfe, Mann.« In Sebastian kommt wieder Leben, er packt mich bei den Schultern und zerrt mich zurück zum Jeep. Meine Beine erweisen sich plötzlich als überraschend kooperativ. »Schönen Abend noch. Und alles Gute zum Unabhängigkeitstag!«

Dann schiebt er mich auf den Beifahrersitz, flitzt um den Wagen herum, klemmt sich hinters Steuer und fährt mit quietschenden Reifen los. Arlos bleiche Gestalt steht kaum sichtbar im Finstern am Fuß der Verandatreppe, das Gewehr beiläufig auf Sebastians Rücklichter gerichtet.

»**HAST DU JETZT VÖLLIG** den Verstand verloren, Rufus?«, herrscht mich Sebastian an, sobald wir die Straße der Rossis hinter uns gelassen haben. Er wirft mir einen fassungslosen, wutentbrannten Blick zu. »Wolltest du's drauf anlegen, dass er dich abknallt?«

»Er hätte mich schon nicht erschossen«, murmle ich mit weit mehr Überzeugung, als ich tatsächlich empfinde. Denn in Wahrheit bin ich mir sicher, dass Arlo mich liebend gern als Zielscheibe benutzen würde – und sich dafür nicht lange bitten ließe. Doch im Moment brauche ich es, jemanden laut aussprechen zu hören, dass ich nicht in Lebensgefahr war. »Ich meine, falls er Fox umgebracht hat, wäre Aufmerksamkeit seitens der Polizei doch das Letzte, was er will.«

»Er könnte aber auch der Meinung sein, dass er nichts zu verlieren hat und es auf eine Leiche mehr oder weniger nicht mehr ankommt!« In regelmäßigen Abständen gleitet das Licht der Straßenlampen über Sebastians zornige Miene und lässt die goldenen Sprenkel in seinen dunklen Augen glimmen. »Und was zum Teufel meinst du mit ›falls er Fox umgebracht hat‹? Haben wir uns gerade mit demselben Typen unterhalten? Denn der Typ, mit dem *ich* gerade geredet habe, war ein gemeingefährlicher Irrer, der gedroht hat, uns eine Salve ins Gesicht zu verpassen!« Er holt tief Luft. »Also, ich kenne Arlo jetzt schon eine ganze Weile, und der Typ ist definitiv nicht ganz richtig im Kopf, aber er hat sich noch nie so aufgeführt wie jetzt gerade. Das ist ein ganz anderes Level, Rufus! Du hast selbst gesagt, der Typ mag keine offenen Rechnungen – deine Worte –, und jetzt droht er damit, Leute abzuknallen, bloß weil sie gefragt haben, wo er heute Abend war? Für mich ist er schuldig!«

»Ich glaube auch, dass er es war«, wirft April mit leiser Stimme ein. »Er ist irgendwie nicht wie die anderen Jungs. Dauernd gerät er in Prügeleien und so, und er rastet total aus, wenn er meint, jemand würde ihn linken. Warum hätte er sich sonst ein verdammtes Gewehr geschnappt, nachdem Lia ihn gewarnt hatte, dass ihr kommt?«

Ich antworte nicht sofort, weil sowohl Sebastian als auch April sehr gute Argumente haben ... und trotzdem stört mich etwas daran, nagt ein winziger, irritierender Zweifel an mir und bahnt sich seinen Weg ins Zentrum meiner Gedanken. Ja, Arlo ist ein berüchtigter Raufbold, der Probleme am liebsten mit den Fäusten löst, und auch wenn ich keineswegs erwartet hatte, mit offenen Armen empfangen zu werden, hat er auf meine ziemlich zahmen Fragen nach April unverhältnismäßig aggressiv reagiert. Das stimmt alles. Es stimmt auch, dass er mir geraten hat, zum Haus am See zu fahren – vielleicht weil er keine Lust mehr hatte, darauf zu warten, dass April wieder zu sich kommt und die Polizei ruft –, und dass sein nackter Oberkörper die Frage aufwirft, ob er sein T-Shirt loswerden musste, das nach dem Mord an seinem Kumpel blutgetränkt gewesen sein muss.

Doch je mehr ich darüber nachdenke, desto weniger gefällt mir das Ganze. »Das weiß ich nicht«, gebe ich schließlich mit einem verdrossenen Schnauben zu.

»*Wie bitte?*«, rufen April und Sebastian wie aus einem Mund.

»Wer sind wir denn schon?«, frage ich rein rhetorisch. »Wir sind Nervensägen, die mitten in der Nacht bei ihm auftauchen und ihn mit dummen Fragen belästigen. Wir sind nicht die Polizei. Aus seiner Sicht können wir doch kaum etwas wissen, was ihn in Schwierigkeiten bringen würde. Und *falls* er Fox umgebracht hat, dann müsste er doch gerade wollen, dass wir Fragen nach April stellen. Eigentlich hätte er uns erzählen müssen, dass sie das letzte Mal, als er sie gesehen hat, White Rabbits eingeworfen hat und total ausgeflippt ist und wüste Drohungen ausgestoßen hat – das war *die* Gelegenheit, uns die Lügengeschichte zu verkaufen, die er im Cottage inszeniert hat!« Ich fahre mir mit beiden Händen durchs Haar. »Aber er konnte es kaum erwarten, uns loszuwerden, und er wollte überhaupt keine Fragen beantworten, weder zu April noch zu Fox.«

»Und für dich bedeutet das, dass er unschuldig ist?« April klingt angewidert.

»Ich weiß nicht, was es bedeutet«, antworte ich wahrheitsgemäß, »aber ich weiß, dass er kein Gewehr gebraucht hätte, um uns abzuschrecken. Das Haus sah ziemlich verlassen aus. Er hätte einfach so tun können, als wäre er nicht da, und dann abwarten, bis wir gehen. Und – seien wir doch mal realistisch«, füge ich hinzu und wende mich dabei an Sebastian, »er hätte uns auch mit bloßen Händen fertigmachen können, und das wissen wir alle.«

»Und was versuchst du uns damit zu sagen?«, fragt Sebastian kurz angebunden.

»Ich versuche euch zu sagen, dass er womöglich nicht wegen uns mit dem Gewehr auf dem Schoß auf seiner dunklen Veranda saß. Ist euch aufgefallen, dass er nicht von der Treppe weggehen wollte? Dass er die ganze Zeit, in der wir mit ihm geredet haben, die Straße beobachtet hat, als würde er damit rechnen, dass noch jemand auftaucht?« Ich blicke von einem zum anderen, um mich zu vergewissern, dass sie mich verstanden haben. »Arlo hatte Angst.«

April schnappt nach Luft. »Arlo hat nie Angst.«

»Angst wovor?« Sebastians ungläubige Frage kommt fast zeitgleich mit Aprils Bemerkung.

Ich mache eine hilflose Geste. Es ist eher unwahrscheinlich, dass er Angst vor den Partygästen hatte, mit denen wir noch nicht gesprochen haben. Peyton Forsyth, Aprils beste Freundin, ist zwar kein zartes Pflänzchen – für ein Mädchen ist sie ziemlich groß und eine gute Sportlerin –, aber kräftemäßig könnte sie es mit Arlo Rossi nicht aufnehmen. Und Race Atwood, der von der Größe her eher an den tätowierten Schläger herankommt, ist ein berüchtigter Schönling, der sich noch nie in seinem Leben richtig geprügelt hat. Der Gedanke, dass Arlo vor einem der beiden Angst haben könnte oder vor beiden zusammen, erscheint absurd. Aber wenn er nicht vor ihnen Angst hat, wer bleibt dann übrig?

»April, bist du ganz sicher, dass niemand sonst heute Abend auf Fox' Party war?« Noch bevor ich die Frage ausgesprochen habe, wird mir klar, wie sinnlos sie ist. Meine Halbschwester ist hier gerade dabei, ihren Namen reinzuwaschen – und egal, was sie mir immer noch verschweigt, wenn man den Kreis der Verdächtigen erweitern könnte, hätte sie das längst getan.

»Ich hab's dir doch gesagt, es sollte nichts Großes werden. Nur wir sechs.« Für sie ist Arlo eindeutig noch nicht aus dem Rennen. »Vielleicht hat er Angst vor den Cops. Vielleicht hat er Angst, dass er irgendwelche Spuren hinterlassen hat oder dass ich mich an ihn als Täter erinnere.«

»Vielleicht.« Ich werfe einen Blick auf das Display der Digitaluhr im Armaturenbrett und mir wird ganz übel; es ist spät und Fox liegt nach wie vor tot auf dem Boden seiner Küche. Während wir Zeit mit Spekulationen verplempern, wird die Spur langsam kalt. Je länger wir warten, um zur Polizei zu gehen, desto schlechter wird es für uns aussehen. »Wir müssen noch mit Race und Peyton reden; vielleicht haben sie was Brauchbares beizusteuern.«

»Ich habe Race schon geschrieben«, vermeldet Sebastian, während er in eine schmale Straße einbiegt, die von dicht stehenden, überwucherten Bäumen gesäumt wird. Wie formlose Ungeheuer lauern sie am Straßenrand und tauchen die Umgebung in Dunkelheit. »Er ist zu Hause. Ich habe ihm nicht gesagt, was ich von ihm will, aber er meinte, ich könnte ruhig vorbeikommen.«

»Hoffen wir, dass er sich auch noch so kooperativ zeigt, wenn er erfährt, worum es geht«, unke ich. »Nur so aus Neugier, wie steht er zu Waffen?«

* * *

Race wohnt nicht weit vom Ufer des Lake Champlain in einer protzigen, aber billig gebauten Villa beim Oakledge

Park. Das Haus passt irgendwie zu Race, der selbst aufgeblasen, durchschaubar und süchtig nach Bewunderung ist. Es liegt an einer gewundenen Straße und ist ein kunstvolles Durcheinander aus steilen Schindeldächern, Holzverkleidungen und spitz zulaufenden Mansardenfenstern. Es hat zwei Kamine, einen Ausguck auf dem Dach und eine Dreifach-Garage, zudem ist das gesamte Grundstück mit einer Hecke aus üppigen Ziersträuchern eingefasst. Sebastian biegt in die Einfahrt ein und parkt neben Race' protzigem weißen Camaro. »Er sagt, er ist hinten auf der Terrasse, und wir sollen einfach ums Haus rumgehen.«

Es ist eine noble Wohngegend, aber als wir aus dem Auto steigen und die Türen zuklappen, wirkt die düstere Stille der verlassenen Allee genauso unheilvoll wie Arlos Haus. Ängstlich beobachtet April von der Rückbank des Jeeps aus, wie wir uns auf den Weg zur Rückseite des Grundstücks machen, und ihr Gesichtsausdruck verfolgt mich. Diese furchtbare Nacht fordert ihren Tribut von ihr, von Minute zu Minute scheinen die Ringe unter Aprils Augen dunkler zu werden, und ich hoffe für uns drei, dass bald alles ein Ende hat. Immer noch habe ich den strengen metallischen Geruch in der Nase, der im Haus am See in der Luft hing, und jedes Mal, wenn ich blinzle, sehe ich Fox' Leiche vor mir – wie ein Nachbild, das sich in meine Netzhaut eingebrannt hat – und bekomme allmählich ein schlechtes Gewissen, weil ich ihn dort liegen gelassen habe.

Es muss einfach bald ein Ende haben.

Während Sebastian mich zu einem hohen Tor führt, das man von der Straße aus nicht sehen kann, blicke ich verstohlen auf mein Handy. Elf verpasste Nachrichten, alle von Lucy, und ich fühle mich, als würde etwas in meinem Brustkorb zusammenfallen. Vor nicht einmal zwei Stunden hing ich mit meiner besten Freundin ab, amüsierte mich blendend und gratulierte mir dazu, wie wenig ich an meinen Ex-Freund dachte. Jetzt folge ich ihm unruhig und in düsterer Stimmung zur Terrasse der Atwoods, einer unregelmäßig geformten Halbinsel aus Sandsteinplatten, die sich in den lauschigen, üppig grünen Garten erstreckt. Auf einer Seite steht ein riesiger Gasgrill, auf der anderen ein abgedeckter Whirlpool, und dazwischen gruppieren sich um einen Couchtisch mit Glasplatte teure Gartenmöbel, die wirken, als wären sie gerade erst vom Einrichtungshaus geliefert worden. Auf einem wetterfesten Rattansofa mit schmutzabweisenden Kissen sitzen praktischerweise gleich beide verbliebenen Personen auf unserer Liste.

Race Atwood und Peyton Forsyth sind schreckliche Menschen, und ohne die zweitausend Dollar in bar würden mich keine zehn Pferde dazu bringen, freiwillig dieselbe Luft wie sie zu atmen; sie sind gleichermaßen niederträchtig, oberflächlich und so von sich eingenommen, dass sie auf perverse Weise das perfekte Paar abgeben. So bezeichnen sie sich auch selbst: *das perfekte Paar.*

Es ist nur so, ich bin mir ziemlich sicher, dass keiner von beiden der Welt irgendwelche eigenen Gedanken mitzuteilen hat; angefangen von ihrem Musikgeschmack über Klamotten bis hin zu den Leuten, die sie als ebenbürtig akzeptieren, haben sie ihre Meinung von Fox übernommen – dem Zentrum, um das alle kreisen. Sicherlich gilt das Gleiche für April, aber so wie ich es sehe, haben es Race und vor allem Peyton als Fulltime-Job betrachtet, um Fox'

Gunst zu buhlen – und sich dabei anscheinend auch noch toll gefühlt.

Als wir die Terrasse betreten, dreht sich das sogenannte perfekte Paar zu uns, und ich stolpere fast, als ich in ein Kraftfeld aus unbehaglicher Anspannung gerate, das die beiden wie eine dicke Mauer umgibt. Race und Peyton sitzen an gegenüberliegenden Enden des Sofas, ihre Gesichter verkniffen, ihre Haltung so steif und unbeteiligt, als wären sie zwei völlig Fremde, die gezwungen sind, sich an der Bushaltestelle eine Bank zu teilen.

»Hey, Leute«, versucht Sebastian das Eis zu brechen, als wir uns ihnen gegenüber hinsetzen.

»Was zum Teufel macht der denn hier?«, fragt Race wenig gastfreundlich und wirft mir durch den Schopf rotblonder Haare, die ihm in die Stirn fallen, einen finsteren Blick zu. Ganz offensichtlich hat man sie nicht vor unserer nächtlichen Klinkenputzaktion gewarnt. Was für eine angenehme Überraschung.

»Ich weiß, dass ihr heute Abend mit April zusammen wart«, beginne ich ohne Einleitung, eigentlich ganz froh, mich nicht mit Smalltalk aufhalten zu müssen, »und ich mache mir Sorgen um sie.«

Das Paar wechselt einen schnellen Blick, doch keiner antwortet mir sofort. Beide rauchen, und die Unmengen von Zigarettenkippen in ihrem gemeinsamen Aschenbecher auf dem Couchtisch lassen darauf schließen, dass sie es schon eine ganze Weile tun. Peyton nimmt einen langen Zug von ihrer Zigarette, in ihren grünen Katzenaugen flackern Neugier und Misstrauen. »Warum?«

»Sie sollte mich heute Abend anrufen, aber das hat sie

nicht, und jetzt geht sie nicht ans Handy.« Inzwischen gleitet mir die Lüge so leicht über die Lippen, als wäre es die Wahrheit. »Wann habt ihr sie das letzte Mal gesehen?«

Erneut wechseln sie einen Blick und Race zuckt gleichgültig die Schultern. Wieder spricht Peyton für sie beide. »Das geht dich einen Scheiß an.«

»Ach, komm schon«, springt Sebastian mir bei, in einem meiner Meinung nach viel zu freundlichen Ton, und das Mädchen verdreht genervt die Augen.

»Als wir Fox' Cottage am See verlassen haben. Wir waren dort auf einer Party.« Sie wendet sich Bestätigung heischend an Race, doch der starrt unverwandt auf den Couchtisch. »Vor ein paar Stunden.«

Sebastian wartet, dass sie noch etwas hinzufügt, und als nichts kommt, souffliert er: »Und das war um …?«

»Keine Ahnung«, entgegnet Peyton verstimmt, »vielleicht Viertel nach neun, halb zehn?« Sie beugt sich vor, um die Asche von ihrer Zigarette zu schnippen, und fragt dann feindselig: »Also ehrlich, Bash, was willst du denn mit *dem*?«

Sebastian windet sich, sein Blick schießt von einem zum anderen, während er nach einem Ausweg sucht, den es einfach nicht gibt. »Äh, wir waren beide auf –«

»Wie wirkte sie auf euch?«, fahre ich dazwischen, steuere heute schon zum zweiten Mal ein Gespräch bewusst in eine andere Richtung, um von Sebastians Geheimnis abzulenken. Die seltsame Energie zwischen Peyton und Race, die eine breite Kluft zwischen ihnen erzeugt – der Abstand zwischen ihnen auf dem Sofa ist so groß, dass dort ein Armeehubschrauber landen könnte –, macht mich neugierig. Zwar bin ich sicher, dass Peyton die Antwort auf ihre Frage wirklich interessieren würde, aber ich habe den Eindruck, sie hat absichtlich das Thema gewechselt, um nicht über die Party reden zu müssen. Da keiner von beiden reagiert, wiederhole ich: »In welcher Verfassung war April, als ihr gegangen seid?«

Wiederum Schweigen, und dieses Mal wirft Race Peyton einen Blick zu, der nicht erwidert wird. Dann beugt sich die beste Freundin meiner Schwester vor, um ihre Zigarette auszudrücken, und äußert kryptisch: »Sie war nicht besonders gut drauf.«

Das Mondlicht glänzt auf ihrer bleichen Haut, als sie sich die platinblonden Locken hinters Ohr streicht und nach der Packung Camel auf dem Couchtisch greift, und da habe ich ein Déjà-vu; es ist wie bei Lia, der Lichteinfall gibt einen hässlichen dunkelblauen Fleck auf Peytons Wange preis. Beinahe wäre ich aufgesprungen. »Hast du das auch Fox zu verdanken?«

»Was?« Peyton blickt überrascht auf, bedeckt die Verletzung rasch mit der Hand und zieht sich instinktiv wieder ins Dunkle zurück. »Nein. Was meinst du damit?«

»Fox und Arlo haben sich geprügelt, und wir haben gehört, es hätte ein paar Kollateralschäden gegeben«, erkläre ich bedächtig und beobachte Race aus dem Augenwinkel, der mechanisch an seiner Zigarette zieht. »Das ist auch ein Grund, warum ich mir um April Sorgen mache.«

»Mit diesem Streit hatte sie nichts zu tun«, stellt Peyton nervös klar. Dann: »Moment, woher weißt du davon?«

»Lia hat es uns erzählt.«

Peyton schüttelt den Kopf und kräuselt die Lippen, verärgert über den Mangel an Diskretion. »Dann hätte sie euch auch erzählen sollen, dass Race, April und ich draußen im Whirlpool waren, als der ganze Mist anfing. Wir wissen nicht einmal, worum es dabei überhaupt ging, okay? Eben haben wir noch Spaß, und im nächsten Augenblick versuchen diese beiden besoffenen Idioten, sich gegenseitig aus dem Fenster zu werfen. Als wir zur Veranda kamen, war schon alles vorbei und Arlo auf dem Weg zur Tür.«

»Und was ist mit deinem Gesicht passiert?« Eine ziemlich taktlose Frage – aber meiner Erfahrung nach ist Peyton auch eine ziemlich taktlose Person. Sie könnte eine Tochter von Lord Voldemort und der Oberzicke Regina George aus *Girls Club* sein, denn sie liebt es, anderen ihre Meinung aufs Auge zu drücken, egal wie verletzend oder unerwünscht sie auch ist. Ich kenne sie seit der Vorschule und kann mich nicht daran erinnern, wann sie jemals nett zu jemandem war, der nicht zu den Reichen und/oder Beliebten gehörte.

»Leck mich«, antwortet sie prompt und erfüllt damit meine sehr niedrigen Erwartungen. »Hau einfach ab.« Kopfschüttelnd funkelt sie Sebastian an. »Also ehrlich. Was macht der hier? Warum redet der mit mir?«

»Peyton.« Sebastian blickt sie beschwörend an. »Auf dieser Party haben sich Leute geprügelt, und er macht sich Sorgen um seine Schwester. Erzähl ihm einfach, was er wissen will, und dann sind wir weg, okay?«

Das Mädchen signalisiert nicht gerade ihr Einverständnis, aber sie wirft mir auch nicht den Aschenbecher an den Kopf, also frage ich noch einmal. »Wie hast du dich verletzt?«

Sie antwortet nicht gleich, zündet sich in aller Seelenruhe eine neue Zigarette an, während ihr Freund sich zu ihr dreht und sie mit Blicken erdolcht. Endlich sagt sie trotzig, beinahe anklagend: »Frag April.«

»Das würde ich ja gern, aber sie geht nicht an ihr Telefon.« Meine Stimme ist ganz sanft, und ich bezweifle, dass einer von ihnen mitbekommt, wie genervt ich plötzlich bin.

Peyton rutscht herum, zieht die Mundwinkel nach unten. »Sie hat mich geschlagen, okay?«

»Warum?«

»Weil sie total ausgeflippt ist!« Peytons Augen blitzen, sie durchbohrt mich mit diesem Blick, den die angesagte Clique für Leute wie mich reserviert – diesem hasserfüllten »Wer hat dir eigentlich das Recht gegeben zu existieren«-Blick –, und mir wird klar, dass sie allmählich mit mir und der ganzen Unterhaltung fertig ist. »Was geht dich das überhaupt an? Fahr raus und rede mit ihr, wenn du dir solche Sorgen um ihr Wohlergehen machst. Allerdings versteh ich nicht, was es dich kümmert. April mag dich nicht mal.« Jetzt befindet sie sich wieder auf vertrautem Boden und grinst mich verächtlich an. »Sie hält dich für einen Freak. Ich meine, jeder hält dich für einen Freak, aber April redet die ganze Zeit darüber. Sie sagt, du würdest sie und Hayden stalken.«

»War die Party deswegen so früh zu Ende?« Sebastian bringt das Gespräch wieder auf das eigentliche Thema zurück. Ich weiß nicht, ob er fürchtet, ich könnte die Beherrschung verlieren – was nicht passieren wird, vielen Dank auch, weil ich schon Schlimmeres als Peytons lahmes Spielchen erlebt habe –, oder ob er zu dem Schluss gekommen ist, dass ich nicht mehr als Verhörspezialist tauge. »Weil April dich geschlagen hat?«

»Ja«, bestätigt Peyton kurz angebunden. »Fox hat Arlo rausgeschmissen, und dann ist April durchgedreht, und das hat alles verdorben, verstehst du? Ihr habt gefragt, in welcher Verfassung April war, als ich sie das letzte Mal gesehen habe. Sie wirkte wie eine verdammte Furie, die mir den Kopf abreißen wollte. Also müsst ihr schon entschuldigen, wenn es mir am Arsch vorbeigeht, was sie macht oder wie es ihr gerade geht.«

»Warum habt ihr mich nicht angerufen«, wendet sich Sebastian unbekümmert an Race. »Jake Fuller hat bei sich zu Hause eine Party geschmissen, und es war schwer was los. Ihr hättet stattdessen zu uns rüberkommen können.«

»Wir waren nicht mehr unbedingt in Partystimmung.« Race spricht mit zusammengebissenen Zähnen, als könnte er die Worte nur unter Schmerzen hervorwürgen.

Mein Ex-Freund nickt energisch, stellt sich dumm und tut so, als würde er die schlechte Stimmung nicht bemerken, die wie Smog in der Luft hängt. »Was habt ihr also gemacht?«

»Sind hierher zurückgefahren.« Race lässt die Augen zu den Bäumen wandern, schwarze Schatten in der Dunkelheit, die den Blick auf die benachbarten Häuser versperren und den Atwoods somit einen natürlichen Sichtschutz bieten. »Meine Eltern sind bei meiner Schwester in Washington, also haben wir hier ein bisschen gechillt.«

Er meidet unseren Blick, und ich kann nicht sagen, ob das bedeutet, dass er lügt. Offen gestanden verstehe ich nicht ganz, warum er die Frage überhaupt beantwortet hat;

hätte ich sie gestellt, hätte ich mich schon glücklich schät-
zen können, wenn er mir den Mittelfinger gezeigt hätte.
Aber er verhält sich nicht so, als fände er Sebastians Interesse seltsam oder aufdringlich. Es ist unmöglich festzustel-
len, ob das so ist, weil er nichts zu verbergen hat oder weil
er seine Story geprobt und nur auf eine Gelegenheit gewartet hat, sie anzubringen.

Am anderen Ende des Sofas nickt Peyton bestätigend.
»Wir hätten den Abend lieber hier verbringen sollen. Du
hast bestimmt nichts verpasst. Fox' Party war ein Reinfall.«

Ihre Miene ist ein bisschen zu ernst, um ehrlich zu sein,
und die Stille, die auf ihre Bemerkung folgt, ist erstickend.
Etwas stimmt nicht, aber ich kriege es nicht zu fassen, und
ich kann ihre Story nicht kritisch hinterfragen, ohne mich
zu verraten. Wenn ich die Drogen zur Sprache bringe, werden sie genauso abweisend reagieren wie Lia – oder wahrscheinlich noch abweisender –, und damit ist unsere Unterhaltung beendet; außerdem kann ich den wahren Grund
nicht nennen, warum sie über ihren Abend Rechenschaft
ablegen sollen, denn das würde bedeuten, alles offenzulegen,
was wir mithilfe dieser unbeholfenen Befragung ja gerade
verbergen wollen. Sebastian rettet mich vor einem weiteren
linkischen Versuch, sie in die Mangel zu nehmen, indem er
beiläufig anmerkt: »Lia sagte, ihr beiden wärt zuerst gegangen.«

»An sich schon.« Race zuckt die Schultern. »Als ich gefahren bin, hat Lia immer noch versucht, April zu beruhigen.
Aber sie und Arlo haben mich später auf der Straße überholt, noch bevor ich an der Dammstraße angekommen war.«

»Ich habe gewartet, bis April sich abgeregt hat, und bin

dann Race hinterhergefahren«, schaltet sich Peyton zuvorkommend ein. »Arlo und Lia können nicht mehr lange geblieben sein, denn ich war noch gar nicht auf dem Highway Number Two, als sie mich überholt haben.« Sie drückt ihre Zigarette mit einer heftigen Bewegung aus. »Arlo hatte sie nicht mehr alle, er fuhr bestimmt mit hundertfünfzig Sachen – hat fast meinen Seitenspiegel abgerissen. Irgendwann bringt er sich mit diesem Motorrad noch um.«

Wieder Schweigen, dieses erdrückende Gefühl von Unbehagen, das sich wie eine Wetterfront über der Terrasse aufbaut. Mir fallen keine harmlosen Fragen mehr ein, ich weiß nicht, wie ich meine Neugier unverfänglich verpacken kann, und die beiden haben uns kaum etwas Brauchbares erzählt. Verzweifelt versuche ich es ein letztes Mal: »Was für einen Eindruck hat Fox gemacht, als ihr gegangen seid? War er immer noch angepisst wegen der Sache mit Arlo? War er sauer auf April?«

»Fox ist auf jeden sauer, der ihm nicht in den Arsch kriecht«, erwidert Race barsch, spuckt den Namen seines besten Freundes aus, als wäre er vergiftet, »aber April weiß inzwischen, wie sie mit ihm umgehen muss. Wahrscheinlich ist sie die Einzige, vor der er Angst hat. Vor ihr und Hayden.« Erregt beugt sich Race vor, schnappt sich seine Zigaretten vom Tisch und lässt sich dann zum Anzünden wieder in die Kissen zurückfallen. »Fox ist Hayden heute Abend so weit hintenreingekrochen, dass er fast oben wieder rauskam.«

Sebastian und ich horchen gleichzeitig auf, aber mein Ex-Freund stellt die naheliegende Frage: »Hayden war auch auf der Party?«

»Nur ganz kurz.« Race wird schlagartig ernst, als fürchtete er, sich verplappert zu haben. »Nur, um ... was abzuholen.«

Bestimmt meint er damit Drogen – was Hayden zu einem Kunden von Fox und Arlo macht. Ich hätte es eigentlich ahnen können ... und doch sitze ich stocksteif da und starre auf den Jungen mir gegenüber mit dem verkniffenen Gesicht.

Als Race vorhin nach seinen Zigaretten griff, fiel mir für einen Sekundenbruchteil ein dunkler Fleck an seinem rechten Zeigefinger auf – ein dunkler *roter* Fleck. Race bewegte sich zu schnell und es war nicht hell genug, um sicher zu sein ... aber es sah verdammt nach Blut aus.

EHE ICH AUF subtile Art meinen Wunsch zum Ausdruck bringen kann, mir Race' Finger genauer anzusehen, springt Peyton auf, und die Gelegenheit ist verstrichen. »Also, ich bin müde und hab keine Lust mehr, mit euch zu reden. Ich geh nach Hause.«

Sie zögert noch kurz, lässt ihren Blick von einem zum andern schweifen, erwartet wohl, dass jemand Einwände erhebt; mir fällt jedoch nichts ein, womit ich sie zum Bleiben bewegen könnte, und ihr Freund ignoriert sie. Daraufhin dreht sie sich schweigend um und marschiert auf das im Dunkel liegende Gartentor zu. Sobald man hört, wie der Riegel geöffnet wird, steht Race auf. »Also, wenn du mir das nächste Mal blöde Fragen über Fox' Freundin stellen willst, schreib mir einfach. Und bring den da nie wieder zu mir nach Hause.«

»Warte, Mann …«, fängt Sebastian an und steht ebenfalls auf, doch Race schneidet ihm das Wort ab.

»Ich habe keine Ahnung, warum du dich überhaupt mit diesem Freak abgibst, Bash, aber du solltest damit aufhören, bevor die Leute noch falsche Schlüsse ziehen.« Daraufhin wendet er sich mir zu und richtet sich zu seiner vollen

Größe von eins fünfundsiebzig auf – was ihm gerade die zwei zusätzlichen Zentimeter verleiht, die er braucht, um über seine spitze Nase hinweg auf mich herabblicken zu können. »Und wenn *du* das nächste Mal Fragen hast, denk dran, dass mir das scheißegal ist, du *Seifenbücker*.«

Diese herabsetzende Bezeichnung ist dermaßen lächerlich, dass ich sie gar nicht ernst nähme, wenn er nicht gleichzeitig so wirken würde, als wollte er mir die Fresse polieren. Jedenfalls bin ich mehr als bereit, von hier zu verschwinden, und Sebastian und ich folgen Peytons Beispiel und machen uns umgehend vom Acker.

Als wir an der Vorderseite des Hauses ankommen, ist von dem blonden Mädchen keine Spur zu sehen, doch ich verschwende keine Zeit damit herauszufinden, wohin sie gegangen sein mag. Ich habe die Nase voll von dieser Phantomjagd nach Informationen, die keiner herausrücken will. Es überfordert mein Nervensystem, die ganze Zeit so zu tun, als wüsste ich nicht, dass Fox tot ist und just in diesem Moment in seiner eigenen Blutlache liegt, und je länger ich es versuche, desto schlechter wird mein Karma. Was mich betrifft, habe ich meinen Teil der Abmachung mit April erfüllt, und ich freue mich schon sehr darauf, wenn ich die ganze Tortur endlich hinter mir habe – und als Belohnung einen großen Batzen Geld einstreiche. Ganz abgesehen davon bin ich es allmählich auch leid, mich von Leuten, die ich verachte, herumschubsen zu lassen.

Als ich zurück in den Jeep klettere, werfe ich die Tür so vehement zu, dass das ganze Auto wackelt. Die Erschütterung schreckt April auf, die anscheinend auf der Rückbank eingeschlafen ist, während wir im Garten der Atwoods waren. Augenblicklich hellwach, sieht sie mich ängstlich an. »Was hat er gesagt?«

Es gelingt mir nicht, sofort zu antworten. Ich bin vollauf damit beschäftigt, meine Atemzüge zu zählen und den pulsierenden roten Nebel zurückzudrängen, der sich in meinem Gehirn ausbreitet. Sebastian informiert sie an meiner Stelle: »Du solltest fragen, was *sie* gesagt haben. Peyton war auch da.«

»Okay, also, was haben sie gesagt?«, formuliert April die Frage noch einmal neu, verärgert darüber, korrigiert worden zu sein. »War es einer von ihnen?«

»Ich weiß es nicht«, stoße ich schließlich zwischen den Zähnen hervor. »Sie haben uns im Grunde dieselbe Geschichte aufgetischt wie Lia – Race ist als Erster gegangen, dann Peyton, dann Lia und Arlo zusammen.«

»Aber offensichtlich lügt einer von ihnen«, beharrt sie, und da platzt mir der Kragen.

»*Alle* lügen«, explodiere ich und fahre auf meinem Sitz herum, um ihr einen vernichtenden Blick zuzuwerfen. Wut brodelt in meinem Herzen wie Fett in der Pfanne. »Du auch, April! Den ganzen Abend lang hat mir kein Mensch die volle Wahrheit erzählt. Verdammt, wegen dir wäre ich fast erschossen worden, und dann stellt sich heraus, dass du mich angelogen hast!«

»I-Ich habe nicht gelogen ...«

»Dann hast du wohl vergessen zu erwähnen, dass Fox und Peyton heute Abend miteinander geschlafen haben? Dass du wie ein Berserker auf sie losgegangen bist? Dass du ein ziemlich offensichtliches Motiv dafür hast, deinem Freund ein Messer in die Brust zu rammen?«

Es war nicht mehr als eine Vermutung – zwar eine begründete Vermutung, aber trotzdem –, doch ich erhalte meine Bestätigung, als Aprils Gesicht sich zuerst weiß und dann puterrot verfärbt. Mehrmals klappt ihr Mund auf und zu, bevor sie mit Mühe herausbringt: »Haben sie es dir erzählt?«

»Das mussten sie nicht. Du hast Peyton einen Bluterguss von der Größe Connecticuts verpasst, Race würdigt sie keines Blickes mehr, und von Lia wusste ich ja bereits, dass du mit Fox gestritten hast«, zähle ich die Indizien auf. »Das hättest du mir sagen müssen, April. Das hättest du mir verdammt noch mal sagen müssen!«

»Dann hättest du sofort gedacht, dass ich es war!«, brüllt sie heiser zurück. »Die verrückte, durchgeknallte April ist wieder mal so weit, ja? Fox betrügt mich und deshalb falle ich mit dem Messer über ihn her? Dir würde es nicht schwerfallen, das zu glauben, weil du meine ganze Familie hasst – für dich steht doch ohnehin fest, dass wir immer nur im Sinn haben, andere zu verletzen! Gib's zu: Wenn ich dir das alles schon im Cottage anvertraut hätte, wärst du nicht bereit gewesen, mir zu helfen, weil du dir automatisch gedacht hättest, dass ich ihn umgebracht habe.« Ihre blauen Augen sind feucht und wild. »Ich weiß doch, wie es aussieht. Ich habe es dir nicht erzählt, *weil ich es nicht getan habe.*«

»Tja, dann muss ich dir wohl einfach glauben, obwohl du mir den ganzen Abend lang Sachen vorenthalten hast«, kontere ich schwach. Irgendwie hat mir die Tatsache, dass sie nicht ganz unrecht hat, den Wind aus den Segeln genommen. Wenn sie mir gegenüber offen und ehrlich zugegeben hätte, dass sie aus gutem Grund wütend auf Fox war, hätte ich ihre tränenreichen Unschuldsbeteuerungen wahrscheinlich als reines Theater abgetan.

Andererseits, vielleicht sind sie das ja auch. Vielleicht ist Aprils Vorwurf, ich würde immer nur das Schlechteste von ihr denken, bloß ihre neueste Waffe in ihrem unerschöpflichen Arsenal von Manipulationen – sie nutzt mein schlechtes Gewissen aus, damit ich meinem Instinkt misstraue und meine wachsenden Bedenken ignoriere. Ist sie so clever? Bin ich so leicht zu täuschen? Oder bin ich viel zu sehr in meinem eigenen Gedankengetriebe gefangen, um zu erkennen, was direkt vor meiner Nase liegt?

Keiner von uns sagt ein Wort, als Sebastian den Jeep anlässt, die Auffahrt der Atwoods verlässt und die kurvige Straße entlangfährt. Schließlich bricht April das Schweigen. »Es ist nicht heute Nacht passiert«, sagt sie unwillig, stockend. »Ich meine, dass sie Sex hatten. Das war schon vor ein paar Wochen. Glaube ich.« Sie hat das Kinn gesenkt, daher kann ich ihren Gesichtsausdruck nicht sehen. »Ich habe es erst auf der Party rausgefunden und ja, da bin ich ein bisschen durchgedreht. Fox kann ein Idiot sein – konnte ein Idiot sein ...« Sie verstummt, weil sie zu ihrem Entsetzen merkt, dass sie fälschlicherweise die Gegenwartsform benutzt hat, und als sie kurz aufblickt, schwimmen Tränen in ihren Augen. Blinzelnd zwingt sie sich, fortzufahren. »Aber Peyton ist eigentlich meine beste Freundin. Ich war außer mir vor Wut. Deshalb habe ich ihr irgendwie ... ins Gesicht geschlagen. Mit einer Flasche.«

Ich widerstehe dem Drang, die Augen zu verdrehen. Das Gen, das für Peter Covingtons schnell durchbrennende

Sicherungen verantwortlich ist, muss ausgesprochen dominant sein. »Und Fox?«

»Ich wollte mich auch auf ihn stürzen, aber Lia hat mich zurückgehalten. Und dann sind er und Race aneinandergeraten und dann … keine Ahnung.« Sie blickt auf, mit absoluter Unschuldsmiene. »Ehrlich, Rufus, ich weiß nicht, was danach passiert ist. Von da an ist bei mir totaler Filmriss. Das heißt, bis ich aufgewacht bin und dich angerufen habe.«

»Wie hast du das mit Fox und Peyton rausgefunden?«, frage ich sie. »Hat er es dir gebeichtet?«

»Nein, Lia hat's mir verraten. Sie … also, sie hat es von Arlo erfahren.«

Das wirft Fragen auf, die April nicht beantworten kann, deshalb stelle ich ihr eine, auf die sie die Antwort kennt. »Warum hast du mir nicht erzählt, dass Hayden heute auch auf der Party war?«

»Weil er nicht da war.« Sie sieht mich an, als wäre ich nicht ganz dicht.

»Race hat gesagt, dass er vorbeigekommen ist und Fox ihn vollgeschleimt hat.«

»Ach, das. Er hat nur ein paar Pillen gekauft. Er hatte seine eigene Party, wie üblich.«

»White Rabbits?«

»Glaub schon.« Sie rutscht unbehaglich auf ihrem Sitz herum, genauso wie Race vorhin, und ich weiß, warum. Hayden duldet es nicht, dass man mit anderen über ihn spricht, und wenn er herausfindet, dass wir seinen Hang zu verbotenen Substanzen erörtert haben, bringt er uns auf die Intensivstation. »Ich habe mich aus Fox' Angelegenheiten rausgehalten, und ich halte mich *meilenweit* von Haydens Angelegenheiten fern. Du kennst ihn. Jedenfalls war er sowieso nur ein paar Minuten da und ist gleich wieder gegangen. Er hat nicht mal Hallo gesagt.«

Aber er war da, notiere ich mir im Geist. Meine persönlichen Erfahrungen mit Hayden Covington und meine gesunde Angst vor ihm lassen nicht zu, dass ich seine Anwesenheit im Cottage als unwichtig oder zufällig verbuche. Typen wie Race und Fox, die ständig besoffen von ihrem eigenen bösartigen Testosteron sind, schubsen gern Leute herum, von denen sie wissen, dass sie es mit sich machen lassen; ein Typ wie Arlo, der mit den Fäusten besser umgehen kann als mit Worten, hört, sobald er seinen Standpunkt klargemacht hat, irgendwann auf, dich zu verdreschen. Hayden jedoch ist anders als sie alle.

An meinem ersten Tag in der Vorschule war ich noch zu unbedarft, um beim Namen Covington sofort auf der Hut zu sein. Als Hayden also – er war in der zweiten Klasse und strahlte bereits im unwiderstehlichen Glanz der Popularität – in der Pause zu mir kam und mir sagte, wie cool es sei, mich endlich kennenzulernen, war ich glücklich und begeistert über seine Aufmerksamkeit. Unter dem Vorwand, er wolle mir »etwas Spannendes« zeigen, führte er mich anschließend hinter ein paar Büsche, schlug mir ins Gesicht, so fest er konnte, sagte mir, dass unser Vater wünschte, ich wäre tot, und spazierte dann pfeifend davon. Es war meine erste blutige Nase und das letzte Mal, dass ich meinem älteren Bruder getraut habe.

Peter und Isabel haben eine Kunstfertigkeit darin entwickelt, Haydens Gewalttätigkeit zu ignorieren oder zu

entschuldigen, und April, ein leichtes Ziel für seine Quäle-
reien, hat mir gesagt, sie gehe ihm so weit wie möglich aus
dem Weg. Er tut anderen weh, weil es ihm *Spaß macht*, und
wenn er überdies noch Drogen nimmt, die bekanntermaßen Gewaltausbrüche hervorrufen …

An dieser Stelle bremse ich mich, denn ich bin dabei,
übers Ziel hinauszuschießen. Schon jetzt kann ich mich vor
Verdächtigen kaum noch retten, und ich habe nicht annähernd genug Informationen, um ihnen wirklich etwas
nachzuweisen. Das Blut auf Race' Finger war mir in jenem
Moment bedeutsam erschienen, doch jetzt bin ich mir
nicht mehr sicher; selbst wenn er ein Motiv dafür hat, seinen angeblich besten Freund ins Jenseits zu befördern,
heißt das noch lange nicht, dass er ihn auch erstochen hat.
Laut April prügelten sich die beiden Jungs, nachdem sie
selbst Peyton eins mit der Flasche übergezogen hatte, und
wenn man bedenkt, dass Fox zuvor bereits von Arlo vermö-
belt worden war, ist es verständlich, dass Race Blut an sich
hatte.

Dann wäre da noch Peyton; falls sie einen Grund hat,
sich Fox' Tod zu wünschen, sehe ich ihn irgendwie nicht.
Andererseits, nehmen wir mal an, sie hatte ein schlechtes
Gewissen wegen ihres Seitensprungs, dann könnte sie
ihrem Freund dabei geholfen haben, April den Mord in die
Schuhe zu schieben – und seine Geschichte später bestätigen.

»Das Problem ist«, sage ich schließlich mit einem mut-
losen Schnauben, »dass meiner Einschätzung nach sowohl
Race als auch Peyton als Täter ausscheiden. Lias Aussage
nach haben sie die Party als Erste verlassen, und sie haben

uns unabhängig von ihr dasselbe versichert – wenn Lia ihnen also nicht geschrieben hat, was sie uns sagen sollen ...«

»Das würde sie nicht tun«, unterbricht Sebastian düster.

»Für Arlo hat sie es getan.« Ich drehe mich zu ihm, um ihn anzusehen, weil mich seine reflexhafte Verteidigung seiner Ex-Freundin ärgert. »Wir wissen doch gar nicht so genau, was auf dieser Party vorgefallen ist – bis auf die Drogen und den Mord; Lia könnte eine Million Gründe dafür haben, sich irgendwelchen Quatsch auszudenken und ihre Freunde dann zu warnen, damit sie bei einer festgelegten Version der Ereignisse bleiben!«

»Glaub mir, ich kenne sie. Sie könnte niemanden umbringen, und wenn sie wüsste, dass Race oder Peyton Fox etwas angetan haben, würde sie ihnen nicht zu einem falschen Alibi verhelfen.«

»Also, ich sage es ja nur ungern, aber deine Freundin – sorry, deine Ex-Freundin – nimmt es mit der Wahrheit anscheinend nicht so genau!«, blaffe ich zurück, wobei mir das Herz bis zum Hals klopft. »Sie ist heute Abend bei zwei Schlägereien dazwischengegangen, hat uns aber nur von einer berichtet. Warum?«

»Das habe ich mich auch schon gefragt«, gibt April leise zu. »Ich war sicher, sie würde euch erzählen, dass ich Peyton geschlagen habe. Ehrlich gesagt überrascht mich, dass sie es nicht getan hat.«

»Ganz genau«, pflichte ich ihr mit einer gewissen Genugtuung bei. »Sie hat vor lauter Sorge, dass wir den armen kleinen flintenschwingenden Arlo aushorchen könnten, extra bei ihm angerufen und ihn vor unserem Besuch gewarnt. Aber als sie dann ganz bewusst eine der Prügeleien von heute Abend verschwieg, war es ausgerechnet diejenige, an der April, Peyton und Fox beteiligt waren – mit der die Party zu Ende war –, und nicht die zwischen Fox und seinem Geschäftspartner. Sie hat uns ein klares Motiv für Arlo geliefert und alles andere vertuscht.«

»Das ist total unlogisch«, gibt Sebastian widerwillig zu.

»Allerdings«, bekräftige ich, plötzlich müde. Wenn Arlo wirklich noch einmal zurückgekommen ist und Fox ermordet hat, und wenn Lia es gewusst hat und ihn schützen wollte, warum hat sie sich dann nicht mehr bemüht, uns von ihm abzulenken? Warum hat sie nicht versucht, jemand anderen zu bezichtigen?

Ich schiebe Arlos Spielfigur in die Mitte meines geistigen Spielbretts und betrachte sie stirnrunzelnd. Er ist fies, er ist gewalttätig, und er hat mit Fox einen Streit vom Zaun gebrochen, kurz bevor dieser auf grausame Weise ums Leben kam ... Was habe ich wirklich in der Hand, was ihn als Mörder entlasten würde? Mein ziemlich vager Eindruck, dass er vor etwas Angst hatte, als wir unangemeldet bei ihm zu Hause aufkreuzten? Meine Güte, er ist immerhin Drogendealer – es gibt unzählige Menschen, vor denen er aus gutem Grund Angst haben könnte und die mit alles andere als freundlichen Absichten mitten in der Nacht bei ihm hereinschneien könnten.

»Fuck, vielleicht waren sie es alle«, erkläre ich schließlich mit einem frustrierten Schnauben. »Vielleicht ging der Streit weiter, während April bewusstlos war. Fox war auf einmal tot, sie gerieten alle in Panik und beschlossen, es demjenigen in die Schuhe zu schieben, der sich am besten als Sündenbock eignete.«

»Das würden sie nicht tun«, meint April, klingt jedoch nicht sehr überzeugt.

»Wie gut kennst du diese Leute wirklich?«, kontere ich. »Wie lange hängst du schon mit ihnen ab? Zwei Monate? Du bist die Neue, und ich garantiere dir, du bist ihnen nicht halb so wichtig wie sie sich selbst.«

»Da hat er nicht ganz unrecht, April.« Sebastians verdrossene Zustimmung wundert mich, wenn man bedenkt, dass ich kein gutes Haar an seinen Freunden gelassen habe. »Ich meine, ich kenne diese Clique schon länger als du, und ich bin immer noch ein Außenseiter für sie. Außerdem ...« Seine Augen huschen nervös zu meiner Schwester und dann zu mir. »Nimm's mir nicht übel, aber Fox hatte schon viele Freundinnen. Mit ihm zusammen zu sein heißt nicht, dass er treu zu dir steht.«

Das Problem an meiner Alle-waren-es-Theorie ist nur, dass diese Leute sich erbärmlich schlecht dabei anstellen, als gemeinsame Front die April-war-es-Theorie zu unterstützen. Wenn sie einen Mord vertuschen, an dem sie alle beteiligt waren, und es meiner Schwester in die Schuhe schieben wollen, sollten ihre Geschichten übereinstimmen; jeder sollte eine Variation von »April war total high, hat mit einem Messer herumgefuchtelt und mehrfach gedroht, ihren Freund zu erstechen« liefern. Stattdessen habe ich nur schwache Alibis und leicht widersprüchliche Angaben gehört. Als Verschwörer taugen sie anscheinend nicht viel.

Ich stoße einen sorgenschweren Seufzer aus, während April und Sebastian mich ansehen und darauf warten, was ich als Nächstes tue. Allmählich bekomme ich Kopfschmerzen. Fox ist tot und seine Leiche wird immer kälter; keine meiner Anstrengungen hat die Antwort zutage gefördert, die meine Schwester haben wollte; und der Mörder ist immer noch auf freiem Fuß – ein Mörder, mit dem wir uns heute Abend vielleicht sogar unterhalten haben. So können wir nicht weitermachen. Meine Schwester zählt auf mich, aber ich ertrage den geisterhaften Griff von Fox' Fingern in meinem Nacken nicht mehr. Tatsache ist, ich weiß, was wir als Nächstes tun müssen, doch damit werde ich mich nicht gerade beliebt machen. Ohne einem von ihnen ins Gesicht zu schauen, sage ich: »Wir müssen zur Polizei gehen.«

»*Nein!*« April starrt mich betroffen an. »Wir haben ja noch gar nichts rausgefunden. Wenn wir jetzt zur Polizei gehen, glauben die, ich war es!«

»April, wenn wir es nicht bald tun, werden sie dich ohnehin für die Mörderin halten und außerdem denken, dass du uns zwei dafür angeheuert hast, den Mord zu vertuschen. Auch wenn ich überzeugt davon bin, dass deine Freunde alle etwas verbergen, können wir nicht beweisen …«

»*Aber ich bin unschuldig!*«, kreischt sie. »Du kannst mich nicht einfach an die Cops ausliefern, wenn ich doch gar nichts getan habe! Die stecken mich ins Gefängnis, Rufus!«

»Niemand liefert dich aus!«, schreie ich, doch in meiner Schwester ballt sich vor meinen Augen die Panik zusammen wie eine Gewitterwolke, und ich weiß nicht, was ich sagen kann, um den Ausbruch zu mildern. Ich bezweifle, dass ich an ihrer Stelle ruhiger wäre, und ich fühle mich nicht sehr gut bei dem, was ich von ihr verlange. April mag an vielem schuld sein, aber ich glaube nicht, dass sie Fox umgebracht hat, und diesen Albtraum hat sie in meinen Augen nicht verdient – trotzdem sehe ich keine Alternative zu meinem Vorschlag. »Es geht darum, dass du sie von deiner Unschuld überzeugen musst. Wenn du den Mord meldest, bevor sie davon erfahren, sind sie vielleicht bereit, deiner Geschichte zu glauben«, behaupte ich und hoffe, dass es wahr ist. So funktioniert es jedenfalls in *Scandal,* obwohl ich nicht zugeben werde, dass ich mich von einer Fernsehserie inspirieren lasse. »Je länger du wartest, desto eher werden sie denken, dass du etwas Schlimmes zu verbergen hast.«

»Du solltest mir doch helfen!«, jammert sie und zeigt vom Rücksitz aus anklagend mit dem Finger auf mich. »Ich habe dich verdammt noch mal dafür *bezahlt,* mir zu helfen! Du hast zweitausend Dollar von mir gekriegt, und jetzt wirfst du mich einfach den Wölfen zum Fraß vor? Ich hätte wissen müssen, dass ich dir nicht trauen kann! Du bist ein Lügner und ein Freak, und du wolltest immer nur meine Familie ruinieren. Du und deine blöde gierige Mutter ...

»Hör auf«, unterbreche ich sie wutentbrannt. »April, noch ein Wort gegen meine Mom und ich gehe sofort zur Polizei und sage aus, dass du es getan hast, das schwöre ich dir. Dass du es mir gestanden hast und mich dann bestechen wolltest, damit ich lüge!« Funkelnde weiße Stecknadelköpfe tanzen vor meinen Augen. »Du hast mich heute Abend angerufen, weil du keinen anderen hattest, an den du dich wenden konntest, weil deine Freunde alle für die Tonne sind und deine Familie noch schlimmer ist. Sie sind diejenigen, die dich ruinieren, und du merkst es nicht einmal!« In meinen Ohren klingelt es und mein Hals brennt. »Du hast mich dafür bezahlt, mit deinen verlogenen, hinterhältigen, beschissenen Freunden zu sprechen, und ich habe meinen

Teil der Vereinbarung eingehalten. Jetzt steh du zu deinem Wort!«

Blinzelnd und schwer atmend drehe ich mich wieder nach vorne und versuche, meine geballten Fäuste zu entspannen. April schweigt. Ich würde gerne glauben, dass ich sie zur Einsicht gebracht habe, aber es ist wahrscheinlicher, dass sie einfach nur neu kalkuliert, eine neue Attacke plant. Als sie schließlich zu sprechen beginnt, ist ihr Ton wehleidig. »Schau, was ich gesagt habe, tut mir leid. I-Ich hab's nicht so gemeint, ja? Ich habe bloß ... ich habe echt Angst, Rufus. Es muss doch etwas geben, was wir noch nicht versucht haben ...«

»Ja«, schneide ich ihr brutal das Wort ab. »Wir haben noch nicht versucht, die Cops einzuschalten. Ruf Peter an – sag ihm, er soll einen Rechtsanwalt besorgen und zum Polizeirevier kommen.« Und weil mir besonders grausam und rachsüchtig zumute ist, füge ich noch hinzu: »Und sag ihm, am besten einen richtig guten Anwalt.«

April bricht in Tränen aus.

9

DAS POLIZEIREVIER von Burlington befindet sich in einem schmucklosen Backsteinbau am Battery Park, einer hübschen baumbestandenen Rasenfläche am See, wo sich früher am Abend sicherlich eine Menge Menschen versammelt haben, um sich das Feuerwerk am Nachthimmel anzusehen. Um Viertel nach ein Uhr morgens allerdings halten sich hier vermutlich nur noch Gestalten auf, die sich im Gebüsch einen Schuss setzen und entweder zu high oder zu dumm sind, um zu merken, dass sie sich praktisch in Hörweite der Polizei befinden. Während Sebastian den Jeep auf den Parkplatz lenkt, ist die Atmosphäre im Wagen so still und angespannt wie in einem deutschen Gruselfilm aus den 20er-Jahren.

Es ist ungefähr fünfunddreißig Minuten her, dass April sich genügend beruhigt hatte, um die notwendigen Anrufe zu erledigen. Da uns nichts Besseres einfiel, brachte Sebastian uns zum Parkplatz vom Silverman's, einem rund um die Uhr geöffneten Diner, in dem sich seine Clique gern trifft. Wir stellten uns in eine abgelegene Ecke, während meine Schwester unseren Vater anrief und ihm sagte, sie brauche einen Anwalt. Sobald sie aufgelegt hatte, wählte sie meine Nummer, und wir blieben genau sechsundachtzig Sekunden in der Leitung, bevor sie den Anruf beendete.

Das war unser eigenes Alibi. Auch wenn ich selbst darauf bestanden habe, zur Polizei zu gehen, werde ich nicht da reintanzen und freiwillig erzählen, dass wir April geholfen haben, sich von einem Tatort zu entfernen, und den Abend damit verbracht haben, mögliche Verdächtige abzuklappern – ich bin kein Idiot und kann mir definitiv keine »Missverständnisse« zwischen mir und den Behörden erlauben. Unsere Geschichte geht so, dass April neben Fox aufgewacht ist und daraufhin erst Peter und dann mich angerufen hat. Race' und Peytons Rat folgend waren Sebastian und ich schon auf dem Weg nach South Hero, als sie mich erreichte und ich erfuhr, dass sie in Schwierigkeiten steckte, und nachdem wir sie abgeholt hatten, brachten wir sie direkt zur Polizei.

Ich habe natürlich keine Ahnung, ob sie uns das abkaufen werden – ob wir all die Unstimmigkeiten, die der zeitliche Ablauf unserer Geschichte aufweisen wird, irgendwie wegreden können, ob die Cops genau nachvollziehen werden, wann wir das Haus der Atwoods verlassen und das Polizeirevier erreicht haben –, aber es erscheint mir um einiges sicherer als die Wahrheit. Und ich hoffe verzweifelt, dass es die richtige Entscheidung ist.

Während wir auf Peters Rückruf warteten, saßen wir da und sahen durch die breite Fensterfront des Silverman's zu, wie müde Nachtschwärmer Burger und Fritten in ihre betrunkenen, glücklichen Gesichter stopften. Die ganze Zeit fraß Verbitterung wie ein Schimmelpilz an meinen Eingeweiden. Ich dachte daran, dass ich eins immer wieder vergesse: So nett April auch sein kann, sie ist und bleibt eine Covington – und die Covingtons halten alle miteinander meine Mom und mich für wertloses, berechnendes Pack.

Mit der Inbrunst eines Erweckungspriesters hat Peter all die Jahre die moralische Verworfenheit meiner Mom gepredigt, sie eine habgierige, hinterhältige Schlampe genannt – und mich eine Frucht des vergifteten Baums –, bis er irgendwann selbst überzeugt davon war, dass es die Wahrheit ist. Mein ganzes Leben lang musste ich mit seinen ständigen Vorwürfen fertigwerden, mit Haydens ungezügeltem Sadismus und den gezielten Nadelstichen von Isabels langfristiger Rache. Nur April war jemals bereit, uns einen Vertrauensbonus zu gewähren, doch sie ist keineswegs gegen den Einfluss ihres Vaters immun. Früher oder später werden seine Worte den Weg in ihren Mund finden.

Ich verfluchte mich immer noch dafür, den Covingtons wieder einmal ins Netz gegangen zu sein, als Peter endlich zurückrief mit der Mitteilung, seine Anwältin sei unterwegs; und auch als wir beklommen nach links auf den Parkplatz des Polizeireviers von Burlington abbogen, brütete ich dumpf vor mich hin. Doch als ich Peter Covington dann leibhaftig sehe, wie er mit dem typisch mürrischen Ausdruck in seinem fein geschnittenen Gesicht an seiner S-Klasse lehnt, ergebe ich mich in die Hölle, in die ich mich selbst manövriert habe, als ich Aprils Hilferuf gefolgt bin.

Noch bevor Sebastian den Jeep zum Stehen bringt, reißt April die Tür auf und sprintet auf ihren Vater zu, heulend wie eine Geisel, die gerade aus einer Bank befreit wurde.

Sebastian wirft mir einen bangen Blick zu, die Augenbrauen vor Sorge zusammengezogen. »Bist du … ich meine, bist du für das hier bereit?«

Mir ist nicht ganz klar, was er mit »das hier« meint – Peter gegenüberzutreten oder die Polizei anzulügen. Die Antwort lautet allerdings in beiden Fällen gleich. »Kein bisschen. Du?«

Er antwortet nicht sofort, und als er es tut, kann er mir dabei nicht ins Gesicht sehen. »Ich bin dir heute Abend nicht zufällig über den Weg gelaufen, Rufus.«

Meine Augen werden groß und mein Magen sackt nach unten. »Sebastian …«

»Ich muss dir etwas sagen.«

»Das ist jetzt wirklich nicht der richtige Zeitpunkt«, schnaube ich. Ich habe das Gefühl, mit dem Rücken zur Wand zu stehen – einer mit Nägeln gespickten Wand, die mich ganz allmählich gegen eine andere, ebenfalls mit Nägeln gespickte Wand drückt. Als wäre das, was er sagt, eine Riesenüberraschung. Als wäre es nicht vollkommen offensichtlich, dass er mir auf Lucys Party nicht zufällig über den Weg gelaufen ist. Außerdem ist mir nicht entgangen, dass er sich freiwillig erboten hat, an diesem schwachsinnigen und halb kriminellen Abenteuer teilzunehmen, und zwar ohne eine Gegenleistung zu fordern. Ganz offensichtlich hat er etwas auf dem Herzen, und ich befürchte, dass er mir all meine hastig vernähten Wunden wieder aufreißen wird, wenn ich ihn reden lasse. Ich entscheide mich für den Regen, nicht für die Traufe, und schiebe meine Tür auf. »Ich habe jetzt andere Sorgen. Erzähl mir davon, wenn das alles vorbei ist, falls ich dann noch lebe.«

Viereinhalb Wochen, nachdem Sebastian mich bei der Sitzung von Front Line *mit meinem ersten richtigen Kuss überrascht hatte, schwebte ich immer noch auf Wolke sieben. Wir waren Experten darin geworden, heimlich Zeit miteinander zu verbringen, uns in versteckten Winkeln Küsse zu stehlen und zum »Arbeiten« bei mir zu Hause zu verabreden, wo wir in der Mikrowelle Pizza Rolls aufwärmten und dann eine Ewigkeit in meinem Zimmer rumknutschten. Meine Mom kam ziemlich schnell dahinter, was wir da trieben, wusste aber auch, dass Sebastian eine Heidenangst davor hatte, sich zu outen, und deshalb tat sie einerseits so, als hätte sie nichts gemerkt, während sie andererseits immer wieder Gründe fand, warum ich, wenn er da war, meine Zimmertür offen lassen musste.*

An einem frischen Tag im März, nach einem besonders langweiligen Auswärtsspiel der Jungen-Fußballmannschaft unserer Schule in Montpelier, über das wir für Front Line *berichteten, verschoben wir unsere Rückkehr nach Burlington noch ein bisschen, um in einer Stadt, in der uns keiner kannte, ins Kino zu gehen. Es war ein richtiges Date, mit Popcorn und Händchenhalten und ohne erschrecktes Auseinanderfahren beim kleinsten Geräusch, und ich genoss es. In solchen Situationen konnten wir einfach wir selbst sein, einfach nur zusammen sein, ohne groß darüber nachzudenken.*

Aber ich dachte darüber nach, ich konnte sogar an nichts anderes denken. Unsere merkwürdige Situation bedrückte mich immer mehr, wie rieselnder Sand, der mich Stück für Stück zudeckte, während die Stunden verstrichen, und das Glücksgefühl erstickte, das ich zu Anfang empfunden hatte. Als der Abspann lief, war ich deprimiert und aus dem Gleichgewicht, gefangen in einer scheußlichen Spirale der Unsicherheit. Zurück im Foyer, meine Stimmung war auf dem Tiefpunkt, führte Sebastian mich plötzlich ohne Vorwarnung vom Ausgang weg und bugsierte mich in einen Fotoautomaten, der neben ein paar Spielautomaten stand.

»Darauf habe ich den ganzen Abend gewartet«, murmelte er mit rauer Stimme, zerrte mich neben sich auf die schmale Bank und schob den Vorhang vor. Er zog mich an sich und wollte mich küssen, doch ich wich zurück, löste seine Hände von meiner Taille, meinem Hals. Auf den zweiten Blick sah er meine Miene. »Was ist? Was hast du?«

»Warum willst du nicht als mein Freund mit mir zusammen sein?«, platzte ich unbeholfen heraus, selbst überrascht davon, wie bedürftig ich klang. Sebastians Schultern sackten nach unten. Unsere Beziehung war nicht nur inoffiziell, sondern auch undefiniert – ein Geheimnis, das es eigentlich gar nicht gab. Wir waren wie der Baum, der im Wald umfällt, ohne dass jemand da ist, um ihn zu hören ... und vielleicht waren wir nicht einmal ein richtiger Baum.

»Rufus ...«

»Ich will einfach wissen, warum.« Ich versuchte, sicher und fest zu klingen, doch ich hörte selbst meine Unausgeglichenheit – meine Schwäche – und schämte mich. Bereits nach zwei Sätzen verlor ich den Streit, den ich selbst vom Zaun gebrochen hatte. »Du hattest nichts dagegen, Lias Freund zu sein, aber meiner willst du nicht sein.«

»Geht es hier um Lia?«, fragte er dumm und hob eine Augenbraue. »Ich hab dir gesagt ...«

»Es geht nicht um Lia«, gab ich frustriert zurück, obwohl das natürlich nicht stimmte, zumindest nicht ganz. »Es geht darum ..., dass wir Zeit miteinander verbringen. Es geht um *das hier, hier und jetzt.« Und es ging darum, dass wir uns in der Mauernische hinter dem Theater küssten und am Wochenende in den Green Mountains zum Wandern gingen und mitten in der Nacht skypten und dass wir immer Fingerkontakt herstellten, wenn wir uns auf Redaktionssitzungen etwas reichten. »Es geht darum, dass ich nur noch mit dir Zeit verbringen will und du dich weigerst, mein Freund zu sein.«*

Es klang so jämmerlich, dass ich mir dafür einen Tritt ins Gesicht gegeben hätte, wenn das körperlich möglich gewesen wäre. Sebastian fuhr sich mit den Fingern durch sein kurzes dunkles Haar, legte die Stirn in Falten und sagte: »Rufus, du kennst meine Gefühle. Ich ... ich verstehe bloß nicht, warum wir unbedingt ein Etikett draufmachen müssen. Warum können wir nicht einfach sein, was wir sind?«

Weil ich nicht weiß, was wir sind, dachte ich, sagte es jedoch nicht. Stattdessen hielt ich entgegen: »Etiketten bringen Ordnung in die Dinge. Was ist an Etiketten verkehrt?«

Er seufzte. »Ich habe das ganze letzte Jahr ein solches Etikett getragen – ich war jemandes Freund, habe das ganze Drama mitgemacht –, und ich bin es irgendwie leid. Das verstehst du doch, oder?« Es war eine Suggestivfrage, und ich nickte wie erwartet, auch wenn ich es nicht verstand. Wie sollte ich auch? Ich war noch nie mit jemandem zusammen gewesen und nahm es natürlich persönlich, dass sein plötzliches Bedürfnis nach einem Leben ohne Etiketten zufällig mit dem Beginn unserer Beziehung zusammenfiel. Ich schluckte meine Antwort hinunter, ohnehin unsicher, ob ich die Worte laut hätte aussprechen können, und Sebastian fuhr fort: »Eins, was ich wirklich an dir – an uns – mag, ist, dass es keinen Druck gibt, weißt du? Wir können einfach nur wir selbst sein.«

»*Aber was bedeute ich dir?*«, bohrte ich nach, denn obwohl ich mich mit jeder Sekunde kleiner fühlte, war ich entschlossen, mich nicht auf ganzer Linie selbst zu enttäuschen. Ich hasste es, wie meine Stimme zitterte, hasste es, dass meine Selbstachtung zum großen Teil von seiner Erwiderung abhing. Als ich mir dieses Gespräch ausgemalt hatte, hatte ich mir vorgestellt, ich wäre resolut und hätte alles im Griff, doch nun befand ich mich im Sinkflug und zog eine Rauchfahne hinter mir her.

»Du weißt doch, was du mir bedeutest.« Er rückte wieder näher, legte seine Hand auf meine Taille und drückte mich. Der Duft von Zitrone und Vetiver umfing mich, und ich spürte, wie mir schwummrig im Magen wurde. »Die ganze Heimlichtuerei, die wir veranstalten – dass wir zur gleichen Zeit um eine Toilettenpause bitten, nur damit wir uns während der Schule küssen können und ich nicht den ganzen Tag darauf warten muss? Du weißt, was du mir bedeutest.«

Ich fuhr mir mit der Zunge über die Lippen, aber ich zappelte wie ein Fisch am Haken, und er wusste es. »Ich – ich wollte nur ...«

Sebastian legte seine andere Hand auf meine Brust und schob mich gegen die Wand der Kabine. Die Luft strömte aus meiner Lunge, und in meiner Magengrube wurde es warm, eine Wärme, die sich in meine Arme und Beine ausbreitete. Hilflos glotzte ich ihn an, während sich seine Hand unter mein T-Shirt schob, und als ich seine Berührung auf meiner nackten Haut spürte, bekam ich am ganzen Körper Gänsehaut und stieß ein peinliches Wimmern aus.

Seine Lippen streiften meine – kein Kuss, nur ein Versprechen, und er murmelte: »Das ist immer der schönste Teil des Tages, Rufus. Das. Musst du mich wirklich noch fragen, was du mir bedeutest?«

Meine Willenskraft war nahezu erlahmt, und ich musste den letzten Rest aufbieten, um zu fragen: »E-Es ist mir eben wichtig. Ich habe das Gefühl ... ich muss es einfach wissen.«

Sebastian atmete tief aus und legte seine Stirn gegen meine, die Augen geschlossen. Ich hielt den Atem an, mein Herz klopfte so fest, dass es wehtat. Hoffentlich sagte er jetzt das Richtige ... aber wenn nicht, was dann? Ich war mir nicht sicher, ob ich die Kraft besaß, ihn zu verlassen, wenn er darauf bestand, dass wir weiterhin »einfach nur wir selbst« sein sollten – mir die Antwort darauf schuldig blieb, warum er sich, wenn Etiketten bedeutungslos waren, bei uns dermaßen dagegen sträubte.

Schließlich erklärte er mit leiser, sanfter Stimme: »Okay, Rufe. Wenn es dir so wichtig ist ..., ist es mir auch wichtig. Wir können ein Paar sein.«

Mein Herz dehnte sich buchstäblich aus, wie ein Ballon, und ich schwöre, ich schwebte eine Sekunde lang über der Bank. »Bist du sicher? Ich meine ... dann bin ich ... dann bin ich jetzt dein Freund? Ganz offiziell?«

»Ja, du Dummkopf.« Er lachte ein bisschen, amüsiert über meinen Eifer. »Du bist jetzt ganz offiziell mein Freund.« Danach war Sebastian einen Augenblick still, er sah mir nur in die Augen, bevor er leise hinzufügte: »Ich würde alles tun, um dich glücklich zu machen. Das weißt du, oder?«

Ich war so überglücklich darüber, dass ich darauf bestand, die Fotokabine zur Feier des Tages für ihren eigenen Zweck zu benutzen. Wir warfen Geld ein und wollten eigentlich alberne Grimassen schneiden – um einen Streifen mit kleinen Fotos zu erhalten, auf denen wir uns wie eines dieser perfekten

Paare in Filmen benahmen, sorglos und herumkaspernd und lebenslustig; aber nach dem ersten Blitz zog Sebastian mich auf seinen Schoß und fing an mich zu küssen.

Seine Zunge glitt in meinen Mund, ich legte die Hand um seinen Nacken und drei Blitze lang verlor ich mich in dem glückseligen, elektrisierenden Gefühl, sein Freund zu sein.

10

MEIN VATER hat nur einen einzigen, vernichtenden Blick für mich übrig, bevor er April auf den Rücksitz seines Mercedes schiebt, wo vermutlich bereits Isabel und die Familienanwältin darauf warten zu erfahren, warum man sie mitten in der Nacht aus dem Bett geholt hat. Nachdem Peter ebenfalls eingestiegen ist, hallt das Zuschlagen der Tür auf dem schmalen, verlassenen Parkplatz wie Kanonendonner.

»Rufus, warte«, ruft Sebastian mir nach, als ich auf den Eingang des Polizeigebäudes zugehe.

»Ich habe dir gesagt, dass ich dieses Gespräch jetzt nicht führen will«, zische ich verärgert und sehe bewusst nicht zu den schwarz glänzenden Scheiben der Luxuslimousine der Covingtons rüber, während ich daran vorbeihaste. Wie ich Peter kenne, tüftelt er schon daran, wie er mich für Aprils missliche Lage verantwortlich machen kann, und ich möchte es so lange wie möglich vermeiden, mit ihm zu sprechen. Mit ein bisschen Glück ist er immer noch mit meiner Schwester und ihrer Anwältin beschäftigt, wenn die Polizei längst fertig mit mir ist. Wann immer das sein mag.

»Das meine ich gar nicht!« Sebastian joggt los, packt mich am Arm und stoppt mich kurz vor einer der Säulen, die den Giebelvorbau am Eingang des Gebäudes stützen. Ich drehe mich zu ihm um und sehe zu meiner Überraschung Angst in seinen Augen. »Was hast du vor? Ich meine, sollen wir ernsthaft da reinspazieren und denen etwas von einem Mord erzählen? Brauchen wir nicht auch einen Anwalt? Und ... werden sie unsere Eltern anrufen?«

Vor allem Letzteres scheint ihm Angst einzujagen, mehr noch als das Da-Reinspazieren-und-etwas-von-einem-Mord-Erzählen, was mich ein bisschen erstaunt. Klar, ich will auch nicht, dass meine Mom da mit reingezogen wird – sie hat schon genug Sorgen, und sollten Peter und sie deshalb gezwungen sein, sich in einem Raum aufzuhalten, wird es mindestens einen weiteren Toten geben –, aber ich wüsste nicht, was Sebastian dagegen haben könnte, dass sein bekannter und allseits angesehener Vater herkommt und seinen Einfluss geltend macht.

Trotzdem ist er vor Anspannung ganz steif, als er mir mit besorgtem Blick diese Frage stellt, und er presst die Lippen fest aufeinander. Gegen meinen Willen überkommt mich eine Woge des Mitgefühls. »Wir werden keinen Anwalt brauchen«, sage ich und bin mir einigermaßen sicher, dass es stimmt. »Wir sind ja keine Zeugen, sondern haben April bloß abgeholt. Unsere Eltern müssen nur dabei sein, wenn die Polizei sich entscheidet, uns zu verhören, und das wird sie nicht; der Mord fällt nicht einmal in den Zuständigkeitsbereich dieser Dienststelle. Wahrscheinlich werden sie nur unsere Aussage aufnehmen – was wir gesehen haben und wann ... solche Sachen.«

Das ist eine ziemlich optimistische Sichtweise, immerhin sind wir dabei, mit Blut an den Kleidern in ein Polizeirevier zu marschieren. Dafür haben wir zwar eine Erklärung, doch das heißt noch lange nicht, dass sie die einfach so schlucken. Und wenn sie mich aus irgendeinem Grund filzen, werde ich ein Riesenproblem damit haben, Fox' Drogengeld zu erklären.

Die Wahrheit ist: Früher oder später werden unsere Eltern auf alle Fälle reingezogen – das ist mir klar –, und für diese Phase habe ich mir keinen Plan zurechtgelegt. Zeit schinden ist meine einzige Strategie. Sebastian scheinen meine Argumente allerdings beschwichtigt zu haben, denn er schenkt mir ein schwaches Lächeln. »Du klingst ja fast, als wüsstest du, wovon du redest.«

Mein Lächeln erstirbt auf meinen Lippen. »Peter hat mich schon mal bei den Cops angezeigt.«

»Weil du ein totaler Psycho mit einer Vorgeschichte als Gewalttäter bist.« Die körperlose und erschreckend vertraute Stimme kommt von irgendwo jenseits meiner rechten Schulter, und ich drehe mich langsam um wie ein Statist in einem Horrorfilm, der gerade erst merkt, dass der Schatten hinter ihm von einer zwanzig Meter großen radioaktiven Tarantel stammt.

In der Bewegung macht sich mein Körper reflexartig bereit zu Kampf oder Flucht, und dann taucht Hayden Covington hinter der Säule auf, wo er offenbar die ganze Zeit gelehnt und geraucht hat, ohne dass wir ihn gesehen haben. Das blonde Haar aus der Stirn frisiert, das Poloshirt im selben Blaugrün wie seine Augen, wirft er eine Zigarette auf den Boden und tritt sie mit der Spitze seiner Wildleder-Bootsschuhe aus, ehe er mir sein Raubtierlächeln zuwirft.

»Hi, Hayden«, sage ich vorsichtig und kämpfe gegen den

Drang an, einen Schritt zurückzuweichen. Im Geist rekapituliere ich in Windeseile das gesamte Gespräch mit Sebastian, aus Angst, wir könnten uns irgendwie verraten haben. Ich glaube nicht, aber Hayden hat ein unheimliches Gespür dafür, Dinge zu *erahnen* ...

»Hi, Tunte«, begrüßt er mich beiläufig, dann sieht er an mir vorbei und nickt Sebastian knapp zu. »Hi, Bash. Was zum Geier hast du hier zu suchen?«

»Fox Whitney ist tot«, platze ich heraus, während Hayden in aller Seelenruhe ein Päckchen Zigaretten aus der Tasche seiner Kaki-Shorts fischt und sich daran macht, sich eine anzuzünden.

»Schon gehört«, bemerkt er desinteressiert. Einen Moment lang frage ich mich, was *er* eigentlich hier zu suchen hat. Entweder hat Peter ihn genötigt zu kommen, um seine Familiensolidarität mit April unter Beweis zu stellen, oder er ist hier, weil er gern dabei zusieht, wie das Leben seiner Schwester in Scherben fällt. Er verstaut das Feuerzeug und die Zigaretten wieder in seiner Hose und nimmt einen langen Zug, dann bläst er den Rauch in einer seitlichen Wolke aus seinem Mund, die im Schein der am Vorbau angebrachten Lampe schimmert. Schließlich fixiert er mich mit starrem, kaltem Blick. »Was zum Teufel hat das mit dir zu tun?«

»April wollte mich eigentlich anrufen.« Ich bleibe brav bei unserer abgesprochenen Geschichte. »Als ich nichts von ihr gehört habe, bin ich nervös geworden. Race und Peyton haben mir erzählt, dass sie irgendwie durcheinander war, als die Party sich auflöste, und da dachte ich, ich sollte vielleicht mal nach ihr sehen.«

Wortlos richtet Hayden seinen bohrenden Blick auf Sebastian, der hörbar schluckt und bemerkt: »Er kannte die Adresse nicht, aber ich war schon mal da, deshalb... habe ich angeboten, ihn zu Fox' Cottage zu bringen.« Anscheinend fällt ihm selbst auf, wie schwach das klingt, denn er fügt noch hinzu: »Ich habe mir auch Sorgen um sie gemacht.«

»Als wir ankamen, war es... na ja, ziemlich schlimm«, ende ich, dabei starre ich auf die rote Glut am Ende von Haydens Zigarette und stelle mir vor, wie er sie mir ins Gesicht schnippt – oder auf meinem Handrücken ausdrückt. Da ist er nicht so wählerisch.

Keine Ahnung, warum ich das Bedürfnis habe, mich ausgerechnet vor Hayden Covington für meine Handlungen zu rechtfertigen. Teils, so sage ich mir, nutze ich einfach die Chance, um die Geschichte zu üben, die wir den Cops präsentieren wollen; teils ist es auch die ideale Gelegenheit, um zu testen, wie mein älterer Bruder die Nachricht von Fox' Tod aufnimmt. Für mich ist er nach wie vor ein potenzieller Verdächtiger.

Lia hat uns erzählt, Fox habe mit den Drogen, die er und Arlo vertickten, »ein krummes Ding« vorgehabt – etwas Schlimmeres als sie nur zu verkaufen, nehme ich an –, und wir wussten von April, dass Hayden einer von Fox' Kunden gewesen war. Es ist durchaus wahrscheinlich, dass ein Teil von den zweitausend Dollar, die die Tasche meiner Shorts ausbeulen, von dem blonden Soziopathen stammt, der mich gerade in Grund und Boden starrt. Und jemanden wie Hayden sollte man lieber nicht übers Ohr hauen. Wenn Fox einen Schwindel am Laufen hatte und mein älterer

Halbbruder zu seinen Opfern zählte, ist Fox mit hundertelfzig Millionen Stichwunden noch gut weggekommen.

Natürlich deutet nichts von dem, was ich erfahren habe, speziell auf Hayden hin – und mit dem Geld in meiner Tasche und Aprils in Kürze erfolgender Aussage bei der Polizei geht mich das Gott sei Dank nichts mehr an –, doch meine Neugier ist trotzdem geweckt. Hayden würde seiner kleinen Schwester, ohne mit der Wimper zu zucken, einen Mord anhängen; sie bedeutet ihm nicht mehr als jeder x-Beliebige.

Tatsache ist allerdings, dass ich vor meinem Bruder herumstammle wie ein rückgratloser Befehlsempfänger, weil ich *eine Scheißangst vor ihm habe*. Er ist kaum zwei Jahre älter als ich und nur knapp siebeneinhalb Zentimeter größer, aber er hat Schultern wie das Lincoln Memorial und eine grausame Ader, gegen die Hannibal Lecter geradezu knuddelig erscheint. »Wir haben April nur zurück in die Stadt gefahren.«

»Das«, bemerkt Hayden mit aalglatter Stimme und einen Rauchring ausstoßend, der wie eine giftige Qualle in die schwere Nachtluft aufsteigt, »ist ein großer Haufen Schwachsinn.«

Ich merke, wie mir die Farbe aus dem Gesicht weicht. Ist unsere Lüge so offensichtlich? »Ist es nicht.«

»Warum sollte April ausgerechnet dich anrufen wollen? Netter Versuch, du Stück Scheiße.« Hayden tritt näher, und ich bemühe mich, nicht zu zucken, aber er riecht meine Angst und lächelt. »Warum seid ihr wirklich da rausgefahren? Warst du einer von Fox' Kunden? Oder vielleicht hast du was für deine Mom gekauft. Hatte sie keine Zeit, sich selbst was zu besorgen, weil sie an der Bushaltestelle Schwänze lutschen musste ...«

»April *wollte* mich anrufen«, beharre ich steif, mein Mund ist ausgetrocknet, meine Wut will sich Bahn brechen mit der Vehemenz eines Hundes, der sich selbst ins Bein beißt. *Tief durchatmen. Reiß dich zusammen.* »Wegen ... meiner Mom und Peter. Sie hatten gestritten.«

Nach dem, was er gerade angedeutet hat, tut es wirklich weh, das zuzugeben, aber es ist die offizielle Geschichte für die Polizei, auf die wir uns geeinigt haben. Belustigung glitzert in Haydens kalten blauen Augen und er bleckt erneut die Zähne zu einem selbstzufriedenen Grinsen. »Bettelt immer noch um Almosen, was? Sie kann wohl nicht mehr so viele reiche Freier aufreißen, jetzt wo ihre Titten allmählich schlaff werden. Ein Jammer. Hey, sag ihr, dass ich sie ficke, wenn sie ihre Tarife halbiert.«

Ein Muskel in meiner Wange zuckt, Hitze pocht an meinen Schläfen, aber ich weigere mich, den Köder zu schlucken. Es würde Hayden ausgezeichnet in den Kram passen, dass ich ihm vor den Cops, Peter und der Familienanwältin eine verpasse. Ich kann gar nicht mehr zählen, wie oft ich eine solche Szene schon mit ihm erlebt habe: Mein älterer Bruder stachelt mich zu einem Kampf an, schlägt mich zusammen und erzählt seinen Eltern dann, dass ich auf ihn losgegangen bin. Seine Arschkriecherfreunde waren immer gern bereit, seine Geschichte zu bestätigen, zu schwören, dass es reine Selbstverteidigung war, als Hayden mir den Kiefer gebrochen hat.

Peter seinerseits hat nie eine Gelegenheit ausgelassen, einen solchen Vorfall mit größter Genugtuung als Waffe gegen meine Mutter einzusetzen, hat ihr wiederholt damit gedroht, uns zu verklagen, uns bei der Polizei anzuzeigen oder mich, ganz besonders typisch, in eine Einrichtung für gewalttätige und labile Jugendliche einliefern zu lassen.

Als er es dann endlich durchzog, war ich fast erleichtert.

Ich war in der siebten Klasse, da brach Hayden mir bei einer Schlägerei den Arm, und Peter zeigte mich sofort wegen Körperverletzung an. Obendrein verklagte er meine Mom auf Schmerzensgeld wegen Zufügung körperlicher und psychischer Schäden und – weil mein Halbbruder sich bei einem Schlag in mein Gesicht das Handgelenk verrenkt hatte – auf die Übernahme von Haydens Arztrechnung. Es war ein Präventivangriff, Angriff als Verteidigung, und es funktionierte. Pleite und unfähig, sich zu wehren, hatte meine Mom keine andere Wahl, als einen einseitigen außergerichtlichen Vergleich zu unterschreiben, wonach die Klage zurückgezogen würde, wenn meine Mutter auf alle weiteren Unterhaltszahlungen für mich verzichtete. Seitdem überschattet dieser Vorfall unser Leben.

Unter Aufbietung aller Kräfte ignoriere ich den Hohn meines Bruders und wiederhole: »Es war ziemlich schlimm. April ist momentan ganz schön fertig.«

»Genauso wie Fox«, witzelt Hayden rüde. Ich weiß nicht, was ich darauf antworten soll, und nach einem Moment fährt er fort: »Warum, sagt sie, hat sie es getan?«

»Sie sagt, sie war es nicht.«

»Ja, klar.« Er zupft sich einen Tabakkrümel von der Lippe. Dann: »Glaubst du das wirklich? Oder hat sie dich irgendwie dazu gebracht, ihr dabei zu helfen, dass sie damit durchkommt?«

»Nein«, antworte ich unsicher, das Geld in meiner Tasche ist so schwer wie ein Konzertflügel.

»Du lügst.« Hayden stellt es fest, nüchtern und überzeugt. »Hoffentlich hast du ihr wenigstens geraten, ihre Fingerabdrücke vom Messer abzuwischen.«

Ich starre ihn mit offenem Mund an, gerade so lange, um mich zu verraten, dann komme ich zur Besinnung und versuche mich an ihm vorbeizuschieben, wobei ich murmle: »Ich muss meine Aussage bei der Polizei machen.«

»Ich habe dich was gefragt, Tunte.« Hayden packt mich so hart am Arm, dass ich einen blauen Fleck bekommen werde, und zerrt mich dorthin zurück, wo ich gestanden habe. Seine Augen blitzen wie ein Warnsignal, als er mir mit zusammengebissenen Zähnen zuknurrt: »*Vertuschst du für sie irgendeine Scheiße?*«

»Lass ihn in Ruhe, Mann«, mischt Sebastian sich ein und tritt vor.

»Ich weiß, wie abgebrannt ihr seid«, fährt Hayden mit halblauter, rauer Stimme fort, sein Atem stinkt nach Bier, und seine Finger graben sich in meinen Bizeps, als wollte er bis ins Knochenmark vordringen. »Wenn ihr eine Chance seht, Geld zu machen, nützt ihr sie, oder? Meine kleine Schwester neben einer Leiche zu finden ist für dich und deine Schlampen-Mom wie eine verdammte Einladung zur Erpressung ...«

»*Fick dich!*«, schleudere ich ihm entgegen, mein Gesicht glüht und ich sehe alles verzerrt. In mir läuft immer wieder ein Film ab, wie Haydens Zähne in den Nachthimmel fliegen, sich zerstreuen wie die Funken eines Feuerwerks. Ich habe ein solches Verlangen danach, ihn zu schlagen, dass ich es förmlich schmecken kann – als kupfrigen, salzigen Belag auf meiner Zunge.

»Hayden, was zum Teufel hast du, Mann? Lass ihn los!« Sebastian greift ein und löst die Hand meines Bruders von meinem Arm. Während sich mein Muskel erholt, spüre ich den Schmerz seines Griffs mit jedem Herzschlag, aber ich lasse mir nichts anmerken. Ich verweigere Hayden die Genugtuung, zu sehen, wie weh es mir tut; stattdessen durchbohre ich ihn nur mit einem Blick über Sebastians Schulter, denn mein Ex hat sich zwischen uns geschoben. »Keiner wird erpresst und keiner vertuscht irgendwas, okay? Krieg dich verdammt noch mal wieder ein! Was ist dein Problem?«

»Was *mein* Problem ist? Was zum Teufel ist *dein* Problem, Bash?«, antwortet Hayden mit einer Gegenfrage, sein Ton ist so hart, dass man damit Nägel in Zement schlagen könnte. »Warum gibst du dich überhaupt mit diesem Freak ab, kutschierst ihn mitten in der Nacht durch die Gegend. Was soll das?«

»Ich … wir …« Konfrontiert mit seiner ganz persönlichen Schwachstelle wie Superman mit Kryptonit weicht mein Ex-Freund zurück. »Wir waren auf derselben Party und – und ich hörte ihn sagen, dass er sich wegen April Sorgen machte, und da machte ich mir auch Sorgen. Ich … war besorgt.«

»Ihr wart *auf derselben Party*?« Hayden hat Blut gerochen und verzieht seinen Mund zu einem boshaften Grinsen. »Wie gibt's denn so was? Jetzt macht ihr mich aber neugierig. Ihr beiden hängt zusammen ab, fahrt herum … und jetzt hilfst du der Schwuchtel auch noch? Also echt, Bash. Lutscht er dir den Schwanz oder was?«

»Ein paar von der Schülerzeitung haben heute gefeiert«, mische ich mich ein, weil ich das Ganze rasch beenden möchte, »und Bash gehört auch zum Team. Ist ja wohl kein Skandal, dass wir beide da waren.« Sebastian hat mich überrascht, er ist ein erhebliches persönliches Risiko eingegangen, als er mir gegen Hayden beigesprungen ist, und ich möchte mich revanchieren. Aber ich erkenne zu spät, dass ich einen großen Fehler begangen habe.

»Oh, es war wegen der *Schschschülerzeitung.*« Hayden imitiert meine Aussprache und macht mein hörbares Zischen dabei so scharf, dass man Papier damit schneiden könnte. »*Bash, wir haben eine kleine *Sssoiree* für die *Schschschülerzeitung! Sssag, dass du kommst, ach bitteschschschön!*««

»Hör auf«, murmelt Sebastian gereizt, aber Hayden wärmt sich gerade erst auf und legt eine solche Fröhlichkeit an den Tag, dass seine Stimme viel weicher klingt.

»*Bash, ich hoffe, du magst *Würssstchen* und *sssüße Schschschnecken*, die gibt es nämlich bei unserer kleinen *Sssoiree!*««

»Okay, Alter, Schluss jetzt.«

»Hey, *Rufusss*«, fährt Hayden ausgelassen fort, »stimmt das, was man über Schschschwarze sagt? Haben die wirklich größere *Schschschwänze?*«

»*Fick dich*, Mann!«, blafft Sebastian schließlich. Er gibt Hayden einen kräftigen Schubs, sodass dieser ein paar Schritte rückwärts taumelt.

Die Atmosphäre auf dem Parkplatz schlägt so schnell um, dass es in meinen Ohren knackt, und Hayden strafft sich wie ein Segel im Wind. Auf einmal stehen er und Sebastian Fußspitze an Fußspitze, ihre Nasen berühren sich fast, unter der Haut zeichnen sich ihre angespannten Muskeln ab. Mein älterer Bruder knurrt im Grabeston: »Pass bloß auf, Williams, sei vorsichtig, mit wem du dich anlegst. Es ist mir scheißegal, wer dein Dad ist oder für wie knallhart du dich hältst, ich mach dich verdammt noch mal fertig.«

Ich muss hilflos zusehen, wie ein Zuschauer beim Russisch Roulette. Sebastian kennt die Covingtons nicht so gut wie ich, er weiß nicht, dass man gegen Hayden keine Chance hat. Selbst wenn man eine körperliche Auseinandersetzung wie durch ein Wunder gewinnt, muss man es danach immer noch mit Peter aufnehmen – dem Endgegner in einem manipulierten Spiel, das Sebastian noch nie gespielt hat. Mein Ex-Freund ist nur noch einen Schlag entfernt von einer Gratisübernachtung in einem Bezirksgefängnis, vor der April solche Angst hatte.

»Wir müssen unsere Aussage machen«, verkünde ich laut. Ich klinge wie ein Feigling, finde Ausflüchte, um mich vor einem Kampf zu drücken, aber Tatsache ist: Seine Würde zu bewahren, indem man Hayden die Stirn bietet, ist niemals den Preis wert, den man dafür bezahlen muss.

»Ja, Bash.« Mein Bruder starrt hypnotisch und ohne zu blinzeln in Sebastians Augen. »Geh mal lieber und mach deine *Ausssage*.«

Wie jemand, der seine Zunge von einem gefrorenen Laternenpfosten löst, tritt Sebastian stolpernd von Hayden zurück, gibt stillschweigend zu, dass er bei ihrem Machokampf den Kürzeren gezogen hat.

»Ich hoffe, er zeigt sich erkenntlich bei dir, Williams«, ruft ihm mein Bruder nach, als wir auf den Eingang des

Polizeireviers zugehen, in einem Ton, der wie eine Drohung klingt. »Und glaub bloß nicht, dass ich schon mit dir fertig bin. Wir unterhalten uns noch.«

Selbst nachdem die Glastür hinter uns zugefallen ist, spüre ich Hayden noch hinter mir, wie einen Tsunami, der in Kürze auf die Küste treffen wird.

11

AUS MEHREREN GRÜNDEN möchte ich nicht einfach zum Empfang stiefeln und sagen, ich sei hier, um einen Mord anzuzeigen. Zum einen will ich im Bericht nicht als derjenige stehen, der Fox' Tod gemeldet hat, denn das würde zu viel Interesse auf mich lenken. Ich habe vor, die Cops anzulügen, und kann es nicht gebrauchen, dass sie jedes Mal, wenn sie sich mit dem Fall befassen, über meinen Namen stolpern. Zum andern war es mir wirklich ernst damit, dass April es am besten selbst tun sollte – dass sie sich freiwillig stellen sollte, bevor man ihr auf die Spur kommt. Angriff ist die beste Verteidigung.

Nur dass sich Aprils Unterredung mit Peter und ihrer Anwältin viel länger hinzieht, als ich dachte, und so sitzen Sebastian und ich eine Minute um die andere in unbehaglichem Schweigen da und versuchen es uns auf den harten Stühlen bequem zu machen, die aus einem Kerker aus dem siebzehnten Jahrhundert stammen könnten. Auf einem Bildschirm hinter dem Empfangstresen laufen leise die Lokalnachrichten, der diensthabende Polizist teilt seine Aufmerksamkeit zwischen dem Bildschirm und uns. Ich tue mein Bestes, um jedes Mal, wenn er zu uns herüberblickt, einen unschuldigen und ehrlichen Eindruck zu machen, aber dass ich ständig auf die Uhr sehe und ängstlich zum Parkplatz hinausspähe, arbeitet wahrscheinlich gegen mich.

Sebastian hat kein Wort gesprochen, seitdem wir Hayden stehen gelassen haben, und starrt trübsinnig auf seine Füße. Die erlittene Schlappe hat seiner Psyche ziemlich zugesetzt, und ich weiß nicht, wie ich ihn wieder aufbauen kann – oder ob das überhaupt der richtige Weg ist, damit umzugehen. Ich bin der Einzige von meinen Kumpeln, der schon mal in eine richtige Schlägerei verwickelt war, und noch nie hat jemand versucht, danach mit mir darüber zu sprechen. Alles, was mir einfällt, kommt mir herablassend und dumm vor, und Sebastian schweigt entschlossen, daher folge ich seinem Beispiel und versuche, mich dabei nicht schlecht zu fühlen.

Doch dann versetzt mich mein Ex-Freund in Erstaunen, denn auf einmal schreckt er auf und sein Blick schießt zu mir. Wie elektrisiert zischt er mir leise zu: »*Er war heute Abend da.*«

»Häh?« Ich blinzle ihn an, verwirrt über seinen scheinbar abrupten Stimmungswechsel.

»Hayden«, sagt er eindringlich, und ich wage einen Blick zurück über meine Schulter. Ich kann meinen Bruder draußen nicht mehr sehen, aber ich spüre seine Anwesenheit als unheilvolle atmosphärische Störung. »Er war heute Abend da – im Cottage.«

»Ich weiß.« Ich sehe Sebastian fragend an. »Das hat uns Race schon erzählt.«

»Nein! Ich meine…« Mein Ex-Freund spricht noch

leiser, aus Vorsicht vor dem Diensthabenden. »Ich meine später. Rufus, ich glaube, er ist zurückgekommen.«

Damit hat er meine Aufmerksamkeit. »Was? Du meinst ... du denkst, er könnte Fox umgebracht haben?«

»Kann sein, warum nicht?« Sebastian fängt an, mit dem Knie auf und ab zu wippen. »Er vergießt nicht unbedingt Tränen über seinen Tod, und seine Fragen ... die waren ein bisschen sehr präzise, findest du nicht? Ob du sie erpresst hast, ob du ihr geraten hast, das Messer abzuwischen.« Er kratzt zwanghaft einen Mückenstich an seinem Arm. »Erst dachte ich, er hat nur zufällig gut geraten, aber warum sollte er danach fragen – ausgerechnet danach –, außer, er weiß etwas?«

»Woher denn? Wir haben es keinem erzählt, April hat es ganz bestimmt keinem erzählt, und abgesehen von uns drei war ...« Mitten im Satz breche ich ab, meine Augen werden so groß, dass sie mir schier aus dem Kopf fallen. »*Oben*. Sebastian ... ach du Scheiße. *Das obere Schlafzimmer haben wir nicht überprüft.*«

Wie gelähmt starren wir uns sekundenlang an, stellen uns dieselbe Frage: *Kann es sein, dass Fox' Mörder die ganze Zeit mit uns im Cottage war?* Wie bei einer Nahtoderfahrung sehe ich mich plötzlich im Eingangsbereich des Hauses stehen, nach oben zur schmalen, gewundenen Treppe lauschend, auf der Suche nach April. War statt ihr die ganze Zeit Hayden da oben und hat sich versteckt, hat gehört, wie wir erst in Panik geraten sind, uns danach gestritten und uns schließlich auf ein Vorgehen geeinigt haben? Wir hatten sein Auto nicht gesehen, aber wenn er zurück auf die Insel gekommen wäre, um einen Mord zu begehen, hätte er es ein Stück entfernt parken können, außer Sichtweite.

Der Moment verstreicht und ich atme wieder. Zu meiner Überraschung sind meine Schläfen schweißnass. »Nein. Es kann nicht sein, dass der Mörder noch mit uns da drin war«, argumentiere ich schwach, meine Lippen fühlen sich starr und kalt an. »Das ergibt keinen Sinn. Fox war schon tot, als April mich anrief, und wir haben eine halbe Stunde gebraucht, um hinzukommen. Wenn Hayden der Mörder war, warum sollte er dann noch dortbleiben? Eine halbe Stunde, nachdem er gehört hatte, wie April Hilfe holte?«

»Ich weiß es nicht.« Sebastian sucht meinen Blick, als könnte er die Antwort in meinen Augen finden, und mir fällt auf – ganz plötzlich und zu einem völlig unpassenden Zeitpunkt –, dass dies unser längster Blickkontakt ist, seitdem er mich abserviert hat. »Vielleicht waren das wirklich nur wilde Vermutungen. Fingerabdrücke wegzuwischen ist ziemlich naheliegend, und Hayden ... er redet eine Menge Mist über dich und deine Mom, weil ihr nicht so viel Geld habt wie die Covingtons. Geld ist ihm wirklich wichtig, und er denkt, das ist bei allen so. Vielleicht hat er dir nur vorgeworfen, dass du versucht hast, April zu erpressen, weil er es an deiner Stelle getan hätte. Vielleicht hast du recht.«

Da ist natürlich was dran. Hayden ist ein geldgieriger Sack, der denkt, alle anderen sind genauso gestrickt wie er. Doch jetzt hat mich mein Ex-Freund dazu gebracht, noch einmal genauer über die Unterhaltung nachzudenken. »Vielleicht auch nicht. Er hat das mit dem Messer zur Sprache gebracht, Sebastian.« Ich presse entschlossen die Lippen aufeinander. »Dabei hat April gar nichts davon erwähnt, dass Fox erstochen wurde – sie hat Peter nur gesagt, dass er umgebracht wurde. Für Peter hätte er erschossen oder vergiftet oder überfahren oder im See ertränkt worden sein können, also woher wusste Hayden dann von dem Messer?

Sebastian bekommt keine Gelegenheit, mir zu antworten. Genau in diesem Moment wird nämlich die Tür des Polizeireviers aufgerissen und April taucht auf. Blass und mit roten Flecken im Gesicht, ihre Augen geschwollen vom Weinen, wird sie auf einer Seite von Peter Covington und auf der anderen von Lindsay Wells, ihrer Anwältin, flankiert – ich kenne sie von meinen rechtlichen Auseinandersetzungen mit den Covingtons. Zielstrebig marschieren die drei zum Diensthabenden am Empfang, wo April mit brüchiger, kratziger Stimme sagt: »Ich heiße April Covington, und ich muss einen M-Mord melden ...«

* * *

Nach der großen Verkündung setzt eine Kettenreaktion ein. April wird rasch durch eine Tür geführt, zusammen mit Peter und Ms Wells, und Sebastian und ich bringen endlich unser Anliegen vor. Mein Ex-Freund wird sofort wegbegleitet, bei mir hingegen dauert es über zehn Minuten, bevor ein junger Polizist mit entzückend kantigem Kinn und gemusterter Krawatte mich über eine Reihe von Korridoren in ein kleines Vernehmungszimmer bringt.

Er stellt sich als Detective Lehmann vor und fragt, ob ich gern Kaffee hätte. Als ich nicke, verlässt er kurz den Raum und kommt mit einer Tasse zurück, in der sich, wie es scheint, lauwarme Batteriesäure befindet. Unwillkürlich frage ich mich, ob das zu seiner Verhörtaktik gehört.

Ebenso wie ich mich frage, ob Detective Lehmanns sexy grüne Augen, seine schmalen Hüften und sein widerspenstiges kastanienbraunes Haar ebenfalls Teil dieser brillanten Strategie sind – eine Charmeoffensive, um mir meine Geheimnisse zu entlocken. Der Typ kann nicht älter als, sagen wir, vierundzwanzig sein. Höchstens fünfundzwanzig. Am liebsten würde ich ihn gleich mal daran erinnern, dass ich im Bundesstaat Vermont das Schutzalter überschritten habe und Sex haben darf, aber mir schwant, dass das meine Position schwächen könnte. Vernünftigerweise rufe ich mir selbst in Erinnerung, dass ich diesen Mann anlügen werde – diesen total geilen Adonis von einem Mann – und mich zusammenreißen muss.

Außerdem ist er ein Cop; mit dem Schutzalter kennt er sich garantiert aus.

»Also, Rufus«, beginnt er und lehnt sich in seinem Stuhl zurück, als wäre dies eine freundliche Plauderei. »Das ist ein cooler Name – der gefällt mir.«

Als er die Beine ein wenig spreizt, fange ich fast zu hyperventilieren an. Unter äußerster Selbstkontrolle bringe ich ein neutrales »danke« heraus.

»So einen coolen Namen hätte ich auch gern gehabt. Ich heiße Conrad.« Er grinst mich hinreißend schüchtern an. »Ich hasse diesen Namen, aber er hat bei uns in der Familie Tradition. Der andere Name, der bei uns Tradition hat, ist allerdings Humphrey, deshalb bin ich wohl noch gut weggekommen, was?«

»Klar«, stimme ich ihm zu, doch seine kumpelhafte Guter-Cop-Masche hat bei meinen Verarschungsdetektoren soeben Alarm ausgelöst und ich bin sofort wieder auf der Hut. Ich kenne das schon, wenn Autoritätspersonen sich bei mir einzuschleimen versuchen, indem sie meine Sprache benutzen, und begegne seiner Freundlichkeit mit instinktivem Misstrauen.

Auf einmal wird mir bewusst, wie lange sie mich auf diese kleine Unterhaltung haben warten lassen, und meine Schultern verkrampfen, als ich mich frage, ob mich der Detective vielleicht überprüft hat. Hayden hatte recht: Ich habe eine fragwürdige Vorgeschichte mit Gewaltausbrüchen und das wird mir in dieser Situation nicht gerade helfen.

Jedes Kind hat Wutanfälle, doch während meine Freunde im Kindergarten und der Grundschule aus ihren herauswuchsen, wuchs ich in meine hinein. Mit zehn waren meine Ausraster zu einer wilden Raserei geworden, Zornausbrüche von einer solchen Heftigkeit, dass sie sogar mich selbst erschreckten. Meine Wut war wie eine physische Präsenz in meinem Innern, die irgendwann so groß wurde, dass mein Körper sie nicht mehr fassen konnte, und dann zeterte ich und schlug um mich und ging auf andere los, bis ich vor Erschöpfung zusammenbrach.

Als meine Mom erkannte, dass meine Probleme sich nicht besserten, sondern schlimmer wurden, suchte sie nach Lösungen. Wir probierten eine Reihe von Psycho-Docs und haufenweise Medikamente aus – von Pillen, die mich paranoid und überdreht machten, bis zu solchen, von denen ich mich innerlich ganz taub fühlte –, bis wir die richtige Mischung fanden. Seit über einem Jahr hatte ich keinen schweren Ausbruch mehr, und die Medikamente, die ich jetzt nehme, helfen mir dabei, meine Emotionen zu kontrollieren, ohne dass ich das Gefühl habe, von ihnen abgeschnitten zu sein; aber meine Vergangenheit bleibt meine Vergangenheit, und ich bin nicht gerade erpicht darauf, mich vor einem Mann mit einem Polizeiausweis dafür rechtfertigen zu müssen.

Detective Conrad Lehmann verschränkt die Arme hinter dem Kopf, sodass sein Bizeps sein eng geschnittenes Oxford-Hemd strapaziert, und fixiert mich mit freundlichem Blick. »Also, Rufus Holt mit dem coolen Namen, fangen wir doch mal ganz am Anfang an. Du schilderst mir, was heute Abend passiert ist, in deinen Worten, und ich hake ein, wenn ich Fragen dazu habe.«

Räuspernd komme ich seiner Aufforderung nach, dabei halte ich meine Geschichte so einfach wie möglich. Lügner neigen zu Ausschmückungen, weil sie denken, durch die kleinen Details klingt das, was sie erzählen, wahrer; so ist es nicht. Der Teufel liegt im Detail, wie es so schön heißt, und jedes einzelne Detail, das man hinzufügt, wird, wenn man nicht vorsichtig ist, zur Falle.

Während ich rede, unserem frisierten zeitlichen Ablauf folge – demgemäß unsere Besuche bei Lia, Arlo, Race und Peyton noch vor Aprils Hilferuf stattfanden –, bin ich in Gedanken allerdings wieder bei Hayden. Kann es wirklich sein, dass er sich die ganze Zeit im oberen Schlafzimmer versteckt hat, während wir im Erdgeschoss zugange waren? Aber wenn er Fox tatsächlich ermordet hatte, was hatte er dann immer noch im Cottage zu suchen, als Sebastian und ich dort eintrafen? Warum war er nicht sofort abgehauen? Außer, er …

Die Erkenntnis trifft mich so schlagartig, dass ich mitten in meinem Bericht verstumme. Um mir ein paar kostbare

Sekunden zum Nachdenken zu erkaufen, täusche ich einen Hustenanfall vor. *Das Geld.*

Geld ist ihm wirklich wichtig. Sebastian weiß ja gar nicht, wie recht er hat. Wenn Hayden zurück zum Cottage gefahren ist, Fox ermordet und es dann April in die Schuhe geschoben hat, wäre er trotzdem noch nicht gegangen – nicht bevor er das Geld gefunden hätte, das er seinem Dealer früher am Abend bezahlt hatte. Es hätte ja keinen Sinn gehabt, es bei einem Toten zu lassen, oder? Ich denke an Aprils verhauchte, zittrige Stimme am Telefon – *ich brauche … ich brauche Hilfe, Rufus* – und die laut dröhnende Musik in Fox' Haus bei unserer Ankunft; wenn Hayden sich in einem anderen Raum befunden hatte, hatte er vielleicht gar nicht mitbekommen, dass April mich anrief, das kann durchaus sein. Er wusste vielleicht nicht, dass jemand unterwegs war, bis Sebastian an der Haustür klopfte.

»Warum hast du die Polizei nicht vom Tatort aus angerufen?«, fragt mich Detective Lehmann plötzlich und bringt mich ins Hier und Jetzt zurück. Ich blinzle ihn an, kurzzeitig aus dem Konzept gebracht, und er wiederholt es noch einmal: »Du hast deine Schwester in einem Haus mit einer Leiche vorgefunden; warum hast du nicht sofort die Polizei gerufen?«

Er klingt jetzt deutlich weniger freundlich, aber diese Frage habe ich erwartet. »April war total ausgeflippt und hat zuerst ihre Eltern angerufen. Sie wollten nicht, dass April mit irgendjemand spricht, ohne dass sie dabei sind.«

Das hat den Vorteil, dass es mehr oder weniger die Wahrheit ist, aber Detective Lehmann runzelt trotzdem die Stirn. »Das klingt irgendwie merkwürdig, findest du nicht?

Was sollten sie dagegen haben, dass sie mit der Polizei spricht?«

»Peter Covington ist Anwalt.«

Er nickt langsam. Anwälte, die sich einmischen – damit sind alle Polizisten vertraut. »Kanntest du das Opfer auch?«

»Fox? Mehr oder weniger. Wir sind im selben Jahrgang, und jeder kennt ihn. Er gehört zu den angesagten Leuten.«

»Aber ihr wart keine Freunde?«

»Nein.« Kaum habe ich es ausgesprochen, bereue ich meinen Tonfall.

Detective Lehmann hebt eine Augenbraue. »Du mochtest ihn nicht.«

Ich fühle mich ertappt und murmele: »Wir waren … einfach keine Freunde.«

»Warum nicht?«

Das ist eine Fangfrage. »Weil ich nicht zu den angesagten Leuten gehöre. Er konnte mit mir nichts anfangen. Das Einzige, was wir gemeinsam hatten, war unsere Postleitzahl.«

»Hat er dich schikaniert?«

»Er hat alle schikaniert«, antworte ich rundheraus und beobachte, wie mein Gegenüber diese Information aufnimmt, Alternativmöglichkeiten erkundet.

»Du wirst ihn also nicht vermissen.«

Mein Körper lässt mich nicht antworten. Ich weiß, wie dumm es wäre zu lügen – wenn er meine Geschichte überprüft und herausfindet, wie viel böses Blut es zwischen Fox' Clique und mir tatsächlich gibt, kann ich es nicht mehr kleinreden –, aber die Wahrheit ist zu vernichtend, um sie zuzugeben, und so starre ich den Detective stumm an, bis er weiterspricht.

»Wann seid ihr am Cottage angekommen?« Er fragt es scheinbar spontan, aber diese Information habe ich ihm bereits geliefert, und ich spüre, wie mir unter den Achseln heiß wird. Vielleicht hätte ich doch lügen sollen – irgendetwas sagen sollen, um ihn davon abzuhalten, dass er unsere Geschichte auseinandernimmt. Ich muss ihn dazu bringen, dass er mich von seiner Liste der Verdächtigen streicht und in eine andere Richtung ermittelt.

Den Bruchteil einer Sekunde überlege ich, Hayden ins Spiel zu bringen, die Polizei auf seine Spur zu locken. April wird ihn wahrscheinlich nicht erwähnen, sie hat keine Verbindung zwischen seinem Besuch im Cottage und den Ereignissen hergestellt, die nach ihrem Blackout stattfanden, daher ist es vielleicht meine Aufgabe, dafür zu sorgen, dass die Cops ihn auf der Rechnung haben. Aber ich verwerfe die Idee sofort wieder. Wie kann ich meinen Bruder beschuldigen, ohne dadurch mir und Sebastian und April zu schaden? Ich habe noch nicht mal eine klare Vorstellung von seinem Motiv.

Ruhig begegne ich Detective Lehmanns Blick. »Wir waren schon unterwegs, als April mich anrief und mir erzählte, was passiert war, also denke ich, etwa zehn Minuten später?«

Lehmann nickt nachdenklich. Dann: »Ich muss gestehen, Rufus, irgendetwas passt hier nicht zusammen.«

Ich werde ganz reglos. »Häh?«

»Vorher hast du behauptet, April hat als Erstes ihre Eltern angerufen; wenn sie also wusste, dass die sich um alles kümmern, verstehe ich nicht, warum sie dann auch noch dich anrufen musste.« Das ist keine Frage, und ich hätte sowieso keine Antwort darauf, deshalb lasse ich ihn weitersprechen. »Warum hat sie es getan? Ich meine, wenn du und Fox nicht mal Freunde wart?«

Es braucht jedes Quäntchen Willenskraft, nicht nach oben oder zur Seite zu blicken, während ich fieberhaft überlege – das wären verräterische Anzeichen dafür, dass ich ihn zum Narren halte, auf die er bestimmt trainiert ist. »Sie hatte getrunken«, taste ich mich vor, mein Mund ist so trocken, dass es schnalzt, »und sie war total kopflos. Manche ihrer Freunde ... na ja, okay – die machten ... Dinge auf der Party, die schlimmer waren als nur saufen, wissen Sie? Und April hatte Angst, was passieren würde, wenn ihre Eltern all das sahen ... Sie wissen schon, das ganze Zeug. Deshalb hat sie mich angerufen. Ich habe ihren Anruf sowieso erwartet, und sie war wirklich ... ich meine, sie war total durchgedreht! Sie hoffte wohl, dass ich sie abholen würde, damit ihre Eltern nichts davon erfahren mussten.«

Mein Puls schlägt so heftig, dass ich Angst habe, blaue Flecken davon zu bekommen, doch Lehmann nickt nur. »Ernster als trinken, hm? Wovon reden wir hier? Drogen?«

»Denke schon.« Ich rutsche auf meinem Stuhl herum. »Aber ich möchte nicht mehr dazu sagen. Ich war nicht auf der Party, deshalb weiß ich nicht genau, was da los war. Da müssen Sie April fragen.«

»Hat sie auch Drogen konsumiert?«

Auf einmal bin ich zu meinem Entsetzen völlig blank. Ich hatte nicht vor, die Tür zu dieser Frage zu öffnen – habe es nur aus Verzweiflung getan, und ich weiß ehrlich nicht, was ich antworten soll. Auch wenn April mir hoch und heilig versichert hat, dass sie auf der Party nur Alkohol getrunken hat ... fällt es mir immer noch schwer, das zu glauben. Mein Onkel Connor war letztes Jahr ein paar Wochen bei uns zu Besuch, als er sich von seiner Knieoperation erholte, daher kenne ich den Unterschied zwischen »betrunken« und »total mit Medikamenten zugedröhnt«. Ich würde jeden Cent der zweitausend Dollar in meiner Tasche darauf verwetten, dass auf April Letzteres zutraf, als Sebastian und ich sie in dem Cottage fanden.

In der halben Sekunde, die ich über diesen Hauch eines Zweifels gestolpert bin, habe ich die einmalige Gelegenheit verpasst, eine unverfängliche Antwort zu geben; es ist gerade so viel Zeit verstrichen, dass ein »Nein« wie Irreführung wirken und ein »Ich weiß nicht« ausweichend klingen würde; ein »Ja« ist das einzig Naheliegende. Ich fahre mir mit der Zunge über die Lippen, auf der Suche nach einem brillanten Einfall, um den Schaden zu begrenzen ... und werde auf wundersame Weise verschont, denn auf einmal wird die Tür aufgerissen.

»Was zum Teufel ist hier los?«

Geschockt stelle ich fest, dass es Peter ist, sein Gesicht im vertrauten wutentbrannten Scharlachton.

»Sir, ich fürchte, Sie dürfen nicht hier sein.« Detective Lehmann ist sofort auf den Beinen und geht meinem Vater entgegen, um ihn aufzuhalten. »Der Zutritt zu diesen Räumen ist nicht gestattet ...«

»Was hat er dich gefragt?«, fragt Peter mich über die Schulter des Polizisten hinweg. »Hat er dich darüber informiert, dass du ein Recht auf einen Anwalt hast?«

»Sir, Sie müssen gehen«, weist Lehmann ihn scharf zurecht, sein scheißfreundliches Verhalten ist wie weggeblasen.

»Ich befrage einen potenziellen Zeugen in einer sensiblen ...«

»»Befragen«, dass ich nicht lache!«, blafft Peter zurück und funkelt den glücklosen Detective an, als wollte er die Seele des armen Manns mit einem Blick in Asche verwandeln. »Ist Ihnen eigentlich klar, dass Rufus noch minderjährig ist? Sie haben kein Recht, ihn zu verhören, ohne seine ...«

»Das ist kein Verhör, ich nehme nur seine Aussage auf, und es ist nicht nötig ...«

»Seine Aussage aufnehmen? Sie sind jetzt seit fast fünfzehn Minuten hier drin! Wir lange dauert es, um zu ermitteln, dass er einen Anruf von seiner Schwester bekam, sie abholte und hierherbrachte – zu Ihnen?« Wie er es sagt, klingt es, als wäre Detective Lehmann nicht nur inkompetent, sondern vielleicht auch noch korrupt. Mich herrscht Peter an: »Hast du ihm das alles schon erzählt?« Kleinlaut und ein wenig benommen nicke ich und Peter nickt zurück. »Gut. Dann pack deine Sachen. Es ist Zeit, dass du nach Hause gehst.«

»Sir!« Der attraktive Detective ist fassungslos. »Sie haben kein Recht ...«

»Ich bin zufälligerweise Rufus' Vater und sein Anwalt, also habe ich jedes Recht«, kontert Peter frostig, »und wenn Sie ihn nicht verhaften, kann er hier jederzeit rausspazieren. Ich werde nicht zulassen, dass Sie seine juristische Unkenntnis ausnutzen, um ihn unter Druck zu setzen. Er hat Ihnen erzählt, was passiert ist, und zu mehr ist er nicht verpflichtet. Wenn Sie weitere Fragen an ihn haben, können Sie das über mich erledigen.« Ausgesprochen unhöflich zieht mein

Vater eine Visitenkarte hervor und stopft sie in Detective Lehmanns Brusttasche – die hochgestochene Art, um zu sagen, *fick dich*. »Und fürs Protokoll: Ich erwarte, dass mir eine Kopie seiner Aussage in die Kanzlei geschickt wird. Sollte ich herausfinden, dass auch nur im mindesten Druck auf ihn ausgeübt wurde, wird Sie das Ihre Stelle kosten, Detective. Rufus, gehen wir.«

Ich bin zu verblüfft, um etwas dagegen einzuwenden, und ich weiß nicht, ob ich überhaupt die nötige Energie dazu aufbrächte. Wie ferngesteuert stehe ich auf und gehe mit gesenktem Kopf durch die Tür, durchbohrt von den glühenden Blicken, die zwischen den beiden Männern hin und her schießen. Ich sehe keinen von ihnen an.

12

STUMM FOLGE ICH Peter durch den leeren Korridor zurück in Richtung Eingangsbereich, rechne damit, dass jeden Moment aus irgendwelchen Ecken bewaffnete Polizisten hervorspringen und uns am Verlassen des Gebäudes hindern. Ich habe immer noch nicht ganz realisiert, was da gerade passiert ist, und bin mir überhaupt nicht sicher, ob Peter tatsächlich das Recht hat, mich einfach so mitzunehmen.

Nicht nur Peters Eingreifen in letzter Sekunde – womit er mich vor den bohrenden Fragen eines Polizisten gerettet hat, der anscheinend etwas Unehrliches bei mir witterte – hat mich so nervös gemacht und aus dem Gleichgewicht gebracht. Es ist auch die herrische Art, wie er sich dem Detective als *mein Vater* vorgestellt hat. Zu dieser biologischen Tatsache hatte er sich bisher nur bekannt, wenn er gerichtlich dazu gezwungen wurde.

Obwohl ich froh bin, dass er mich aus der Vernehmung befreit hat, bevor ich mir selbst ins Bein schießen konnte, werde ich mich ganz gewiss nicht bei ihm bedanken. Ich kenne Peter viel zu gut, um fälschlicherweise anzunehmen, dass sein wütender Auftritt als besorgter Vater irgendwas mit einer möglichen Missachtung meiner Rechte zu tun haben könnte. Und wie um meine Vorahnung zu bestätigen, bleibt mein Vater abrupt mitten in dem schmalen Korridor stehen, packt mich am Arm und zerrt mich in eine kleine Unisextoilette. Als er die Tür hinter uns abgesperrt hat, schleudert er mich gegen die Wand, und zwar ziemlich grob. »Was zum Teufel hast du ihm erzählt?«

»Nichts!« Angst, die mir in den sechzehn Jahren meines Lebens in Fleisch und Blut übergegangen ist, schießt meine Wirbelsäule hoch und gebärdet sich in meinem Kopf wie eine in die Enge getriebene Wildkatze. »Ich hab gesagt, was du gesagt hast – April hat mich angerufen, wir haben sie abgeholt und sind hierhergefahren. Lass mich los!«

Er durchbohrt mich mit seinen Augen, die genauso dunkelgrau sind wie meine. Wir haben das gleiche weizenblonde Haar, die gleiche Wölbung der Oberlippe; ich hasse es, dass ich ihm so ähnlich sehe. Ich hasse es, dass ich jedes Mal, wenn ich vor dem Spiegel stehe, an diesen Mann erinnert werde. Speichel sammelt sich in seinen Mundwinkeln, als mein Vater knurrt: »Du hast doch garantiert was mit dieser Sache zu tun. Ich weiß nicht, was, aber das Ganze stinkt gewaltig nach dir.«

»Gar nichts hab ich damit zu tun! Und. Jetzt. Lass. Mich. Los!« Ich schubse ihn, er schubst heftiger zurück, knallt mich wieder gegen die Wand und drückt mir die Luft ab. Der Raum kippt, vor meinen Augen flimmert es rot, und in meinem Innern ballt sich die Wut zusammen und pulsiert wie eine Alienbrut direkt unter meinem Herzen.

»April ist ein gutes Mädchen. Und ihre Freunde sind gute Kinder – *anständige* Kinder«, schimpft Peter weiter, dabei hat er absolut keinen Schimmer, wovon er da redet.

»Was hast du getan? Die Whitneys hätten dich nie und nimmer in ihr Cottage eingeladen, also was hattest du heute Abend dort draußen zu suchen?« Sein Gesicht hat eine dunkelrote Färbung angenommen, seine gefletschten Zähne sind nur Zentimeter von meiner Nase entfernt. »Du warst es, stimmt's? Du hast diesen jungen Mann umgebracht und dann April irgendwie dazu überredet, dich zu decken –«

»Aprils *anständige Freunde* verkaufen Drogen, Mann!«, zische ich wütend zurück, der Druck auf meinen Brustkorb erstickt meine Stimme.

Peter blinzelt einmal, zweimal, und dann schüttelt er den Kopf wie ein Hund, der gerade aus dem Wasser gekommen ist. »Nein. Nein, das ist ... das ist ... abscheulich, und du solltest dich schämen. Fox Whitney war ein –«

»Fox Whitney war ein *Drogendealer*. Deine Tochter war mit einem *Drogendealer* zusammen.« Ich stoße das Wort so scharf wie möglich hervor, stelle mir die einzelnen Silben als Fäuste vor, die auf Peter einprügeln. »Das Haus sah bei unserer Ankunft aus wie eine Crackhöhle, und als wir April aus der Blutlache in Fox' Küche zerrten, war sie so verdammt stoned, dass nicht einmal *sie* sicher weiß, ob sie es nicht –«

»Das ... das ist eine ungeheuerliche Lüge«, keucht Peter. »Wie kannst du es wagen –«

»Der Sheriff hat wahrscheinlich gerade alle Hände voll damit zu tun, ungefähr vierhundert kleine weiße Pillen einzutüten, die bei der *anständigen* Party dieser *guten* Kinder herumlagen, mit denen sich April herumtreibt ...«

»Halt die Klappe«, knurrt Peter wütend, das Gesicht

hochrot. »Ich habe es satt, wie ihr versucht, mein Leben zu zerstören, du und deine hinterhältige Mutter, dass ihr meine Familie sabotiert und alles, was mir lieb und teuer ist, in Gefahr bringt! Ich werde mir eine Kopie deiner Aussage besorgen, und wenn ich herausfinde, dass du gelogen hast, dass du … irgendetwas getan hast, um April zu schaden, dann, das schwöre ich dir, werde ich …«

Er hebt die Faust, seine Hand zittert. Bei all unseren Auseinandersetzungen oder wenn Peter mir drohte, war nie körperliche Gewalt im Spiel; er ist größer als ich, seine Wutausbrüche sind schlimmer als meine, aber ich hatte nie wirklich Angst, dass er mir ernsthaft wehtun könnte. Bis jetzt, als ich in seinen Augen, die meinen so sehr gleichen, lesen kann, wie tief sein Hass auf mich sitzt. Er möchte wirklich zuschlagen.

Mit beschämend dünner Stimme flüstere ich: »Nur zu. Wenn ich gelogen habe, dann um April zu schützen. Aber nur zu – gib mir einen Grund, zu Detective Lehmann zu gehen und ihm zu erzählen, was ich wirklich weiß.«

Ich bluffe – das liegt auf der Hand –, aber Peter ist sich nicht hundertprozentig sicher; trotz seines Geredes, dass April ein »gutes Mädchen« ist, verraten mir der Zweifel und die Angst, die über sein Gesicht huschen, dass er sich fragt, ob sie es nicht doch getan haben könnte. Tatsächlich graut ihm vor diesem Gedanken.

Er lässt mich los. Mit bleichem Gesicht tritt er zurück, zieht hörbar die Luft durch die Nase ein und richtet drohend einen zittrigen Finger auf mich. »Halte dich von meiner Familie fern. Falls nötig erwirke ich ein Kontaktverbot, also halte dich bloß fern von uns.«

Dann stürmt er aus der Toilette und schlägt laut die Tür hinter sich zu.

Als er weg ist, stehe ich einfach nur da, am ganzen Körper zitternd, und versuche, mich wieder zu fassen. Tränen steigen mir in die Augen und laufen mir übers Gesicht. Die Angst und die Wut, die in meinem Innern miteinander ringen, entladen sich wie bei einem Kurzschluss aufgrund schadhafter Kabel, und ich habe das Gefühl, mich gleich übergeben zu müssen. Ich bin wütend auf mich selbst, weil ich mich von Peter an einen Punkt habe treiben lassen, an dem ich nicht mehr weiterweiß, und diese Ohnmacht ist absolut demütigend. Mit der Faust schlage ich gegen die Wand neben dem Lichtschalter, immer und immer wieder, bis ich den Schmerz spüre, bis die Gipswand eine Delle bekommt und die Haut an meinen Knöcheln aufplatzt und ich das Blut abwaschen muss.

Während das Wasser über meine Finger rinnt, denke ich daran, wie viel von meinem Vater in meiner DNA steckt. Ich sehe ihn jeden Tag im Spiegel – aber das, was wir innerlich teilen, wirft den längeren Schatten. Jedes Mal, wenn sich mein Zorn Luft macht, wenn dieser Zorn durch meine Adern rast, in meinen Ohren tost, werde ich an Peter Covington erinnert. Er beeinflusst mich im Verborgenen, wie der Mond mit unsichtbarer Hand die Gezeiten beeinflusst; und jeden Tag muss ich mir von Neuem versichern, dass wir zwei völlig verschiedene Planeten sind.

Meine Knöchel tun weh. Mit ein paar Papiertüchern wische ich mir die Tränen ab und putze mir die Nase. Erst dann verlasse ich die Toilette.

Im Eingangsbereich wartet Sebastian auf mich, seine

Augen sind auf den Fernseher hinter dem Empfangstresen geheftet. Als ich näher komme, wirft er mir einen seltsamen Blick zu, und ich frage mich, ob er mir den Stress der letzten Minuten an meinem heißen, fleckigen Gesicht ablesen kann. Ich bemühe mich, ganz normal zu klingen. »Bist du fertig? Denn ich will eigentlich nur noch raus –«

»Rufus«, unterbricht mich Sebastian mit ernster Stimme. »Schau.«

Er deutet auf den Fernsehschirm, wo eine Lokalreporterin mit üppiger Wallemähne gerade mit betroffener Miene berichtet: »... neueste Meldungen zum Wohnhausbrand am Banfield Crescent. Wie die Feuerwehr mitteilt, konnte sie den Brand in dem Villenviertel inzwischen unter Kontrolle bringen. Ersten Hinweisen zufolge handelt es sich um Brandstiftung.« Schnitt auf einen prächtigen Giebelbau mit spitzen Dächern und kunstvollen Holzschnitzereien, der sich zu gut einem Drittel in ein leuchtend orangefarbenes Flammeninferno verwandelt hat. Dazu die Stimme der Reporterin: »Vor ungefähr zwei Stunden gingen die ersten Notrufe wegen eines Feuers am Banfield Crescent ein. Vermutlich brach der Brand in der Garage aus und verbreitete sich rasch; beim Eintreffen der Rettungskräfte stand bereits ein großer Teil des alten viktorianischen Gebäudes in Flammen.« Dann sieht man eine Aufnahme der Feuersbrunst aus einem anderen Blickwinkel, bedrohliche Wolken steigen in den Nachthimmel auf, Schwarz vor Schwarz. »Wie die Feuerwehrleute feststellten, waren Obszönitäten auf die Eingangstür des Hauses gesprüht worden, ein Akt von Vandalismus, der Spekulationen über eine Brandstiftung nährt. Die Behörden halten dies inzwischen für ›wahrscheinlich‹.«

Eine Nahaufnahme der weiß gestrichenen Eingangstür wird eingeblendet, die besagten Obszönitäten sind anscheinend zu vulgär, um sie im Fernsehen zu zeigen: Sie sind verpixelt, nur ein verschwommener, in der Luft schwebender scharlachroter Fleck. »Laut Aussage der Nachbarn sind die Hauseigentümer im Augenblick verreist. Versuche, sie zu erreichen, blieben bislang erfolglos. Polizei und Feuerwehr bitten Zeugen, sich zu melden.«

»Mann.« Sebastian packt mich angespannt am Arm und sieht mich mit weit aufgerissenen Augen an, während die Reporterin die Nummern der einschlägigen Hotlines herunterleiert. »Rufe ... das ist das Haus der Whitneys. Da wohnt *Fox*!«

»Was?« Ich starre ihn an, während ich versuche, das zu verarbeiten.

Jemand hat Fox' Haus in Brand gesteckt. Das ergibt doch keinen Sinn. Es muss mit seinem Tod in Verbindung stehen; es ist wohl kaum purer Zufall, dass sein Haus in derselben Nacht abbrennt, in der er umgebracht wird – aber ich kriege diese beiden Puzzlestücke nicht zusammen. Das Feuer wurde vor zwei Stunden gemeldet, ungefähr zu der Zeit, als wir gerade beim Haus der Atwoods waren. Das Feuer kann also nicht *vor* Fox' Tod gelegt worden sein; aber warum würde ihn jemand im Cottage umbringen und dann den ganzen Weg nach Burlington zurückfahren und sein leeres Haus anzünden? Was hätte das für einen Sinn?

Während wir hinaus auf den Parkplatz gehen, grüble ich über diese Frage nach und versuche mir einzureden, dass ich meinen Beitrag zur Lösung des Rätsels bereits geleistet habe. Es ist kurz nach zwei Uhr morgens, die erdrückende

Hitze des Tages hat endlich nachgelassen und die feuchte Nachtluft fühlt sich an wie eine lauwarme Umarmung. Ich bin hungrig und erschöpft und froh, endlich heimzukommen; aber als wir auf den Jeep zugehen, merke ich, wie Sebastian sich nervös nach allen Seiten umschaut.

»Was ist?«

»Ich sehe Hayden nirgendwo.« Er versucht, möglichst beiläufig zu klingen, und diese gezwungene Gleichgültigkeit spricht Bände. »Vermutlich hat er einfach Scheiße gelabert.«

»Wahrscheinlich ist ihm langweilig geworden, und er ist nach Hause gefahren«, sage ich. »Wenn du mich fragst, war er einzig und allein hier, um mich zu provozieren und sich an Aprils Panik zu weiden.«

Sebastian ist einen Moment still. Dann murmelt er: »Ich wusste nicht, dass er so sein kann.«

»Wirklich?« Ich sehe ihn scharf an. »Denn zu mir war er nie anders, und er hat sich auch nie bemüht, es zu verbergen. Die halbe Schule verabscheut ihn.«

»Ja, aber ...« Sebastian meidet meinen Blick. »Ich dachte immer, die Leute wären bloß neidisch, weißt du? Er gehört zur angesagten Clique, er ist ... na ja, du weißt schon, er ist heiß und ... ich meine, es stimmt schon, manchmal macht er sich über Leute lustig, aber ...«

»Aber was?« Ich bleibe stehen, damit er mir auch wirklich zuhört. »Diese Leute waren ja Loser, also waren sie selbst schuld?«

»Das habe ich nicht gesagt.« Er zieht die Augenbrauen zusammen. »Leg mir nicht irgendwelche Worte in den Mund. Okay, Hayden macht sich über andere lustig, aber das ist doch normalerweise völlig harmlos. Er will witzig sein, die Lacher auf seiner Seite haben.« Was Sebastian da von sich gibt, ist absurd, und ich spüre, wie tief es mich kränkt; bei Hayden wird aus »harmlosen« Scherzen oft blutiger Ernst. Doch ehe ich etwas darauf erwidern kann, fährt Sebastian bereits fort: »Ich habe wohl schon immer geahnt, dass der Typ seine dunkle Seite hat, obwohl er sich mir gegenüber immer korrekt verhalten hat. Ich habe ihn noch nie so erlebt wie heute Nacht – so ... heftig. Ist er ... ich meine, ist er wirklich immer so zu dir? Die ganze Zeit?«

»Ja«, antworte ich schroff, innerlich vor Wut kochend, denn *natürlich* hat Sebastian Hayden schon mal ›erlebt wie heute Nacht‹. Er hat alle seine Freunde irgendwann schon mal so erlebt. »Hayden ist ein Psychopath – und zwar einer, wie er im Buche steht, ohne Gewissen –, und wenn du das vorher noch nicht bemerkt hast, dann, weil du es nicht bemerken *wolltest*.«

Und als ich das ausspreche, geht mir plötzlich ein Licht auf, und ich komme mir vor wie ein Idiot. Es war leicht für Sebastian, die Augen vor der gehässigen Niedertracht meines Bruders zu verschließen, weil er bis jetzt nie selbst zum Opfer wurde. In den Monaten, in denen wir zusammen waren, hatte Sebastian vor allem Angst davor, wie seine Freunde reagieren würden, wenn sie das mit uns herausfänden, und dass Bereiche seines Lebens völlig auf den Kopf gestellt werden oder Schaden nehmen würden, wenn Menschen, die ihm wichtig waren, diese für sie vielleicht schwer verdauliche Neuigkeit erfuhren. Als Hayden heute Nacht auf ihn losging, nahm Sebastians schlimmster Albtraum ein paar unangenehme Sekunden lang Gestalt an, und das macht ihn total fertig.

Auf einmal ist meine Wut verflogen. Meinem Ex-Freund habe ich einen beträchtlichen Fundus an verletzten Gefühlen zu verdanken, manche berechtigt, manche nicht, aber das hier kann ich ihm einfach nicht zum Vorwurf machen. Seine Blindheit gegenüber dem fiesen Verhalten seiner Freunde mag frustrierend sein, aber niemand hat es verdient, unter Hayden Covingtons gnadenloser Häme zu leiden; und wie oft habe ich damals Sebastians Ängste weggewischt und unbekümmert behauptet, dass ein Comingout schon nicht so schlimm sein würde wie von ihm befürchtet? Dass ihn die anderen *nicht* so behandeln würden? Auch ich habe willentlich die Augen verschlossen, und zwar aus demselben egoistischen Drang heraus, mir etwas Unangenehmes schönzureden.

»Weißt du was? Lass gut sein – vergiss, dass ich überhaupt was gesagt habe.« Seufzend reibe ich mir die Augen. »Ich bin einfach nur kaputt und will, dass diese Nacht ein Ende hat. Was für ein beschissener Unabhängigkeitstag.«

»Das kannst du laut sagen.« Sebastian schenkt mir ein zaghaftes, zerknirschtes Lächeln und wir machen uns auf zu seinem Jeep.

Es kommt ohne Vorwarnung – weder das Geräusch eingezogenen Atems noch das Scharren eines Fußes auf dem Asphalt, kein Rascheln von Laub oder Stoff; wir sind vielleicht zwei Schritte gegangen, als urplötzlich aus der Lücke zwischen zwei geparkten Fahrzeugen eine dunkle Gestalt auf mich zustürzt. Das war's dann wohl.

13

»*RUFUS*. Wir müssen reden.«

Ich taumle rückwärts, meine Hände fliegen in Verteidigungshaltung nach oben, und mein Hirn entfacht einen Adrenalinsturm, während ich verständnislos in die Dunkelheit vor mir blinzle. Die Gestalt ist abrupt stehen geblieben und tritt erst jetzt aus dem Schatten. Benommen beobachte ich, wie das Mondlicht auf die herb-schönen Gesichtszüge von Isabel Covington fällt – Peters Frau. Selbst um zwei Uhr morgens ist sie eine elegante Erscheinung: Sie trägt eine lange dunkle Hose und eine Seidenbluse und hat ihr kastanienbraunes Haar zurückgesteckt – so könnte sie auch zu einem nachmittäglichen Geschäftstreffen unterwegs sein. An ihrer linken Hand glitzert kalt ein Brillant von der Größe eines Schrumpfkopfs. Im Bemühen, seine Ehe zu retten, hat Peter seiner Frau nicht nur April geschenkt.

Mein Puls beruhigt sich ein wenig – aber wirklich nur minimal; bloß weil Isabel nicht mit der Kettensäge auf mich losgeht, heißt das noch lange nicht, dass sie keine Gefahr darstellt. »Was immer Sie zu bereden haben, ich bin sicher, Peter hat mir da drinnen schon alles gesagt.«

Sie verzieht keine Miene. »Das bezweifle ich stark.«

»Okay, also ... behalten Sie es trotzdem für sich.« Ich mache auf cool, obwohl meine Nerven sich immer noch aufführen wie knisternde Reiscrispies. »Peter hat mir bereits ein Kontaktverbot in Aussicht gestellt, und das ist völlig in Ordnung für mich, wenn das bedeutet, dass Sie mich von jetzt ab verdammt noch mal alle in Ruhe lassen.«

Ich will um sie herumgehen, aber sie bewegt sich wie eine Katze – flink und erstaunlich leise für jemanden mit Pfennigabsätzen. »Was ich mit dir bereden will, ist wichtiger als das.«

Ich mustere ihr Gesicht, frage mich, wie viel Respektlosigkeit ich mir erlauben darf. Wenn sie es darauf anlegt, kann Isabel mir das Leben zur Hölle machen, und ich habe bereits vor langer Zeit gelernt, dass es besser für mich ist, die übelsten Beleidigungen hinzunehmen, als ihr einen Vorwand zu liefern, ihren Standpunkt auf folgenreichere Weise klarzumachen. Aber es war ein langer Abend, und ich habe es satt, mich weiter von den Covingtons herumschubsen zu lassen. »Ich muss nach Hause«, sage ich frostig.

Ich schiebe mich an ihr vorbei und bin schon fast beim Jeep angekommen, als sie ruft: »Ich weiß über alles Bescheid, was heute Abend passiert ist, Rufus. Das Geld, das April dir gegeben hat, die Besuche bei ihren Freunden, der vorgetäuschte Anruf, damit du ein Alibi hast ... alles.«

Zum zweiten Mal in dieser Nacht vollführe ich auf diesem Parkplatz eine langsame Drehung wie aus einem Horrorfilm. Mir wird plötzlich eiskalt. »Was?«

»April hat es mir erzählt«, sagt Isabel schlicht. »Peter und Lindsay sind zu einer privaten Unterredung ausgestiegen« – diese beiden Worte, *private Unterredung*, sagt sie mit einer

Spur Verachtung in der Stimme, was Bände spricht –, »und da hat April mir alles anvertraut. Wir haben keine Geheimnisse voreinander.«

»Natürlich nicht.« Ich könnte April erwürgen. *Natürlich* hat sie ihrer Mutter alles erzählt. Sie war noch nie in ihrem Leben ernsthaft in Schwierigkeiten, weiß nicht, was elterliche Strenge bedeutet, und wurde wahrscheinlich noch niemals dafür bestraft, dass sie die Wahrheit gesagt hat. Entweder war sie zu naiv, um zu kapieren – oder zu gleichgültig, als dass es sie gekümmert hätte –, was mit *mir* passieren würde, wenn sie vor Isabel die Karten auf den Tisch legte. Ich habe einen bitteren Geschmack im Mund. »So, und was jetzt? Sind Sie hier, um mir zu drohen? Meine Mutter hat doch schon zugestimmt, auf Unterhalt zu verzichten. Was wollen Sie denn noch?«

»Du verstehst mich falsch.« Ihre Ungerührtheit ist zum Aus-der-Haut-Fahren. »Peter weiß nichts davon. Ich hätte es ihm erzählen können – ich könnte auch jetzt sofort reingehen und es der Polizei erzählen. Aber das werde ich nicht tun.« Sie hält kurz inne. »Bist du denn gar nicht neugierig, warum?«

»Nicht wirklich«, lüge ich und weigere mich, ihren Köder zu schlucken.

»Weil Aprils Hals in der Schlinge steckt«, schaltet sich Sebastian ein, in seinem Ton schwingen Angst und Verwirrung mit; er spürt wohl auch, dass Isabel etwas im Schilde führt, kann jedoch nicht ergründen, worauf sie hinauswill. »Wenn die Cops rausfinden, was … na ja, was wirklich passiert ist, ist sie sehr viel schlimmer dran als wir beide.«

»Das stimmt nicht ganz, Mr Williams«, kontert Isabel

leicht belustigt. »April hat eine sehr, sehr gute Anwältin, und Rufus steht bereits unter Beobachtung des Schulausschusses. Es würde sich verheerend auf seine Schulakte auswirken, sollte die Polizei herausfinden, dass er Beweise zurückgehalten, etwas an einem Tatort manipuliert, die Justiz behindert hat ...«

»Was wollen Sie?« Schier unerträgliche Wut ballt sich in meinem leeren Magen zusammen. Jedes Mal, wenn ich denke, mein Vorrat an Hassgefühlen für die Familie meines Vaters sei erschöpft, stoße ich auf eine ganz neue Ader, die nur darauf wartet, angezapft zu werden, um mich mit ihrem Gift innerlich zu zerfressen. Wer wüsste besser als Isabel Covington, wie stark mich der Schulausschuss unter Beobachtung hat – schließlich ist sie die Vorsitzende.

Vor sechs Monaten hing ich eines Abends mit Lucy und unserem Freund Brent in einer Mauernische hinter der Schule ab. Wir teilten uns eine Flasche widerlich schmeckendes Bier, das uns Brents ältere Schwester besorgt hatte. Ironischerweise waren wir nur dort draußen – es war stockdunkel und der See glänzte durch die winterlich kahlen Bäume wie Grafit –, weil wir dachten, es wäre der sicherste Platz zum Alkoholtrinken. Man kann sich unseren Schrecken vorstellen, als urplötzlich ein Wachmann auftauchte, seine Taschenlampe wie einen Todeslaser schwenkte und uns anschrie, wir sollten die Hände hochnehmen.

Brent und Lucy kamen glimpflich davon, aber da ich die Flasche in der Hand gehalten hatte, als wir erwischt wurden – und weil mein Name *Rufus Holt* lautet –, zitierte man mich zu einer Anhörung vor den Schulausschuss und machte mir den Prozess. Sämtliche alten Sünden wurden genüsslich aufgelistet. Meine Prügeleien mit Hayden und seinen Kumpanen; als ich damals in der Achten Cody Barnes mit einem Stuhl einen Zahn ausgeschlagen hatte; als mir mein Naturwissenschaftslehrer im ersten Highschooljahr vorwarf, ich hätte gespickt, obwohl es gar nicht stimmte, und ich daraufhin so wütend wurde, dass ich ein absurd teures Mikroskop gegen ein Fenster schleuderte, wobei natürlich beides zu Bruch ging – alles wurde wieder ausgegraben und sorgfältig vor mir ausgebreitet, wie Leichen, die man nur notdürftig im Keller verscharrt hat.

Am Ende wurde ich eine Woche vom Unterricht ausgeschlossen und bekam zwei Monate Bewährung – zusammen mit der Drohung, dass mich der Schulausschuss von nun an genau im Auge behalten werde.

»Ich möchte dir klarmachen, in welcher Lage du dich befindest. Sollte die Polizei gegen dich ermitteln, wird sich der Schulausschuss angesichts deiner Vorgeschichte leider gezwungen sehen, deine Akte nochmals zu überprüfen«, fährt Isabel fort, die sich ganz offensichtlich an meinem zornroten Gesicht weidet, »und genau zu überlegen, ob die Ethan Allen High wirklich die passende Umgebung für einen Schüler wie dich darstellt oder eben nicht.«

Ich bin so wütend, dass es sich anfühlt, als würden meine Augen anfangen zu bluten. Vor Zorn wie gelähmt, kann ich mich weder bewegen noch klar genug denken, um irgendwas zu sagen – was in Ordnung ist, denn es gibt sowieso keine Beleidigung, die es mit Isabel Covingtons kaltblütiger Verschlagenheit aufnehmen könnte.

»Anders als du vielleicht denkst, hasse ich dich nicht, Rufus«, fügt sie heiter hinzu. Das ist einfach absurd. »Sicher hältst du mich für ein Miststück, aber alles, was ich getan habe, alle Empfehlungen, die ich in der Vergangenheit beim Schulausschuss ausgesprochen habe, waren in deinem Interesse. Ich bin überzeugt, dass dir eine Schule mit strengeren Regeln als die Ethan Allen guttäte, und ich denke – hoffe –, eines Tages wirst du einsehen, dass ich recht habe.«

»*Was wollen Sie?*«, wiederhole ich am ganzen Körper zitternd und den Tränen nahe. Ich kann mit all dem nicht umgehen. Ich packe das nicht. Warum muss ich mir das eigentlich alles anhören? Das ist nicht fair.

Isabel seufzt, ihr boshaftes, selbstgefälliges Grinsen verschwindet im Schatten. »Ich möchte dir einen Vorschlag unterbreiten.«

»Hä?« Ich lege doch tatsächlich den Kopf schief. Während ich diesen Satz zu verarbeiten versuche, gerät meine unbändige Wut ins Straucheln.

»April hat das nicht getan.« Isabels Ton ist nüchtern, aber zwischen ihren Brauen bildet sich eine besorgte Falte. »Natürlich hat sie es nicht getan, und was sie gerade durchmacht, ist … Es ist ein Albtraum. Mein schlimmster Albtraum.« Sie kneift die Augen zusammen, und zum allerersten Mal entsteht ein Riss in ihrer betonharten Fassade und erlaubt einen kurzen Blick auf ihre zarte menschliche Seite. Doch genauso rasch verbannt Isabel diese zarte menschliche Seite zurück in die Hölle, aus der sie stammt, und knurrt: »Natürlich war es dieser nichtsnutzige Rossi-Junge; sein Vater ist Alkoholiker, seine Mutter war eine Hure, und er selbst ist eine tickende Zeitbombe, die jederzeit losgehen kann. Ich bin sicher, die Polizei wird Beweise gegen ihn finden. Mit der Zeit.«

An den Satz scheint sich ein stummes *aber* anzuschließen, also sage ich es laut.

»Aber?«

»Für April sieht es nicht gut aus. Die Whitneys gehören zu den prominentesten Familien der Stadt, daher stehen die Behörden unter enormem Druck, diesen Fall so schnell wie möglich aufzuklären.« Sie presst die Lippen zusammen. »Die Atwoods und die Forsyths ... ihnen ist es bestimmt egal, wie die Sache ausgeht, solange nur ihre kostbaren kleinen Gören nicht mit hineingezogen werden, und ich weiß ja, wie Teenager ticken. Race und Peyton und ... dieses mexikanische Mädchen, Lisa –«

»*Lia*«, korrigiert Sebastian sie automatisch. Er klingt unwirsch.

»Aus ihnen wird man nichts herausbringen. Arlo Rossi ist ein Rowdy. Ein gewalttätiger Rowdy, der die halbe Schule seit seinem ersten Tag dort in Angst und Schrecken versetzt hat.« Sie könnte genauso gut über ihren eigenen Sohn sprechen, und ich frage mich, ob ihr diese Ironie bewusst ist. »Er hätte eigentlich ein Jahr wiederholen sollen, aber niemand an der Ethan Allen wollte ihn auch nur einen Tag länger behalten als nötig – und damit meine ich wirklich, *niemand*.« Sie holt tief Luft. »Die anderen werden Angst haben, dass er und seine primitiven Freunde sich an ihnen rächen, wenn sie aussagen, also werden sie brav den Mund halten und hoffen, dass April nicht für etwas verurteilt wird, was sie nicht getan hat. Ich kann es mir nicht leisten, so sorglos an die Sache heranzugehen.«

Ich schaffe es nicht, meinen Sarkasmus zu verbergen. »Aber April hat doch eine *sehr, sehr gute Anwältin.*«

»Und vor Gericht würde sie auch freigesprochen werden«, erwidert Isabel prompt. »Nur …«

»Sie möchten nicht, dass es überhaupt zu einem Verfahren kommt«, stellt Sebastian fest.

»Für April wäre es eine Katastrophe. In so einer kleinen Stadt ins Licht der Öffentlichkeit gezerrt zu werden, würde sie nicht überstehen, und ihr ganzes Leben würde …« Sie verschluckt die Worte, kann nicht weitersprechen. »Die Polizei muss baldmöglichst jemanden verhaften, dafür werden die Whitneys schon sorgen. Und wenn keiner der anderen dazu gebracht werden kann, gegen Arlo auszusagen, wird sich die Polizei auf April stürzen. Damit wäre ihr Leben ruiniert.«

»Und wie lautet Ihr Vorschlag?«, frage ich widerstrebend und warte voller Angst auf ihre Antwort.

»Du kennst diese jungen Leute.« Ihre betont kultivierte Stimme klingt beinahe flehentlich. »Mir ist klar, dass ihr nicht befreundet seid, aber du bist in ihrem Alter, und sie werden dir sicher Dinge erzählen, die sie einem Erwachsenen gegenüber nie zugeben würden – und schon gar nicht gegenüber einem Polizisten oder in Gegenwart eines Anwalts, den ihre Eltern angeheuert haben.« Ihre Hände öffnen und schließen sich, sodass der riesige Brillant im Mondlicht glitzert und funkelt. »April hat dir zweitausend Dollar gegeben, damit du mit diesen Kids sprichst und versuchst, etwas herauszufinden, und sie sagte, du glaubst, sie hätten dich angelogen.«

»Ja, das haben sie«, bestätige ich vorsichtig und trete unwillkürlich einen Schritt zurück. Das Ganze riecht verdammt nach Erpressung, und mir gefällt nicht, aus welcher

Richtung der Wind weht. »Aber ich weiß nicht mal sicher, ob sich ihre Lügen überhaupt um dasselbe drehten.«

»Ich werde dich dafür bezahlen«, erklärt Isabel schließlich, »dass du es weiter versuchst. Das Geld, das April dir gegeben hat, kannst du behalten. Es interessiert mich nicht, und da es sie verdächtig macht, soll am besten niemand davon erfahren. Aber ich würde dir noch einmal den doppelten Betrag geben – zusätzliche viertausend –, wenn du Beweise zu Aprils Entlastung findest, und zwar *bevor* die Polizei gezwungen ist, jemanden zu verhaften.« Mit blitzenden Augen tritt sie näher. »Das ist der ausschlaggebende Punkt, Rufus. Daran hängt der ganze Deal. Ich bezahle dich nur, wenn du mir etwas bringst, was Aprils Verhaftung verhindert.«

Ich starre sie mit offenem Mund an. Isabel Covington bittet ausgerechnet mich um Hilfe. Es ist ein Pakt mit dem Teufel – und zwar buchstäblich, aus meiner Sicht –, aber auch in diesem Fall ist die Rechnung unglaublich einfach: Aprils zweitausend plus Isabels viertausend plus die zweitausend, die sich mein Onkel Connor letztes Weihnachten von uns geborgt hat, ergeben zusammen die achttausend, die meine Mom der Bank schuldet. Doch ist es das wirklich wert?

Ich denke an Arlos Gewehr und an Haydens explosives Gemüt, an Peytons verächtliches Grinsen, Race' offene Feindseligkeit und Lias grobe Unhöflichkeit. Es war eine grauenvolle und höchst unangenehme Nacht. Will ich wirklich noch einmal in diesen Abgrund hinabsteigen? Die Antwort ist ein lautes und schlichtes Nein.

Aber dann sehe ich meine Mom vor mir – wie sie schlafend im Bett liegt, neben sich den neuesten Liebesroman oder Ratgeber –, und diesmal sehe ich auch den Stapel unbezahlter, ungeöffneter Rechnungen, der bereits vom Nachttisch auf den Boden wuchert. Ich stelle mir April vor, die in einem Vernehmungsraum einem finster blickenden Detective gegenübersitzt und versucht, sich zusammenzureißen und die Lügen zu erzählen, die ich mir im Grunde aus reinem Selbsterhaltungstrieb für sie ausgedacht habe, und ich frage mich, ob es fair von mir wäre, sie jetzt im Stich zu lassen.

Mit angehaltenem Atem sehe ich Isabel an und bitte stumm um himmlischen Beistand, der angeblich Narren und Kindern zuteilwird, denn im Augenblick fühle ich mich wie beides. »Okay. Abgemacht.«

14

»**BIST DU JETZT** total verrückt geworden, Rufus?«, herrscht mich Sebastian an, sobald wir wieder im Jeep sitzen. Isabel ist schon auf halbem Weg zum Eingang des Polizeireviers, aber da ich mir vorstellen kann, dass sie die Ohren spitzt, blicke ich nervös in ihre Richtung, während mein Ex-Freund weiterschimpft. »Du hast doch wirklich den Verstand verloren! Was hast du dir eigentlich dabei gedacht?«

»Ich brauche das Geld«, murmle ich unbehaglich.

»Woher willst du wissen, dass sie dir das Geld tatsächlich gibt?« Jetzt ist er richtig in Fahrt. »Ich meine, kannst du dieser Frau überhaupt trauen?«

»Nein.« Mit diesem düsteren Eingeständnis fühle ich mich nicht gerade besser. Meiner Erfahrung nach erleiden die meisten Erwachsenen einen massiven selektiven Gedächtnisverlust, wann immer sie jemandem unter achtzehn ein unbequemes Versprechen gegeben haben. Bei Isabel habe ich nicht den geringsten Grund zu glauben oder zu hoffen, dass sie zu unserer Vereinbarung steht, wenn ich ihr tatsächlich verschaffe, was sie will; schließlich gibt es keinen, der sie zur Rechenschaft ziehen wird, sollte sie beschließen, mich zu linken.

Andererseits ist das Positivste, was ich über Isabel Covington sagen kann, dass sie nicht einfach irgendetwas daherredet. Wenn Peter sich in seine Wut hineinsteigert, droht er gewöhnlich mit einem Höllenfeuer, das er dann doch nicht entfachen kann; und die Hälfte von Haydens Drohungen sind absichtlich leer, weil er es irrsinnig lustig findet, wenn sich seine Opfer vor ihrem eigenen Schatten fürchten. Aber Isabel ist zu besessen von ihrer eigenen Macht, um diese durch bloßes Säbelrasseln zu schwächen. Wenn sie etwas verspricht, dann hält sie es auch, und ich muss einfach hoffen, dass es für sie eine Frage der persönlichen Integrität ist, ihren Teil des Deals zu erfüllen.

»Merkst du eigentlich, was du da sagst?« Sebastian ist immer noch aufgebracht, seine großen, dunklen Augen scheinen mich im trüben Innern des Jeeps zu durchbohren. »Rufus, irgendjemand hat Fox umgebracht! Ihn *umgebracht*! Überlass das der Polizei! Ich meine, es war doch schon eine schwachsinnige Aktion, als wir vorhin Klinken geputzt und so getan haben, als wüssten wir von nichts, aber was hast du jetzt vor? Willst du einfach bei jedem klingeln und sagen: ›Ach, übrigens, hast du zufällig eine Million Mal auf Fox eingestochen und es April angehängt?‹«

Ich beiße die Zähne zusammen. »Ich weiß es nicht.«

»Du weißt es nicht«, schäumt er. »Und dann hoffst du eben mal, dass diese Covington-Hexe sich daran erinnert, dir die vier Tausender zu geben, wenn alles vorbei ist – falls du bis dahin überhaupt noch lebst.«

»Ja, so ungefähr«, blaffe ich zurück.

»Merkst du denn nicht, dass verdammt noch mal was faul ist im Staate Dänemark?« Er klingt fassungslos. »Wenn

Mrs Covington sich wirklich solche Sorgen macht, dass Aprils Leben zerstört werden könnte, warum heuert sie dann keinen Privatdetektiv an? Sie hat doch nur Verachtung für dich übrig, Rufus, sie hat sich nicht einmal die Mühe gemacht, so zu tun, als wäre es anders! Warum zum Teufel sollte sie dich um so was bitten, es sei denn, sie hat irgendwelche Hintergedanken?«

»Da gibt es viele Gründe.« Ich zähle sie an den Fingern ab. »Erstens würde sie ein richtiger Privatdetektiv sehr viel mehr als viertausend Dollar kosten, obwohl er womöglich am Ende gar nichts herausfindet. Zweitens muss ein Privatdetektiv, der seine Lizenz nicht riskieren will, es anzeigen, wenn er rauskriegt, welche Lügen du, ich und April heute Nacht den Cops aufgetischt haben – und das will Isabel ganz sicher nicht. Und drittens, egal ob ich Aprils Unschuld beweise oder während meiner Recherche verhaftet oder umgebracht werde, für die Covingtons ist es so oder so ein positiver Ausgang.«

»Na, das ist ja großartig.« Er klingt angewidert. »Was ist, wenn sie dich übers Ohr hauen will? Du hast mir selbst erzählt, dass es sie aufgeilt, dich leiden zu sehen. Du traust ihr nicht über den Weg, und trotzdem willst du dein Leben aufs Spiel setzen, bloß weil sie sagt, dass sie dich dafür bezahlen wird? Wie kannst du wissen, dass sie dich nicht nur verarscht?«

»Das kann ich nicht wissen.«

»Also dann, warum verdammt noch mal? Warum hast du zugestimmt?«

»*Weil ich das Geld brauche, Mensch!*«, brülle ich wütend. Sebastian kennt den beengten Bungalow, in dem Mom und ich hausen – er hat den alten, verbeulten Nissan gesehen, den wir uns teilen, meinen gebrauchten Laptop und Moms Sammlung schäbiger Second-Hand-Bücher – und doch kapiert er einfach nicht, wie schwierig unsere finanzielle Lage ist. Es ist nicht sein Fehler, er kann es einfach nicht nachvollziehen. Für Sebastian bedeutet ein Geldproblem zu haben, dass er sein Taschengeld ausgegeben hat und auf den nächsten Monat warten muss. »Wir könnten unser Dach überm Kopf verlieren, okay? Das Geschäft meiner Mutter läuft seit Jahren schlecht, und als Peter aufgehört hat, Unterhalt zu zahlen, musste sie an ihre Ersparnisse gehen, um unsere laufenden Kosten zu decken. Wir sind so richtig am Arsch, Sebastian, und ich kann es mir nicht leisten, die Chance, dass Isabel mir tatsächlich das Geld gibt, sausen zu lassen. Anders geht es nicht.«

Ein tiefes Schweigen breitet sich aus, zähe Schatten umwabern uns, und dann sagt er das Schlimmstmögliche: »Mist. Es tut mir leid, Rufus. Ich wusste nicht –«

»Fahr mich einfach nach Hause«, unterbreche ich ihn grob. Ich musste Haydens Schikanen, Peters Verachtung und Isabels Manipulation über mich ergehen lassen, aber Sebastian Williams' Mitleid werde ich mir verdammt noch mal nicht antun. »Ich kann das Auto meiner Mutter nehmen.«

Seine Augenbrauen schnellen ungläubig nach oben. »Du meinst, du willst diesen lächerlichen Schwachsinn noch heute Nacht durchziehen?«

»Wann sonst?«, frage ich angriffslustig. »Zumindest habe ich jetzt immer noch das Überraschungsmoment auf meiner Seite. Sobald raus ist, dass Fox tot ist, und jeder sich einen Anwalt nimmt, kann ich es vergessen. Egal, was Isabel meint, keiner dieser Typen wird mit mir reden, es sei denn, sie glauben, ich hätte etwas gegen sie in der Hand. Wenn ich sie damit konfrontiere, was mit Fox passiert ist, müssen sie irgendwie reagieren, und ich merke garantiert, wenn einer von ihnen lügt.«

»Das ist wirklich der dämlichste Plan, von dem ich je gehört habe.«

Unglücklicherweise stimmt das. Was ist zum Beispiel, wenn sich herausstellt, dass Hayden der Mörder ist? Nicht nur, dass es nun nicht mehr möglich ist, ihm die Nachricht von Fox' Tod um die Ohren zu hauen und seine Reaktion einzuschätzen, es ist auch fraglich, ob Isabel bereit sein wird, mich zu bezahlen, wenn ich zwar Aprils Unschuld beweise, dafür aber ihren Sohn belaste. Allerdings ist das immer noch besser als die Alternative – überhaupt keinen Plan zu haben –, daher erkläre ich säuerlich: »Zum Glück brauchst du dir darüber keine Sorgen zu machen. Fahr mich einfach nur nach Hause. Also, na ja … bitte.«

Leise vor sich hin schimpfend lässt Sebastian den Motor an. Aber als er rückwärts aus der Parklücke manövriert, knurrt er: »Das ist doch Blödsinn. Ich komme mit.«

»Das brauchst du nicht«, entgegne ich entnervt. »Du hast genug getan.«

Sebastian tritt auf die Bremse, so heftig, dass mein Sicherheitsgurt einrastet. Mir klopft das Herz bis zum Hals, als das Fahrzeug ruckartig zum Stehen kommt. Mit glühenden Augen starrt mich mein Ex-Freund an. »Was zum Teufel ist los mit dir, Rufus? Bildest du dir wirklich ein, ich lasse dich das allein durchziehen? Als April dir das Geld gegeben hat, dachte ich ... da dachte ich, sie hätte Fox umgebracht und würde nur versuchen, dich mit reinzuziehen. Aber jetzt bringst du dich womöglich ernsthaft in Gefahr, und ich könnte nicht damit leben, wenn ich dich dabei allein lasse!«

»Du musst nicht –«

»Fuck! Ich weiß verdammt gut, was ich zu tun habe und was nicht!«, ruft er wütend aus und knallt die Faust aufs Lenkrad. Ich erstarre. Noch nie habe ich Sebastian so zornig erlebt. »Ich will dir helfen! Geht das denn nicht in deinen Schädel rein? Jemand aus der Clique könnte Fox' Mörder sein, und wenn wir wenigstens zu zweit sind, wird er oder sie es sich doppelt überlegen, ob er dich auch noch abmurkst. Ich hätte schon beim ersten Mal was sagen sollen, als du Aprils Geld genommen hast. Ich wusste, das ist totaler Schwachsinn, und ich hätte dich davon abhalten sollen. Aber ich dachte, wenn ich ...« Er unterbricht sich, in seinen Augen spiegelt sich Überraschung, als wäre ihm fast etwas über die Lippen gekommen, was er eigentlich gar nicht sagen wollte. Doch er reibt sich rasch übers Gesicht und sieht mich unglücklich an. »Du darfst nicht vergessen, dass ich mit drinstecke, okay? Auch ich habe Fox gefunden, auch ich habe die Cops angelogen, und genauso wie du mache ich mir Sorgen um April. Und ... und um dich. Du kannst mich nicht einfach ausschließen.«

»Okay«, stimme ich etwas verlegen zu, bestürzt und verwirrt über seinen Gefühlsausbruch und ein wenig schuldbewusst, weil ich bei der ganzen Suche nach dem Mörder keinen Gedanken daran verschwendet habe, wie es Sebastian eigentlich dabei geht. Fox mag zwar zu Lebzeiten ein echter

Kotzbrocken gewesen sein, aber er war immerhin einer von Sebastians Freunden. »Ähm … tut mir leid.«

Mein Ex-Freund bleibt einen Moment stumm. »Weißt du, falls Fox' Mörder auch das Feuer im Haus der Whitneys gelegt hat, finden die Cops bestimmt auch ohne unsere Hilfe raus, dass April unschuldig ist.«

Theoretisch hat er recht – nur dass April aufgrund der Story, die wir der Polizei aufgetischt haben, kein Alibi für den Zeitpunkt vorzuweisen hat, als der Brand gemeldet wurde. Es würde zwar einige gedankliche Verrenkungen verlangen, aber die Cops könnten sehr wohl zu dem Schluss kommen, dass es ihr theoretisch möglich war, Fox zu töten, sein Auto zu stehlen, als Ablenkungsmanöver sein Haus in Brand zu stecken und dann zurück nach South Hero zu fahren. »Ein Grund mehr, sofort in die Puschen zu kommen.«

»Okay.« Sebastian legt den Gang ein, fährt am Eingang des Polizeireviers vorbei und biegt nach links in die North Avenue ein. »Wohin jetzt?«

Ich kann es mir nicht verkneifen, ich muss seine Reaktion aus dem Augenwinkel mitverfolgen, als ich antworte: »Zu Lia. Ich will wissen, worum es bei dem Streit zwischen Fox und Arlo wirklich ging. Und ich will wissen, warum sie uns angelogen hat.«

»Ich auch«, gibt er zu. Aber er sieht mich nicht an dabei.

✳ ✳ ✳

Während wir uns mit den Cops und den Covingtons herumschlagen mussten, ist Nebel vom See aufgestiegen, hat sich in den Straßen von Burlington ausgebreitet und den Schein der Straßenlampen in der verhangenen Nachtluft in goldene Schlieren verwandelt. Als wir vor dem Haus der Santos parken, flackert im Schlafzimmer im ersten Stock immer noch das blaue Licht, und trotz der späten Stunde scheint es fast, als hätte uns Lia erwartet; Sebastian muss ihr nur eine Nachricht schicken – *Wieder vorm Haus. Bist du wach?* –, und innerhalb von Sekunden öffnet sich erneut die Haustür und das Mädchen eilt zum zweiten Mal in dieser Nacht über den Gartenweg auf uns zu.

»Was ist los?«, flüstert sie, als sie uns erreicht hat, aber die Gereiztheit, die ihrem Ton bei unserem ersten Besuch so viel Schärfe verliehen hat, ist verschwunden; jetzt klingt sie ängstlich. »Was wollt ihr denn nun schon wieder?«

»Fox ist tot«, verkünde ich, bereit, beim ersten Anzeichen von gekünstelter Reaktion zum Angriff überzugehen. Zu meiner Überraschung nickt sie fahrig und abwesend.

»Ich weiß.« Ihr Gesicht ist bleich, der blaue Fleck wirkt auf der fahlen Haut wie eine tätowierte Pfote.

»Du weißt es?« Sebastian starrt sie an.

»Hayden hat es mir erzählt.«

Jetzt sackt auch mir die Kinnlade herunter. »*Hayden*?«

»Er war hier. Ist noch gar nicht so lange her. Er hat gesagt, dass es April war – dass April … dass sie Fox erstochen hat?«

Sie formuliert es als Frage, als könnte sie es nicht glauben, aber mir wird das Herz schwer, es fühlt sich an wie ein torpediertes Kampfschiff. Was zum Teufel hat Hayden vor? Abgesehen davon, dass er meinen zugegebenermaßen miesen Plan untergräbt, selbst alle mit der Neuigkeit zu überrumpeln, begreife ich nicht, warum er mit dieser Nachricht hausieren geht. Versucht er, April zu schaden, indem er ihren Freunden erzählt, sie sei schuldig? »Er stand einfach vor deiner Tür und hat dir gesagt, dass Fox tot ist?«

»Ja. Ich meine, nein – nicht direkt.« Nervös lässt Lia ihren Blick über die nebelverhangene Straße wandern, als befürchtete sie, mein Psycho-Bruder könnte jeden Moment aus dem Dunst auftauchen und sich auf sie stürzen, weil sie über ihn geredet hat. »Er war total angepisst, okay? Stocksauer. Er hatte einen Streit mit Fox, aber er meinte, Fox ist tot, also … also …«

»Also kam er zu dir?« Ich mache mir nicht die Mühe, meine Skepsis zu verbergen.

Lia schluckt und sieht mich klagend an. »Frag mich nicht, warum – was er gesagt hat, war irgendwie völlig wirr. Er war wirklich total wütend, und ich dachte … ich hatte Angst, er würde mir was antun. Ich meine, schau mal, was er gemacht hat!« Sie streckt die nackten Arme aus, und jetzt erkenne ich in dem trüben Licht, dass sie frische blaue Flecken hat, auf der Höhe ihres Bizeps zeichnen sich mächtige Fingerabdrücke ab. »Er hat mich gepackt, mich geschüttelt –«

»Hey, atme erst mal tief durch, okay?« Sebastian tritt zu ihr und legt ihr die Hände auf die Arme, ersetzt unbewusst Haydens Klammergriff durch seine sanfte Berührung.

Plötzlich steigt Eifersucht in mir hoch, als ich zuschaue, wie er zärtlich über ihre Verletzungen streicht, wie sie ihm in zwangloser Vertrautheit ihr Gesicht zuwendet. Zwischen den beiden ist immer noch eine gewisse Chemie spürbar. Inzwischen weiß ich ja, dass sie nicht mehr zusammen sind – Shit, Sebastian und *ich* sind auch nicht mehr zusammen –, und trotzdem versetzt es mir einen Stich. Mit einem

Räuspern unterbreche ich den Moment. »Warum ist er überhaupt zu dir gekommen? Was wollte er?«

»Geld«, flüstert Lia, als wäre es ein Schimpfwort. »Er wollte sein Geld zurück.«

Sebastian sieht mich an und hebt fragend eine Augenbraue. »Das Geld, das er Fox am Abend gezahlt hatte? Für die Drogen?«

Lia blickt auf, bestürzt, dass er es weiß, aber gleich darauf nickt sie bestätigend. Verdutzt frage ich: »Warum dachte er, dass du es haben könntest?«

»Ich weiß es nicht!« Sie wirkt aufrichtig verwirrt. »Wie gesagt, ich wurde nicht recht schlau aus ihm. Er tauchte einfach hier auf, rief mich an, wieder und wieder, bis ich zu ihm rausging, und kaum war ich aus der Tür, stand er schon vor mir – hat mich angeschnauzt und bedroht und geschüttelt –«

»Warum wollte er sein Geld zurück?«, unterbreche ich sie in der Hoffnung, dass sie sich schneller fasst, wenn sie sich auf etwas Konkretes konzentrieren kann. »Über was hat er mit Fox gestritten?«

Lia holt tief Luft und blickt sich nach allen Seiten um – und jetzt folge ich ihrem Beispiel. Ihre Angst ist ansteckend. Sie befeuchtet die Lippen und sagt zu Sebastian: »Nicht hier. Können wir … können wir uns vielleicht ins Auto setzen?«

Diesmal verziehe ich mich nach hinten und überlasse Lia den Beifahrersitz. Als die Türen des Jeeps die undurchdringliche Schwärze der Nacht ausgesperrt haben, wirkt sie sofort entspannter. »Ihr wisst ja schon, dass Fox und Arlo Partner waren – eigentlich.«

»Was soll das heißen?«

»Dazu komme ich gleich. Im Grunde sind sie nach folgendem System vorgegangen: Wenn eine Lieferung von ihrem Händler kam, haben sie sie aufgeteilt und verkauft. Die Kunden von Fox waren reiche Kids und College-Studenten und so, und Arlo hat im Prinzip alle anderen versorgt. Ich meine, abgesehen von unserer Truppe an der Ethan Allen haben sie sich in total unterschiedlichen Kreisen bewegt, also war es sinnvoll, zusammenzuarbeiten.«

»Okay«, sage ich und hoffe, dass das irgendwohin führt.

»Wenn sie alles verkauft hatten«, fährt sie fort, »gaben sie ihre gesamten Einnahmen an ihren Lieferanten, der es einkassierte und ihnen ihren Anteil auszahlte. Ich weiß nicht genau, wie hoch ihr Umsatz war oder welchen Prozentsatz sie bekamen, aber klamm war ja offenbar keiner von beiden.«

»Also was hat Fox getan? Warum hat ihn Arlo heute Abend auf der Party angegriffen?«

Lias Gesichtszüge werden hart, ihre dunklen Augen glänzen wie Obsidian. »Fox ist einfach zu gierig geworden, das war's. Er wollte mehr Geld – als ob er es gebraucht hätte – und hielt sich für so unantastbar und knallhart, dass er dachte, er würde mit einer der dümmsten, gefährlichsten Betrugsmaschen der Welt davonkommen.«

»Was für einer Masche?«, fragt Sebastian, und Lia fährt sich mit den Händen durchs Haar.

»Weißt du, das große Problem mit White Rabbits ist, dass sie manche Leute komplett ausrasten lassen. Eine Frau denkt, ihr Nachbar würde sich in einen Drachen verwandeln, also überfährt sie ihn mit ihrem SUV, oder ein Typ springt aus dem Fenster, weil er glaubt, ein Schwarm Roboterhornissen ist hinter ihm her.« Sie schürzt die Lippen. »Fox – der letztes Jahr fast in Chemie durchgefallen wäre – meinte, er könne das Problem lösen und gleichzeitig direkt vor der Nase von seinem Lieferanten richtig Kasse machen. Es ging ihm um Macht. Egal, wo er hinkam, er wollte, dass ihm jeder in den Arsch kroch und vor ihm buckelte, und es wurmte ihn tierisch, dass Arlo derjenige war, vor dem die Leute Angst hatten. Fox bestand darauf, der Kontaktmann ihres Lieferanten zu sein, damit alles über ihn lief und er Arlo herumkommandieren konnte, als großer Zampano.« Die Wut bringt wieder Farbe auf ihre Wangen. »Sein bescheuerter Plan ... er hat nicht mal nach Arlos Einverständnis gefragt, er hat's einfach durchgezogen.«

»Was durchgezogen?«

Sie blickt mir über die Rückenlehne ihres Sitzes in die Augen. »Er hat die Drogen verschnitten. Er hat sich von irgendeiner dubiosen chinesischen Firma im Internet eine Tablettenpresse und einen Kaninchenstempel gekauft, hat eine gesamte Lieferung White Rabbits zu Pulver vermahlen und mit ... irgendwas vermischt. Backpulver und Ketamin oder vielleicht Liquid Ecstasy oder Bikalm, keine Ahnung – irgendwelche Beruhigungsmittel. Zeug, von dem er annahm, dass es die Leute müde macht und beruhigt. Nur dass Fox ein Idiot ist und das Ganze vermasselt hat! Er dachte, er könnte die Menge der Pillen direkt vor der Nase des Lieferanten verdoppeln, die Hälfte der Einnahmen einstecken und keiner würde es merken!«

»Ach du Scheiße«, bemerkt Sebastian mit weit aufgerissenen Augen.

»Das kannst du laut sagen.« Lia lacht auf. »Auf Fox' gepanschte White Rabbits hin wurde den Leuten furchtbar übel, oder sie sind bewusstlos geworden oder haben sogar Krämpfe bekommen. Aber Fox dachte immer noch, er würde damit durchkommen. Ich meine, es gab ja kein Zurück mehr für ihn – entweder das oder zugeben, was er getan hatte, und sich damit praktisch freiwillig die Kniescheiben zertrümmern lassen.«

Ich sinke auf der Rückbank zurück, mir schwirrt der Kopf unter dem Eindruck von Fox' unfassbarer Dummheit. Burlington ist eine Kleinstadt; innerhalb der Stadtgrenzen leben weniger als fünfzigtausend Menschen, zusammen mit den Vororten sind es vielleicht doppelt so viel. Jeder Boss eines Drogenrings, der unseren kleinen Streifen Küste am Lake Champlain als sein Territorium betrachtet, würde sofort merken, wenn plötzlich mehr Ware in Umlauf wäre. Der Plan zeugte von haarsträubender Selbstüberschätzung und überwältigender Unfähigkeit.

»Und er hat's verbockt und Hayden gestreckte Ware verkauft.«

»Im Wert von tausend Dollar.« In Lias Ton schwingt so etwas wie Genugtuung mit. »Von Arlos Kunden waren schon Beschwerden gekommen, und er wusste, dass was nicht stimmte, weil die Tabletten anders aussahen. Aber erst als er heute Abend Fox' Geheimvorrat im Cottage der Whitneys gefunden hat, ist ihm klargeworden, was wirklich los war.«

»Und dann haben sie sich geprügelt und Fox hat Arlo rausgeschmissen«, folgert Sebastian.

»Ja.« Sie atmet zischend aus, die Energie, die sie ihren

Bericht hindurch getragen hat, entweicht mit einem einzigen Atemzug. »Ich weiß nicht, ob ihr euch vorstellen könnt, in was für eine Lage Fox Arlo gebracht hat. Schließlich hat ja auch er die Pillen verkauft. Und selbst wenn er nichts mit Fox' bescheuertem Plan zu tun hatte, heißt das noch lange nicht, dass es der Lieferant genauso sieht.«

Dem Zyniker in mir liegt eine sarkastische Bemerkung zu ihrer Sorge um Arlo auf der Zunge, der immerhin mit voller Absicht eine berüchtigte Droge verkauft hat, zu deren Nebenwirkungen heftige Gewaltausbrüche gehören. Es fällt mir schwer, Mitleid für einen Kerl aufzubringen, der sich zufälligerweise an dem Schwert geschnitten hat, mit dem er herumfuchtelt.

Aber natürlich war derjenige, den Fox mit seiner idiotischen Idee am meisten in Gefahr brachte, Fox selbst. Wenn ich richtig gezählt habe, hatte er sich auf einen Schlag drei gefährliche Feinde gemacht: Arlo, Hayden und den unbekannten zwielichtigen Drogenlord, der sie bezahlte, damit sie vor allem Highschoolschülern White Rabbits andrehten. Das Problem war: Wenn ich meine viertausend Dollar einsacken wollte, musste ich riskieren, genau diese Leute gegen mich aufzubringen – mit potenziell ähnlichem Resultat.

»Aber warum ist Hayden wegen seinem Geld ausgerechnet zu dir gekommen?«, fragt Sebastian. In seiner Frage schwingt noch etwas anderes mit: Wir beide wissen, wo Haydens Geld ist, und Hayden ist der Wahrheit bereits gefährlich nahe gekommen.

»Ich sagte doch, ich weiß es nicht!« Entnervt wirft sie die Hände in die Luft. »Er hat nicht mal in ganzen Sätzen geredet! Er hat nur ständig wiederholt, dass er es wiederhaben wollte, so in dem Stil: ›Niemand bescheißt Hayden Covington‹, und dann meinte er … meinte er, er würde es früher oder später kriegen, auch wenn er es sich von Fox jetzt nicht mehr holen könnte.« Ihre Stimme wird zu einem erregten Flüstern, und das Licht, das durch die Windschutzscheibe des Jeeps fällt, lässt ihre Augen wie Edelsteine schimmern. »Und jetzt habe ich Angst, dass er womöglich Arlo was antut.«

15

»**ARLO IST DOCH BESTIMMT DER LETZTE**, der unsere Hilfe braucht«, meint Sebastian nervös, während wir mit dem Jeep auf unserer kurzen Fahrt zum Haus der Rossis über den aufgebrochenen Asphalt rumpeln. »Er ist nicht nur so ziemlich der Einzige, der Hayden in einem fairen Kampf überlegen wäre, er hat ja schließlich sein verdammtes *Gewehr*, schon vergessen?«

»Ja, schon. Und ich wäre auch nicht unbedingt traurig, wenn mein beschissener Bruder ihm die Fresse poliert, aber ich habe so das Gefühl, Isabel wird mich eher bezahlen, wenn ich verhindern kann, dass Hayden sich ein Loch in den Schädel pusten lässt«, entgegne ich bewusst schnoddrig, aber ehrlich gesagt bin ich genauso angespannt wie Sebastian. Ich habe nicht die geringste Lust, zum Kollateralschaden in einer Auseinandersetzung um Drogen zu werden, und mir gefällt nicht, dass Fox' Tod offenbar immer weiter auf hässliches, bedrohliches Terrain führt.

Was meine Sorge noch verstärkt: Ich gelange immer mehr zu der Überzeugung, dass mein älterer Bruder nun definitiv die Kontrolle über seine ohnehin labile Psyche verloren hat – jetzt wird er schon Leuten gegenüber gewalttätig, bloß weil er glaubt, dass sie zwischen ihm und seinem Geld stehen.

Arlos Gewehr wird ihm keine Angst einjagen, denn so etwas wie Furcht kennt Hayden nicht, und da unser tätowierter Drogendealer ganz offensichtlich nicht hat, wonach Hayden sucht, sind wir höchstwahrscheinlich auf bestem Wege, in eine Konfrontation mit ungewissem Ausgang hineinzugeraten.

Nach dem, was Lia erzählt hat, bin ich inzwischen überzeugt davon, dass Hayden nach seinem ersten Besuch am frühen Abend noch einmal zum Cottage zurückgekehrt ist. Ob er noch da war, als wir ankamen, kann ich nicht mit Sicherheit sagen – aber wenn er auf der Suche nach seinem Geld in der Stadt herumfährt, dann weiß er anscheinend, dass es nicht mehr bei Fox ist, wie er doch eigentlich annehmen sollte. Als April sich gestellt hat, hat die Polizei in Burlington zweifellos die Behörden auf South Hero verständigt, die das Grundstück der Whitneys bestimmt sofort als Tatort abgesperrt haben; also muss mein Bruder zu irgendeinem früheren Zeitpunkt zurückgekehrt sein und das Anwesen gründlich genug durchsucht haben, um zu wissen, dass jemand seine tausend Dollar von dort entfernt hat.

»Glaubst du, Hayden war's?«, fragt Sebastian nach einer Weile. Er strahlt eine nervöse Energie aus. »Glaubst du, er hat Fox umgebracht?«

»Ich weiß nicht. Ihm würde ich es am ehesten zutrauen, aber … ich weiß nicht. Es könnte auch … jemand anders gewesen sein.«

Sebastian nickt langsam. »Du denkst immer noch, es war vielleicht Arlo?«

Ich murmle etwas Undeutliches, kann ihm keine klare Antwort geben. Es ist nicht so, dass ich es *nicht* denke; für mich ist Arlo Verdächtiger Nummer zwei. Und ich muss mir eingestehen, ich *möchte*, dass er oder mein Bruder es waren. Ich würde vor Freude jubeln, wenn eines der beiden größten Arschlöcher an der Ethan Allen wegen Mordes in den Knast wandert – und Haydens Verhaftung aufgrund von Beweisen, die ich entdecke, wäre den ziemlich sicheren Verlust der vier Tausender von Isabel fast wert. Der namenlose Drogenlieferant gäbe ebenfalls einen ausgezeichneten Verdächtigen ab – wenn auch einen, mit dem uns unsere stümperhafte Mörderjagd endgültig über den Kopf wächst.

Das Problem ist, da ist noch eine andere Person, die ich gerne zum Kreis der Verdächtigen zählen würde. Tief in meinem Innern nämlich sitzt ein Groll, den ich nicht ignorieren kann, so sehr ich mich auch bemühe, und er lenkt meine Aufmerksamkeit auf zwei Dinge, die mir aufgestoßen sind und direkt danach schreien, genauer untersucht zu werden.

Nummer eins: Die Nachricht von Fox' Tod scheint Lia kaum berührt zu haben. Gut, sie war ziemlich außer Fassung, als wir bei ihr auftauchten, aber das war eher Haydens Drohungen geschuldet als der Nachricht, die er überbracht hatte. Die einzige Gefühlsregung, die sie in Bezug auf Fox zeigte – einen ihrer engsten Freunde, der gerade auf ziemlich grausame Weise ermordet worden war –, war Verachtung.

Nummer zwei: Bereits zum zweiten Mal hat Lia den Eindruck erweckt, Arlo scheinbar standhaft zu verteidigen, während sie gleichzeitig ein perfektes Motiv für ihn geliefert hat, Fox den Tod zu wünschen. Ich kann nicht sagen, ob das ein unbewusster Akt von Selbstsabotage ist, dass sie beispielsweise Arlo für schuldig hält und ihr Gewissen sie veranlasst, ihn zu verraten, ohne dass es ihr bewusst ist – oder ob sie uns absichtlich in die Irre führt.

Doch das Thema Lia Santos ist für Sebastian und mich vermintes Gebiet, und es hat keinen Sinn, es weiterzuverfolgen, bevor wir nicht Hayden und Arlo näher unter die Lupe genommen haben. Eins nach dem anderen. Laut sage ich mit einem matten Lachen: »Also, eins weiß ich sicher: Dieses Jahr habe ich ein Wahnsinnsthema für den Aufsatz über die letzten Ferien.«

Trotz der fast greifbaren Anspannung im Jeep lächelt Sebastian. »*Wie ich beinahe von einem Drogendealer erschossen wurde* von Sebastian Williams.«

»*Wie mich meine Schwester mit Blutgeld bestach* von Rufus Holt«, schließe ich mich an.

»*Wie ich herausfand, dass einige meiner Freunde in Wirklichkeit total irre sind!*«

»*Wie meine aus Lügnern und mutmaßlichen Mördern bestehende Familie ausgerechnet mich immer noch als das schwarze Schaf bezeichnet!*«

Sebastian hält einen Moment inne und sagt dann: »*Wie ich endlich den Mut fand, meinem Ex-Freund zu gestehen, dass es mir leid tut, wie ich unsere Beziehung beendet habe.*«

Im Jeep breitet sich Schweigen aus, und ich spüre, wie mein Lächeln erlischt. Mühsam murmle ich: »Hör auf.«

»Rufus, ich –«

»Ich habe gesagt, *hör auf.*« Ich sehe ihn nicht an dabei.

»Du musst mich anhören«, beharrt er leise, und plötzlich kann ich es gar nicht erwarten, mich Arlo und seinem Gewehr zu stellen. »Ich habe dich heute Abend gesucht, weil ich dir sagen wollte, wie leid es mir tut, dass ich dich verletzt habe.« Seine Stimme klingt dünn und seltsam fremd, ich spüre seinen Blick auf mir ruhen und brauche meine gesamte Konzentration, um weiteratmen zu können. »Ich habe eine Menge Mist gebaut, Rufe, aber das Schlimmste, was ich je getan habe, ist das, was ich mit dir gemacht habe. Und es tut mir wirklich sehr, sehr leid. Ich möchte, dass du das weißt.«

Es braucht ein übermenschliches Maß an Selbstbeherrschung, um stoisch zu bleiben, meine Kehle zieht sich krampfartig zusammen, während Erinnerungen wie Briefbomben in meinem Hirn hochgehen. Mir wird gleichzeitig heiß und kalt, meine Augen werden nass, und ich weiß nicht, wie lange ich die Tränen noch zurückhalten kann.

»Ich habe dir gesagt, dass ich dich liebe«, flüstere ich schließlich, und die Worte reißen Löcher in meine Brust, während ich sie ausspreche. Das ist nicht fair. In *seine* Brust sollten sie Löcher reißen. Aber ich bin derjenige, der leidet; ich bin derjenige, der plötzlich weint. »Ich habe ›Ich liebe dich‹ gesagt, und von da an hast du kein Wort mehr mit mir geredet.«

* * *

Ende Mai hatte sich Burlington in ein Meer von leuchtend bunten Wildblumen verwandelt, als wäre die Natur genauso begeistert wie wir, dass das Schuljahr zu Ende ging. Nach dem letzten Läuten an einem meiner letzten Freitage als Zehntklässler bat ich meine Mom, mich in der Nähe der Church Street abzusetzen – einer Fußgängerzone im Stadtzentrum mit

Läden und Restaurants –, und versicherte ihr, dass mich später jemand nach Hause fahren würde.

Ich musste nur zehn Minuten warten, bis Sebastians Jeep um die Ecke bog und am Randstein hielt. Mein Herz schlug bereits schneller, und in meinem Innern breitete sich ein Wirbel aus Wärme und Vorfreude aus, als er das Fenster herunterließ, mir einen glühenden Blick aus seinen dunklen Augen zuwarf und sagte: »Hey, du heißer Typ, soll ich dich mitnehmen?«

Natürlich hatten wir uns zu diesem Rendezvous verabredet – ein weiteres Geheimmanöver, das uns ein paar gemeinsame Stunden unbeobachtet von unseren Freunden gestattete. Später würde Sebastian wie üblich auf eine Party gehen, und ich hatte meiner besten Freundin Lucy einen gemeinsamen Abend versprochen, bei dem zweifelsohne Gras, Nachos und ein Parks and Recreation-*Marathon* auf Netflix ins Spiel kommen würden; aber der Nachmittag gehörte uns beiden allein, und ich konnte es kaum erwarten.

Die Williams' wohnten in einem weitläufigen Haus im Kolonialstil mit zwei Kaminen und ungefähr einer Million Fenstern, nur einen Steinwurf vom Burlington Country Club entfernt. Da Sebastians Vater als sportlicher Leiter an der Universität arbeitete und seine Mutter als Küchenchefin eines Szenerestaurants vor den Toren der Innenstadt, war es kaum eine Überraschung, dass ihr Heim eines der eindrucksvollsten im Viertel war. Als ich Sebastian zum ersten Mal besuchte, spazierte ich dort mit der stummen Ehrfurcht eines Kirchenbesuchers herum, überwältigt und demütig angesichts der matt glänzenden Granitoberflächen, der düsteren Ölgemälde, der Möbel wie aus einem Museum. Alles war so kostbar, makellos und teuer, dass ich Angst hatte, es zu berühren.

Sebastians Zimmer war fantastisch: ein ausgebautes Dach-geschoss mit schrägen Decken, Fenstern nach drei Seiten und einem eigenen Badezimmer, und sein Bett hatte die Ausmaße eines Frachtkahns. An jenem Nachmittag führte er mich dort hinauf. Die Vögel sangen, die Luft war erfüllt vom Duft der Blumen, und – obwohl ich das damals noch nicht wusste – unsere Beziehung lag bereits in den letzten Zügen.

Wir schalteten den Fernseher ein, aber das war nur ein Vor-wand – Hintergrundgeräusche für den hungrigen Blick, den mir Sebastian zuwarf, ehe er seine Lippen auf meine presste, mich tief in seine flauschige weiße Daunendecke drückte und meinen Körper unter seinem festnagelte. Ich fühlte mich ge-fangen und das erregte mich – was mir wiederum total Angst einjagte.

Es war etwas, womit ich mich schon seit Wochen, vielleicht sogar Monaten, herumquälte. Sebastian hatte meine Schwach-stelle gefunden, war durch den beachtlichen Schutzwall, den ich um mich herum errichtet hatte, an einen Ort vorgedrun-gen, an dem ich mich hilflos und unsicher fühlte; aber anstatt darüber beunruhigt zu sein, merkte ich, dass ich es tatsäch-lich mochte. Ich mochte, wie verletzlich ich mich durch ihn fühlte – eine Tatsache, die mich gleichermaßen ängstigte und erregte.

Wir küssten uns eine Weile, seine Hüften gegen meine, bis mein überhitzter Körper Funken sprühte – ich stand kurz vor der Explosion –, als er plötzlich innehielt. Mit einem gequälten Seufzer zischte er mir bedauernd ins Ohr: »Shit!«

»Was?«, fragte ich benommen. »Was ist los?«

Mit rotem Gesicht setzte sich Sebastian auf. »Wir müssen aufhören.«

»Warum?«

»Weiiil…« Er blies den Atem aus, kratzte sich am Kopf und sah mich ein wenig verschmitzt an. »Ich bin… äh… gleich so weit. Und wenn wir jetzt nicht sofort aufhören, wird es nur… äh, frustrierend. Wenn du verstehst, was ich meine.«

Ich nickte, denn ich wusste genau, was er meinte. Während der vier Monate, die wir jetzt zusammen waren, hatte sich diese Szene schon mehrmals so abgespielt, und es wurde immer schwerer, mit den richtigen Worten aus der Situation herauszufinden. Wieder Fernsehen zu schauen oder etwas zu essen oder irgendwas zu tun, das ausdrücklich nichts mit unserer Erektion zu tun hatte. Mehr und mehr hatte ich Schwierigkeiten, mich zu erinnern, warum ich ursprünglich Nein gesagt hatte.

Denn es war meine Entscheidung; die Verweigerung ging von mir aus – ich war noch Jungfrau. Es war nicht unbedingt so, dass ich nicht dazu bereit war, und es war ganz sicher nicht so, dass ich es nicht wollte; als ich dalag und zu Sebastian aufsah, während das safrangelbe Licht des Nachmittags durch die Fenster drang und uns mit verführerischem Glanz übergoss, schrie jede Faser meines Körpers Ja. Was mich davon abhielt, war pure Angst.

Die Angst, dass es für ihn nicht dasselbe bedeuten würde wie für mich; die Angst, dass er danach das Interesse an mir verlieren würde; die Angst, dass mein Schutzwall zerbröseln würde wie dürres Herbstlaub, wenn ich ihn noch näher an mich heranließ.

Das Problem war, ich wusste, dass es bereits viel zu spät war, um mich zu schützen. Das, wovor ich mich am meisten gefürchtet hatte, war längst geschehen: Mein Schutzwall hatte sich praktisch in Luft aufgelöst und Sebastian war mir tief und unauslöschlich unter die Haut gedrungen. Ich blickte zu ihm auf, holte tief Luft, stockte und fragte dann: »H-Hast du ... ein Kondom?«

»Wirklich?« Seine Augenbrauen schossen in die Höhe und auf seinem Gesicht breitete sich ein überraschtes Grinsen aus. Doch fast sofort wurde seine Miene vorsichtig, ernst. »Bist du sicher? Ich meine, ich möchte nicht, dass du dich gedrängt –«

»Ich bin sicher«, antwortete ich, bevor ich es mir anders überlegen konnte. Ich wollte es mir nicht anders überlegen.

Was dann folgte, war in keiner Weise mit dem zu vergleichen, was man im Internet sieht. Ich bewegte mich unbeholfen und unkoordiniert, meine Knie und Ellbogen befanden sich ständig an Stellen, an die sie nicht hingehörten, und vieles, von dem ich erwartet hatte, dass es sexy und cool wäre, war in Wirklichkeit ziemlich komisch und/oder schmerzhaft. Aber es war auch eine elektrisierende, überwältigende und romantische Erfahrung – selbst als Sebastian den Fernseher ausschalten musste, weil er das Gefühl hatte, SpongeBob würde uns verurteilen –, und die Tatsache, dass er gemeinsam mit mir lachte oder etwas peinlich fand, machte das Ganze perfekt.

Danach, als wir zusammen auf seiner Decke lagen, ich seinen Herzschlag an meinem Rücken spürte und eine duftende Brise über unsere verschwitzte Haut strich, spürte ich ein nie gekanntes Glücksgefühl in meiner Brust anschwellen. Leuchtende, bedeutungsschwere Worte flirrten in meinem Mund wie Kolibris, und ich musste die Lippen fest zusammenpressen, damit sie mir nicht entschlüpften. Mit einem Seufzer sagte Sebastian gedehnt: »Das war ... ehrlich, das war gigantisch.«

Ich traute mich nicht, etwas darauf zu erwidern, aus Angst,

was ich sagen könnte, deshalb kicherte ich nur zustimmend. Doch als er aufstand und durchs Zimmer ging, um das Kondom ganz unten in seinem Mülleimer zu verstecken, blieb er einen Moment stehen und sah aus dem Fenster in den Garten. Das Licht der untergehenden Sonne fiel herein, badete Sebastian in einem satten, warmen Schein, sodass es aussah, als wäre sein gesamter Körper mit Goldstaub überzogen, und ehe ich wusste, was ich tat, waren auch schon die berühmten drei Worte heraus.

»Ich liebe dich.«

Sie schossen aus meinem Mund, stiegen auf und hingen über meinem Kopf wie ein Damoklesschwert.

Das darauffolgende Schweigen schien ewig zu dauern – es war kürzer als ein Herzschlag, aber lange genug, um zu sehen, wie er zusammenzuckte, lange genug, um zu wissen, dass er mich gehört hatte. Und dann wandte er sich vom Fenster ab, spazierte, als hätte ich überhaupt nichts gesagt, zum Badezimmer und verkündete lässig: »Ich gehe duschen. Du kannst den Fernseher wieder anmachen, wenn du willst.«

Die Tür schloss sich hinter ihm und das Schwert stürzte herab und traf mich mitten ins Herz.

* * *

Meine Worte fühlen sich in der Stille des Jeeps an wie radioaktiv, eine schleichende Gefahr, der man nicht entrinnen kann.

»Du bist einfach abgetaucht. Du hast meine Nachrichten und Anrufe nicht mehr beantwortet, bist nicht mehr zu den *Front Line*-Sitzungen erschienen … Ausgerechnet von dieser verdammten Ramona Waverley musste ich erfahren, dass du mich abserviert hattest.« Ich reibe mir die Augen, aber die Tränen strömen weiter, heiß und bitter. »Du hast vor der ganzen Schule verkündet, dass du Lia immer noch liebst, dass du nie aufgehört hast, sie zu lieben. Mir hättest du das erzählen sollen! Du hättest wenigstens den Mumm haben können, mir ins Gesicht zu sagen, dass ich nur ... ein netter Zeitvertreib war. Dass ich dir nichts bedeutete. Du Arsch.«

»Rufus.« Er wirkt zutiefst getroffen, aber ich weigere mich, ihn anzusehen. »So war es nicht. Ich kann nicht glauben, dass du das wirklich denkst.«

»Weißt du was? Es ist mir egal.« Ich zwinge mich, hart zu klingen, denn eine belegte Stimme würde meinen Schmerz verraten. Seit Wochen habe ich mir gesagt, dass es wenigstens einen Vorteil hat, wenn Sebastian mich ignoriert: So bekommt er nicht mit, wie am Boden zerstört ich bin, weiß nicht, wie sehr er mich verletzt hat – und nun habe ich ihm diese Information quasi auf dem Silbertablett serviert. Das wird mir alles zu viel. »Es ist mir scheißegal, wie es war. Du wolltest dich bei mir entschuldigen? Großartig. Mission erfüllt. Aber erwarte bloß nicht, dass ich dir sage, damit sei alles vergeben und vergessen, denn das werde ich garantiert nicht tun. Das werde ich niemals sagen, weil ich deine verdammte Entschuldigung nicht akzeptiere.«

»Ruf-«

»Halt an.«

»Soll das ein Witz sein?« Sebastian ist entsetzt. »Schau, ich weiß, du hast jedes Recht, sauer auf mich zu sein, aber ich werde auf keinen Fall zulassen, dass du das hier allein durchziehst – dass du riskierst, dabei draufzugehen, bloß weil du stinksauer auf mich bist und zu stolz, Hilfe von mir anzunehmen. Du musst mir nicht verzeihen, aber du bist mir immer noch wichtig, Rufus. Ich passe auf dich auf, ob es dir gefällt oder nicht!«

»Du sollst anhalten«, erwidere ich schroff, »weil wir da sind.«

Tatsächlich fahren wir gerade an Arlos Haus vorbei und Sebastian tritt auf die Bremse. Die Laternen am Straßenrand bilden bernsteinfarbene Kreise in den Nebelschleiern, gefährlich glühende Pupillen umgeben von einer matten Iris – Augen, die drohend auf uns herabstarren, als der Jeep mit einem Ruck stehen bleibt. Arlos Haus liegt tief im Schatten, wie ein Fall von Schwarzfäule, der die Nachbarschaft zu infizieren droht.

Bevor ich aussteigen kann, versucht es Sebastian noch einmal. »Bitte – kannst du mir wenigstens eine Sekunde zuhören? Womöglich werden wir gleich erschossen oder so, und ich muss dir sagen –«

»Ich würde mich lieber einfach nur erschießen lassen«, blaffe ich, versuche, so verletzend wie möglich zu sein. »Du willst dich doch nur bei mir entschuldigen, damit *du* dich hinterher besser fühlst, aber das ist nicht mein Problem. Es interessiert mich nicht, wie du damit klarkommst, dass du mich einfach so abserviert hast.«

Damit reiße ich die Tür auf und steige aus. Sebastian heftet sich hartnäckig an meine Fersen, doch ich blende ihn aus, versuche all den Schmerz zu vergessen, den er unbedingt wieder aufwühlen will. Fox' Mörder ist immer noch da draußen, und viertausend echte amerikanische Dollar warten darauf, von mir eingefordert und zur Bank gebracht zu werden – ich muss nur dafür sorgen, dass April entlastet wird. Darauf sollte ich mich jetzt konzentrieren.

»Arlo?«, rufe ich leise, aber deutlich in die lastende Stille, sobald wir in die Düsternis unter der gewaltigen Eiche treten. Ich möchte Überraschungen vermeiden – vor allem, wenn sie knallen –, daher erscheint es mir klüger, mich bemerkbar zu machen. »Wir sind's noch mal, Bash und ich. Wir wollen keinen Ärger oder so, okay? Wir wollen nur reden.«

Keine Antwort. Der dichte Nebel verschluckt meine Stimme und hinter den finsteren Spalieren der Veranda ist kein Laut zu hören. Die Stille hat etwas Bedrückendes und das Haus der Rossis wirkt noch unheimlicher als bei unserem ersten Besuch. Ich sehe mich um, scanne die Straße und zu meiner Erleichterung ist Haydens BMW nirgends zu entdecken. Vielleicht waren Lias Befürchtungen unbegründet.

»Arlo?« Ich gehe auf die Verandastufen zu, Sebastian dicht hinter mir, und steige vorsichtig hoch. In der kohlschwarzen Finsternis vor uns ist die Haustür der Rossis gerade noch so zu erkennen. »Jemand zu Hause?«

Die Stufen knarren unter meinen Füßen, und ich frage mich wieder einmal, was zum Teufel ich hier mache – was ich eigentlich vorhabe, wenn ich entweder Arlo mit dem Gewehr in der Hand auf der Veranda vorfinde oder niemand da ist und ich mich entscheiden muss, ob ich klingeln soll und damit riskiere, seinem Vater eine Erklärung liefern zu müssen.

Meine Sorge erweist sich als irrelevant. Am Ende der Treppe stolpere ich über etwas und krache beinahe in die

Haustür, ehe ich mein Gleichgewicht wiederfinde und nach unten schaue. Zu meinen Füßen liegt Arlo, auf dem Rücken, das Gesicht friedlich und die Arme über den Kopf gestreckt, als würde er gerade auf den staubigen Brettern ein Nickerchen halten.

Aber er schläft nicht. Das weiß ich schon, bevor ich den Riss entdecke, der wie ein zweiter Mund in seinem Hals klafft, bevor ich den Übelkeit erregenden, metallischen Geruch von Blut wahrnehme, der in der Luft hängt wie ein Mückenschwarm.

Arlo ist tot.

16

ICH WEICHE ZURÜCK UND pralle gegen Sebastian, der gerade hinter mir die oberste Stufe erreicht hat. Überrascht schimpft er: »Hey, Vorsi-«

Als er mitten im Wort abbricht und unheilvolles Schweigen folgt, weiß ich, dass er die Leiche gesehen hat. »Gehen wir«, sage ich tonlos.

»Ist er ... ist er tot?« Sebastian stößt mich zur Seite und stolpert weiter, die Augen vor Panik weit aufgerissen. »Oh, Scheiße.«

Ohne Umschweife packe ich ihn am Ellbogen und ziehe ihn zurück, halte ihn auf, bevor er instinktiv Arlos Puls fühlen und damit an einem weiteren Tatort seine Fingerabdrücke hinterlassen kann. »Vergiss es. Wir können nichts mehr tun!«

Blut aus Arlos brutal zugerichtetem Hals ist über seinen tätowierten Oberkörper hinabgelaufen, hat Flecken hinterlassen und sammelt sich in einer Lache unter ihm. Seine halb geöffneten Augen sind glasig und ausdruckslos, wie ausgebrannte Glühbirnen. Ihm ist nicht mehr zu helfen.

Sebastian dreht sich zu mir. »Wir können ihn doch nicht – ich meine, wir können ... Er wurde ermordet,

Rufus! Schau ihn dir an! Wir können ihn nicht einfach hier …«

»Wir müssen«, sage ich eindringlich und in entschiedenem Ton. »Ernsthaft, Sebastian. Wir müssen hier weg. Sofort.«

Das scheint endlich zu wirken und die Augen meines Ex-Freundes werden noch größer. »Du glaubst, Hayden könnte zurückkommen?«, fragt er. Seine Stimme klingt hohl.

»Ich glaube, wir sollten den Nachbarn möglichst wenig Gelegenheit geben, uns zu sehen und der Polizei sagen zu können, dass wir hier waren.«

»Wir verständigen nicht einmal die Polizei?« Er wehrt sich, als ich anfange, ihn die Treppe hinunterzuschieben. »Machst du verdammt noch mal Witze?«

»Hast du wirklich Lust zu erklären, dass wir heute Nacht ganz zufällig zum zweiten Mal am Schauplatz eines Mordes aufgetaucht sind?«, frage ich ihn gehetzt. Ich wünsche mir nichts sehnlicher, als wieder im Jeep zu sitzen, auf halbem Weg nach irgendwo. »Die Polizei wird sowieso jeden Moment hier sein, weil April ihr inzwischen bestimmt schon die Gästeliste von Fox' Party gegeben hat. Denkst du nicht, dass wir uns ganz schön verdächtig machen, wenn wir bei ihrer Ankunft hier rumstehen?«

Er starrt mich einfach nur an, weigert sich, mich zu verstehen. »Wir müssen den Cops von Hayden erzählen, Rufus. Er ist immer noch da draußen und hat offenbar den Verstand verloren. Was ist, wenn er dir wieder auflauert? Was ist, wenn er auf Lia losgeht?«

»Kapierst du es nicht?«, fahre ich ihn schließlich an. »Wir können der Polizei nicht sagen, dass wir Hayden verdächtigen, ohne das Geld zu erwähnen. Und dann müssten wir auch verraten, wann wir wirklich beim Haus am See angekommen sind, und alles andere, worüber wir gelogen haben!« Während ich mich reden höre, nagt das schlechte Gewissen an mir, gefolgt von einem panischen Adrenalinstoß, denn die Zeit läuft uns davon. »Schau, ich weiß, dass das alles meine Schuld ist. Es war meine idiotische Entscheidung, April zu helfen, obwohl wir beide wussten, dass ich es nicht tun sollte, und jetzt fliegt uns die Scheiße um die Ohren. Es tut mir leid. Es tut mir wirklich sehr, sehr leid, dass ich dich mit reingezogen habe, aber so sieht's nun mal aus.« Ich hole tief Luft, mein schlechtes Gewissen verstärkt sich. »Arlo können wir nicht mehr helfen, aber wenn du recht hast und Hayden zurück zu Lia fährt ... also, dann müssen wir jetzt sofort dorthin.«

Damit habe ich einen Nerv getroffen, denn in seinen Augen blitzt Angst auf, und er nickt heftig. »Du hast recht. Shit. *Shit*, wir müssen nachsehen, ob mit ihr alles in Ordnung ist.«

Geräuschlos sprintet er durch Arlos Vorgarten zurück zum Jeep und ich folge ihm mit gemischten Gefühlen. Ich bin nicht schuld an Arlos Tod, doch ich habe Sebastian dazu gebracht, die Cops anzulügen; ich war derjenige, der das Geld angenommen hat, nicht er, und er ist ein hohes Risiko damit eingegangen, mich zu decken. Lange Zeit war ich furchtbar wütend auf ihn, aber ich habe ihn in eine unmögliche Situation hineinmanövriert, die offenbar nur noch schlimmer wird.

Vielleicht habe ich seine Gefühle für Lia ausgenutzt, um mich selbst zu bestrafen, denke ich niedergeschlagen, als ich einsteige und das Auto ruckelnd losfährt. Ich wusste, dass sein Beschützerinstinkt ihr gegenüber unter Umständen das Einzige war, was ihn davon abhalten würde, die Polizei zu rufen; vielleicht habe ich es darauf angelegt, dass er für Lia den edlen Ritter spielt, weil ich spüren wollte, wie weh es mir tut. Er hat mich ungerecht behandelt, aber ich bin dabei, uns beiden eine Grube zu graben, aus der wir möglicherweise nicht mehr herauskommen, und das könnte sich als viel schlimmer erweisen. Vielleicht habe ich gerade jetzt ein bisschen Schmerzen verdient.

Sebastian fährt einhändig, schießt zentimeterknapp an den parkenden Autos vorbei, das Handy am Ohr, während er Lia anruft. Ich hoffe inständig, dass um diese Uhrzeit niemand mehr wach ist, der bezeugen könnte, dass sich ein verdächtiges Fahrzeug mit hoher Geschwindigkeit vom Haus der Rossis entfernt hat, und höre stumm die Erleichterung in seiner Stimme, als seine Ex-Freundin abhebt. »Geht es dir gut? War Hayden noch mal bei dir?« Nach einer Pause sagt er: »Ich kann nicht ... also, wir sind jetzt auf dem Weg zu dir, und ich erzähle dir dann alles, wenn wir da sind. Eins noch ... falls Hayden auftaucht, sprich nicht mit ihm. Geh nicht raus, lass ihn nicht rein, reagier nicht auf seine Anrufe. Ignorier ihn einfach. Unter allen Umständen. Okay? Versprich es mir.«

Er legt auf, und um uns breitet sich eine Stille aus, die förmlich zu greifen ist, wir sind beide zu angespannt, um zu sprechen. Ich möchte Sebastian beruhigen, ihm sagen, dass er voreilige Schlüsse zieht. Ihm sagen, dass Lia wahrscheinlich keinen Grund zur Angst hat. Aber wie sollte ich? Vielleicht hat sie ja tatsächlich Grund dazu.

Bisher wollte ich Sebastians Ex-Freundin gern zu meinen Verdächtigen zählen, doch es wird immer offensichtlicher, dass ich meine eigennützige Theorie wohl verwerfen muss. Denn dafür müsste ich davon ausgehen, dass sie 1) Fox ermordet und es April in die Schuhe geschoben hat, später dann allerdings uns weismachen wollte, dass Arlo der Täter war, und 2) Arlo ermordet hat (um ihn davon abzuhalten, es abzustreiten?) und es dann so hingedreht hat, als wäre es Hayden gewesen. Um damit durchzukommen, müsste sie letztendlich auch noch meinen Bruder töten, und ich glaube einfach nicht, dass sie ein solcher Teufel ist. Zwar kann ich nicht sagen, dass ich ihr traue, und ich bin überzeugt, dass sie uns gegenüber nicht ganz ehrlich war, aber mir fällt nicht mal ein Motiv ein, warum sie Fox' Tod wünschen sollte.

Bei Hayden hingegen sind zwei Morde und eine mutmaßliche Brandstiftung sehr viel plausibler. Mit einem Ego von der Größe eines Flugzeugträgers hat er an der Ethan Allen einen Personenkult um sich aufgebaut, und er liebt es, verehrt zu werden; jedes Zeichen von mangelndem Respekt ist ein Verbrechen und wird mit grausamen und ausgefallenen Foltermethoden bestraft. Fox hat offenbar vergessen, wo sein Platz ist, und man würde es von meinem schwachsinnigen Bruder nicht anders erwarten, als dass er ihn – ein für alle Mal – daran erinnert. Arlo als Fox' Geschäftspartner wäre automatisch ebenfalls todgeweiht gewesen, und zwar schon bevor sich herausstellte, dass er das verschwundene Geld nicht hatte. Das Einzige, was ich nicht ganz verstehe, ist, warum Hayden nach dem Mord an Fox auch noch das leere Haus der Whitneys abfackeln musste.

Andererseits, eine sinnlose Brandstiftung könnte genau das Mittel der Wahl für einen angepissten Drogenboss sein, um an jemandem, der ihn linken wollte, ein Exempel zu statuieren. Ich weiß zugegebenermaßen nicht viel über Drogendealer, aber es erscheint mir als ziemlich sicher, dass ein richtiger King eine Null-Toleranz-Politik fahren würde, wenn einer seiner Handlanger ihn übers Ohr haut. Ein bisschen verbrannte Erde – in diesem Fall auch wörtlich zu verstehen – könnte dafür sorgen, dass vom Rest der Gang keiner aus der Reihe tanzt.

Als ich einen Blick zu Sebastian werfe, sehe ich seinen vor Angst angespannten Kiefer und beschließe, meine düsteren Spekulationen für mich zu behalten. Es sind bereits zwei seiner Freunde tot, und wegen mir muss er immer neue Lügen darüber erzählen, was mit ihnen passiert ist. Außerdem macht er sich Sorgen um Lia und kann jetzt vermutlich keine weiteren schlechten Nachrichten gebrauchen. Und ich sollte vielleicht auch nicht erwähnen, dass der Plan für heute Nacht vorsehen könnte, in den Privatangelegenheiten eines mörderischen Drogenbosses herumzuschnüffeln.

Auf einmal wird mir eins klar: Ich muss ihn irgendwie abschütteln. Zu seinem eigenen Besten muss ich Sebastian dazu bringen, nach Hause zu fahren und mich das allein zu Ende bringen zu lassen. Nachdem ich ihm wochenlang alles Mögliche an den Hals gewünscht habe, bekomme ich bei dem Gedanken, ihm könnte tatsächlich etwas Schreckliches passieren, einen trockenen Mund. Er ist ein Arsch und ich hasse ihn; aber ich hasse ihn deswegen, weil ich, egal was ich tue, anscheinend nicht aufhören kann, dummerweise Gefühle für ihn zu empfinden. Es ist zum Kotzen. Es ist wirklich und wahrhaftig zum Kotzen.

Plötzlich kommt der Jeep mit quietschenden Bremsen zum Stehen, und ich werde gegen den Gurt und zurück in den Sitz geworfen, wobei mein Herz vor Angst einen Satz macht. Wir sind wieder bei Lias Haus, stelle ich beim Aufblicken fest, und während ich noch Atem hole, tippt Sebastian bereits eine Nachricht. *Wir sind hier. Kommen zum Keller.*

Er wartet die Antwort nicht ab, sondern springt aus dem Auto und eilt über den Rasen zu einem schmalen Gartenweg neben dem Haus. Zitternd dackle ich Sebastian hinterher, wieder einmal. Der Nebel ist noch dichter geworden, die Luft ist feuchtkalt und dick, und ich habe das Gefühl, dass sie wie Zellophan auf meiner Haut klebt. Da ich kaum bis zum Nachbargrundstück sehen kann, habe ich keine Ahnung, ob die Straße wirklich so verlassen ist, wie es scheint, und beschleunige meinen Schritt.

Am unteren Absatz einer Betontreppe, die von einer Lampe im Stil einer altmodischen Laterne beleuchtet wird, führt eine offene Tür in einen ausgebauten Keller. Lia erwartet uns am Eingang, sie steht im Dunkeln, ihre weit aufgerissenen Augen glänzen unheimlich im Schein ihres Telefondisplays – offenbar ist sie gerade dabei, Sebastian eine Antwort zu schreiben. Als ich eintrete, bauscht sich unter meinen Füßen ein dicker Teppich, der riecht, als wäre er kürzlich gereinigt worden, und im trüben Licht kann ich die Umrisse eines riesigen Breitbildfernsehers, ein Plüschsofa und einen Billardtisch ausmachen. Die Familie Santos mag nicht ganz so reich sein wie die Whitneys oder die Williams', aber es geht ihr um einiges besser als den Holts.

»Was ist passiert?«, fragt Lia sofort mit gedämpfter, aber hoher Stimme, als hätte sie Angst, sie könnte jemanden aufwecken. »Geht es ihm gut? Hayden hat ihm doch nichts angetan, oder?«

Sebastian lässt sich Zeit, sein Zögern deutet auf schlechte Nachrichten hin. Schließlich antwortet er mit belegter Stimme: »Lia ...«

»Sag es mir einfach«, flüstert sie.

Sebastian atmet aus. »Arlo ... er ist tot, Lia.«

Ausgerechnet in diesem Augenblick erlischt das Display ihres Telefons und ihr Gesicht wird in Schatten getaucht. Sie gibt ein seltsames Geräusch von sich, etwas zwischen Aufkeuchen und Husten, und ein schwaches, hohes Wimmern hallt durch die Dunkelheit. »Nein ...«

»Tut mir leid.«

»*Nein, nein, nein, nein ...*« Lias Silhouette schwankt, erneut schnappt sie erstickt nach Luft, dann sackt sie zu Boden, als hätte ihr jemand die Beine weggezogen. Sie beginnt leise zu schluchzen, stößt den Atem krampfartig aus, bevor sie ihn mit einem feuchten Gurgeln wieder einsaugt, und Sebastian kniet sich neben sie, um sie zu trösten. In jammervollem Ton heult Lia: »Das kann einfach nicht sein! Er hat doch gesagt, alles wäre okay!«

Meine Kopfhaut beginnt zu kribbeln. »Was wäre okay?«

»Er hat gesagt, ich soll mir keine Sorgen machen und alles wäre okay.« Sie wiegt sich vor und zurück und rauft sich die Haare. »Er hat gesagt, es wäre okay, er hat gesagt, er hätte einen Plan und alles wäre okay. Ich müsste nur ... nur ...«

»Was?«, fragt Sebastian sanft. »Lia, was ist heute Abend passiert?«

Sie blickt auf, durch das Fenster in der Kellertür fällt ein Lichtbalken auf die untere Hälfte ihres Gesichts, sodass ihre Tränen glitzernde Spuren hinterlassen. Kaum hörbar gesteht sie: »Wir sind noch mal zurückgefahren.«

»Ihr seid zurückgefahren. Du meinst, zum Haus am See?« Blitzschnell bin ich ebenfalls auf den Knien. »Wann?«

»Als alle weg waren.« Sie blinzelt kläglich. Nun da sich meine Augen an die Dunkelheit gewöhnt haben, kann ich ihre Augen glänzen sehen. »Race und Peyton sind gefahren, und Arlo wollte zurück ins Haus. Er war wirklich sauer auf Fox, wisst ihr? Richtig angepisst, ich hatte Angst, dass etwas passieren würde, deshalb habe ich es ihm ausgeredet. Ich habe ihm gesagt, dass er mich nach Hause bringen soll, sonst bekommt er auch noch mit mir Ärger. Er gab nach, und wir stiegen auf sein Bike. Aber ...«

»Aber?«

»Auf halbem Weg zur Stadt hat er angehalten. Er fuhr irgendwo bei Colchester, glaube ich, von der Straße ab und saß einfach da, eine volle Minute. Und ich so: ›Was zum Teufel soll das? Bring mich nach Hause!‹ Aber stattdessen machte er kehrt und fuhr zurück nach South Hero.« Sie hat aufgehört zu schluchzen, doch ihre Stimme ist immer noch erstickt. »Ich hab die ganze Fahrt lang auf ihn eingedroschen, damit er anhielt, weil ich wusste, dass er beschlossen hatte, die Sache doch noch mit Fox auszufechten, aber er hat mich einfach ignoriert. Er hat mich ignoriert.«

»Was ist passiert, als ihr beim Cottage angekommen seid?«

»Er war so stinksauer, dass er durch das Grundstück der Nachbarn gefahren ist – er hat einfach ihren Garten durchquert und wäre fast an einem Ast hängen gebliebenen –, weil es kürzer war als den ganzen Weg über die Auffahrt. Um ein Haar wären wir gegen den Warmwasserboiler der Whitneys geknallt, weil Arlo zu spät auf die Bremse trat, und er hat sich nicht einmal dafür entschuldigt, dass er mich fast umgebracht hätte!«

Ich versuche mir die architektonischen Gegebenheiten des Cottage ins Gedächtnis zu rufen und bringe den Warmwasserboiler nicht unter. Sebastian ist schneller als ich und wirft mir einen bedeutsamen Seitenblick zu, als er klarstellt: »Ihr seid also von der Seite zum Haus hochgegangen? Wo die Küche ist?«

»Ja«, bestätigt Lia dumpf. »Und er fing an herumzuschimpfen, es sei ›Zeit, dass jemand Fox Whitney mal einen Dämpfer versetzt‹, und das könne man mit ihm nicht machen und so. Ich flehte ihn an aufzuhören, das Ganze zu vergessen, aber er wollte nicht! Er sagte nur: ›Wenn du nicht dabei zusehen willst, wie dieses Weichei rangenommen wird, bleib verdammt noch mal hier‹, und hat mich beim Motorrad stehen lassen.«

»Er ging rein?«, fragt Sebastian, er klingt genauso gespannt, wie ich es bin. Dabei bin ich nicht einmal sicher, ob einer von uns Arlo inzwischen überhaupt noch für Fox' Mörder hält, aber andererseits scheint bei dem Puzzle von heute Nacht kein Teil zum anderen zu passen.

Lia schüttelt den Kopf. »So weit ist er gar nicht gekommen. Er ging bis zur Küchentür und dann ist er … stocksteif stehen geblieben. Er stand einfach bloß da, sah durch die Scheibe, ungefähr, keine Ahnung, eine halbe Minute? Vielleicht auch länger. Und dann rannte er auch schon die Treppe runter und zurück zum Motorrad.«

»Was hat er gesagt?«

»Nichts! Sein Gesicht war kreidebleich – als hätte er gerade zugesehen, wie jemand von einem Bären verschlungen wird oder so –, aber er setzte nur schnell seinen Helm auf und ließ das Motorrad an, als wollte er bloß noch weg, ob mit mir oder ohne mich. Ich konnte gerade noch aufspringen!«

»Und seid ihr sofort hierhergefahren?«, frage ich. Sie nickt kurz und schon schwirren mir alle möglichen Szenarien durch den Kopf; sie drehen sich im Kreis, immer schneller und schneller, bis mir klar wird, dass kaum etwas davon überhaupt Sinn ergibt. »Hat er dir erzählt, warum er so ausgeflippt ist?«

Wieder schüttelt Lia den Kopf. »Er hat gemeint, es ist besser, wenn ich es nicht weiß. Er hat … er hat gesagt, ich darf nur niemandem verraten, dass wir noch mal zurückgefahren sind. Die Polizei würde mich nach April und Fox fragen, und dann müsste ich einfach erzählen, dass wir gleich beim ersten Mal gefahren sind, mehr nicht. Wenn ich den Mund halten würde, hat er gemeint, wäre alles okay!« Erneut beginnt sie zu weinen. »Er hat gesagt, es wäre okay! Er hat gesagt, er hätte einen Plan!«

Das geht mir alles zu schnell. »Einen Plan? Was meinst du damit?«

»Er war sicher, dass Lyle ihn sich vorknöpfen würde wegen dem, was Fox getan hat, und er …«

»Lyle?«, unterbricht Sebastian.

»Ja. Das ist ihr Lieferant. Lyle.«

»Lyle«, wiederhole ich und starre sie an. »Du meinst doch nicht etwa ... doch nicht Lyle *Shetland*?«

»Doch, ich glaube, so heißt er.« Ich spüre, wie mich zwei Augenpaare im Dunkeln mustern. »Woher wusstest du das?«

»Bloß geraten.« Ein dumpfer Schmerz pocht in meinen Schläfen bei dem Gedanken, dass noch mehr Kram aus meiner Vergangenheit ausgegraben wird. Allmählich verwandelt sich diese Nacht für mich in eine Clipshow aus sämtlichen Albträumen, die ich je hatte. Wenn ich bei dieser ganzen Geschichte schon sterben muss, dann soll es bitte wenigstens schnell gehen. »Also, Arlo hatte sich einen Plan überlegt.«

»Damit Lyle ihn nicht erwischt, ja«, erklärt Lia, »falls er sich rächen wollte. Der Typ ist unberechenbar, und auch wenn Fox an allem schuld war, wusste Arlo nicht sicher, ob Lyle ihm glauben würde. Arlo sagte, es gäbe da jemanden, von dem er sich Geld besorgen könnte – genug, um die Stadt zu verlassen, bis sich die Lage beruhigen würde und er Lyle beweisen könnte, dass Fox ihn genauso gelinkt hatte.«

Ich kann mich gar nicht entscheiden, an welcher Stelle ich zuerst einhaken soll. »Was meinst du mit ›jemand, von dem er sich Geld besorgen könnte‹? Hatte das etwas damit zu tun, was er im Cottage gesehen hatte?«

»Glaub schon.« Die Frage stresst Lia. »Keine Ahnung – er hat mir ja nicht erzählt, was er gesehen hat! Ich meine, nach dem, was er gesagt hatte, dachte ich ...«

»Du dachtest, Fox wäre tot?«

»Ich dachte, *April* wäre tot.« Ihre Stimme zittert. »Ich dachte, Fox hätte sie umgebracht und Arlo wollte ihn erpressen. Als ihr hier aufgeschlagen seid und gesagt habt, sie geht nicht an ihr Handy, war ich mir sicher. Aber dann tauchte Hayden auf und sagte, *Fox* ist tot und April ist bei der Polizei und ich ... ich –«

Sie bricht ab und fängt erneut zu weinen an, und Sebastian murmelt ihr wieder beruhigende Worte zu, die ich nicht verstehe. Kann schon sein, überlege ich, dass Arlo beim Blick durch die Küchentür genau dasselbe gesehen hatte wie Sebastian und ich: Fox, der in seiner eigenen Blutlache lag, seine Freundin zusammengesunken daneben. Kann sein, dass er April erpressen wollte ... aber das glaube ich nicht. Erpressung funktioniert nur, wenn die Person, die man erpresst, auch braucht, was man ihr anbietet; aber April wird schon allein durch die Indizien so schwer belastet, dass Arlos Schweigen ihr nichts gebracht hätte. Ein besserer Plan wäre gewesen, ihr ein falsches Alibi zu verkaufen.

Der Haken daran ist nur, dass er ihr dieses Angebot nicht gemacht hatte, bevor er uns bewusst zum Haus am See schickte, damit wir das Verbrechen entdeckten.

Nein. Es gibt nur eine einzige Erklärung; wie ich Lias Bericht auch drehe und wende, es läuft immer auf dasselbe hinaus: *Arlo hat gesehen, wie es passiert ist.* Er und Lia sind gerade rechtzeitig zum Cottage zurückgekehrt, um den Mord an seinem Geschäftspartner mitzubekommen, und als sie wieder in Burlington waren, beschloss Arlo, sein Wissen als Druckmittel gegen den Täter einzusetzen.

Arlo hat die ganze Zeit alles gewusst.

17

IRGENDWO IM DUNKELN TICKT EINE UHR, es klingt fast bedrohlich gegen das leise Grundgeräusch von Lias Weinen und Sebastians tröstenden Worten, doch das Gesumme meiner Gedanken ist laut genug, um alles zu übertönen. Mein Bruder ist nach wie vor mein Hauptverdächtiger – und nur Arlo Rossi hätte den Mumm gehabt, Hayden zu erpressen. Wenn er wirklich geplant hatte, sich Lyle Shetlands Zorn zu entziehen, war er bei den Covingtons jedenfalls an der richtigen Adresse – ihre Brieftasche ist dick genug, um ihm alles Erdenkliche zu kaufen, von einem Urlaub in Brasilien bis zu einem ausgehöhlten Vulkan im Südpazifik.

Allmählich fügen sich die Dinge zu einem Bild, das tatsächlich Sinn ergibt. Ich kann mir immer noch nicht so recht erklären, warum mein Bruder, nachdem er Fox erstochen und es April in die Schuhe geschoben hatte, auch noch das Haus der Whitneys abfackeln sollte. Womöglich war das eine Botschaft an Lyles Leute, wenn auch ein klitzekleines bisschen zu spät überbracht, um zu wirken. Trotzdem kann ich mir jetzt vorstellen, wie sich die Szene im Haus der Rossis eventuell abgespielt hat.

Hayden und Arlo teilen ihre Antipathie gegen Fox, und

mein Bruder ist ein Meister darin, die Gefühle anderer auszunutzen. Dass er seinen Erpresser überzeugt haben könnte, sie stünden auf derselben Seite und er hätte Arlo durch seine Abrechnung mit Fox Arbeit abgenommen – damit wäre ihnen beiden ein Gefallen getan –, ist alles andere als abwegig. Er hätte gewusst, wie man so etwas aufrichtig rüberbringt … bis Arlo unvorsichtig wurde und Hayden die Gelegenheit gab, mit Arlos Luftröhre abzurechnen.

»Als ihr beide zurück zum Haus am See gefahren seid«, frage ich Lia, »habt ihr da noch ein Auto gesehen außer dem von Fox?«

Sie schüttelt mit einem lauten Schniefen den Kopf. »Nein. Wir waren auf der anderen Seite des Hauses, nicht bei der Auffahrt. Und außerdem, wie gesagt, alle anderen waren schon weg – wir haben sie unterwegs überholt.«

»Dann bevor ihr umgekehrt seid, ist euch da jemand begegnet, der in die entgegengesetzte Richtung gefahren ist? Der vielleicht auf dem Weg zum Cottage war?« Ich denke an Haydens großkotziges Cabrio – super, wenn man auffallen will, und äußerst unpraktisch, wenn nicht.

»Ich weiß es nicht mehr.« Lia klingt verwirrt. »Ich meine, sonst war niemand eingeladen, und ich habe nicht so recht …« Sie hält mitten im Satz inne und reißt die Augen auf. »Glaubst du, dass April vielleicht einen Komplizen hatte oder so?«

»April hatte nichts damit zu tun, was Fox passiert ist«, erkläre ich nüchtern, selbst verblüfft darüber, wie überzeugt ich klinge. »Jemand will ihr das in die Schuhe schieben.«

Viel mehr möchte ich nicht hinzufügen, doch zu meinem Bedauern kann Sebastian nicht die Klappe halten. »Was, glaubst du, würde Hayden tun, wenn er herausfände, dass Fox ihm einen Haufen nutzloser Pillen verkauft hat?«

»Du denkst – du denkst, Hayden war es?« Lia starrt ihn mit riesengroßen Augen an. »Oh, Shit. Oh, *Shit!*« Ohne Vorwarnung rappelt sie sich auf die Beine, ihre Knie streifen mein Gesicht, als sie zur Kellertür stürzt und mit zitternden Händen den Riegel vorschiebt. »Er war hier! Er dachte, ich hätte sein Geld! Was ist, wenn er zurückkommt?«

»Hey, ganz ruhig.« Sebastian durchquert den Raum zu ihr und nimmt sie sanft an den Armen. »Du hast ihm ja gesagt, dass du es nicht hast, oder?«

»Ja, klar.« Sie sieht uns beide ungehalten an. »Ich habe gesagt, wenn Fox es nicht hatte, woher soll ich dann wissen, wo es ist? Ich bin schließlich nicht ihre Sekretärin.«

»Okay, also wird er wahrscheinlich nicht zurückkommen«, fährt Sebastian fort. Er schiebt ihr eine Haarsträhne hinters Ohr und ich schmecke etwas Bitteres ganz hinten im Hals. »Wenn doch, bleib im Haus und geh nicht ans Telefon. Geh überhaupt nicht ran, außer es ist einer von uns beiden. Wenn er dir Angst macht, ruf die Cops und sag ihm, dass du es tust.«

Aufgeregt nickt sie mehrmals hintereinander. »Ja, ja, gut.« Darauf folgt ein aufgeladener Moment, die Uhr tickt und draußen hängt träge der Nebel, ein grau-goldener Schleier im Schein der Außenlampe. Schließlich hebt Lia den Blick zu Sebastian, sieht ihn durch ihre langen, dramatischen Wimpern an. »Kannst du ... kannst du hierbleiben? Nur für den Fall? Wenn er wirklich auftaucht, möchte ich ihm nicht allein begegnen. Bitte, Bash!«

Mein Herz macht eine hässliche Abfolge von Yogaverrenkungen, verdreht sich und hüpft, als Sebastian ihr in die Augen sieht, ihr Profil zeichnet sich im Gegenlicht ab. Sicher, eben noch wollte ich selbst einen Vorwand dafür finden, um Sebastian loszuwerden, um ihn aus der Gefahrenzone zu bringen, aber jetzt tritt mir das Schicksal gehörig in die Eier. Habe ich nicht schon genug gelitten, als ich hilflos mit ansehen musste, wie sie vor meinen Augen den Schalter ihrer Beziehung von »aus« auf »ein« stellten?

Tatsache ist jedoch, dass es wahrscheinlich am besten ist, und das weiß ich. »Lia beschützen« ist ein Job, den Sebastian zweifellos bereitwillig übernehmen wird, doch ich muss vor allem auch Distanz zwischen uns schaffen, bevor seine schmachtenden Augen und sein sexy Rasierwasser all die harte Arbeit wieder zunichtemachen, die ich in den letzten Wochen investiert habe, um meine Gefühle für ihn zu begraben.

Sebastian hingegen scheint nicht geneigt zu sein, mir das Leben leichter zu machen. Er schiebt Lia sanft von sich und sagt: »Ich kann nicht. Rufus hat kein Auto. Ich bin sein Fahrer.«

»Na und?« Sie sieht mich an, als wäre ich ein schmutzstarrender Penner, der zufällig in ihr Haus gestolpert ist. »Ruf ihm doch ein Taxi. *Ihn* will Hayden ja nicht umbringen.«

Mein Mitgefühl für sie verflüchtigt sich ziemlich schnell, aber in diesem Punkt zumindest sind wir so etwas wie Verbündete. »Schon gut. Ich komme bestimmt auch mit einem privaten Fahrdienst nach Hause, und ich habe die Schlüssel für das Auto von meiner Mom ...«

»Nein«, unterbricht mich Sebastian gereizt und wirft mir

einen Blick zu, in dem sich Verärgerung und eine andere Gemütslage mischen, die ich nicht so recht identifizieren kann. »Das haben wir schon besprochen.« Er wendet sich wieder an Lia. »Dir passiert nichts. Deine Eltern sind doch hier, oder? Und dein Bruder. Hayden wird nichts unternehmen, wenn Zeugen dabei sind – er ist durchgeknallt, aber nicht dumm.«

Lia ist über diese schwache Abfuhr genauso wenig erfreut wie ich, doch sie verschränkt die Arme vor der Brust und erhebt keine Einwände mehr. Ich werde einen anderen Weg finden müssen, um ihn loszuwerden. Es gibt allerdings noch eine Information, die ich brauche, daher wende ich mich an die Ex meines Ex. »Hat Arlo dir eigentlich mal erzählt, wie man mit Lyle Shetland Kontakt aufnehmen kann?«

Sebastian und Lia drehen sich zu mir, beide mit demselben ungläubigen Blick. Kopfschüttelnd fragt sie: »Entschuldige, wie bitte?«

Gleichzeitig kreischt Sebastian förmlich: »Machst du Witze?«

»Hayden will sein Geld zurück«, erkläre ich gleichmütig. »Er hat es nicht von Fox gekriegt und auch nicht von Arlo, also wird Lyle sein nächster Anlaufpunkt sein. Glaubt mir – seine Eltern haben ihn nach dem Motto ›Ich möchte den Geschäftsführer sprechen‹ erzogen.«

Lia lacht mir doch tatsächlich ins Gesicht. »Lyle ist kein Typ im Pullunder, der bei *Applebee's* die Schichtpläne aufstellt, Rufus. Er ist ein ganz schwerer Junge, und er wird dich auseinandernehmen, wenn du glaubst, du könntest einfach so mit ihm reden!«

»Schön. Aber weißt du, wie man Kontakt mit ihm aufnehmen kann?«

»Du hörst mir nicht zu.« Ihr Ton wird härter, genervt von meiner Ahnungslosigkeit. »Sogar Arlo hatte Angst vor ihm. Sagt dir das etwas? Hör zu, der bringt dich um, und zwar ohne mit der Wimper zu zucken.«

»Das glaube ich nicht«, widerspreche ich und klinge dabei weitaus lockerer, als ich mich fühle. »Jemand hat soeben zwei seiner Jungs umgenietet und seine Geschäfte in Burlington abgewürgt. Vielleicht hilft er gern dabei mit, Hayden hinter Gitter zu bringen.«

»Oder er wirft Brandbomben auf Haydens gesamte Nachbarschaft«, giftet Lia zurück.

»Rufus.« Sebastian tritt vor mich, das Gesicht angespannt, der Blick ernst, und packt mich an den Schultern. Auf meiner nackten Haut stellen sich wie früher sämtliche Härchen auf bei seiner warmen, sanften Berührung, und ich bemühe mich, mir nicht anmerken zu lassen, wie sehr ich es genieße. »Was du vorhast, ist Wahnsinn. Der schiere Wahnsinn. Du sagst, ›jemand‹ hat seine Jungs umgenietet – also, was ist, wenn Lyle es war? Was, wenn Fox und Arlo schon tot waren, als Hayden zu ihnen kam? Dieser Typ wird sich nicht bei dir dafür bedanken, dass du dich in seine Angelegenheiten mischst!«

»Lyle steckt nicht hinter Fox' Tod«, behaupte ich im Brustton der Überzeugung. Sebastian will erneut etwas darauf erwidern, doch ich schneide ihm das Wort ab. »Arlos Plan war, sich genug Geld zu besorgen, um unterzutauchen, bis Lyle sich beruhigt hat, richtig? Also, wenn er gesehen hätte, wie Lyle Fox erledigt, wäre es nicht gerade sehr klug, ihn damit zu erpressen, denn dann würde Lyle ihn erst recht nicht von seiner schwarzen Liste streichen. Das ergibt überhaupt keinen Sinn.«

»Das sind doch nur Vermutungen!« Sebastian funkelt mich an. »Es kommt ständig vor, dass Typen in Arlos Lage sich gegen ihre Bosse wenden – und normalerweise enden sie wie er – tot!«

»Was Arlo sehr genau wusste«, erwidere ich. »Daher wäre es noch unsinniger, dass er Lyle erpresst, anstatt sich von seinen reichen Freunden etwas zu borgen, wenn er schnelles Geld brauchte, um aus der Stadt zu verschwinden.«

»Du hast keine Ahnung, wovon du redest.« Lia lacht immer noch, obwohl es klingt, als würde jemand Rost von einer Regenrinne kratzen. »Diese ganze Unterhaltung ist lächerlich! Lyle gehört zu einer verdammten Gang, du Blödmann! Wenn du aus irgendeinem Grund zu ihm gehst und über etwas redest, was ihn in Schwierigkeiten bringen könnte, hackt er dir die Beine ab und zieht dir damit eins über!«

»Nein, macht er nicht«, informiere ich die beiden mit einem widerwilligen Seufzer. »Lyle gehört zu den wenigen Menschen in dieser Stadt, die mich tatsächlich mögen.«

Irgendwann zu Anfang der achten Klasse stellte ich fest, dass meine Gefühle für Eric Shetland über bloße Freundschaft hinausgingen. Ungelogen, es überraschte mich irgendwie; obwohl Hayden und seine Freunde mich ständig verhöhnten und verspotteten und sich über meine feminine Art lustig machten, war es mir nie in den Sinn gekommen, dass ich schwul sein könnte. Aber den Gefühlsrausch, wenn ich mit Eric zusammen war, die quälende Sehnsucht, wenn nicht... konnte ich im Laufe des Schuljahrs immer weniger ignorieren.

Er war einer meiner besten Freunde, und ich hatte schreckliche Angst, dass mein Geheimnis unsere Freundschaft zerstören könnte, doch als die Frühlingsferien näher rückten, hatte sich in mir so ein Druck aufgebaut, dass ich es einfach nicht mehr aushielt. Ich merkte, ich musste etwas sagen, sonst würde unsere Freundschaft von selbst zerbrechen.

Erst Anfang Mai fasste ich genug Mut, um ihm zu sagen, was ich empfand. Eric war nach der Schule zu mir nach Hause gekommen, und wir aßen selbst gemachte Pizza-Bagels und sahen uns auf Netflix The Raid 2 an, als ich es nicht mehr für mich behalten konnte. Ich drückte auf Pause, drehte mich zu ihm und platzte damit heraus: »Ähm. Ich weiß nicht, ob dir aufgefallen ist, dass ich mich in letzter Zeit komisch benommen habe? Falls ja, ist es deswegen, ähm, weil ich glaube... na ja, weil ich gemerkt habe, dass ich schwul bin.«

Er war wie versteinert, dann starrte er mich an, als sähe er mich zum ersten Mal. »Oh.«

»Ja. Und... außerdem. Außerdem. Außerdem glaube ich, dass... ich dich mag. Eben... richtig gern mag.«

»Oh.« Erics Gesicht nahm die Farbe eines abgestorbenen Zahns an und aus seiner Kehle drang ein seltsamer Laut. »Ähm. Okay. Das ist cool. Ich meine, ich bin nicht schwul. Aber es stört mich nicht, dass du es bist.« Allerdings wirkte er ziemlich beunruhigt. »Du bist eben mein Freund und so, aber ich mag Mädchen, verstehst du? Ich mag sie richtig gern. Deshalb, ähm, steh ich nicht... auf dich. Zumindest nicht so.«

»Okay«, sagte ich und nickte wie ein Luftballon, aus dem langsam die Luft entweicht. Obwohl ich darauf vorbereitet gewesen war, das zu hören, bewirkte es, dass sich in meiner Brust etwas schmerzhaft löste. »Das verstehe ich. Ich wollte … ich wollte nur ehrlich mit dir sein. Weil du einer meiner besten Freunde bist. Zumindest hoffe ich, dass du das noch bist?«

»Ja, klar.« Er rutschte auf dem Teppich unmerklich ein bisschen weg von mir. »Ich meine, solange dir klar ist, dass wir nicht mehr als das sind. Freunde.«

»Ja, natürlich.« Ich sah auf den größer werdenden Abstand zwischen uns. Er war so breit wie der Atlantik.

Am nächsten Tag in der Schule erfuhr ich, dass Eric, kaum dass er mein Haus verlassen hatte, Cody Barnes angerufen und ihm alles brühwarm erzählt hatte; Cody wiederum hatte dem ganzen Rest unserer Klasse Bescheid gesagt. Durch die Flure zu gehen glich einem Spießrutenlauf, die Leute zeigten tuschelnd auf mich, die angesagten Leute zischten mir hinter vorgehaltener Hand Beleidigungen zu, und an meinem Spind angekommen sah ich, dass jemand mit Edding einen ejakulierenden Schwanz darauf gemalt hatte. Von da an wurde es immer schlimmer.

Cody war einfach gnadenlos mit seinen Sticheleien, seinen gemeinen Schimpfnamen, seinen fiesen Witzen. Auch Eric bekam seinen Teil ab: Cody nannte ihn meinen Süßen, fragte ihn, ob er sich bei mir mit AIDS angesteckt hatte, und brachte ihn schließlich so weit, dass er vor lauter Wut und Panik und offenbar mit vollem Ernst verkündete, er überlege, mich wegen sexueller Belästigung beim Direktor anzuzeigen. Nur weil ich ihm gesagt hatte, dass ich ihn mochte.

Als ich auf dem Weg zum Mathekurs in der fünften Stunde im Flur mit Eric zusammentraf, schubste er mich mit aller Kraft gegen die Spinde und brüllte: »Fass mich nicht an, TUNTE!«

Es war das Ende unserer Freundschaft, und trotz Lucys Unterstützung und Aprils unerwarteter Freundlichkeit fühlte ich mich nach der Schule wie benutztes Toilettenpapier. Ich war nicht in der Verfassung, meiner Mom gegenüberzutreten und von meinen heutigen Erlebnissen zu erzählen, deshalb fuhr ich mit dem Fahrrad zum Park, kletterte auf einen Pick-nicktisch und starrte eine Weile lang vor mich hin. Versunken in meinem Kummer merkte ich erst, dass ich nicht allein war, als jemand meinen Namen rief. »Hey, Holt! Bist du das?«

Als ich aufblickte, erstarrte ich. Auf dem Parkplatz standen gruppiert um eine Ansammlung von Motorrädern mehrere ver-wegen und erwachsen aussehende Typen in Jeans und Leder-jacken, deren Zigaretten in der zunehmenden Dämmerung wie die roten Ziellaser von Heckenschützengewehren glommen. Sie strahlten jene gelangweilte Feindseligkeit aus, die oft Stunk oder Gewalttätigkeiten ankündigt, und auf einmal fühlte ich mich sehr allein. Der größte der Biker, dessen rasierter Schädel an eine glänzende Rosenquarzkugel erinnerte, schlenderte auf mich zu. Blitzartig erkannte ich, dass es Erics älterer Bruder Lyle war.

Der Typ war einundzwanzig, und obwohl er irgendwo in South Burlington eine Wohnung hatte, schien er ständig bei Eric zu Hause herumzuhängen. Ich hatte davon gehört, dass Lyle in Schwierigkeiten geraten war, wegen Vandalismus, Ladendiebstahl, Drogen, Faustkämpfen. Er war schon mal im Knast gewesen, und meine Mom wollte nicht, dass ich zu den Shetlands ging, wenn Lyles Freude da waren, aber das war das erste Mal, dass ich mich vor ihm fürchtete.

Mit wenigen Schritten war er bei mir und ich erstarrte zur Salzsäule. Auf einmal war ich mir sicher, dass Eric ihn ge-

schickt hatte; statt beim Direktor angezeigt zu werden, würde ich von Erics auf Krawall gebürstetem Yeti von einem Bruder in den Boden gestampft werden, und ich hatte keine Chance, ihm mit meinem kleinen Dreigangfahrrad der Marke Schwinn zu entkommen.

»Hab gehört, du hattest heute einen Scheißtag«, grunzte Lyle unerwartet und ließ sich neben mich auf den Picknicktisch plumpsen. Da er meine erschreckte Miene falsch interpretierte, fügte er hinzu: »Typisch Kleinstadt. Da verbreiten sich Gerüchte schnell.« Er starrte einen Augenblick vor sich hin, in dem ich das Gefühl hatte, auf einer Tretmine zu stehen, die jeden Moment losgehen konnte. Dann sagte er nachdenklich: »Ich kenne keine Schwuchteln, aber ich hab nichts gegen die. Mein Motto ist, solange mich einer in Ruhe lässt, lasse ich ihn in Ruhe, weißt du? Und ich hab dich immer für einen coolen Typen gehalten.«

Ich nickte. Obwohl, ich hätte auf jeden Fall genickt, egal, was er gesagt hätte. Lyle Shetland zu widersprechen kam Selbstmord gleich.

»Du bist der Einzige von Erics Freunden, den ich jemals mochte«, vertraute er mir zu meiner Überraschung gleich darauf an. »Er ist ganz in Ordnung, aber er hängt mit all diesen reichen Ärschen – und möchtegernreichen Ärschen – ab und wird allmählich genauso.« Er bedachte mich mit einem verständnisvollen Blick. »Du und ich haben eine Menge gemeinsam. Wir sind beide schwarze Schafe und müssen uns jeden Tag mit einem Haufen Mist herumschlagen. Aber nur die Harten überleben, und du hast meinen Respekt dafür, dass du dich nicht unterkriegen lässt, Holt.« Er stand auf, steckte sich eine Zigarette in den Mund und bot mir seine Hand zum

Faustgruß an. »Manchmal wirft dir das Leben Scheiße entgegen, Alter, und du kannst nicht mehr tun, als den Kopf oben zu behalten. Also bleib tapfer. Wenn du mal echte Probleme hast oder jemanden brauchst, der für dich ein paar Dreckskerle zusammenschlägt, melde dich bei mir – ernsthaft. Ich mag nicht viele Menschen, und ich passe auf die auf, die ich mag.«

Und dann zog er mit einem freundlichen Winken ab.

In jenem Sommer wurde Eric auf irgendein Internat geschickt – ironischerweise, um ihn dem Einfluss seines älteren Bruders zu entziehen –, und mit ihm verschwand die ständige Erinnerung an die unappetitlichen Details meines Coming-outs. Das war mir ganz recht, und die Aussicht, die ganze unangenehme Erfahrung für Sebastian und Lia noch einmal hervorzukramen, verlockt mich nicht besonders. Deshalb fasse ich meine Verbindung zu Lyle Shetland folgendermaßen zusammen: »Er hat mir mal gesagt, wenn ich Probleme habe und ihn brauche, soll ich mich melden. Tja, ich stecke jetzt ziemlich in der Scheiße, und er hat eine Menge Möglichkeiten, mich da rauszuholen.«

Sebastian sieht mich beschwörend an. »Rufus.«

Es erfordert Willenskraft, das Flehen in seinen Augen zu ignorieren, aber ich schaffe es. An Lia gewandt frage ich: »Weißt du nun, wie ich mit ihm Kontakt aufnehmen kann, ja oder nein?«

Verärgert wirft sie die Hände in die Luft und gibt sich geschlagen. »Er und seine Jungs sind oft in dieser schmierigen Kneipe am Flughafen …«

»Lia!«, fährt Sebastian sie empört an, woraufhin sie nur herablassend die Schultern zuckt.

»Was denn? Wenn er solche Todessehnsucht hat, kann ich ihn bestimmt nicht abhalten.« Sie wendet sich wieder zu mir. »Sie heißt Smokey's oder Smoker's oder Smokehouse oder so ähnlich und liegt in einem Einkaufszentrum am Highway Number Two, hinter dem alten Gaswerk, das vor ein paar Jahren geschlossen wurde. Nach der letzten Runde gehen sie oft in einen ekelhafter Diner im selben Komplex, gleich neben einem dieser großen Ein-Dollar-Läden, wo es hässlichen Krempel und Billigzeug aus China zu kaufen gibt, das nicht richtig funktioniert.«

»Ich glaube ich weiß, was du meinst.«

»Aber sicher«, entgegnet sie mit beleidigender Liebenswürdigkeit.

»Rufus, das ist verrückt!« Allmählich ist Sebastian die Verzweiflung anzuhören. »Es ist mir egal, was dieser Lyle irgendwann mal zu dir gesagt hat! Er ist ein gefährlicher Typ mit gefährlichen Freunden, und du handelst dir echten, lebensgefährlichen Ärger ein, wenn du zu ihm gehst und ihn um einen Gefallen bittest!«

»Brauchst ja nicht mitzukommen«, antworte ich barsch, schiebe mich an ihm vorbei und gehe zur Tür. »Ihr zwei bleibt hier, schließt euch ein und versteckt euch im Dunkeln vor Hayden. April ist gerade bei der Polizei und wird vielleicht für etwas verhaftet, was sie nicht getan hat, und ich habe versprochen, ihr zu helfen. Also gehe ich.«

Damit entriegle ich die Tür und trete in den erstickenden goldenen Nebel hinaus, der auf Lias Treppe wabert wie Treibsand.

18

WAS FÜR EIN PHÄNOMENALER TEXT für meinen Abgang! Leider habe ich noch nie etwas Dümmeres getan, als ganz allein in die Nacht hinauszulaufen, um einen Drogenboss-Schräg-strich-Gangangehörigen aufzuspüren, und ich bereue es bereits, während ich Lias Haus umrunde. Um die Wahrheit zu sagen, bin ich nicht halb so gelassen, wie ich getan habe, als ich noch schön drin hinter der verschlossenen Tür war. Dort im Keller war der Besuch bei Lyle Shetland nur eine Idee – eine absurde Idee, und aus reinem Trotz gegenüber den Zweifeln der anderen redete ich mir ein, es könnte funktionieren. Jetzt, wo ich es tatsächlich durchziehen will, habe ich das Gefühl, mit jedem Schritt eine weitere Schippe Erde auf mein Grab zu schaufeln.

Ich weiß nicht einmal so recht, was ich mit dieser Be-merkung eigentlich bezwecken wollte. Im Rückblick kommt sie mir kleinkariert, provokant und selbstbeweihräuchernd vor. *Ihr zwei bleibt hier, schließt euch ein und versteckt euch im Dunkeln vor Hayden.* Wollte ich wirklich, dass Sebastian bei Lia und damit in Sicherheit bleibt? Oder hatte ich ab-sichtlich seinen Mut in Frage gestellt, damit er mir folgte? Tatsache ist, wie mir jetzt auffällt: Ich möchte beides, und was immer er auch tut, es wird das Falsche sein, und ich werde mich ärgern.

Was zum Teufel ist eigentlich los mit mir?

Als ich im Vorgarten ankomme, ist der Nebel dick wie Schmieröl, und ich erkenne die Straße vor mir nur als verlassenen Streifen unheimlicher Schatten und geisterhaften Lichts. Auf einmal weiß ich ganz genau, was ich mir wirklich wünsche, und Sekunden später sagt mir das Trappeln von Füßen hinter mir, dass Sebastian sich für genau diese Option entschieden hat.

»Ich glaube, du hast wirklich Sehnsucht zu sterben«, grummelt er, als er zu mir aufschließt und mich griesgrämig ansieht.

Obwohl ich gerade noch sehnlichst gehofft habe, dass er auftaucht, kann ich mir eine Gegenrede nicht verkneifen. »Ich hab dir doch schon tausendmal gesagt, dass du nicht mitzukommen brauchst.«

»Das ist bei mir angekommen – und ich habe *dir* gesagt, dass mir das scheißegal ist. Du wirst mich nicht los.« Seine Augen sinken zu einer Stelle zwischen meinen Schlüsselbeinen und sein Ton verändert sich. »Schau, ich weiß, dass du sauer auf mich bist. Ich weiß, dass du … dass du mich hasst und dass du mir nicht verzeihst. Das hast du mir sehr deutlich gemacht. Aber darum geht es hier nicht. Wenn du heute Nacht in die Höhle des Löwen gehst, gehst du nicht allein hin. Mag ja sein, dass es dir egal ist, wenn dich ein verdammter Drogendealer umlegt, aber mir nicht. Nur damit du's weißt. Komm damit klar.«

Ich ringe um Worte, vergeblich. Es gibt tausend Dinge, die ich ihm sagen könnte, sagen möchte, aber jedes Einzelne davon birgt emotionalen Zündstoff. Ein Teil des Problems ist, wie er mich ansieht, mit ernstem, innigem Blick – wie früher, als noch alles in bester Ordnung war. Ich habe Angst davor, nicht mehr wütend auf ihn zu sein, mir graut vor dem gefährlichen Weg zurück zu dem quälenden Verlangen nach ihm, der unmittelbar hinter meinem schrecklich schmalen Absperrgeländer aus Groll liegt … aber ich habe ebensolche Angst davor, ihn wegzustoßen, weil ich den ernsten, mir nahestehenden Sebastian Williams so verdammt vermisse. Und ein gieriges, einsames, treuloses Stück meines Herzens jubelt darüber, dass er mich wieder ansieht.

Durch das totenstille Viertel machen wir uns auf den Weg zurück zum Jeep, in den Straßen ist es so still wie nach dem Zusammenbruch der Zivilisation, und ich versuche das unheimliche Gefühl abzuschütteln, dass fremde Augen uns folgen. Wortlos fährt Sebastian los, schlägt automatisch den Weg Richtung Flughafen ein, während ich schon weiterdenke – überlege, was zum Teufel ich sagen soll, wenn wir dort ankommen.

Als hätte er meine Gedanken gelesen, fragt Sebastian plötzlich: »Wie lautet eigentlich dein Plan? Ich meine, wir gehen in diesen fragwürdigen Diner, wo die Drogendealer rumhängen, und sagen: ›Hey, wer will der Polizei helfen, heute Nacht jemanden zu verhaften?‹«

»Das … weiß ich noch nicht so genau«, gestehe ich, weil ich nicht zugeben will, wie brenzlig das für uns werden könnte. Das Ganze ist reine Improvisation, immer schön einen Schritt nach dem anderen, und mir ist klar, dass ich ziemlich großes Vertrauen in Lyles Gedächtnis habe. Ich habe ihn seit über zwei Jahren nicht gesehen, und wenn er unser kleines Gespräch im Park vergessen hat, wird aus einer riskanten Mission im Handumdrehen ein Kamikaze-Unternehmen. »Ich denke, wir schauen erst einmal, ob er da ist. Wenn ja, versuchen wir, ihn auf mich aufmerksam zu machen, damit er mich grüßt, und dann werden wir es einfach irgendwie …, na ja, zur Sprache bringen.«

»Zur Sprache bringen?« Sebastians Fuß rutscht vom Gaspedal. »Du meinst, ungefähr so: ›Übrigens, es wurden ja zwei von deinen Leuten umgelegt, das war mein Bruder.‹?«

»Na ja, vielleicht nicht ganz …«

»Und was ist, wenn er dich nicht bemerkt? Was ist, wenn er dich nicht grüßt? Wie lautet dein Plan B?«

»Ähm. Wir gehen zu ihm hin und sprechen ihn an, schätze ich.«

Sebastian schweigt eine gefühlte Ewigkeit, dann sagt er bedächtig: »Ich möchte deine Gefühle nicht verletzen, aber das ist noch dämlicher als dein letzter dämlicher Plan.«

»Ich weiß«, gebe ich bedrückt zu. »Aber etwas Besseres fällt mir nicht ein.«

»Oh, Fuck.« Sebastians Schultern sacken nach unten. »Wir werden sterben.«

»Wir müssen es ja nicht durchziehen«, höre ich mich sagen. »Vielleicht hast du recht. Vielleicht sollte ich einfach … wenn wir dort sind und es uns zu unheimlich aussieht, können wir immer noch einen Rückzieher machen.« Ich muss an letzten Winter denken, als ich während meiner wochenlangen Suspendierung vom Unterricht beschloss, mir Ohrlöcher stechen zu lassen. Ich vereinbarte einen Termin und fuhr mit dem Rad zu dem Laden, um es machen zu lassen. Nach einem Blick auf die grässliche Pistole, mit der man mir Löcher ins Fleisch jagen wollte, brach mir der kalte Schweiß im Nacken aus, und ich floh nach draußen.

»Ob du es glaubst oder nicht, ich möchte heute Nacht weder erstochen noch erschossen werden.«

»Da bin ich ja froh.« Er gibt ein Schnauben von sich, das wohlwollenden Sarkasmus ausdrückt, dann sieht er kurz zu mir rüber. »Aber was ist mit Mrs Covingtons Auftrag, Rufe? Du brauchst das Geld, und wenn du hinschmeißt, sorgt sie vielleicht dafür, dass du von der Schule fliegst. Ich meine ... wir müssen es zumindest versuchen.«

Mein Gesicht wird ganz heiß, als ich daran erinnert werde, dass ich ihm von der Armut meiner Mutter – von unserer Armut – erzählt habe, doch zumindest ist sein Blick nicht mitleidig; er scheint sich einfach nur Sorgen zu machen. Wieder muss ich daran denken, welche Risiken er für mich eingeht, bei was für verrückten, dummen Dingen er mir zur Seite steht, und ich empfinde Scham. Es gibt noch etwas, was ich ihm noch nicht gesagt habe – Worte, die er verdient hätte, die sich aber wie Verrat angefühlt haben, wann immer sie mir auf der Zunge lagen. Als würde ich meinen Stolz verkaufen, der sich noch nicht davon erholt hat, bei lebendigem Leib gehäutet zu werden. Aber ich muss sie mir von der Seele reden, bevor ich noch anfange, mich selbst zu hassen.

»Danke«, murmle ich steif, bemüht, so förmlich wie möglich zu klingen. »Du weißt schon, für alles. Dafür, dass du mich nach South Hero gefahren und mir mit April geholfen hast, und dafür ... dass ich das nicht allein durchziehen muss.« Die Worte kommen mir nur schwer über die

Lippen, und es geht mir gegen den Strich, dass es sich anhört, als würde ich ihm verzeihen – als würde ich jede Selbstachtung aufgeben, die ich aus den rauchenden Trümmern, in die er mein Herz verwandelt hat, gerettet habe. »Und auch dafür, dass du dich wegen mir mit Hayden angelegt hast, vor dem Polizeirevier. Und für das jetzt. Ich hätte es schon früher sagen sollen, ich weiß, aber ich … ich tue es jetzt. Auch wenn ich es nicht sehr gut hinkriege. Danke.«

Als ich mit meiner Ansprache fertig bin, fühlt sich mein Gesicht so heiß an, als könnte man Eisen damit schmelzen, und eine bedeutungsschwere Stille breitet sich aus. Je länger sich das Schweigen hinzieht, desto mehr fürchte ich mich vor Sebastians Antwort, doch schließlich setzt er sein vertrautes schiefes Grinsen auf und bemerkt: »Ist schon in Ordnung. Ich meine, wir werden ja nur mitten in der Nacht in einem versifften Einkaufszentrum hinter einer verlassenen Tankstelle eine drogendealende Motorradgang suchen. Was ist schon dabei?«

Ich muss tatsächlich laut lachen.

Wie sich herausstellt, ist das Einkaufszentrum relativ leicht zu finden. Ich erinnere mich noch vage an einen schmuddeligen geteerten Parkplatz vor heruntergekommenen einstöckigen Geschäften in L-Formation – eins mit einem riesigen Schild, auf dem in schreienden Neonbuchstaben DOLLAR BIN stand –, die an unserem Autofenster vorbeiflogen, wenn ich mit meiner Mom zum Flughafen fuhr. Meine Erinnerungen werden in all ihrer deprimierenden Glorie bestätigt, als wir den Highway verlassen und auf der breiten Zufahrtsstraße unserem Ziel entgegenfahren.

So weit vom Wasser entfernt ist der Nebel nicht mehr so dicht, und den schäbigen Schaufenstern und beleuchteten Kunststoffschildern fehlt der dramatische Effekt des Weichzeichners, den ein leichter nächtlicher Dunstschleier hätte bieten können. Auf dem Areal wird gerade etwas gebaut, in einer Ecke des asphaltierten Platzes ragt aus Schutthaufen eine freistehende Struktur auf, weiträumig umgeben von einem Plastikzaun, sodass die Hauptzufahrt zum Parkbereich versperrt ist.

Sebastian fährt daran vorbei und steuert stattdessen die leere Tankstelle in einer anderen Ecke an – eine unkrautüberwucherte, ölfleckige Teerfläche, kaputte Pumpen und einige schachtelartige Betongebäude, die danach schreien, abgerissen zu werden. Jede Oberfläche, die breit genug ist, dass man das Geschriebene lesen kann, ist mit Graffiti übersät, und auf dem Boden liegen Zigarettenkippen, gebrauchte Kondome und Glasscherben. Sebastian stellt den Motor ab, die Scheinwerfer gehen aus und ich räuspere mich ganz hinten in der Kehle. »Du bringst mich an die nettesten Orte.«

»Warte, bis du das Dollar Bin siehst«, witzelt er, und ich muss kichern. Doch sogar das lockere Scherzen tut ein bisschen weh.

»Steigen wir hier aus?«, frage ich, nur um etwas zu sagen. »Es muss eine andere Zufahrt zum Parkplatz geben.«

Vor uns steht ein kleines Nebengebäude – die Tankstellentoilette –, dessen lackierte Metalltüren mit einem Vorhängeschloss gesichert sind, dahinter folgt ein kurzes Stück steiniges Gestrüpp. Es endet am Rand des Asphaltsees vor der Ladenzeile, auf dem sich der Plastikzaun vor dem Licht der wenigen noch offenen Geschäfte als Gitter abzeichnet. Neben Suzy's American Diner gibt es auch ein Etablissement, das sich Smoking Gun nennt – hoffentlich kein böses Omen.

»Um ehrlich zu sein, habe ich ein besseres Gefühl, wenn mein Auto hier drüben steht.« Sebastian wirft mir einen unbehaglichen Blick zu. »Du hast gesagt, dass Hayden wahrscheinlich nach Lyle sucht, oder? Tja, der Kerl kennt meinen Wagen und mir scheint, er ist heute nicht in der Stimmung, um ›Schwamm drüber‹ zu sagen. Wenn wir schnell abhauen müssen, möchte ich nicht zum Parkplatz rennen und feststellen, dass man mir sämtliche Reifen aufgeschlitzt hat und dein Bruder dort wartet, um zu beenden, was wir vor dem Polizeirevier angefangen haben.« Verlegen gestikuliert er zur Windschutzscheibe. »Sieht so aus, als wäre der Diner gleich da drüben. Gehen wir einfach quer rüber.«

Er steigt aus und ich folge ihm, trete über Unkraut, das wadenhoch aus Sprüngen im Pflaster wächst. Das Toilettenhäuschen riecht, als wäre es noch nie geputzt worden, und aus dem Finstern dahinter wabert der widerlich süßliche Geruch eines verwesenden Tiers zu uns.

Das Gestrüpp, das die Tankstelle vom Parkplatz trennt, ist nicht nur steinig, sondern zudem voller Unrat, den man auf dem dunklen, überwucherten Untergrund nicht sieht, überall unter unseren Füßen liegt Glas und Metall verstreut. Schließlich kommen wir auf einer Seite des Plastikzauns heraus, der alle drei bis vier Meter mit einem senkrechten Pfosten verankert ist, und folgen ihm zur Vorderseite der Ladenzeile. Nicht einmal die Hälfte der Geschäfte scheint noch betrieben zu werden und alle anderen Fenster sind gesprungen und blind, die Umrisse der abmontierten Schilder zeichnen sich ab wie Bräunungsstreifen.

Als wir uns der Ecke der abgesperrten Baustelle nähern und ein verbeultes Ölfass umrunden – zur Hälfte gefüllt mit rostigen Bewehrungsstäben und zerbrochenen Betonschalsteinen –, hören wir eine zornige Stimme und bleiben instinktiv stehen. Wir spähen um den letzten Zaunpfosten herum auf die dunkle Weite des Parkplatzes und die deprimierende Trostlosigkeit der in kaltes Neonlicht getauchten Ladenfronten und sehen vier Personen, die sich vor Suzy's American Diner versammelt haben.

Lyle Shetland lehnt an einem breiten Motorrad, die Arme vor der Brust verschränkt. Er hat ein bisschen zugenommen, seit ich ihn das letzte Mal gesehen habe – und sich ein zotteliges, bartartiges Gefussel wachsen lassen, das wie das Zeug aussieht, das meine Mom einmal mit einem Drahtkleiderbügel aus unserem Duschablauf geholt hat –, aber sonst ist er noch der Alte: Lederjacke, buschige Augenbrauen und rasierter Schädel. Er wird von zwei anderen Typen flankiert, einer hat einen fettigen Pferdeschwanz und der andere ein schwarzes Bandana um die Stirn gebunden, beide strahlen eine Aura nervöser Unterwürfigkeit aus, die man aus einer Meile Entfernung spüren kann; Lyle ist hier eindeutig der Boss.

Gegenüber von ihnen steht mit zornrotem Gesicht mein älterer Bruder.

»… mag es nicht, wenn man mich bescheißt!«, brüllt Hayden geradezu, seine Stimme hallt von der Glasfront der Ladenzeile wider und breitet sich in alle Richtungen aus.

»Du schuldest mir einen verdammten Tausender, und ich werde erst gehen, wenn ich ihn habe!«

»Jetzt beruhige dich erst einmal«, warnt Lyle ihn tonlos.

»Sag mir nicht, dass ich mich beruhigen soll! Du Arschloch hast mich beschissen und ich warne dich, leg dich lieber nicht mit mir an.«

Lyle bewegt sich kaum, aber sein ganzer Körper scheint sich irgendwie anzuspannen, wie ein Feuerball, der sich zusammenzieht, kurz bevor er explodiert. »Ich weiß nicht, wovon du redest, aber pass auf, was du sagst, wenn du mit mir redest.«

»*Du. Hast. Mich. Beschissen*«, wiederholt Hayden wutentbrannt und sticht mit dem Finger in Lyles Richtung, als könnte er ihm aus der Ferne wehtun. »Ich habe deinem Laufburschen heute Abend einen Haufen Geld für die Pillen bezahlt, und sie waren verdammt noch mal nicht sauber!«

Die großmäulige Aggression meines Bruders wirkt einschüchternd auf den Pferdeschwanz-Typen, der anfängt, das Gewicht zu verlagern und herumzuzappeln, und sich auf dem leeren Parkplatz umsieht, ob jemand zuhört. Ich schrecke ein bisschen zurück, als Lyle mit bewusster Zurückhaltung antwortet: »Ich habe keine Laufburschen, okay? Und falls doch, würden sie keine Pillen verkaufen.«

»Verarsch mich nicht, Mann!«, zischt Hayden. Er greift in die Tasche seiner Shorts und holt einen Plastikbeutel voller kleiner, weißer Tabletten heraus. »Die hab ich von einem deiner Jungs heute bekommen, und sie sind scheiße!«

Er schleudert den Beutel auf Lyle, der ihn von seinen

Schultern abprallen und zu Boden fallen lässt. »Die habe ich noch nie gesehen.«

»Komm mir nicht damit!«, faucht Hayden. »Ich habe sie vor ungefähr sechs Stunden von Fox Whitney gekauft. Das ist dein Zeug, und jeder, der eine genommen hat, ist krank geworden. Eins der Mädchen ist mit Schaum vor dem Mund umgekippt – wir mussten sie vor der Notaufnahme abladen!«

Lyle scheint zu erstarren und zwei seiner Gefolgsleute wechseln über seinen rasierten Schädel hinweg einen beunruhigten Blick. Daraufhin checkt der Typ mit dem Pferdeschwanz ein weiteres Mal den Parkplatz, seine Finger zucken nervös, während Lyle mit finsterer Miene den Beutel mit den White Rabbits beäugt. Schließlich knurrt er: »Ich glaube nicht, dass ich einen Fox Whitney kenne. Wenn du behauptest, dass er dir schlechten Stoff verkauft hat, solltest du das mit ihm klären, anstatt mir den Abend zu verderben.«

»Klar, das hab ich schon versucht«, entgegnet Hayden aalglatt und bleckt die Zähne zu einem Grinsen, »nur bin ich ein bisschen zu spät gekommen. Der gute alte Fox war nämlich schon tot und jemand hatte mein Geld mitgenommen.«

Jetzt richtet Lyle sich zu voller Größe auf, sein Rücken wird steif. »Was hast du gesagt?«

»Er liegt im Leichenschauhaus, Lyle. Genauer gesagt deine *beiden* Jungs.« Hayden strafft die Schultern, das Unbehagen seines Gegners gibt ihm seine Selbstsicherheit zurück. »Verstehst du, ich dachte, Arlo hätte Fox kaltgemacht und das Geld mitgenommen, aber als ich zu Arlo gefahren bin, war der auch tot. Wie ich es sehe, haben die beiden entweder dem falschen Kunden ans Bein gepisst oder ihrem Boss ans Bein gepisst.« Er stemmt die Hände in die Hüften. »Und weißt du, was genau war, ist mir wirklich scheißegal, ich will einfach nur mein Geld. Der Fall ist für mich klar: Dein Junge hat mir die schlechte Ware verkauft, und du hast sie ihm gegeben, folglich bist du der Schwanzlutscher, der mir verdammt noch mal tausend Dollar schuldet. Und zwar jetzt.«

Schließlich nimmt Lyle den Beutel und inspiziert ihn mit tiefem Stirnrunzeln. Wortlos wirft er die Pillen Bandana zu, der eine herausnimmt, sie unters Licht hält und dann entschieden den Kopf schüttelt. »Das sind nicht unsere.«

»Was?« Haydens Gesicht läuft dunkelrot an.

»Die Farbe ist komisch und der Stempel stimmt nicht.« Bandana klingt todernst. Er steckt die Tablette zurück in den Beutel, verschließt ihn und wirft ihn zurück zu Lyle. »Keine Ahnung, wo Whitney die herhatte, unsere Lieferung ist das jedenfalls nicht.«

»Du hast es gehört.« Lyle schmeißt den Ziplockbeutel zu Hayden, der ihn wegschlägt wie ein lästiges Insekt. »Das Zeug ist nicht von uns gekommen, deshalb schulde ich dir keinen Cent. Und jetzt verpiss dich.«

Haydens Brustkorb hebt und senkt sich heftig, seine Lippen verziehen sich, und er blitzt den selbstzufriedenen Biker so vernichtend an, dass ich die Hitze, die von seinen Augen abstrahlt, förmlich sehen kann. »Nein, nein, nein – ich lass mich nicht von dir verarschen! Das ist deine Ware, ich bin von deinen Laufburschen beschissen worden und ich will mein verdammtes Geld!«

»Geh heim zu Mommy und Daddy, Pussy«, blafft Lyle ihn an. »Wir sind hier fertig.«

»Wir sind erst fertig, wenn ich es sage!«, brüllt Hayden zurück, und mit einer schnellen Bewegung greift er hinter seinen Rücken, zieht etwas aus dem Bund seiner Shorts und hebt es auf gleiche Höhe wie Lyles Kopf. »Und das ist erst, wenn ich mein Geld habe!«

Es ist eine Pistole. Es ist eine verdammte Pistole. Die eine halbe Sekunde später Gesellschaft bekommt, denn der Typ mit dem Pferdeschwanz holt ebenfalls eine hervor – ein riesiges, vernickeltes Gerät – und fuchtelt damit vor Hayden herum wie mit einem Schwert. Der bewaffnete Biker tritt von einem Fuß auf den anderen, dermaßen unter Strom, dass sogar sein Gesicht zu zucken anfängt, als er bellt: »*Pass bloß auf, du Wichser!*«

»Nein, nein, nein.« Sebastian atmet hektisch in mein Ohr, seine Finger graben sich in meinen Arm. »Oh verdammt, nein. Oh Fuck, Mann, das ist unser Stichwort, um abzuhauen!«

Er geht rückwärts, so schnell er kann … und dann dreht er sich um und knallt direkt in das Ölfass hinter ihm. Im Bauch der Metalltonne scharren und schlagen die Bewehrungsstäbe, erschüttert durch den Aufprall, ein Geräusch, das so ohrenbetäubend laut hallt wie Kirchenglocken auf dem Friedhof. Sebastian sieht mich an, die Augen rund wie die fetten Nullen einer Zeitbombe, und ich merke, wie die Atmosphäre umschlägt.

»Was zum Teufel war das?«, jault Bandana.

»Sind das die Cops?«, will der mit dem Pferdeschwanz mit fast schon kreischender Stimme wissen. »Hast du uns eine Falle gestellt, du reicher Sack? *Hast du die Cops hierher-gebracht?«*

Und in diesem Augenblick zerreißt ein Pistolenschuss die Stille der Nacht.

19

DER KNALL IST LAUT UND MARKERSCHÜTTERND – ein kleiner Donnerschlag –, und ein kalter, urzeitlicher Adrenalinschub bringt meinen Körper in Aufruhr. Zugleich mit dem erschreckenden *Peng* wird der massive Plastikzaun zu meiner Linken wie durch Geisterhand von einem Loch durchbohrt, und ein schmatzendes, reißendes Geräusch zischt durch die Vegetation zu meiner Rechten. Ich blinzle. *Er schießt auf uns.*

Es passiert in einem Sekundenbruchteil; genauso viel Zeit brauchen wir, um zu begreifen, dass der Typ mit dem Pferdeschwanz auf *uns* schießt, und wir fangen zu rennen an. Unsere Füße trommeln auf dem Asphalt, während wir im Kugelhagel an dem Plastikzaun entlangsprinten. Glas birst, Menschen schreien, Kugeln treffen auf Metall, und meine Lunge brennt, als ich hinter Sebastian abbiege und in panischer Flucht durch das vermüllte Gestrüpp breche, zurück zur verlassenen Tankstelle.

Ich bin bei dem Toilettenhäuschen angelangt, da knallt noch ein Schuss und die Kante der Wand einen halben Meter vor mir explodiert; Betonstaub steigt von dem frischen Schusskrater auf wie eine Wolke Vulkanasche, wirbelt in meine Augen und macht mich blind. Im selben Moment streift etwas Scharfes meine Schläfe, und ich taumle seitwärts, sacke zu Boden wie eine gefällte Eiche, während die Welt um mich herum Purzelbäume schlägt.

»*Rufus!*« Sebastians Stimme muss ganze Sonnensysteme durchqueren, um meine Ohren zu erreichen, doch ich spüre fast sofort seine Hände, die mich auf die Beine ziehen. Meine Augen sind sandig und wund, und ich versuche sie zu öffnen, aber sie wollen mir nicht gehorchen. Stolpernd und keuchend klammere ich mich an Sebastian, als wir geduckt über den kleinen Parkplatz der Tankstelle zum Jeep rennen, inmitten von Chaos, das die Luft erfüllt wie ein Feedbackgeräusch.

Er schiebt mich auf den Beifahrersitz, während ich heftig blinzelnd versuche, den Staub aus meinen tränenden Augen zu spülen. Sie brennen, meine Lider sind wie Sandpapier, und ich kann kaum etwas um mich herum erkennen – es ist, als würde ich in einen beschlagenen Spiegel sehen. Noch mehr Schüsse folgen, irgendwo heult wütend ein Motorrad auf, und dann wackelt der Jeep, als Sebastian hinters Lenkrad springt und die Tür zuwirft. »Schnall dich an!«

Er tritt das Pedal durch, und der Motor gibt ein ersticktes Husten von sich, bevor er röhrend anspringt. Schlingernd machen wir einen Satz vom Bordstein auf die Straße, und als Sebastian das Auto wendet, stellt es sich auf zwei Räder.

Er schießt quer über die Fahrspuren, das Einkaufszentrum gleitet an uns vorbei wie eine auf die Erde gefallene, hell erleuchtete Raumstation, während wir auf dem kürzesten

Weg den Highway ansteuern. Fast dort angekommen, werden wir von einem anderen Auto überholt, es fliegt in einem Tempo an uns vorbei, dass wir das Gefühl haben zu stehen. Ich erkenne Haydens BMW eine Sekunde, bevor dessen hintere Stoßstange einen von Sebastians Scheinwerfern rammt, dann schlingert und schlittert mein älterer Bruder vor uns auf die Zufahrt zum Highway Number Two. Erschrocken macht Sebastian einen Schlenker und verpasst die Abzweigung; stattdessen tritt er aufs Gas und schießt unter der Überführung hindurch, als in der Ferne Sirenen heulen. Eine schweißgebadete Meile später biegt er scharf in ein Wohnviertel ein und hält unter einer Straßenlampe an. Die Nacht ist jetzt geradezu ohrenbetäubend still; niemand scheint uns gefolgt zu sein.

»Rufus?« Sebastian starrt mich mit wilden Augen an, die goldenen Sprenkel in seiner Iris funkeln wie Warnleuchten. »Rufe, bist du okay?«

Ich bringe ein benommenes Nicken zustande. Meine Augen fühlen sich an, als wären sie mit einer Drahtbürste geschrubbt worden, aber ich kann wieder etwas sehen. In meinem linken Ohr klingelt es, das Pochen an meiner Schläfe ist wie ein Trommelschlag, aber ich bin ziemlich sicher, dass ich keine bleibenden Schäden davongetragen habe. »Ich … ich bin okay.«

»Du blutest.« Er klingt erschreckt.

Ich klappe die Sonnenblende herunter und sehe mich im Spiegel an. Mein Gesicht ist bleich, dunkles Blut rinnt aus einem klaffenden Riss über meinem linken Ohr. »Ich glaube, da hat mich ein Zementbrocken erwischt. Als die Kugel in die Wand eingeschlagen ist …«

»Nein«, schneidet er mir rigoros das Wort ab und deutet auf meine Seite. »*Hier. Du blutest hier!*«

Als ich der Richtung seines Fingers folge, fallen mir fast die Augen aus dem Kopf, und mein Magen stülpt sich um. Mein Muskelshirt ist auf der linken Seite aufgerissen und Blut strömt aus einer Wunde unter meiner linken Rippe. Ich habe das Gefühl, als würde mein Gehirn irgendwo in einem Glas schwimmen, und fahre mir mit der Zunge über die Lippen. »Ich weiß nicht … es tut nicht weh.«

Blitzschnell zieht mir Sebastian das Shirt über den Kopf und wirft es in den Fußraum, damit er die Verletzung inspizieren kann, mit fahlem, ernstem Gesicht. Es ist eine scheußliche Wunde, und von dem vielen Blut wird mir schlecht, aber es ist definitiv keine Eintrittswunde. »Das stammt nicht von einer Kugel«, erklärt Sebastian, seine Stimme bebt vor Erleichterung. »Sieht so aus, als hättest du dich an etwas geschnitten.«

»Vielleicht ein Stück Glas, als ich gefallen bin«, murmle ich abwesend. Der Schnitt wirkt geschwollen und grotesk, wie wulstige Lippen, die mein Leben aus mir heraussabbern.

»Wir müssen das säubern, sofort.« Sebastian sieht mich eindringlich an. »Ich habe mir mal die Hand an schmutzigem Glas aufgeschnitten und mir eine zombiemäßige Infektion eingehandelt. Danach musste ich wochenlang Antibiotika schlucken.« Er reißt das Handschuhfach auf, kramt darin herum und holt eine Handvoll McDonald's-Servietten und eine kleine Tube Handdesinfektionsmittel hervor. »Ich will dir nichts vormachen, Rufus, das wird krass wehtun, deshalb … na ja. Versucht an etwas Schönes zu denken, ja?«

»Okay«, gebe ich schwach zurück und starre ihn entsetzt an, als er einen großen Klecks Gel auf seinen Finger drückt, woraufhin die stickige Luft im Jeep von dem stechenden Geruch reinen Alkohols erfüllt ist.

Stell dir vor, jemand würde deine Rippen mit einem Flammenwerfer kitzeln, dann hast du die fürs Fernsehen bearbeitete Version davon, wie es ist, wenn eine offene Wunde mit Handdesinfektionsmittel gereinigt wird. Als Sebastian fertig ist und die blutigen Servietten in eine liegen gebliebene Papiertüte von Subway stopft und die leere Tube Desinfektionsmittel zuschraubt, bin ich kurz davor, Staatsgeheimnisse preiszugeben. Ich betrachte sein Werk und sehe eine hochrote Zickzacklinie, die in meine Haut geschnitten ist – ein bizarrer Schnitt, der beschämend klein ist für das Drama, das er hervorgerufen hat. Trotzdem fühlt es sich bei jedem Atemzug an, als hätte ich ein Messer zwischen den Rippen, und es kostet mich Mühe, stoisch zu bleiben.

»Alles okay?« Sebastian zieht besorgt eine Augenbraue nach oben.

»Ich hätte mich für die Zombie-Infektion entscheiden sollen«, bringe ich heraus und blase zwischen zusammengepressten Lippen die Luft aus. »Gibt es noch eine zweite Runde oder ist deine Schwefelsäure endlich alle?«

»Alles weg. Und ich bin wirklich stolz auf dich, Rufe«, fügt er voller Wärme hinzu. »Du hast nur zweimal nach deiner Mami gerufen.«

»Oh, haha, du mich auch.« Allerdings muss ich ein bisschen lachen. »Warum bin eigentlich nur ich in eine dreckige Penner-Glasscherbe gefallen? Das Leben ist ungerecht.« Ich nehme eine der wenigen noch übrigen sauberen Servietten und wische mir das Blut von der Schläfe. »Wenigstens habe ich keine Kugel abbekommen oder so. Ich sollte wohl froh sein, dass ich noch lebe.«

»Mach darüber keine Witze.« Sebastian schaudert, seine Augen verfinstern sich. »Als die Wand explodiert ist und du zu Boden gegangen bist, da dachte ich ... ich dachte einfach –« Heftig blinzelnd wendet er den Blick ab. »Mach keine Witze darüber.«

»Du hast recht.« Beim Gedanken daran, dass Kugeln durch die Luft geflogen sind und meinen Kopf nur um Zentimeter verfehlt haben, werden meine Hände schweißnass. »Aber eins musst du zugeben: Irgendwann mal können wir unseren Therapeuten eine super Story erzählen.«

Sebastian sieht mich mit einem merkwürdigen Gesichtsausdruck an, wie jemand, der zum ersten Mal im Leben zu lächeln versucht. Dann, nach einem seltsam bedeutungsschwangeren Moment, lehnt er sich über die Mittelkonsole und berührt sanft mein empfindliches Fleisch, beugt sich näher, um sich die gesäuberte Wunde genauer anzusehen. »Es hat aufgehört zu bluten, glaube ich. Und es sieht nicht so tief aus, wie ich befürchtet habe. Aber du solltest sie zu Hause noch einmal waschen – mit richtiger Seife und so – und zum Arzt gehen. Das muss wahrscheinlich genäht werden.«

»Immer noch besser, als im Sarg zu landen«, entgegne ich, bevor ich mich zurückhalten kann.

Er sagt nichts, sondern hebt nur den Blick zu mir, und auf einmal wird mir bewusst, wie dicht er bei mir ist – und dass seine Hand auf meiner nackten Haut ruht. Sebastians

Augen sind tief und einsam, und sein warmer Körper verströmt den Duft von Zitrone und Vetiver. Das Schweigen zieht sich hin, und je länger er mich ansieht, desto mehr beschleunigt sich mein Puls. Er streckt den Kopf, sein Gesicht nähert sich meinem und seine andere Hand berührt meine Brust, heiße Finger auf glattem Muskel. Mein Körper versteift sich überall, *überall*, ich bin von Gänsehaut übersät wie von Pestbeulen. Sanft murmelt er: »Rufus, ich …«

Und dann treffen seine Lippen auf meine, und mein Herz hüpft auf und ab, und in mir springt eine Büchse der Pandora auf und lässt alle verräterischen Gefühle heraus, die ich in den letzten Wochen darin einzusperren versucht habe. Meine Eingeweide verdrehen sich in zwei Richtungen gleichzeitig, und die Luft weicht aus meiner Lunge, bis ich das Gefühl habe, in zwei Hälften zu zerreißen. Ich stoße ihn zurück, so fest ich kann, erneut schießen mir Tränen in die Augen und ich zittere am ganzen Leib. Ich kann kaum sprechen. »*Hör auf.* Hör verdammt noch mal auf. Du hast kein Recht dazu.«

Er starrt mich mit weit aufgerissenen Augen an – wirkt verängstigt und verloren und beschämt –, und ich sehe, wie er nach Worten ringt. »Rufus. Ich … Ich wollte nicht …«

»Du weißt, was ich für dich empfinde – für dich empfunden habe«, flüstere ich jammervoll, meine Haut pulsiert noch von seiner Berührung. »Vielleicht wolltest du nur herumexperimentieren oder dich nach der Trennung von Lia mit mir trösten, keine Ahnung, ich jedenfalls habe etwas für dich empfunden. Das weißt du, und du nutzt es aus, und das ist einfach beschissen!«

»Wie kannst du das sagen?« Sein Mund klappt auf. »Wie kannst du das auch nur denken?«

»Was soll ich denn sonst denken?« Die Tränen kommen schneller, als ich sie wegwischen kann. »Ich habe dich geliebt. Ich liebe dich immer noch, du Wichser – das kannst du nicht mit mir machen! Du hast mir das Herz gebrochen, und jetzt willst du mit den Scherben spielen? Das ist beschissen, und ich werde es nicht zulassen. Es ist nicht fair.«

Ich habe mir immer vorgestellt, wie gut es tun würde, diese Worte herauszulassen, und jetzt fühle ich mich so schlecht wie niemals zuvor, mein Elend ist ein Tattoo unter der Haut, das sich nicht entfernen lässt. Ich versuche mir einzureden, dass die Genugtuung schon noch kommt; doch dann beugt sich Sebastian über das Lenkrad, vergräbt das Gesicht in den Händen – und als seine Schultern zu beben anfangen, merke ich, dass er weint. Erstickte, glucksende Schluchzer erfüllen den Jeep und ich versteinere immer mehr, hin und her gerissen zwischen Rachsucht und Scham.

Ist es das, was ich wollte?

Ich finde keine Worte, die ich ihm sagen könnte, während er in seine Hände weint, deshalb sitze ich einfach nur da – steif und angespannt und beschämt – und starre auf meine Finger, als könnten sie irgendetwas zu meiner Rettung beitragen. Schließlich ergreift Sebastian wieder das Wort, seine Stimme ist ein kaum hörbares, gebrochenes Flüstern. »Er weiß es. Das mit … das mit mir. Mit uns.«

»Ich verstehe … Häh?« Ich denke an den BMW, der uns auf dem Weg zum Highway geschnitten hat; offenbar ist mein Bruder der westernreifen Schießerei entkommen, und vielleicht hat Sebastian Angst, dass er den Jeep erkannt hat, als er uns rammte – und daraus geschlossen hat, dass wir die herumpolternden Spione waren, die das zweite Feuerwerk in dieser Nacht ausgelöst haben. »Meinst du Hayden? Ich glaube nämlich nicht-«

»Mein Dad.« Er schneidet mir mit einem krampfartigen Atemzug das Wort ab, seine Wangen sind nass vor Tränen und ich starre ihn verständnislos an. »Mein Dad ... er w-weiß das mit uns.«

»Was?« Ich verstehe es immer noch nicht. »Wie denn?«

»Er hat gemerkt, dass ich etwas vor ihm verberge. Er dachte an Drogen.« Ein dumpfes, ironisches Auflachen entfährt ihm, das Albträume ahnen lässt, und er fängt zu zittern an. »Die ganzen Lügen, die ich ihm seit Februar erzählt hatte, wie ich mich seit ... seit unserer Trennung verhalten hatte. Er hat gemerkt, dass etwas nicht in Ordnung war, und er dachte an Drogen. Das ist ein großes Thema für ihn, und als sie dann im Frühjahr auf dem Campus der Universität White Rabbits gefunden haben, hat er komplett durchgedreht.« Sebastian hält inne und starrt auf seine weiß verfärbten Fingerknöchel in seinem Schoß. »Heute Abend hat er dann ... mein Zimmer durchsucht.«

»*Nein.*« Mir gefriert bei der bloßen Vorstellung das Blut in den Adern – der Gedanke, wie meine Mom die schlüpfrigen Nachrichten liest, die Lucy und ich uns in Ms Gibsons Unterricht schreiben, die demütigend erotischen Gedichte, die ich in der neunten Klasse über meinen Englischlehrer verfasst habe, wie sie meinen Browserverlauf nachverfolgt, den ich noch nicht von meinem Laptop gelöscht habe. Da würde ich mich lieber eine verdammte Düne aus verdreckten Glasscherben hinunterrollen.

»Er hat die Bilder gefunden, die wir in dem Fotoautomaten in Montpelier gemacht haben«, fährt Sebastian fort. »Ich war den ganzen Tag bei Jake und habe ihm bei den Vorbereitungen für seine Party geholfen, und als ich nach Hause kam, um meine Boxen zu holen, hat Dad auf mich gewartet. Er hatte die … die Fotos, und als ich reinkam, hat er einfach −« Er verstummt, holt noch einmal Luft und schluckt zweimal. »Er hat angefangen zu brüllen. Ich habe ihn noch nie zuvor so wütend erlebt, Rufe. Er sah mich an … er sah mich an, als würde er mich gar nicht kennen − als *wollte* er mich gar nicht kennen.«

Jetzt bebt Sebastian am ganzen Körper und weint haltlos, er wirkt wie ein Häufchen Elend.

Ich räuspere mich und frage: »Und was ist dann passiert?«

»Ich bin rausgelaufen.« Seine Stimme bricht. »Aus Angst, Rufus. Ehrlich, vor heute Abend habe ich mich noch nie vor meinem Dad gefürchtet, aber … wenn du ihn gesehen hättest …« Er schüttelt den Kopf. »Ich war in Panik. Ich habe mich einfach umgedreht, bin aus dem Haus gerannt und weggefahren. Er ruft mich seit Stunden an und schreibt mir, und ich traue mich nicht einmal, die Nachrichten zu checken.«

»Was hast du vor?«

»Ich weiß es nicht.« Er sieht zu mir wie ein verängstigtes kleines Kind. »Was ist, wenn er mich rauswirft? Er ist sehr religiös, und meine Mom muss immer umschalten, wenn im Fernsehen etwas über Schwule läuft … Was ist, wenn ich nach Hause komme und … es ist gar nicht mehr mein Zuhause? Ich weiß nicht, was ich tun soll!«

Er wird von gequälten Schluchzern geschüttelt und ich

rutsche zu ihm hinüber und nehme ihn in die Arme. Er sackt zusammen, drückt sein Gesicht an meine Brust und wir bleiben lange Zeit so sitzen. Sebastian wieder zu spüren, fühlt sich wundervoll und qualvoll zugleich an, und ich versuche, einen kühlen Kopf zu bewahren – versuche, mit meinem Herzen nicht in die Falle zu laufen –, doch es liegen lauter Fragezeichen in der Luft, die mich anschreien und ablenken, und als seine Tränen schließlich verebben, muss ich ihn fragen: »Sebastian, warum hast du die Bilder aufgehoben?«

Er hatte den Fotostreifen von unserem Date in Montpelier unbedingt haben wollen – vier kleine Rahmen, die dokumentieren, wie wir in einem selbstvergessenen Zustand hormoneller Euphorie herumknutschen –, und bis jetzt hatte ich gedacht, sie wären zusammen mit allem anderen, was ihn an unsere Beziehung erinnern könnte, vernichtet worden.

»Meinst du das ernst?« Sebastian setzt sich ein bisschen auf, damit er mir in die Augen sehen kann, ein rührendes, erschöpftes Lächeln in seinem wunderschönen Gesicht. Er öffnet unter Mühe den Mund, aber kein Ton kommt heraus, und er muss noch einmal ansetzen. »Die würde ich niemals wegschmeißen«, flüstert er. »Ich sehe sie mir ständig an, damit ich mich daran erinnern kann, wie … wie verdammt genial dieser Tag war – wie absolut glücklich ich mich zum ersten Mal seit einer Ewigkeit gefühlt habe.« Offenbar entschlossen, alle möglichen unsinnigen Sachen zu sagen, fährt er fort: »Rufus … Fuck. Verstehst du nicht? Ich bin in dich verliebt.«

Auf einmal fühle ich mich an den Parkplatz hinter der

Tankstelle zurückversetzt, atemlos und benommen und vollkommen desorientiert. »Ich glaube … ich glaube nicht … Du kannst nicht –«

»An dem Nachmittag wusste ich es«, macht er schnell weiter, aus Angst, den Mut zu verlieren – oder vielleicht aus Angst, ich könnte meinen Satz beenden. »Tatsächlich wusste ich es vielleicht schon, bevor wir anfingen, uns miteinander zu verabreden – als du mir erzählt hast, du hättest in der dritten Klasse dein Geburtstagsgeld der Tierschutzorganisation gespendet. Das fand ich so süß und … außergewöhnlich. Du bist witzig, und du bist interessant, und du bist heiß.« Er blinzelt. Sebastian wirkt plötzlich ungewohnt schüchtern. »Der Grund, warum ich heute Abend nach dir gesucht habe, warum ich mich nicht von dir habe abschütteln lassen, ist, dass du das Einzige bist, was mich glücklich macht, und ich habe dich wie Dreck behandelt.«

»Sebastian …« Ich kann kaum atmen.

»Es tut mir so leid«, fährt er fort, seine Stimme erneut unsicher. »Was ich getan habe, war total beschissen. Aber … ich habe mir immer eingeredet, dass wir nur Spaß miteinander hatten und es nichts Ernstes war, und als du mir dann gestanden hast, dass du mich liebst … als du mir zuvorgekommen bist –«

»Oh«, entfährt es mir.

»Da musste ich es entweder auch sagen oder ganz schnell davonlaufen.« Wieder wischt er sich die Tränen ab. »Und weil ich der größte Feigling der Welt bin, bin ich davongelaufen. Ich konnte dir nicht mal ins Gesicht sagen, dass ich mich trennen wollte, weil ich Angst davor hatte, was ich wirklich sagen würde, wenn ich dir gegenüberstünde.«

Wieder fühle ich mich ganz benommen, was vor Kurzem passiert ist, wird so schnell auf den Kopf gestellt, dass ich nicht mithalten kann, all meine bitteren Gewissheiten sind auf einmal infrage gestellt. Wie oft habe ich mir diesen Moment ausgemalt – wie Sebastian mir unter Tränen gesteht, dass er mich die ganze Zeit geliebt hat –, und jetzt fällt mir mein Text nicht mehr ein. »Aber … aber, ich meine, du bist zu Lia zurückgekehrt. Du hast ihr gesagt, dass du sie liebst.«

»Das war das Zweitbeschissenste, was ich jemals jemandem angetan habe. Ich wollte glauben, dass es so ist, deshalb habe ich mir eingeredet, dass es stimmt, aber sobald wir wieder ein Paar waren, wusste ich, dass es ein Fehler war. Das mit Lia … es passte zwischen uns, und jetzt können wir nicht einmal mehr zusammen in einem Raum sein, ohne uns zu streiten.« Flehend mustert er meine Augen. »Ich habe so viel dummen Scheiß gemacht, und ich weiß, wie sehr ich dich verletzt habe, Rufe, aber bitte, lass es mich wiedergutmachen. Ich verlange ja gar nicht, dass du … mich zurücknimmst oder so. Ich weiß, wie angepisst du bist. Aber können wir bitte einfach noch mal von vorn anfangen? Können wir bitte wieder Freunde sein? Mehr verlange ich nicht.«

Ich schlucke schwer, meine Haut prickelt von einem Gefühl, das ich nicht definieren kann, und ich versuche mir eine Antwort zurechtzulegen … doch ich habe keine Vorträge mehr auf Lager; nur mein Stolz fordert immer noch, was ihm zusteht, der Rest von mir verzichtet auf alle Ansprüche. Sobald ich ihn wieder in meinen Armen hielt, oder vielleicht schon als er mich geküsst hat – oder sogar schon seit ich mit ihm Lucys Haus verlassen habe –, hatte ich ihm insgeheim längst eine zweite Chance gegeben.

»Und was ist, wenn ich dich zurückhaben will?«, flüstere ich, noch nervöser als damals, als ich ihn gefragt habe, ob er ein Kondom hat. Nervöser als das erste Mal, als wir uns nach unserem Kuss im Redaktionszimmer wiedergesehen haben.

Ich bin nicht gut in solchen Sachen. Ich möchte nicht, dass mein Herz noch mehr verletzt wird – aber ich habe nicht mehr die Kraft, so zu tun, als würde ich wunderbar ohne ihn zurechtkommen.

Er starrt mich nur an, als könnte er meinen Worten nicht so recht trauen, deshalb ziehe ich ihn zögernd an mich. Und drücke meine Lippen auf seine.

20

ZUM ERSTEN MAL SEIT SECHS WOCHEN kann ich wieder richtig atmen. Wir küssen uns fast verzweifelt, zwängen uns zwischen den Sitzen nach hinten und lassen uns auf die Rückbank fallen, wo meine Schnittwunde bei der Berührung mit dem rauen Sitzbezug heftig protestiert. Eine Naht an Sebastians Shirt platzt auf, als wir es über seinen Kopf zerren, und dann gebe ich mich dem Rausch hin, wieder mit Sebastian vereint zu sein. Die Nacht ist ein Jäger, verfolgt uns mit der Realität, der wir uns stellen müssen – Sebastians Eltern, seinen Freunden, *meinen* Freunden –, aber im Augenblick ist uns das alles egal, wir klammern uns aneinander und finden zu dem Rhythmus zurück, den ich schon für immer verloren glaubte. Die Realität kann warten.

Später, nachdem wir uns mit den verbliebenen McDonald's-Servietten gesäubert haben und sein Mund sich in meine Halsbeuge schmiegt, murmelt er leise: »Ich liebe dich, Rufus.«

»Das hast du schon mal gesagt«, erinnere ich ihn, grinse aber dabei wie der letzte Idiot, weil es so fantastisch ist, es noch einmal zu hören.

»Dann gewöhn dich dran.« Seine Finger liebkosen mein Brustbein. »Ich werde es immer und immer wieder sagen, weil es sich so unglaublich gut anfühlt. Ich liebe dich.«

»Ich liebe dich auch.« Es fühlt sich wirklich gut an.

»Und weißt du was?« Er stützt sich auf einen Ellbogen und sieht ein wenig nervös auf mich herunter. »Ich glaube … es bringt gar nichts mehr, wenn ich versuche, es geheim zu halten. Verstehst du? Mein Dad weiß Bescheid, also ist die Kacke bereits am Dampfen. Schlimmer kann es eigentlich nicht werden.«

Es dauert einen Augenblick, bis seine Worte bei mir angekommen sind. »Du meinst … du willst es den Leuten erzählen? Das mit uns?«

»Warum nicht?« Er zuckt gleichgültig mit den Schultern, dennoch schleicht sich Furcht in seinen Blick. »Wenn er mich rauswirft, werden es doch sowieso alle erfahren, oder?«

Ich stemme mich ebenfalls hoch. »Bist du dir wirklich sicher? Ich meine … ich wollte immer nur, dass wir zusammen sind – und zwar richtig –, aber du musst nicht … vielleicht sollten wir abwarten, ob sich dein Dad beruhigt, bevor …

»Rufus, ich habe das Gefühl, ich muss es einfach tun. Jetzt oder nie, weißt du. Es wird nicht leichter werden und … ich möchte nicht noch einmal den Mut verlieren.«

Angesichts seiner Blässe bin ich mir nicht sicher, ob er überhaupt Mut zu verlieren hat, aber das sage ich nicht; stattdessen lege ich die Hand auf seine feste Brust, die weiche braune Haut, so warm und glatt unter meiner Berührung, und lächle. »Fangen wir am besten mit etwas

Leichtem an – mit meinen Freunden. Und flipp jetzt bitte nicht aus, okay – aber meine Mom hat das mit uns ziemlich schnell rausgefunden.«

Ich bemühe mich, Optimismus zu verbreiten. Dabei ist die Zukunft erschreckend ungewiss. Wenn sein Dad ihn wirklich rauswirft, wo soll Sebastian dann hin? Vielleicht schickt man ihn zu Verwandten am anderen Ende des Landes oder schiebt ihn ins Internat ab wie Eric Shetland; vielleicht streicht man ihm sogar das Geld fürs College. Es gibt ungefähr eine Million Mauern, an denen unser Glück zerschellen kann, Wendungen, die seine Absichten zunichtemachen und ihm den Mut rauben könnten – aber ich beschließe, das zu verdrängen. Bisher habe ich nicht besonders viel Glück im Leben abbekommen, daher will ich es genießen, solange es anhält.

Wie aufs Stichwort wird unser friedvolles Zusammensein plötzlich vom lauten *Ping* meines Smartphones gestört, das mir aus der Tasche gefallen ist, als wir uns auf die Rückbank wälzten. Ich fische es aus einem Haufen Müll im Fußraum, werfe einen Blick auf das Display und schiebe mich zum Sitzen hoch. Es ist eine Nachricht von April.

Es ist vorbei. Die Cops lassen mich gehen.

✳ ✳ ✳

Fünf Minuten später befinden wir uns wieder auf dem Rückweg in die Stadt. In der verlassenen Umgebung wirken die Straßenlampen am Highway wie Grablaternen, und Sebastian kurbelt die Fenster des Jeeps herunter, um die kühle Nachtluft hereinzulassen. Ich habe eins von seinen Lacrossetrikots übergestreift, das er zusammengeknüllt im

Kofferraum gefunden hat; es müffelt ein bisschen und ist total zerknittert – aber immer noch um Längen besser als mein blutbesudeltes Shirt, also halte ich den Mund. Außerdem fühlt es sich in diesem besonderen Moment bedeutsam an, etwas mit seinem Namen darauf zu tragen, und ich ziehe es so eng um mich, dass sich die Buchstaben in meinen Rücken drücken.

»Meint sie mit ›vorbei‹«, fragt er mit erhobener Stimme, um das Geräusch des Fahrtwinds zu übertönen, »dass es wirklich vorbei ist? Also, dass sie herausgefunden haben, wer es war, und sie ganz offiziell aus dem Schneider ist?«

»Keine Ahnung.« Frustriert starre ich auf mein Telefon. »Sie hat nichts weiter geschrieben, und jetzt antwortet sie nicht auf meine Nachrichten.«

»Glaubst du, sie könnten Hayden verhaftet haben? Vielleicht haben sie ihn ja erwischt, als er nach der Schießerei aus dem Einkaufszentrum geflohen ist, und irgendwas in seinem Auto gefunden, das ihn mit den Morden an Fox und Arlo in Verbindung bringt?«

»Vielleicht.« Unwillkürlich lege ich die Stirn in Falten. »Du denkst immer noch, dass er es war?«

Sebastian legt den Kopf schräg. »Du nicht? Ich meine, der Typ ist doch eindeutig gemeingefährlich, Rufe – und du hast ihn schon verdächtigt, bevor er sich einen Schusswechsel mit einer Bikergang geliefert hat.«

»Ich bin wirklich der Letzte, den du davon überzeugen musst, dass Hayden ein Psycho ist«, beteuere ich, »aber du hast ihn doch gerade gehört – er dachte, dass Lyle hinter allem steckt.«

»Oder vielleicht wollte er gegenüber einem Haufen bewaffneter Drogendealer nur nicht zugeben, dass sie zwei ihrer Leute von der Gehaltsliste streichen können, weil er sie gerade umgebracht hat. Würdest du zu einem Typen wie Lyle gehen und sagen: ›Hey Bro, stell dir vor, ich hab gerade zwei von deinen Jungs kaltgemacht.‹?«

»Nein, denn ich verwende das Wort ›Bro‹ nur ironisch«, antworte ich und ernte als Reaktion einen finsteren Blick. »Aber im Ernst, warum sollte es Lyle kümmern? Fox und Arlo waren nicht gerade seine Freunde und haben ihn außerdem betrogen – wer immer sie umgebracht hat, hat ihm nur die Arbeit abgenommen. Und selbst wenn Hayden sich gar nicht so viele Gedanken gemacht hat, hatte er offensichtlich nicht die geringste Angst vor Lyle. Du hast ihn doch gesehen: Er wollte diesen Typen klarmachen, dass er ein tougher, knallharter Kerl ist, mit dem man sich besser nicht anlegt. Dann hätte er logischerweise so getan, als wäre er tatsächlich der Killer, damit sie ihn ernst nehmen.«

Sebastian bleibt ungerührt. »Nichts davon bedeutet, dass er es nicht getan hat.«

»Okay, wie wär's damit: Ganz offensichtlich hat mein Bruder tatsächlich eine Pistole. Warum also wurden Fox und Arlo nicht erschossen? Warum wurden sie beide mit einem Messer getötet?«

»Messer sind leiser.«

»Puh, ich ignoriere jetzt mal, wie gruselig das gerade klang, und möchte darauf hinweisen, dass es keinen Grund gab, wieso Fox' Ermordung leise vor sich hätte gehen müssen. Abgesehen von April, die weggetreten war, waren der Mörder und er allein in einem Haus mitten im Nirgendwo. Die Musik war so laut aufgedreht, dass wir sie schon in der

Auffahrt hören konnten, und den ganzen Abend gab es überall Feuerwerk. Selbst wenn einer der Nachbarn einen Schuss gehört hätte, hätte er einfach angenommen, es wäre irgendein Idiot, der auf diese Weise in seiner Auffahrt den Unabhängigkeitstag feiert oder so.«

»Das ist immer noch kein –«

»Mein Bruder ist nicht gerade jemand, der subtil vorgeht«, unterbreche ich ihn entschieden, »und Fox war nicht mal annähernd so tough, wie er immer tat. Wenn Hayden eine Knarre auf ihn gerichtet hätte, hätte er sich vor Angst in die Hose gemacht und ihm sein Geld zurückgegeben. Und wenn Fox so dumm war, es darauf ankommen zu lassen, hätte mein Bruder doch nicht die Pistole weggelegt und nach einem Messer gesucht – entweder hätte er ihn einfach erschossen, oder, was wahrscheinlicher ist, ihm den Schädel eingetreten, bis er platzt wie 'ne Wasserbombe.«

Sebastian denkt einen Moment darüber nach und sucht nach einem Gegenargument, aber er kennt die Akteure besser als ich und muss einsehen, dass ich recht habe. Mit einem genervten Seufzer räumt er schließlich ein: »Okay, meinetwegen. Und was heißt das jetzt konkret?«

»Ich weiß nicht.« Ich betrachte durch das Fenster, wie der Nebel dichter wird, da wir uns wieder dem Wasser nähern. »Wir müssen wohl noch mal ganz von vorn anfangen.«

Ich grüble immer noch darüber nach – denke an Race und Peyton, die einzigen verbliebenen Verdächtigen, mit denen wir kein zweites Mal gesprochen haben –, als wir vor dem Eingang zum Polizeirevier halten. Wir sind auf gut Glück hierhergefahren, ohne große Hoffnung, April zu erwischen, bevor Peter und Isabel sie nach Hause bringen, doch zu meiner Erleichterung sehen wir sie allein draußen stehen. Sie lehnt an der Backsteinfassade des Gebäudes, ein Stück entfernt von dem beleuchteten Vorbau, und ist in der Dunkelheit zunächst nur an dem orangefarbenen Glühen der Zigarette auszumachen, die sie zwischen zwei Fingern hält.

»Hey«, rufe ich leise, nachdem Sebastian den Jeep geparkt hat und wir über den nahezu leeren Parkplatz auf sie zugehen. Sie ist immer noch bleich und wirkt mitgenommen, aber um einiges entspannter als zu dem Zeitpunkt, an dem wir sie hier abgesetzt haben. »Was ist da drin passiert? Wo sind Peter und deine Mom?«

April nimmt einen langen Zug von der Zigarette, die Spitze glimmt auf, während sie uns mit einem merkwürdig wachsamen Blick taxiert. Dann stößt sie den Rauch aus, fährt sich mit der Hand durch ihre kastanienbraunen Locken und erklärt: »Die sind noch drin. Reden mit den Cops. Oder vielleicht mit der Anwältin – keine Ahnung. Sie ist übrigens ein ziemliches Miststück.«

»Aber was ist passiert?«, wiederhole ich ungeduldig. »Was hast du der Polizei erzählt?«

»Das, worauf wir uns geeinigt hatten.« Mit undurchdringlicher Miene schnippt sie die Asche von ihrer Zigarette. »Sie haben dauernd gesagt, dass meine Geschichte nicht zu eurer passt, aber sie wollten nicht ins Detail gehen. Ich dachte mir, dass sie nur bluffen.«

Mir geht auf, dass es im Grunde eine Frage ist. »Haben sie auch. Es kann nicht anders sein. Ich habe genau das gesagt, was wir besprochen hatten, und dann ist Peter reingestürmt. Der Detective hatte kaum Gelegenheit, mich ins

Kreuzverhör zu nehmen. Ich weiß nicht, ob er mir alles abgekauft hat, aber ich habe mich ans Skript gehalten.«

»Als sie hörten, wer mein Vater ist, haben sie eigentlich nur meine Aussage aufgenommen und mir für meine Hilfe gedankt«, wirft Sebastian ein. »Der Polizist, mit dem ich gesprochen habe, hat im ersten Dienstjahr meines Dads an der Uni Hockey für die Catamounts gespielt. Es hat seine Vorteile, Dominic Williams' Sohn zu sein. Manchmal zumindest.«

»Wie dem auch sei.« April bläst eine Rauchwolke aus. »Ich war da mehr als eine Stunde drin und habe immer wieder dasselbe wiederholt, bis sie endlich meinten, wir könnten gehen, weil sie nicht genügend Beweise hätten, um mich zu verhaften. *Noch* nicht.« Sie sieht auf ihre Hände hinunter. »Allerdings darf ich die Stadt nicht verlassen. Es ist zum Kotzen. Die ganze Sache ist einfach zum Kotzen.«

»Jemand hat Fox' Haus in Brand gesteckt«, platze ich heraus, denn vermutlich werden wir nicht mehr viel Zeit haben, bis Peter und Isabel herauskommen und unsere kleine Konferenz beenden. »Anscheinend ist es passiert, während wir unsere Runde gemacht haben. Soweit die Cops wissen, warst du zu diesem Zeitpunkt noch im Haus am See, also können sie es dir nicht anhängen.«

April starrt mich an. »Was?«

»Und Arlo ist tot«, fügt Sebastian hinzu. Sie wendet ihm ruckartig den Kopf zu, die Augen noch weiter aufgerissen. »Wir haben ihn vor seinem Haus gefunden. Vermutlich sind er und Lia später noch mal nach South Hero zurückgefahren, und da muss Arlo gesehen haben, was mit Fox passiert ist. Wir glauben, dass er denjenigen, der es getan hat, erpressen wollte, nur –«

»Dann haben sie mich deswegen gehen lassen.« April sieht uns erstaunt an. »Das muss es sein. Ich meine, ich war hier ja praktisch in ihrem Gewahrsam – während ich hier festsaß, kann ich wohl kaum Arlo umgebracht haben. Den ganzen Quatsch von wegen ›nicht die Stadt verlassen‹ haben sie wahrscheinlich nur gesagt, weil sie nicht zugeben wollten, dass sie falschlagen! Heißt das, es ist vorbei?«

»Vielleicht.« Ich kann die verzweifelte Hoffnung in ihrer Miene sehen, und ich will wirklich nicht derjenige sein, der sie darauf hinweist, dass es noch ein wenig zu früh zum Aufatmen ist. Für mich steht außer Frage, dass es zwischen den Morden an Fox und Arlo eine Verbindung gibt, aber wer weiß, wie lange es dauert, bis die Polizei darauf kommt – und bis sie erkennt, dass April nicht dafür verantwortlich gewesen sein kann? »Du darfst nicht vergessen, dass für die Sache mit Fox die Polizei von South Hero zuständig ist –«

»Der Sheriff von Grand Isle«, korrigiert mich April finster. »Das haben sie nur ungefähr achtzehn Mal betont.«

»Tja, der will uns wahrscheinlich auch vernehmen – uns alle –, bevor man den Verdacht gegen dich endgültig fallen lässt.«

»Na toll.« Mit einem sarkastischen Nicken bläst April Rauch aus. Sie mustert mich und ihre Augen werden schmal. »Interessantes Outfit. Was ist mit deinem anderen Shirt passiert?« Ihr Tonfall ist neutral, aber ich erkenne die Neugier in ihrem Blick, als sie auf das Trikot deutet. Natürlich gibt es eine ganz vernünftige Erklärung dafür, warum ich mich umziehen musste, aber ich verspiele meine Chance;

unwillkürlich werfe ich Sebastian einen Blick zu, Röte schießt mir in die Wangen und April kapiert sofort. »Moment. MOMENT. Ausgeschlossen. Auf keinen Fall! Ihr beide seid nicht … ich meine … oder doch?«

»Es ist nicht … Also, ich musste mein Shirt wechseln, weil –«

»Schon okay, Rufe«, sagt Sebastian leise. »Ich hab dir doch gesagt, es ist in Ordnung für mich.« Er sieht April direkt an und wirkt dabei in etwa so entspannt wie eine Katze, die in der Toilette ertränkt wird. »Ähm, ja. Also, Rufus und ich sind … du weißt schon. Ähm … zusammen.«

»Scheiße noch mal!« April schlägt die Hand vor den Mund, kreischt und führt einen kleinen Tanz auf; dann breitet sie die Arme aus und verkündet: »Willkommen in der Familie!« Sie umarmt den verdutzten Sebastian und wirft mir über seine Schulter einen verschwörerischen Oh-mein-Gott-Blick zu. »Ich fasse es nicht, dass mir das nicht aufgefallen ist, als ihr euch während unserer Fahrt gestritten habt wie zwei alte Waschweiber. Da war ich anscheinend total abgelenkt.«

»Kein Wunder.« Meine Wangen fühlen sich immer noch lächerlich heiß an.

»Also, ich werde es niemandem erzählen, wenn ihr nicht wollt«, schwört sie. »Schließlich hütet ihr ja genügend Geheimnisse für mich.«

»Schon gut.« Sebastian holt tief Luft. »Schon gut, du darfst es ruhig weitererzählen.«

Und dann plötzlich scheint sie erst zu registrieren, was wir vorhin gesagt haben. »Moment. Ihr wart noch mal bei Arlo?«

»Ja.« Aus irgendeinem Grund möchte ich nicht, dass sie von meiner Vereinbarung mit Isabel erfährt, daher erwidere ich nur: »Uns war klar, dass Lia uns irgendwas verschwiegen hatte, also haben wir noch mal mit ihr geredet – und als wir ihr erzählt haben, was mit Arlo passiert ist, hat sie schließlich zugegeben, dass sie und Arlo noch mal zum Cottage zurückgefahren sind, nachdem alle anderen gegangen waren.«

»Anscheinend hat Arlo, während sie dort waren, was in der Küche gesehen«, erzählt Sebastian weiter. »Das war der Grund, warum wir noch mal zu ihm gefahren sind. Wir wollten ihn danach fragen, aber …«

»Aber er war tot?«, schließt April düster, und Sebastian nickt. Auf der Stirn meiner Schwester zeigen sich ängstliche Falten und sie wirft die Hände in die Luft, der Rauch ihrer Zigarette verschmilzt mit dem Nebel. »Was zum Teufel geht hier vor?« Sie reibt sich die Augen und fragt dann: »Ist Lia einigermaßen okay?«

»Na ja, mehr oder weniger. Auf die Nachricht von Arlos Tod hin ist sie total ausgeflippt, aber als wir gegangen sind, hatte sie sich wieder einigermaßen gefasst.«

»Wusste sie es?«, fragt April scharf und mustert uns aufmerksam. »Das mit Fox, meine ich. Wenn Arlo was gesehen hat, dann muss er es –«

»Nein«, falle ich ihr ins Wort. »Zumindest behauptet sie das. Sie hat es von Hayden erfahren.«

»*Hayden?* Was zum Teufel hatte er –« Diesmal unterbricht sie sich selbst und macht eine wegwerfende Geste. »Vergesst es – ich will es gar nicht wissen. Nichts von dem, was heute Nacht passiert ist, ergibt einen Sinn.« Dann murmelt sie mit einer freudlosen Grimasse: »Sie war bestimmt happy über diese Nachricht.«

Ich runzle die Stirn. »Was meinst du damit? Wieso sollte sie happy gewesen sein?«

April erstarrt, aus dem Konzept gebracht wie jemand, der gerade bei etwas ertappt wurde. »Na ja, Lia war ziemlich – sie war gestern Abend total sauer auf Fox. Das ist alles.«

»Okay.« Meine Kopfhaut beginnt wieder zu prickeln. »Geht's vielleicht ein bisschen genauer?«

April seufzt betrübt. »Fox und Lia haben sich öfter mal in die Wolle gekriegt, wisst ihr? Sie haben über irgendwas gestritten und sich dann wieder versöhnt. Aber heute Abend ...« Sie bricht ab, kräuselt die Lippen und blickt zur Seite. »Heute Abend hat sie herausgefunden, dass Fox Tabletten an Javi verkauft hat, und da ist sie ausgerastet.«

»*Javi?*« Sebastian blinzelt so stark, dass es aussieht, als wollte er mit den Lidern Morsezeichen senden. »Meinst du mit ›Javi‹ etwa *Javier Santos*?«

»Lias Bruder?«, rate ich.

»Mann, der ist doch erst dreizehn«, explodiert Sebastian. »Er geht in die achte Klasse! Fox hat ernsthaft Drogen an *Kinder* vertickt?«

»Ich wusste nichts davon«, erklärt April fest. »Arlo war nach der Schlägerei mit Fox immer noch sauer, also hat er Lia die ganze Geschichte erzählt, und sie ist völlig durchgedreht, hat auf Fox eingeschlagen, ihn auf Spanisch beschimpft ... die ganze Palette. Aber er hat sie nur ausgelacht. Er meinte zu ihr – ich zitiere: ›Geh ein paar Schwänze lutschen, damit du dich wieder einkriegst.‹ Darum hat sie mir brühwarm erzählt, was zwischen Fox und Peyton gelaufen ist. Noch ein kleines Geheimnis, das Arlo nicht länger für sich behalten wollte.«

»April.« Ich starre sie ungläubig an, frage mich, was zum Teufel hinter diesen unschuldigen blauen Augen vor sich geht. »Warum hast du das für dich behalten? Wir sollten doch versuchen, Beweise zu finden, dass jemand anders es war – du hast mir dafür sogar zwei Tausender gezahlt. Fandst du es da nicht erwähnenswert, dass Lia einen guten Grund hatte, Fox zu hassen?«

»Sie war stinksauer!«, ruft April aus. »Das heißt aber nicht, dass sie ihn umgebracht hat. Sie hatte ihre Rache schon, weil *ich* ihn daraufhin gern umgebracht hätte, erinnerst du dich? Wenn ich dir das eine erzählt hätte, hätte ich dir auch von dem anderen erzählen müssen, und das hätte mich schuldig wirken lassen.« Sie holt tief Luft. »Außerdem war ich überzeugt, dass es Arlo war. *Du* warst überzeugt, dass es Arlo war.«

Ungläubig schüttle ich den Kopf. Ihre Begründung ergibt keinen Sinn, und ihr Ton ist so abwehrend, dass sich mir die Nackenhaare aufstellen. »Sie hatte ein Motiv, April. Warum zum Teufel wolltest du nicht, dass wir das wissen?«

»Auch ich hatte ein Motiv, schon vergessen, Rufus?«, entgegnet sie sarkastisch und wirft ihre Zigarette auf den Boden. Dann schließt sie die Augen, lehnt sich zurück und atmet hörbar durch die Nase aus. »Als ich herausfand, dass Peyton es mit meinem Freund getrieben hatte, bin ich durchgedreht, okay? Und zwar richtig. Noch mehr als Lia. Ich hab mir Peyton vorgenommen, wie schon gesagt, aber nachdem diese feige Kuh aus dem Haus gerannt war, bin ich … bin ich auch auf Fox losgegangen.« Sie öffnet die Augen und reckt trotzig das Kinn. »Ich habe ihn bedroht. Mit dem Fleischermesser.«

»Du meinst …« Ich versuche, das in meinen Kopf zu kriegen. »Du meinst das Messer, das du in der Hand hattest, als wir heute Abend zum Cottage gekommen sind? Das, mit dem er umgebracht wurde?«

»Ja, natürlich«, flüstert April scharf, ihr Blick schießt zum Eingang des Polizeireviers, um sich zu vergewissern, dass uns niemand beobachtet. »Ich hab gedroht, ihm die Eier abzuschneiden, und wollte, dass er mir auch glaubt. Lia war die Einzige, die es mitbekommen hat. Sie ist die Einzige, die es weiß. Und ich hatte Angst, wenn ich sie verrate –«

»– würde sie auch dich verraten«, folgere ich müde. Ich fühle mich wie ein Hund, der an einen Pflock angebunden ist und nicht vom Fleck kommt, so verbissen er auch im Kreis rennt.

Schniefend fügt sie hinzu: »Und ich dachte wirklich, Arlo wäre es gewesen.«

»Du hättest es uns sagen sollen.«

»*Du* hast doch die ganze Zeit gemeint, wir müssten zur Polizei gehen.« Mit einer heftigen Bewegung deutet sie auf mich. »Ich wusste, es würde dir schwerfallen, an meine Unschuld zu glauben, also war das Letzte, was ich dir erzählen wollte, dass ich Fox mit dem Messer bedroht hatte. Du solltest mich ernst nehmen.«

Einen Moment sehen wir uns feindselig an, dann lasse ich die Schultern sinken. Wieder muss ich ihr recht geben – dieselbe Wut, die ich in mir trage, trägt auch April in sich, und ich weiß genau, wie weit sie einen treiben kann. Wenn mich meine Wut fest in ihrem Würgegriff hatte, habe ich getobt, Sachen zerstört, Leute verletzt; hätte ich die ganze Geschichte gehört, nachdem ich April heute Abend unter diesen Umständen gefunden hatte, hätte ich vielleicht nie zugestimmt, ihr gegen Bezahlung zu helfen.

»Na ja, vorbei ist vorbei«, merke ich an, immer noch bissig. »Jetzt ist es zu spät, um zu den Cops zu gehen und deine Story zu ändern.«

»Weißt du«, fängt sie leise an und starrt in die wirbelnden Nebelschwaden, die den Battery Park auf der anderen Seite des Parkplatzes in ein bodenloses graues Meer verwandeln. »Ich bin mir nicht mal sicher, ob ich das machen würde. Mir wird gerade erst klar, dass Fox niemals der war, für den ich ihn gehalten habe. Er hat mich betrogen, er hat die Freundin seines besten Freundes flachgelegt, er hat Kindern Drogen verkauft... falls Lia ihn tatsächlich umgebracht hat, kann ich es ihr nicht verdenken. Solange nicht ich den Kopf dafür hinhalten muss, ist es mir vielleicht sogar egal.« April sieht mich wieder an, ihr Blick ist gleichmütig und kühl. »Vielleicht hat Fox es ja verdient.«

21

SEBASTIAN SAGT KEIN WORT, während wir zum Jeep gehen und einsteigen; auch während er den Motor aufheulen lässt und auf die Ausfahrt zusteuert, bleibt er stumm, und sogar, als April uns zum Abschied zuwinkt und in der nebelverhangenen Dunkelheit hinter uns verschwindet; Burlingtons Trostlosigkeit in den frühen Morgenstunden ist absolut und unheimlich.

Schließlich jedoch kann er die Anspannung, die sich im Fahrzeug aufbaut – schwer und erstickend wie nasser Zement –, nicht mehr ertragen. »Sie war es nicht.«

»Sebastian –«

»Ich sag's noch mal, Rufus: Lia. War. Es. Nicht.« Wir halten an einer roten Ampel und er dreht sich mit besorgter, ernster Miene zu mir. »Ich weiß, zwischen uns wird es schwierig, wenn es um sie geht, und ich weiß, das ist mein Fehler, aber jetzt mal im Ernst. Nicht, dass ich nicht zugeben will, dass sie Fehler hat und so. Die hat sie. Aber ich kenne sie, Rufus, ich kenne sie schon lange, und zu so was ist sie einfach nicht fähig.«

»Wir müssen trotzdem mit ihr reden«, gebe ich behutsam zurück. Wochenlang habe ich einen Groll gegen Lia gehegt, verbittert, weil ich glaubte, sie und Sebastian wären im siebten Himmel; doch jetzt, da ich ihn wiederhabe – und weiß, was er wirklich für mich empfindet –, verursacht die Erwähnung ihres Namens keinen hässlichen reflexhaften Eifersuchtsanfall mehr. Um seinetwillen möchte ich glauben, dass er mit seiner Einschätzung ihres Charakters richtig liegt … allerdings bin ich mir nicht sicher, ob ich das kann. »Wir müssen uns anhören, was sie zu sagen hat.«

»Was soll sie denn schon sagen?«, kontert er. »Fox hat ihrem kleinen Bruder Drogen verkauft! Jeder an ihrer Stelle wäre ausgeflippt – na und? Lia hat Temperament, aber sie ist nicht Hayden. Ich garantiere dir, sie hat Fox den Arsch aufgerissen, seine Geheimnisse in die Welt hinausposaunt und dann den Abgang gemacht. Das ist ihr Stil. Sie ist keine Mörderin.«

»Laut Peyton hat sie als Letzte das Haus verlassen«, erinnere ich ihn, obwohl ich mich dabei unwohl fühle. »Und wir haben nur ihre Version davon, was passiert ist, als sie und Arlo dorthin zurückgefahren sind.«

»Ist das dein Ernst?« Verärgert zieht er die Augenbrauen nach oben. Während er mich anstarrt, schaltet die Ampel auf Grün, und als ich ihn mit einer Handbewegung darauf hinweise, tritt er wütend aufs Gaspedal. »Du glaubst wirklich, sie hat Fox erstochen, den Tatort manipuliert und ist dann einfach rausmarschiert und auf Arlos Motorrad gestiegen? Oder dass sie, als Arlo zurückfuhr, um die Sache mit Fox auszufechten, als Erste reinrannte und einfach schneller war als er?«

»Ich glaube noch gar nichts«, sage ich so ruhig wie möglich und versuche, mich durch seinen sarkastischen Tonfall nicht provozieren zu lassen. »Ich halte mich nur an die Fakten.«

»Ja, aber da gibt's eine Menge ›Fakten‹, die du dabei außer Acht lässt. Wie wär's zum Beispiel mit der Tatsache, dass Fox Peyton flachgelegt hat und dass Race es herausfand und Fox eine Abreibung verpasst hat – wir haben bisher noch nichts gefunden, was ihn aus dem Kreis der Verdächtigen ausschließt. Vielleicht sollten wir erst einmal mit ihm reden. Lia und Arlo haben ihn auf der Straße überholt, womöglich ist er danach umgedreht und noch vor ihnen zum Cottage zurückgefahren!«

»Möglich.« Ich will weiß Gott nicht mit ihm streiten, aber er macht es einem ganz schön schwer. »Du darfst nicht vergessen, dass Peyton noch nach ihm losgefahren ist. Sie hätte gesehen, wenn er kehrtgemacht hätte, aber sie hat bestätigt, was Race gesagt hat, nämlich, dass sie beide direkt zum Haus der Atwoods zurückgefahren sind, nachdem sich die Party aufgelöst hatte.«

»Sie könnte für ihn lügen. Sie hat mit seinem besten Freund geschlafen – vielleicht fühlt sie sich verantwortlich für das, was passiert ist, und denkt, sie ist es Race schuldig, ihn zu schützen.«

»Da müsste sie aber schon sehr große Schuldgefühle haben, um Race dabei zu helfen, einen Mord zu vertuschen. Das sehe ich nicht. Das soll jetzt keine Wertung sein, aber ich glaube nicht, dass Peyton Forsyth überhaupt zu solch starken Gewissensbissen fähig ist. In der Fünften hat sie einem behinderten Mädchen Valentinskarten gestohlen, und als unser Lehrer sie dafür bestraft hat, hat sie dafür gesorgt, dass ihre Mutter sich beim Schulausschuss beschwert hat.«

»Ich meine es ernst, Rufus.«

»Und ich auch!« Ich wähle meine Worte sorgfältig. »Schau: Ich stimme dir zu, dass wir uns näher mit Race und Peyton befassen müssen, und wenn du sagst, Lia kann es nicht getan haben, bin ich bereit, ihr einen Vertrauensbonus zu gewähren – wegen dir. Aber sie hat uns heute Nacht eine Menge verschwiegen, und das müssen wir klären, bevor wir sie von unserer Liste streichen können. Das ist alles.«

Das Problem ist natürlich, dass es noch so viel mehr dazu zu sagen gäbe.

Zum Beispiel, dass wir Arlos Leiche nur gefunden haben, weil Lia uns zu ihm geschickt hat; sie hat uns erst von ihrer Rückkehr zum Cottage erzählt, nachdem sie wusste, dass *wir* wussten, dass Arlo mausetot war und ihre Version der Ereignisse nicht mehr leugnen oder bestätigen konnte; wir haben nur ihr Wort dafür, dass sie erst durch Hayden von Fox' Tod erfahren hat – oder dass Hayden überhaupt in der Nacht bei ihr aufgetaucht ist und ihr die blauen Flecken auf den Armen zugefügt hat. Nach unserem Kenntnisstand könnte sie die auch abbekommen haben, als sie Arlo ermordete.

Man darf nicht vergessen, dass Arlo in der Nacht mit einem Gewehr auf seiner Veranda saß und anscheinend mit Ärger rechnete … und doch konnte sein Mörder nahe genug an ihn herankommen, um ihm die Kehle aufzuschlitzen. Wie? Bei unseren Überlegungen hakt es aus vielerlei Gründen, und es gibt nur wenige sinnvolle Lösungen. Falls Lia uns über ihre Fahrt zurück zum Cottage die Wahrheit gesagt hat, dann muss der Mörder es geschafft haben, Arlo zum Weglegen der Waffe zu überreden; falls sie uns angelogen hat ... nun, dann ist die einzige plausible Erklärung, dass *sie* die Mörderin ist.

Diese Vorstellung gefällt mir nicht. Sebastian und ich fangen gerade noch mal neu an, und ich möchte wirklich nicht, dass Lia wieder zwischen uns steht – ich möchte nicht, dass unsere Versöhnung durch einen dummen Streit beeinträchtigt wird. Aber Tatsache ist, die Art, wie Lia Informationen preisgegeben hat, hat etwas Manipulatives. Als wir bei der Suche nach Motiven für den Mord an Fox noch im Trüben stocherten, lenkte sie unser Augenmerk auf Arlo, während sie es gleichzeitig so aussehen ließ, als würde sie ihn in Schutz nehmen; dann, nach Arlos Tod, lenkte sie unser Augenmerk auf Hayden. Vielleicht hatte sie sogar Hayden auf Lyle Shetland angesetzt, in der Hoffnung, mein Bruder würde es nicht überleben und sie wäre damit aus dem Schneider.

Da ich nichts davon laut aussprechen kann, bleibe ich stumm, bis wir wieder vor dem Haus der Santos stehen, krampfhaft um neutrale Worte bemüht. Seit unserem letzten Besuch scheint sich nichts verändert zu haben, und Sebastian setzt eine kurze Nachricht ab, um uns anzukündigen. Dann gehen wir Seite an Seite zur Kellertür.

Lia lässt uns rein, doch kaum sind wir über die Schwelle, knallt sie die Tür wieder zu und schiebt den Riegel vor. Sie sieht furchtbar aus, unter den Augen hat sie schwarze Ringe, und ich rieche Alkohol in ihrem Atem, als sie flüstert: »Was ist passiert? Habt ihr Lyle gefunden? Habt ihr mit ihm gesprochen?«

»Na ja, nicht direkt.« Sebastian windet sich unbehaglich, angespannt heftet er den Blick auf den Boden. Und plötzlich wird mir klar, dass auch er trotz der Argumente, die er im Auto vorgebracht hat, Zweifel an Lias Unschuld hat. »Hast du was von Hayden gehört?«

»Nein, Gott sei Dank.« Lia tritt von einem Fuß auf den anderen. »Was meinst du mit ›nicht direkt‹? Habt ihr jetzt mit Lyle gesprochen oder nicht?«

»Es ist kompliziert.« Sebastian kratzt sich am Ellbogen.

Erwartungsvoll sieht Lia uns an, aber keiner von uns sagt etwas. Die Anspannung scheint durch den Spalt unter der Tür in den Raum zu kriechen und unsere Befangenheit ist fast mit Händen greifbar. Schließlich wirft sie die Arme nach oben. »›*Es ist kompliziert?*‹ Seit einer Stunde schon ertränke ich meine Gefühle in Alkohol, habe Angst, dass Hayden Covington auftaucht und mich zu Tode prügelt, und alles, was du zu sagen hast, ist ›*Es ist kompliziert*‹?«

»Warum hast du uns nichts von Javi erzählt?«, will Sebastian wissen, und Lia zuckt zurück, als hätte er ihr gerade einen Drink ins Gesicht geschüttet. »Warum hast du uns nicht erzählt, dass Fox ihm Drogen verkauft hat?«

»Weil es euch überhaupt nichts angeht«, kontert sie. »Wie könnt ihr es wagen, hierherzukommen und mich auszufragen – wer hat es euch überhaupt verraten? Lyle? Oder etwa April?« Ihre Augen weiten sich so stark, als wollten sie ihr gleich aus dem Gesicht ploppen wie Sektkorken. »Ach du Scheiße, hat sie das etwa der Polizei gesagt?«

»Lia –«

»Javi ist ein guter Junge! Er hat nur diesen einen dummen Fehler gemacht, okay? Und jetzt werden sie denken …« Sie bricht ab, läuft einmal im Kreis herum und stößt dann hervor: »April hat verdammt noch mal Fox mit einem Messer bedroht, vor meinen Augen! Sie hat gedroht, ihn umzubringen, weil er sie mit Peyton betrogen hat! Wenn sie glaubt, sie kann –«

»Wieso hast du uns das verschwiegen?«, unterbreche ich ihre Tirade. »Hayden hat dir erzählt, dass Fox tot ist und April ihn umgebracht hat, aber es war nicht schwer, dich davon abzubringen. Wenn du wusstest, dass sie damit gedroht hatte, ihn zu erstechen, wieso hast du nichts davon gesagt?«

»Ich habe nicht…« Sie öffnet und schließt den Mund und schüttelt angewidert den Kopf. »Du kannst mich mal! Was willst du hier überhaupt? April und du seid nicht befreundet, und richtig verwandt seid ihr auch nicht. Was zum Teufel geht es dich an?«

»Du hast gesehen, wie April Fox mit einem Messer bedroht hat«, beharre ich scharf, »und später, als du mit Arlo noch mal zum Cottage zurückgefahren bist, hast du gesehen, wie er durch die Verandatür in die Küche geschaut und sich fast die Hose gemacht hat. Aber als ich dich gefragt habe, ob du dachtest, dass Fox tot war, meintest du Nein. Du hättest gedacht, dass April tot war. Warum? Warum hast du dir Sorgen um sie gemacht, wenn sie doch bewaffnet war und ihm hätte gefährlich werden können?«

»Weil«, tastet sie sich vor, ihr Blick einen Moment lang ausdruckslos, »weil Fox ungefähr acht Mal so groß ist wie sie und sie nur ein Strich in der Landschaft! Sie hätte nicht mal genug Kraft, ein Messer in einen Käseblock zu stoßen, geschweige denn in die Brust von einem Typ.«

»Weshalb hast du uns ihren Streit mit Peyton unterschlagen? Weshalb hast du unterschlagen, dass es dazu kam, weil du die Sache mit Peyton und Fox ausposaunt hast? Und dass die Party überhaupt nur deswegen vorbei war? Warum hast du all das ausgelassen?«

»Wegen ... wegen ... Javi!« Mit Tränen in den Augen wendet sich Lia flehentlich an Sebastian. »Du kennst ihn, Bash. Er ist kein Nichtsnutz – er schlägt nur ab und zu mal ein bisschen über die Stränge, um seine Freunde zu beeindrucken. Es würde meine Eltern umbringen, wenn mein kleiner Bruder wegen einer Drogengeschichte in Schwierigkeiten geraten würde! Ich wollte ... ich wollte einfach nicht, dass es rauskommt.«

Ich verschränke die Arme, zwinge mich, nicht in sarkastischen Applaus für ihre brillante Vorstellung auszubrechen. »Oh, bitte. Es ist doch wohl eher so, dass du selbst keine Probleme mit den Cops kriegen wolltest.«

Lias Kopf fährt zu mir herum, wie der einer Klapperschlange. »Weißt du was, verschwinde aus meinem Haus.«

»Sag uns einfach die Wahrheit, Lia«, murmelt Sebastian, und sie weicht einen Schritt zurück.

»Soll das ein Witz sein?« In ihrem Ton liegt eindeutig etwas Gehässiges. »Bash Williams verlangt von jemandem, die Wahrheit zu sagen? Wie wär's, wenn zur Abwechslung mal du die Wahrheit sagst? Und du kannst damit anfangen, indem du mir erklärst, warum Rufus dein Trikot trägt und warum er einen verdammten Knutschfleck am Hals hat, der vorhin noch nicht da war.« Zu spät lege ich die Hand an die Stelle und es folgt eine grässliche Stille. Irgendwo im Dunkeln tickt eine Uhr, zählt die Zeit, als würde sie winzige Splitter von einem Knochen abschaben. Lia zieht eine Augenbraue nach oben. »Oh, sorry – hast du wirklich gedacht, keiner würde es merken? Hast du ehrlich geglaubt, mir wäre nie aufgefallen, wie du ihn angestarrt hast, wenn wir ihm in der Schule auf dem Flur begegnet sind? Wie sich deine Stimme jedes Mal verändert hat, wenn du seinen beschissenen Namen ausgesprochen hast?«

Sebastian klappt die Kinnlade runter. »Lia –«

»Spar dir den Atem.« Sie hebt eine Hand. »Weißt du, am Anfang war ich total geschockt. Aber ich fand mich damit ab, nach dem Motto: ›Verdammt, so ist es eben – kein Wunder, dass es mit uns nicht geklappt hat‹. Doch dann hast du mich gebeten, zu dir zurückzukommen. Du hast mich angefleht.« Lias Stimme bricht. »Du hast gesagt, du liebst mich, du Arsch!«

»Es tut mir leid« flüstert Sebastian.

»Du hättest mir einfach sagen sollen, dass du schwul bist! Ich hätte es vielleicht sogar verstanden, weißt du. Damit kann man verflucht noch mal viel leichter umgehen als mit ›Ich liebe dich, aber eigentlich doch nicht, also tschüss!‹«

»So simpel ist das nicht.« Sebastians Hände zittern und ich würde sie am liebsten festhalten. »Ich meine, ich weiß nicht, was ich bin. Ich will nicht –« Er stößt einen gequälten Seufzer aus, und seine Hände krallen sich in den Stoff seiner Shorts, bis die Adern an den Armen hervortreten. »Du und ich … meine Gefühle für dich waren echt, Lia, ich war wirklich in dich verliebt. Während wir zusammen waren, habe ich dir nie irgendwas vorgespielt, aber ich … mit Rufus zusammen zu sein, fühlt sich richtig an. Auch das ist etwas Echtes. Er macht mich glücklich, und in seiner Gegenwart weiß ich irgendwie, wer ich bin – wer ich sein will. Und was ich dir gegenüber abgezogen habe, tut mir so unendlich leid. Es war falsch und … und unfair. Ich weiß nicht, wie ich es sonst noch erklären soll. Ich hatte Angst, und ich dachte, ich könnte meine Gefühle ändern – in Bezug auf euch beide – und … das hast du nicht verdient. Es tut mir wirklich leid.«

Als er fertig ist, weint er, und erschrocken merke ich, dass es Lia genauso ergeht. »Fuck«, sagt sie mit rauer Stimme, während sie sich mit dem Handrücken die Tränen vom Gesicht wischt. »Jetzt wünschte ich, du wärst bei ›Ich liebe dich, aber eigentlich doch nicht‹ geblieben. Dann wäre es leichter, dich zu hassen.« Sie hebt das Kinn, einen harten Ausdruck in den verquollenen Augen. »Das heißt nicht, dass ich dir vergebe, okay? Du bist ein absoluter Mistkerl, und so leicht kommst du mir nicht davon. Aber … ich verstehe es.«

Danach folgt ein langes, eigenartiges Schweigen. Jeder von uns spürt, dass diese Aussprache eine bedeutsame Veränderung in unserem Leben bewirkt hat – von jetzt an werden wir uns mit anderen Augen sehen. Lia wischt sich die Tränen ab, schnieft und verkündet schließlich: »Ich habe April unter Drogen gesetzt.«

»Was?« Ich starre sie an, kann fast hören, wie die erhebende Begleitmusik mit einem fiesen Kratzen abbricht.

»Darum wollte ich nicht sagen, wie der Abend zu Ende ging – darum und wegen Javi.« Sie lässt sich gegen die Wand sacken. »Als April das mit Fox und Peyton herausfand, ist sie total ausgerastet. Sie hat Peyton mit einer Flasche ins Gesicht geschlagen, sie an die Wand geschubst und wie wild rumgeschrien, sie hat vor Fox mit dem Messer herumgefuchtelt … und dann hat sie gedroht, die Polizei zu rufen.«

»Sie wollte ihn anzeigen, weil er sie betrogen hat?«, frage ich verwirrt.

»Wegen der Drogen, Blödmann.« Lia verdreht die Augen. »Sie hatte voll auf Zerstörmodus geschaltet und ließ nicht mit sich reden – ich hab's versucht, das könnt ihr mir glauben –, aber wir konnten nun wirklich nicht riskieren, dass die Cops auftauchten. Wir hatten alle getrunken, Fox, Race und Peyton hatten Koks geschnupft, und überall lagen White Rabbits herum. Und selbst wenn wir es irgendwie geschafft hätten, das Haus aufzuräumen, hätte April uns trotzdem verpfiffen, so wild war sie darauf, es Fox heimzuzahlen. Also … habe ich ihren Wodka Red Bull mit codeinhaltigem Hustensirup versetzt, als sie gerade nicht hinsah.

Ich habe sie abgelenkt, bis die Wirkung eingesetzt hat, und dann habe ich sie im Schlafzimmer allein gelassen. Race war schon weg, Peyton ist gegangen, sobald sie wusste, dass April hinüber war, und als ich Arlo ausgeredet hatte, noch mal reinzukommen und sich Fox vorzunehmen, sind wir auch gefahren.«

»Was war mit Fox? Wo war er die ganze Zeit?«

Lia bricht in unangenehmes Gelächter aus. »Als ich ihn das letzte Mal gesehen habe, machte er sich gerade ein Sandwich.« Sie schlingt die Arme um sich. »April war völlig weggetreten, als ich gegangen bin, deshalb klang Haydens Behauptung, sie hätte Fox umgebracht, für mich nicht plausibel. Ehrlich gesagt hatte ich bis zu diesem Zeitpunkt Angst, dass ich es übertrieben hatte – dass ich ihr womöglich eine Überdosis verpasst hatte oder so. Das war auch der Grund, warum ich ihren Streit mit Peyton nicht erwähnt habe. Ich dachte, wenn irgendwas mit ihr passiert war und sie deshalb nicht ans Handy ging, als du anriefst ...« Ihre Stimme klingt erstickt. »Dann wäre ich schuld gewesen.«

In der darauffolgenden Stille sehen Sebastian und ich uns an, und Lias Geständnis findet seinen Platz in dem Bild, das wir zusammenzusetzen versuchen. Jetzt verstehe ich, warum April so high wirkte, als wir sie fanden, obwohl sie durchaus überzeugend schwor, den ganzen Abend nichts Stärkeres als Alkohol angerührt zu haben. Außerdem schält sich genauer heraus, wer wann die Party verlassen hat: Race ging nach seiner Prügelei mit Fox, Peyton wartete, bis Lia April außer Gefecht gesetzt hatte, und dann haben sie meine Schwester bewusstlos und allein mit ihrem Freund im Haus gelassen. Aber was ist danach passiert? Wer ist sonst noch einmal zum Cottage zurückgefahren?

»Ich hätte ihr niemals das Video zeigen sollen«, gesteht Lia plötzlich reuevoll. »Es war alles meine Schuld.«

»Video?«, wiederhole ich. »Wovon redest du?«

Verlegen sieht sie zu mir hoch. »Das Video von Fox und Peyton, wie sie ... na, du weißt schon.« Überflüssigerweise demonstriert sie, was sie meint, indem sie mit Daumen und Zeigefinger einen Kreis formt und einen Finger der anderen Hand immer wieder hindurchschiebt.

Ich versuche nach Kräften, das dazu passende Bild nicht vor meinem inneren Auge heraufzubeschwören, aber umsonst. »Es gab ein Video?«

»Ja. Fox hatte es mit versteckter Kamera aufgenommen und Arlo geschickt, und als Arlo sich über Fox aufgeregt hat, hat er es mir gezeigt – woraufhin *ich* so sauer wurde, dass ich es April gezeigt habe.« Sie zuckt schuldbewusst mit den Achseln. »Darum ist sie ausgerastet.«

»Es gab ein geheimes Video von Fox und Peyton?«

Sie muss irgendetwas in meinem Gesicht lesen, als ich sie anstarre, denn sie zieht verwirrt die Stirn kraus. »Ja. Das wusstest du nicht?«

Ich schaue von ihr zu Sebastian und wieder zu ihr, während sich mein Puls beschleunigt. »Hast du irgendwas von Race und Peyton gehört? Hat einer von ihnen dich angerufen oder dir geschrieben?«

»Beide.« Sie runzelt nervös die Stirn und reibt sich die Arme. »Also, mehrmals sogar. Und zu allem Überfluss bombardiert mich auch noch diese bescheuerte Ramona Waverley schon die ganze Nacht mit Nachrichten.«

»Ramona Waverley?«, wiederhole ich verblüfft. »Was hat die denn mit der ganzen Sache zu tun?«

»Gar nichts! Sie ist nur die größte Klatschtante in ganz Chittenden County. Weiß Gott, was sie alles aufgeschnappt und wem sie es erzählt hat.«

»Und, was hat sie gesagt?«

»Ich weiß es nicht … Bash meinte, ich soll mit niemandem reden außer mit euch beiden. Ich wusste nicht, was los war und was ich denken sollte, also habe ich meine ganzen Nachrichten ignoriert!« Sie wirft mir ihr Smartphone zu, und ich kann es gerade noch auffangen, bevor es mir ins Gesicht knallt. »Schau doch selbst nach!«

Ich rufe ihre Nachrichten-App auf. Angezeigt werden drei ungeöffnete Chats mit den jeweils letzten Nachrichten der Absender. Race: *Schreib mir, sobald du das bekommst, okay? BITTE!* Peyton: *WTH ist heute Nacht los?* Ramona: *Ruf mich asap an wg R+P, brauche Bestätigung!! Oder komm her, ok? Hab Spätschicht.*

»R plus P?«, lese ich laut vor. »Race und Peyton?«

»Keine Ahnung, und es ist mir auch egal.« Lia fuchtelt mit den Armen. »Warum schreiben die mir überhaupt alle? Was wollen die von mir?«

»Lia …« Ich möchte ihr keine Angst einjagen. Oder vielleicht doch. Vielleicht muss ich es sogar. »Hayden hat niemanden umgebracht, und Lyle auch nicht, wir haben eine Unterhaltung zwischen den beiden belauscht und sind uns ziemlich sicher, dass sie nichts mit der Sache zu tun haben. Aber das heißt, dass es entweder Race oder Peyton gewesen sein könnten.«

»Was –?« Sie blinzelt ungläubig. »Bist du high? Keiner von denen könnte es mit Arlo aufnehmen! Es muss noch –«

»Sie sind als Einzige noch übrig«, beharre ich, »und wir haben keine Ahnung, wie das mit Arlo abgelaufen ist. Vielleicht haben sie ihn irgendwie ausgetrickst. Sprich mit keinem von ihnen, mach nicht auf, falls sie herkommen, und geh nicht allein raus, okay?«

»Was zum Teufel willst du damit sagen?« Auf einmal klingt sie ebenso ängstlich wie anklagend.

»Lia, als ich April erzählt habe, dass Arlo wusste, was im Cottage passiert war, hat sie sofort angenommen, dass du es auch wusstest.« Ich mache einen Schritt auf sie zu. »Arlo wurde offenbar umgebracht, weil er etwas gesehen hat, und was ist, wenn der Mörder glaubt, dass Arlo es *dir* erzählt hat? *Du könntest die Nächste sein.*«

22

»›GEH NICHT ALLEIN RAUS‹? ›Du könntest die Nächste sein‹?«, zitiert mich Sebastian, als wir wieder vor Lias Haus im Jeep sitzen, und sieht mich ungläubig an. »Rufus, sie wird nie mehr ein Auge zutun!«

»Ich wollte einfach sichergehen, dass sie mir auch zuhört«, protestiere ich. »Den ganzen Weg hierher hast du gesagt, dass es vielleicht Race war, und, na ja, vielleicht hast du recht! Ihr muss klar sein, dass sie ihm im Moment auf keinen Fall trauen darf – nicht, wenn er Arlo umgebracht hat, um ihn zum Schweigen zu bringen.«

»Wenn sie wirklich in Gefahr ist, dann muss sie zur Polizei gehen! Am besten bringen wir sie gleich hin –«

»Und erzählen was?« Ich werfe ihm einen herausfordernden Blick zu. »Dass wir glauben, zwei Kids der angesehensten Familien der Stadt würden heute Nacht mordend durch die Straßen ziehen?« Ich werfe die Hände in die Luft. »Vorausgesetzt, sie lachen sich nicht kringelig über uns und werfen uns gleich wieder raus, würden wir ganz schön in Erklärungsnot kommen – zum Beispiel, warum wir den Fund von Arlos Leiche nicht gemeldet haben –, und wir müssten ihnen auch von dem Video erzählen und von

Aprils Wutausbruch, nachdem Lia es ihr gezeigt hatte. Dadurch verraten wir aber, dass April in ihrer offiziellen Aussage etwas unterschlagen hat.«

»Na wennschon?«, ruft Sebastian aus. »Gerade hast du selbst gesagt, dass Lia die Nächste sein könnte – sie muss auf irgendeine Weise beschützt werden!«

»Die Cops werden ihr wohl kaum eine neue Identität besorgen und sie nach Bali verfrachten! Sie werden nur sagen: ›Danke für diese wilden Unterstellungen, die sich leider auf keinerlei Beweise stützen‹, und sie wieder nach Hause schicken.« Ein Nachtfalter tanzt und flattert um die Straßenlaterne über uns und wirft geisterhafte Schatten in den Nebel. »Du darfst nicht vergessen: Wenn Aprils Geschichte platzt, platzt unsere auch, und als wir das letzte Mal mit Race und Peyton gesprochen haben, haben sie sich gegenseitig gedeckt. Lia wird wie eine Spinnerin klingen, die Polizei wird sich fragen, welche Lügen wir sonst noch für April erzählt haben, und die einzigen beiden, die ungeschoren davonkommen, sind die mit den abgesprochenen Alibis und den teuren Anwälten.«

»Fuck!« Sebastian lässt die Hand auf das Lenkrad niedersausen und beißt die Zähne zusammen. »Du hast recht.«

Wieder einmal fühle ich mich richtig mies. Alles, was ich gesagt habe, stimmt, aber der wahre Grund, warum ich mich so dagegen sträube, dass Lia die Polizei jetzt schon auf die Spur ihrer Freunde bringt, ist, dass ich derjenige sein möchte, der es tut. Wenn ich die viertausend Dollar einsacken will, die Isabel Covington mir versprochen hat, dann muss ich mich ganz genau an ihre Vorgaben halten, ohne ihr ein Schlupfloch zu bieten, durch das sie sich aus unserer

Vereinbarung herauswinden kann. *Im Grunde war es ja Lia Santos, die April entlastet hat, also fürchte ich ...*

Als ich mein Smartphone checke, sehe ich noch mehr Nachrichten von Lucy, aber keine von Mom, und seufze erleichtert auf. Der Zeitpunkt, zu dem ich zu Hause sein sollte, ist längst verstrichen, und falls sie aufwacht und merkt, dass ich immer noch unterwegs bin, wird sich das Zeitfenster für die Aufklärung dieser ganzen Sache mit einem Knall schließen. Die Nachricht von Fox' Tod wird erst publik werden, wenn seine Familie benachrichtigt ist, und da Peter sich der Polizei als mein Vater vorgestellt hat, werden sie meine Mutter wahrscheinlich nicht kontaktieren. Peter selbst dagegen ist ein Kapitel für sich. Seinen momentanen Gemütszustand als wütend zu beschreiben, wäre untertrieben, und normalerweise würde er in einem solchen Fall Mom anrufen und ihr den Arsch dafür aufreißen, dass ich überhaupt Kontakt mit April hatte.

Nur dass er das bisher eindeutig nicht getan hat. Noch nicht. Vielleicht hat er sich meine Drohung im Polizeirevier zu Herzen genommen und möchte zunächst Aprils Position stärken, bevor er es darauf ankommen lässt, dass ich vor den Cops auspacke; oder vielleicht hat Isabel ihn dazu gebracht, meine Mom und mich in Ruhe zu lassen, damit ich genügend Zeit habe, meinen Teil unseres Deals zu erfüllen. Oder vielleicht ist sein Herz wie beim Grinch um drei Nummern größer geworden, nachdem die Polizei April heute Nacht hat gehen lassen – ich habe keine Ahnung und darf nichts für selbstverständlich nehmen. Jetzt ist es erst recht ein Wettlauf gegen die Zeit.

Ich kann es schaffen. Das weiß ich. Ich kann Lia beschützen, ich kann Beweise finden, die Race und/oder Peyton belasten, und ich kann meiner Mom das Geld geben, das wir brauchen, um unsere Schulden bei der Bank zurückzuzahlen und unser Haus zu retten, alles zugleich. Fragt sich nur, wie.

»Wir müssen bloß beweisen, dass Race und Peyton uns belogen haben«, überlege ich laut. »Vielleicht könnten wir sie gegeneinander aufhetzen?«

»Ich verstehe sowieso nicht, warum sie sich gegenseitig decken«, knurrt Sebastian. »Bei unserem Besuch haben sie ja kaum ein Wort miteinander gesprochen.« Er wirft mir einen Blick zu. »Was denkst du, wer von den beiden war's?«

»Mein Bauch sagt Race, aber mit diesem Video ... damit hat auch Peyton ganz klar ein stichhaltiges Motiv.« Ich lasse meinen Kopf gegen die Nackenstütze fallen und seufze müde. »Fox hat sich und Peyton heimlich beim Sex gefilmt und es dann seinen Freunden gezeigt. Falls sie es heute Abend rausgefunden hat, könnte sie die Nerven verloren haben.«

»Das Blutbad im Cottage weist ja ziemlich deutlich auf ein ›Verbrechen aus Leidenschaft‹ hin«, stimmt Sebastian zu, »und nachdem Lia und Arlo Peyton überholt hatten, waren alle weg. Keiner hätte es gesehen, wenn sie gewendet hätte.«

»Aber warum würde Race sie dann decken?« Ich reibe mir die Knie. »Sie hat ihn betrogen, und trotzdem lügt er für sie? Er riskiert Kopf und Kragen, damit sie nicht für den Mord an dem Typen auffliegt, mit dem sie hinter seinem Rücken geschlafen hat?«

Sebastian spielt mit den Autoschlüsseln, Metall klimpert gegen Plastik. »Vielleicht ist es so, wie ich schon auf der

Fahrt hierher überlegt habe: Race ist zum Cottage zurückgefahren, Peyton ist ihm gefolgt. Entweder hat sie gesehen, wie er Fox erstochen hat, und bestätigt seine Geschichte, weil sie sich schuldig fühlt, oder sie haben den Typen gemeinsam umgebracht und einen Pakt geschlossen, sich gegenseitig zu decken – ihr ganz eigenes Gleichgewicht des Schreckens.«

»Hoffen wir, dass es Letzteres ist«, stelle ich fest. »Je weniger sie einander trauen, desto leichter wird es für uns, einen von ihnen dazu zu bringen, mit der Wahrheit rauszurücken.«

Wieder lässt Sebastian gedankenverloren die Autoschlüssel durch die Finger gleiten und dreht sich dann zu mir. »Hör mal, ich weiß, dass du das nicht noch mal hören willst, aber ich muss es einfach loswerden: Niemand zwingt dich dazu. Es ist nicht deine Aufgabe, April da rauszuboxen – vor allem nicht, wo jetzt Anwälte und die Cops und so eingeschaltet sind. Ich meine, vielleicht hast du genug getan, Rufus.«

Ich schlucke meine spontane Antwort herunter. Dass ich zugegeben habe, wie verzweifelt meine Mom und ich Isabels Geld brauchen, ist mir peinlich und hat einen bitteren Nachgeschmack hinterlassen; ich werde es bestimmt nicht noch einmal erwähnen. Aber Sebastian macht sich nur Sorgen um mich – *er macht sich Sorgen um mich* –, daher ringe ich mir ein Lächeln ab. »Ich werde jetzt nicht kneifen. Ich kann nicht.«

Sebastian nickt, als hätte er schon mit dieser Antwort gerechnet. »Also, wohin jetzt? Wen von den beiden nehmen wir uns als Erstes vor?«

»Keinen«, antworte ich zu seiner Überraschung prompt. »Ich denke, zuerst statten wir der größten Klatschtante in ganz Chittenden County einen Besuch ab.«

»Ramona? Glaubst du wirklich, sie weiß etwas?« Er verzieht den Mund. »Na ja, falls Fox dieses Video rumgeschickt hat, hat sie wahrscheinlich davon Wind bekommen.«

»Vielleicht«, stimme ich zu. »Aber dann hätte sie sich nach Peyton und Fox erkundigt, oder? Und was das Timing angeht … ich meine, ausgerechnet heute Nacht will sie unbedingt eine Bestätigung für irgendwas, was sie über Race und Peyton gehört hat? Egal, was es ist, ich möchte es wissen, bevor wir uns mit ihnen befassen. Im Moment brauchen wir alle Munition, die wir kriegen können. Weißt du, wo Ramona arbeitet?«

»Ja. In einem Diner, in den ich ab und zu gehe«, erwidert Sebastian und lässt den Motor an. »Allerdings muss ich dich warnen: Das Essen ist grässlich und das Ambiente noch schlimmer.«

»Solange es nicht Suzy's American Diner ist, bin ich dabei. Ekliges Essen ist mir in jedem Fall lieber als reizbare Motorradrocker, die mir den Schädel wegpusten wollen.«

»Hat jedenfalls deinen Puls in die Höhe getrieben«, bemerkt Sebastian, während er losfährt. »Vor Schüssen zu fliehen verbraucht so viele Kalorien, dass man eine ganze Menge Mozzarella-Sticks verdrücken darf.«

»Ja, und wenn man von einer Kugel getroffen wird, ist das Kalorienzählen sowieso irrelevant. Aber das ist keine Modediät, die Oprah Winfrey empfehlen würde.«

Einige Minuten später biegen wir auf den Parkplatz vom Silverman's ein – demselben rund um die Uhr geöffneten

Diner, vor dem wir geparkt hatten, als April Peter anrief und ihm sagte, sie brauche einen Anwalt. Obwohl es fast halb fünf Uhr morgens ist, stehen immer noch Autos im Lichtschein der breiten Frontfenster. Der Innenraum des Lokals ist mit seinen Resopaloberflächen, Chromleisten und gepolsterten Vinylsitzen ganz im Retro-Stil gehalten und die spottbilligen Gerichte und durchgehenden Öffnungszeiten machen es äußerst beliebt bei Studenten und den Schülern der Ethan Allen.

Beim Eintreten schlägt uns der Geruch von Würstchen, Ahornsirup und irgendwas Gebratenem entgegen, und mir wird ganz schwummrig. Ramona Waverley ist nirgends zu sehen, aber die Wirtin – eine dralle Frau mit toupierten orangefarbenen Haaren und einer Brille, die aussieht wie zwei zusammengebundene Hula-Hoop-Reifen – hat uns entdeckt und steuert auf uns zu.

Und dann höre ich jemanden meinen Namen kreischen. »Ruuufusss!«

Als ich mich umdrehe, saust mir schon ein asiatisch aussehendes Mädchen mit wildem Blick entgegen. Sie macht einen Satz und reißt mich in einer ungestümen Umarmung an sich, die wie ein Bodyslam anmutet, sodass mir die Luft wegbleibt und ich beinahe umkippe. Es ist Lucy, meine beste Freundin. Das dunkle Haar fällt ihr in lockeren Wellen über die Schultern und trotz der späten Stunde sitzt ihr geschwungener Lidstrich immer noch perfekt.

»Scheiße, Mann, ich hab dir die ganze Nacht Nachrichten geschickt!«, ruft sie aus und boxt mir gegen den Arm. Ein typisch liebevoller Lucy-Kim-Knuff – mit ausreichend Kraft dahinter, um mir einen Striemen zuzufügen, der mir bis an mein Lebensende bleiben wird. Bestimmt werden meine Kinder mal mit Dellen in den Oberarmen geboren. »Wo zum Kuckuck warst du denn überhaupt? Du hast die Hälfte von meiner Party verpasst!«

»Das ist wirklich eine lange Geschichte«, sage ich ein wenig verlegen, und plötzlich wird mit Sebastians Gegenwart unangenehm bewusst. »Was machst du denn hier?«

»Vorsichtsmaßnahmen gegen Kater«, erklärt sie. »Brent hat behauptet, er könne mich unter den Tisch trinken, also musste ich ihm das Gegenteil beweisen, und dann haben wir erst mal zwanzig Minuten lang gekotzt. Und jetzt saugen wir den Rest, den wir noch intus haben, mit Potato Skins auf.« Während sie das sagt, fixiert sie Sebastian, und als sie endlich wieder mich ansieht, scheint sich ihr scharfer Blick bis hinein in mein Kleinhirn zu bohren. »Und was machst *du* denn hier?«

»Ähm.« Ich kratze mich am Hinterkopf. »Auch das ist eine lange Geschichte.«

»Hm-hmmm.« Lucy bedenkt Sebastian mit einem breiten, freundschaftlichen Grinsen. »Entschuldige uns für einen Moment, okay? BFF-Kram.« Sie zieht mich ungefähr zwei Schritte beiseite, sodass wir immer noch in Hörweite sind, und flüstert vernehmlich: »Ich dachte, du würdest mich wegen April versetzen, aber dann spazierst du ausgerechnet mit *Bash Williams* zu einem Mitternachtssnack hier rein und siehst dabei so zufrieden aus wie eine Katze, die gerade Sahne geschleckt hat. Ich glaube, du schuldest mir eine Erklärung. Und zwar so anschaulich wie möglich.«

»Du weißt, dass er alles mitkriegt, was du sagst, oder?«

»Halt die Klappe und erzähl«, befiehlt sie. »Ist es das, wonach es aussieht, oder nicht?«

»Es ist … ich meine …«, stottere ich erbärmlich herum und weiß nicht, wie ich anfangen soll.

»Wirklich eine lange Geschichte, ich weiß«, beendet sie den Satz trocken. »Sag mir einfach, ob diese ›wirklich lange Geschichte‹ einen ›wirklich langen‹ Ritt auf Bash Williams' ›wirklich langem‹ –«

»Lucy!«

»Du wirst ja ganz rot!«, ruft sie triumphierend. »Dein Gesicht ist total rot, Rufus, und das heißt wohl, dass ich recht habe. Du hast dich verraten, du dreckiges kleines Luder!«

»Lucy, jetzt sei doch mal ernst«, fange ich an, aber ich spüre, wie mein Gesicht inzwischen die Farbe eines Sonnenuntergangs am Miami Beach annimmt.

»Und seit wann spielst du Lacrosse, hmmm?« schnurrt sie und befingert das Trikot, das ich trage. »Ich muss sagen, Rufus, es steht dir – als würdest du einen auf maskulin machen.«

»Lieber Gott, bitte lass mich sterben«, sage ich in Richtung Decke, überzeugt, dass mein Gesicht von einem Infrarot-Satelliten erfasst werden würde. Sebastian, der natürlich alles mitbekommen hat, wirkt halb amüsiert, halb starr vor Schreck, und ich schlucke nervös. »Die Sache ist die, ähm … vielleicht liegst du … nicht so ganz daneben?«

»Ich wusste es!« Sie boxt mich noch einmal, diesmal gegen den anderen Arm, und zwar so hart, dass vermutlich das Knochenmark gequetscht ist. »Das wirst du mir alles haarklein erzählen müssen, mein Lieber, und zwar mit allen heißen, saftigen, pulsierenden Details.«

»Du bist so pervers!«

»Genau deswegen magst du mich doch.« Beschwipst stupst sie mich zärtlich an der Nase und wendet sich dann wieder Sebastian zu. Die Wirtin des Diners steht neben uns, ist gerade rechtzeitig hinzugekommen, um den Großteil dieser demütigenden Unterhaltung mitzukriegen, aber ihr Gesicht verrät nichts außer erschöpfter Gleichgültigkeit, als Lucy verkündet: »Sie setzen sich zu uns.«

»Nein danke, ist schon in Ordnung«, sage ich schnell. Ich halte es für besser, wenn Sebastian erst die nüchterne Lucy kennenlernt, bevor er die betrunkene Lucy erlebt. So oder so ist meine beste Freundin hyperaktiv und benimmt sich gern daneben, aber wenn sie nüchtern ist, ist die Wahrscheinlichkeit, dass sie mich absichtlich in Verlegenheit bringt, ein winziges bisschen kleiner. »Wir wollen Brent und dich nicht stören. Wir hatten auch gar nicht vor zu blei–«

»Nein, das kannst du knicken, so leicht kommst du mir nicht davon«, versichert sie mir heiter, »also spar dir den Atem und park deinen Hintern an unserem Tisch.«

Sie führt mich durch das Restaurant. Sebastian folgt uns und beobachtet fasziniert, wie mich Lucy auf einen Stuhl mit Chromgestell an einem Vierertisch bugsiert, wo bereits Brent Bosworth sitzt. Der blasse, schlaksige Brent ist zu linkisch, um einen guten Sportler abzugeben, sieht aber doch zu gut aus, um ein totaler Außenseiter zu sein; zu seinem Glück finden die Mädchen seine tapsige Art hinreißend. Auf einer riesigen Platte vor ihm liegen die Überreste der Potato Skins und in der Mitte des Tischs vervollständigen zwei hohe Edelstahlbecher mit Schokoladenshakes in der

Konsistenz von Knetmasse das Bild. Meine beste Freundin lässt sich gegenüber von mir auf den Stuhl fallen und weist mit gnädiger Geste Sebastian den Platz neben mir zu.

»Wir sind schon satt«, sagt sie in melodischem, übertrieben höflichem Tonfall, »aber wir leisten euch Jungs sehr gerne beim Essen Gesellschaft.«

»Hey, Bro«, begrüßt mich Brent und wirft Sebastian über den Tisch hinweg einen leicht paranoiden Blick zu, denn seine Erfahrungen mit der tonangebenden Clique der Ethan Allen sind ähnlich krass wie meine. Dass er mich »Bro« nennt, begann als Witz in der neunten Klasse und hat sich irgendwann verselbstständigt; inzwischen kann er mich anscheinend gar nicht mehr anders anreden. »Wo hast du denn die ganze Nacht gesteckt?«

»Brentford James Bosworth!« ruft Lucy mit gespieltem Entsetzen. »Das ist eine sehr persönliche Frage! Haben sie denn kein Recht auf Privatsphäre?«

»Mein zweiter Name lautet Ezra«, erwidert er. »Und mein erster Name ist nicht Brentford.«

»Ich weiß, aber Brent Ezra Bosworth klingt wie der Fluch eines Kobolds«, murrt sie. »Das hab ich für dich korrigiert. Gern geschehen.«

»*Wo hast du bloß die ganze Nacht gesteckt*«, fragt Brent mich noch einmal, fast verzweifelt, als wäre er nach so vielen Stunden allein mit Lucy nahe daran, den Verstand zu verlieren. Das ist alles nur Show; seit Lucy ihn an Silvester geküsst hat, ist Brent total in meine beste Freundin verknallt, aber weil er überzeugt davon ist, dass sie ihn abweisen wird, schreckt er bisher vor dem nächsten Schritt zurück. Er ist ein neurotisches Wrack und in mancher Hinsicht perfekt für sie; Lucy allerdings liebt den intellektuellen Schlagabtausch und Brents offensichtliche – beinahe unterwürfige – Vernarrtheit nervt sie. Manchmal denke ich, der momentane Status Quo ist wirklich das Beste für alle Beteiligten.

»Rufus wollte mir gerade von seinem Abend erzählen«, sagt Lucy demonstrativ und stützt das Kinn auf.

»Ähm.« Wieder kratze ich mich am Hinterkopf, und plötzlich fühlt sich das Lacrossetrikot an wie eine Wolldecke. Mir ist nicht wohl dabei, Sebastian zu outen, selbst mit seiner Erlaubnis – aber vor allem fürchte ich mich vor Lucys Reaktion, wenn ihr klar wird, was ich ihr alles verschwiegen habe. Hier steht viel mehr auf dem Spiel, als Brents simple Frage vermuten ließ. Unter dem Tisch drückt Sebastian meine Hand und ich hole tief Luft. »Also ... äh, ja. Bash und ich sind ... sozusagen ... zusammen. Also, wir sind ein Paar.«

»Keuch!«, ruft Lucy laut und starrt mich an, gleichzeitig spöttisch, glücklich und fragend; sie freut sich unglaublich für mich, aber es schimmert auch eine winzige Spur Kränkung durch. Mir ist sofort bewusst, dass sie überlegt, wie lange ich mit dieser wichtigen Neuigkeit schon hinterm Berg gehalten habe. Doch rasch verbannt sie diesen Ausdruck aus ihrem Gesicht und greift nach ihrem Schokoshake. Mit dem für sie charakteristischen Mangel an Taktgefühl fragt sie Sebastian: »Wissen es denn deine Sportlerfreunde schon? Haben sie jetzt die Hosen voll, weil sie ständig so miese Schwulenwitze gerissen haben?«

Sebastian windet sich ein wenig, der Griff seiner Hand um meine wird fester. »Äh, eigentlich weiß es noch keiner von ihnen. Keine Ahnung, wie sie reagieren werden. Da kann ich nur raten. Na ja, wahrscheinlich hat der eine oder andere die Hosen voll.«

Meine beste Freundin verarbeitet das einen Moment, ihr Kiefer mahlt. Sie stellt den Schokoladenshake ab, wischt sich das Kondenswasser von den Fingern und erklärt überschwänglich: »Also, wenn Rufus dich mag, dann bist du sowieso zu schade für die. Und solange du ihn glücklich machst, bist du uns immer herzlich willkommen.«

»Wir sind zwar keine Supersportler«, gesteht Brent, sichtlich bemüht, das instinktive Misstrauen gegenüber dem Athleten in unserer Mitte abzulegen, »aber wir drei könnten dir wahrscheinlich jede einzelne Zeile aus *Scott Pilgrim* zitieren.«

»Und wenn du Rufus nicht glücklich machst«, fährt Lucy fort und lässt dabei ein Buttermesser zwischen ihren Fingern kreisen wie eine der Teenage Mutant Ninja Turtles ihre Waffe, »verkaufe ich deine Organe im Internet. Nur damit du Bescheid weißt.«

»Zur Kenntnis genommen.« Sebastian strafft die Schultern und sieht Brent mit hochgezogenen Augenbrauen an. »Wenn du sagst *Scott Pilgrim* ... meinst du den Film oder die Graphic Novels?«

»He, machst du Witze?« Brent kreischt es fast. »Die Graphic Novels, Bro, die sind gigantisch. Ich meine, wie konnten sie den ›krass existenziellen Horror von Honest Eds‹ im Film unterschlagen? Bryan Lee O'Malley ist ein verdammtes Genie!« Dann deklamiert er: »Ich brauche so was wie ... ein schnell herbeigezaubertes Last-Minute-Wunder!!‹«

Lucy klatscht die Handflächen auf den Tisch und klinkt sich vergnügt ein: »›Ich hatte Sex mit deiner Mutter! Sie war nicht mal gut im Bett!‹«

»›Lass uns durch unseren gemeinsamen Hass Freunde sein‹« steuere ich eine meiner persönlichen Lieblingsstellen bei.

»›Jetzt hör mir mal zu‹«, feuert Sebastian strahlend zurück, »›Ich bin der, der die Tipps deiner Mutter weitergibt, klar?‹«

Wir brechen gleichzeitig in Gekicher aus und dann greift Lucy wieder nach ihrem Milchshake. »Okay, ich glaube, er ist in Ordnung.«

In diesem Augenblick taucht eine Kellnerin an unserem Tisch auf, das lockige rotblonde Haar ist zu einem unordentlichen Knoten zusammengebunden, aus dem sich bereits Strähnen lösen. Es ist Ramona Waverley. »Wenn ihr nicht ein bisschen leiser seid, weckt ihr die anderen Gäste auf.«

Sardonisch grinsend deutet sie auf einen alten Mann an einem Tisch in der Nähe, der vor sich hin schnarcht, das Gesicht in einem Teller Toast. Mit zerknirschter Miene sagt Lucy: »Sorry, Ramona. Ab jetzt versuchen wir, nicht mehr so laut zu sein, versprochen.«

»Bitte nicht!« Ramona wirft ein begehrliches, verschwörerisches Lächeln in die Runde, beansprucht stumm die Mitgliedschaft in unserem gegensätzlichen Haufen, ohne auf eine Einladung zu warten. Das ist typisch für sie, alle Stufen einer Freundschaft wie gemeinsame Erlebnisse und allmählich wachsendes Vertrauen zu überspringen und gleich zu plumper Vertraulichkeit überzugehen. Mit schwungvoller Geste zieht sie die Rechnung hervor und legt sie mit der

Vorderseite nach unten zwischen Lucy und Brent auf den Tisch. »Hier, Leute. Zahlt, wenn ihr fertig seid, aber lasst euch ruhig Zeit – ihr bringt wenigstens ein bisschen Leben in die Bude, ich muss immerhin noch bis sechs Uhr durchhalten. Die Nachtschicht ist echt nervig!«

»Erst recht für einen Vampir«, entgegnet Lucy fröhlich und löffelt etwas von ihrem Shake.

»Hey, Bash.« Ramonas Augen funkeln wie die eines hungrigen Waschbären, als sie sich an meinen Freund wendet. Ich könnte schwören, dass sie sich sogar die Lippen leckt. »Heute Nacht gab es wohl ein ziemliches Drama, hm?«

»Du meinst Race und Peyton«, wagt sich Sebastian in neutralem Tonfall vor. Er begibt sich hier auf eine Gratwanderung; wie alle Klatschmäuler benutzt Ramona Informationen als Machtinstrument – und sie rückt natürlich nur was raus, wenn sie dafür auch etwas kriegt. Wenn wir sie rundheraus fragen, was sie weiß, wird sie schneller abschalten als mein bescheuerter Laptop bei dem – äh – interessanten Teil eines Pornoclips.

»Das ist bestimmt nicht einfach für eure Clique, hm?«, lockt Ramona Sebastian mit dick aufgetragenem Mitgefühl. »Zu wem soll man in so einem Fall halten?« Sie missinterpretiert Sebastians Zögern und seufzt. »Okay, ich hab's verstanden: Du willst nicht tratschen. Sag mir wenigstens, ob sie sich offiziell getrennt haben. Das kannst du mir doch verraten.«

»Ähm …« In Sachen Klatsch ist Sebastian offenbar eine totale Niete. »Wie viel weißt du?«

Fast hätte ich laut aufgestöhnt, denn natürlich werden Ramonas Augen schmal. »Wie viel gibt es denn zu wissen?«

Dieses Theater könnte noch die ganze Nacht so weiter-
gehen, daher kürze ich es ab, indem ich verkünde: »Fox
Whitney ist tot.«

Ramona, Lucy und Brent reagieren alle gleichzeitig:
»Was?«

»Das ist wirklich eine lange Geschichte«, sage ich mit
einem Blick zu meiner besten Freundin. »Jedenfalls war ich
deswegen heute Nacht bei April. Wir mussten sie zur Polizei fahren, damit sie eine Aussage machen konnte. Sie
durfte erst vor Kurzem gehen.«

»Eine Aussage machen?« Ramona zieht sich geräuschvoll
einen freien Stuhl von einem anderen Tisch heran und lässt
sich neben Brent niederplumpsen. »Also, wenn du sagst, er
ist tot, dann meinst du …?«

Das ist eine Suggestivfrage und ich schüttle den Kopf.
»Du zuerst – was hast du über Race und Peyton gehört?«

»Okay, okay!« Sie knickt ein, ihre Neugier ist zu groß.
»Ich habe nichts gehört, ich habe etwas *gesehen*.« Sie beugt
sich vor und wir ahmen sie unbewusst nach, wie ein Haufen Spione in einem Fernsehfilm. »Also, es war noch früh,
nicht lange, nachdem meine Schicht angefangen hatte. Ihr
wisst schon – als alle anderen zum Feiern gegangen sind?«
In ihrer Stimme schwingt ein leichter Vorwurf mit, den wir
jedoch ignorieren. »Jedenfalls bin ich erst ungefähr eine
Stunde da gewesen, und ratet mal, wer hereingestürmt kam,
allein, und einen Kräutertee bestellt hat?« Sie mustert
unsere Mienen und verkündet dann: »Peyton.«

»Wie war sie drauf?«, frage ich behutsam.

»Total aufgewühlt. Also, ihr Gesicht war fleckig und geschwollen, als hätte sie geheult, und, ich meine, sie bestellte

einen *Kräutertee*, du meine Güte – das ist doch eindeutig ein Hilferuf. Entweder hast du die neunzig überschritten oder du befindest dich emotional im freien Fall. Jedenfalls saß sie einfach da, spielte eine Viertelstunde mit ihrem Smartphone rum, und dann spazierte plötzlich Race herein.« Ramona richtet sich wichtigtuerisch auf. »Und sie hatten ganz offensichtlich nicht damit gerechnet, sich hier zu begegnen, denn er machte vielleicht zwei Schritte in den Diner, entdeckte Peyton und, ich schwöre, es war wie der Beginn einer neuen Eiszeit. Ohne ein Wort zu sagen, drehte er sich auf dem Absatz um und stürmte wieder raus. Peyton rannte ihm hinterher, und auf dem Parkplatz ging's zur Sache. Sie fuchtelten wild mit den Armen und schrien sich an – richtig laut –, und danach fuhren sie weg.«

»Zusammen?«, frage ich.

»Zumindest zur selben Zeit. Jeder mit seinem Auto.«

»Hast du gehört, worüber sie gestritten haben?«

»Äh, wenn ich es gehört hätte, würde ich dann fragen?«, kontert Ramona missbilligend. »Die Musik hier drin ist einfach immer zu laut.« Sie zieht einen aggressiven Schmollmund. »Aber es ging ganz klar um was Wichtiges. Sie waren beide puterrot im Gesicht und wirkten ziemlich fertig.« Sie wirft einen neugierigen Blick zu Sebastian, wartet auf Bestätigung – doch ich bin noch nicht mit Ramona Waverley fertig.

»Um wie viel Uhr war das?«, will ich wissen, und wahrscheinlich klinge ich wie ein Verrückter, denn Lucy, Brent und Ramona sehen mich mit hochgezogenen Augenbrauen an. »Ich meine nur, weißt du noch, wann Peyton hier ankam? Kannst du dich daran erinnern?«

»Na ja, ich habe nicht auf die Uhr geschaut oder so…« Ramona hält unnötigerweise inne, lässt mich zur Strafe zappeln. »Aber es muss so gegen halb elf, Viertel vor elf gewesen sein. Und Race tauchte ungefähr eine Viertelstunde später auf.«

Sebastian und ich starren uns an, und obwohl ich das nie für möglich gehalten hätte, empfinde ich plötzlich eine große Dankbarkeit für Ramona Waverley und ihr großes Mundwerk. Zwischen dem Zeitpunkt, an dem Fox' Party zum Unabhängigkeitstag wegen Aprils Wutausbruch vorzeitig beendet wurde, und dem Zeitpunkt, an dem Peyton und Race – einzeln – das Silverman's betraten, liegt mehr als eine Stunde. Die größte Klatschtante von Chittenden County hat uns genau das geliefert, was wir brauchten: den Beweis, dass *das* Glamourpaar der zehnten Klasse uns nach Strich und Faden belogen hat.

23

RAMONA HAT ES SICH VERDIENT, dass wir uns für ihre wertvolle Information erkenntlich zeigen, und so liefern Sebastian und ich ihr bei einer frischen Portion Pommes eine zensierte Version der nächtlichen Ereignisse. Ich habe Gewissensbisse, weil ich Lucy ein weiteres Mal mit Lügen und Halbwahrheiten füttere, aber ich gelobe mir feierlich: Sobald diese Nacht hinter uns liegt, alles erledigt ist und ich um viertausend Dollar reicher bin, werde ich ihr die ganze Geschichte erzählen.

Da Sebastian und ich nicht den wahren Grund nennen können, warum wir sofort nach dem Essen wieder aufbrechen, liefert die schmutzige Fantasie meiner besten Freundin die fehlenden Details. Als wir schon auf dem Weg zum Ausgang sind, ruft sie uns scherzhaft nach: »Gute Nacht, Jungs! Tut nichts, was ich nicht auch tun würde!«

Bevor die Tür hinter uns zufällt, hören wir noch Brents sarkastischen Kommentar: »Was ist denn das für ein Rat? Das Einzige, was du nicht tun würdest, ist Koriander zu essen und einen Film mit Gwyneth Paltrow anzuschauen.«

»Alter!«, ruft Sebastian aus, sobald wir wieder allein draußen auf dem Parkplatz sind. »Das ist es – genau das haben wir gebraucht! Jetzt können wir beweisen, dass sie gelogen haben – wir müssen es der Polizei sagen!«

»Das können wir nicht – ich meine, noch nicht. Was wir gerade herausgefunden haben … wird für die Polizei nichts ändern.«

Sebastian stutzt. »Race und Peyton haben gelogen, Rufus! Ihre Geschichte ist absoluter Bullshit!«

»Sie haben *uns* angelogen.« Das ist ein wichtiger Unterschied. »Wir wissen nicht einmal, ob die Polizei schon mit ihnen gesprochen hat und ob sie bei dieser Geschichte geblieben sind. Solange ihre Lügen nicht in einer offiziellen Aussage bei der Polizei auftauchen, haben wir gar nichts in der Hand. Sie haben nicht damit gerechnet, dass wir sie nach dem zeitlichen Ablauf ihres Abends fragen würden, also ist ihnen vielleicht im Eifer des Gefechts ein Fehler unterlaufen. Aber ihnen wird sicher bald klar werden, dass sich Ramona an sie erinnern wird – vor allem, weil sie lautstark gestritten haben. Bis sie mit ihren Anwälten bei der Polizei sitzen, haben sie sich bestimmt eine plausible Erklärung für alles ausgedacht, da kannst du Gift drauf nehmen.«

»Aber wir können doch nicht …« Sebastian kann seine Enttäuschung nicht verhehlen. »Da kannst du dir nicht sicher sein. Wenn sie nichts zu verbergen hätten, hätten sie gar nicht erst so getan, als wären sie direkt von der Party zu Race nach Hause gefahren. Wir wissen, dass sie uns angelogen haben, und das müssen wir der Polizei mitteilen! Vielleicht kapieren sie dort dann –«

»Kapieren sie was?« Ich hebe die Hände. »Dann steht Aussage gegen Aussage, und Race und Peyton werden einfach behaupten, sie wollten uns nichts von dem Besuch bei Silverman's erzählen, weil uns ihr Streit nichts anging. Und du darfst nicht vergessen, dass ich bei der Polizei aktenkundig bin und der Detective heute Nacht alles, was ich gesagt habe, infrage gestellt hat! Ich möchte ihm wirklich keinen Vorwand liefern, meine ursprüngliche Aussage zu zerpflücken.«

Sebastian schlägt sich mit den Händen gegen den Kopf und heult entnervt auf.

»Es ist zum Wahnsinnigwerden! Einfach nur zum Wahnsinnigwerden! Wir wissen, dass sie lügen, aber wir können nichts tun?«

»Die *Polizei* kann nichts tun«, entgegne ich. »Aber wir wollten doch versuchen, sie gegeneinander aufzuhetzen, oder? Vielleicht haben wir jetzt einen Hebel. Schnell – überleg nicht lange, antworte einfach spontan. Wer von den beiden könnte eher einknicken: Peyton oder Race?«

Er zögert nur den Bruchteil einer Sekunde, dann trifft er eine Entscheidung. »Race.«

Ich denke über seine Antwort nach. Das klingt einleuchtend; Race ist nicht besonders helle, und wenn wir überzeugend rüberbringen, wir wüssten mehr, als es tatsächlich der Fall ist – oder es machen wie die Cops und einfach behaupten, Peyton würde bereits überall ausposaunen, dass er der Täter ist –, könnte er vielleicht darauf hereinfallen und unter dem Druck aufgeben. »Dann also Race.«

Wir gehen zum Jeep, der Nebel ist seit unserer Ankunft noch dichter geworden und die Luft um uns fast mit Händen zu greifen, wie Gischt am Meer. Von der drückenden Hitze des frühen Abends ist nichts mehr übrig, die Temperatur ist gesunken und meine nackten Arme überziehen sich mit Gänsehaut. Sebastians Arm streift meinen und er nimmt meine Hand.

»Deine Freunde scheinen ziemlich cool zu sein«, bemerkt er nach einer etwas nervösen Pause.

»War es da drin okay für dich?«, frage ich ein wenig besorgt. »Ich meine, bist du okay? Du hast ja wirklich eine ziemlich heftige Nacht.«

»Wir haben beide eine ziemlich heftige Nacht.« Er schenkt mir ein flüchtiges Grinsen, das einen Augenblick über die Angst hinwegtäuscht, die er bestimmt empfindet. »Es war irgendwie erschreckend. So ganz plötzlich ... sein Coming-out zu haben. Und sich darüber klar zu werden, was es bedeutet. Es ist, als müsste ich mich blind durch einen unbekannten Raum tasten, ohne zu wissen, wo die Möbel sind, verstehst du? Ich habe keine Ahnung, was die Leute jetzt von mir denken, wenn sie mir in die Augen schauen.«

»Lucy und Brent mochten dich, das hat man gemerkt«, versichere ich ihm automatisch, obwohl ich weiß, dass er das nicht gemeint hat.

»Sie haben mich akzeptiert. Wegen dir.« Er sagt es nicht bitter, sondern beinahe liebevoll. »Deine Freunde sind wirklich total verrückt, Rufus, und ziemliche Nerds, aber ich mag sie. Wirklich. Und dich mit ihnen zusammen zu erleben ... das war cool. Es war, als ob ... ich weiß nicht. Als würde ich einen Teil von dir kennenlernen, von dem ich vorher nichts wusste.«

»Einen Teil, den du magst?«

»Einen Teil, den ich sogar sehr mag.« Als wir beim Heck des Jeeps stehen bleiben, schlingt Sebastian den Arm um meine Taille und zieht mich an sich. Von seiner Berührung und vom Duft seines Rasierwassers wird mir warm bis in die Fingerspitzen, und er flüstert: »Übrigens solltest du mir verraten, was genau Lucy tun würde, denn ich hab da ein paar Dinge im Sinn, die sie vielleicht überraschen würden ...«

Seine Lippen streifen meinen Mund, ganz zart, und mir stockt der Atem. Doch in diesem Augenblick hören wir das Scharren von Füßen auf Asphalt, beunruhigend nah. Als ich aufblicke, taucht eine breite Silhouette auf der anderen Seite des Jeeps aus dem Nebel auf und kommt rasch auf uns zu. Wir fahren auseinander und stolpern rückwärts, bereit zu fliehen ... und erstarren. Wenige Zentimeter vor uns bleibt die schattenhafte Gestalt stehen und ein bekanntes Gesicht löst sich aus den Nebelschwaden. Uns verschlägt es die Sprache.

Es ist Dominic Williams – Sebastians Vater.

»D-Dad?« Sebastians Stimme klingt fremd und eigenartig, seine Augen sind bodenlose Abgründe, und augenblicklich beginnen seine Hände zu zittern. »W-W-Was ...«

»Was zum Teufel machst du hier? Hast du den Verstand verloren?«, bellt Mr Williams scharf. Massiv wie eine Wand steht er in dem durchsichtigen Dunstschleier, der die nächtliche Umgebung verschwimmen lässt. Benommen starre ich ihn an und weiß nicht, wie ich reagieren soll. »Hast du den Verstand verloren?«

»Ich war ...« Sebastian gerät ins Stocken und fängt an zu schwanken. »Ich wollte nicht ...«

»Ich versuche schon die ganze Nacht, dich zu erreichen, Sebastian!« Der Mann hält sein Smartphone so fest umklammert, dass ich bereits das Gehäuse zersplittern sehe.

Sein Blick schießt zu mir, voller Misstrauen und noch etwas anderem – Angst, Sorge? –, und dann wieder zurück zu seinem Sohn. »Was zum Kuckuck ist bloß los mit dir? Stellst du ab jetzt nur noch deine eigenen Regeln auf? Und bestimmst selbst, wann du mir zuhörst und wann nicht? *Wo warst du?*«

»Ich … ich …« Sebastians Versuch, etwas zu sagen, endet in einem würgenden Geräusch, seine Haut wirkt fahl. »Ich wollte nicht …«

»So habe ich dich nicht erzogen«, ruft Mr Williams aus. An seinem Hals treten die Sehnen hervor. »Dass du mir so wenig Respekt entgegenbringst. Dass … dass du so eine Bombe platzen lässt und dann einfach abhaust und stundenlang verschwunden bleibst! Es ist fünf Uhr morgens! Was hast du zu deiner Verteidigung zu sagen?« Sebastian versucht zu antworten, aber er bringt nichts heraus; vor Angst schluckt er laut, ein hässliches Geräusch in der Stille um uns herum, und Mr Williams fährt fort: »Deine Mutter sah dich schon in irgendeinem Graben liegen! Ich konnte sie nur mit Mühe davon abhalten, die Polizei zu verständigen!«

»Es … es tut mir leid«, flüstert Sebastian erstickt. Tränen laufen ihm über die Wangen, und plötzlich legt sich ein roter Schleier über meine Augen, und mein Gesicht fühlt sich an, als würde es vor Wut schmelzen.

»Entschuldige dich bloß nicht bei ihm – er sollte sich bei dir entschuldigen!« Ich stolpere einen Schritt nach vorne. Natürlich ist es dumm und unpassend, und ich bin mir vage bewusst, dass ich alles nur noch schlimmer mache, aber es gibt eben nur zwei Sachen, bei denen ich richtig gut bin: die Beherrschung verlieren und mein Leben vermasseln, indem ich einflussreiche Erwachsene gegen mich aufbringe – jetzt bin ich wieder ganz in meinem Element. »Ihnen sollte es leidtun – Sie sollten derjenige sein, der sich schämt!«, schreie ich Mr Williams an. »Sebastian ist total in Ordnung! Wenn Sie einfach zu blöd dazu sind, das zu merken, dann stimmt vielleicht mit Ihnen was nicht!«

»Hör auf, Rufus«, fleht Sebastian entsetzt, und ehe ich ihn ignorieren und in die zweite Runde gehen kann – um Mr Williams zu sagen, was ich gern Peter auf dem Polizeirevier gesagt hätte, wenn ich den Mut dazu aufgebracht hätte –, spüre ich seine Hand auf meinem Arm und sehe ihn an.

Neben der Angst lese ich in den Augen meines Freundes auch eine gewisse Entschlossenheit und ich klappe den Mund zu. Vor diesem Moment ist Sebastian die ganze Nacht weggelaufen, und nun, da es kein Entrinnen mehr gibt, hat er entschieden, sich zu stellen – und egal, was passiert, es ist ein Kampf, den er selbst ausfechten muss. Wenn ich ihm wirklich helfen will, muss ich ausnahmsweise einmal den Mund halten.

Sebastian dreht sich zu seinem Vater und sagt mit hohler, zerbrechlicher Stimme: »Ich bin nicht nach Hause gekommen, weil ich nicht ... nicht wusste, ob ich dort noch willkommen bin.«

Sein unregelmäßiger Atem klingt laut in der erstickenden Stille um uns herum und Mr Williams steht blinzelnd und mit offenem Mund da; er starrt Sebastian mit dunklen, verwirrten Augen an und findet erst nach einem Moment die Sprache wieder. Seltsam rau fragt er: »Du ... du wusstest nicht, ob du dort noch willkommen bist?«

»Du warst so … so dermaßen wütend auf mich«, sagt Sebastian kläglich, seine Hände öffnen und schließen sich. »Ich weiß, dass du enttäuscht bist –«

»Niemals würde ich …« Mr Williams schlägt sich die Hand vor den Mund, verlagert sein Gewicht und atmet tief durch die Nase ein; dann lässt er die Arme fallen und senkt den Kopf. Er muss sich einen Moment sammeln. »Ich war nicht … ich bin nicht wütend auf dich, Sebastian, ich –«

»Du hast Moms Schale zerbrochen«, flüstert Sebastian. »Du hast sie nach mir geworfen.«

»Ich war … ich war *aufgebracht*.« Der Mann betont es, als machte das den entscheidenden Unterschied. »Ich wollte nicht – das gibt dir noch lange nicht das Recht, wegzulaufen – einfach so zu verschwinden! Dieses Verhalten ist inakzeptabel! Du kannst mir doch so etwas nicht … vor die Füße knallen und dann gehen! Und du kannst nicht erwarten, dass ich das einfach so schlucke, ohne darauf zu reagieren.«

»Du hast das Ding nach mir geworfen!« Sebastian klingt erstickt. »Du warst so wütend, und ich dachte … ich wollte nicht …«

»Sebastian …«, beginnt Mr Williams, aber ihm versagt die Stimme, sodass er neu ansetzen muss. »Ich würde dich niemals vor die Tür setzen – nie und nimmer. Das weißt du. Das *musst* du doch wissen. Nichts, was du tust, könnte mich je dazu bringen, dich zu … verstoßen. Gar nichts. Ich hab dich lieb, egal, wer du bist oder … oder wie du leben willst. Das ist eine Tatsache. Und du wirst immer zu Hause willkommen sein. Es ist dein *Zuhause*.«

»Aber du hast es gesagt.« Sebastian ringt nach Atem,

ringt darum, nicht die Beherrschung zu verlieren. »Du hast es gesagt. Du hast gesagt, es wäre falsch.«

»Ich habe ein paar … ein paar sehr dumme Sachen gesagt«, räumt Mr Williams zögerlich ein. Plötzlich wirkt er um Jahre gealtert. Er reibt sich über seinen rasierten, glänzenden Kopf. »Ich bin in einer sehr religiösen Familie aufgewachsen. Dein Großvater war ja Pastor, und er hat mir schon sehr früh eingetrichtert, dass es bei richtig und falsch keine Kompromisse gibt, und ich …« Er verstummt und wirft seinem Sohn einen erschöpften Blick zu, als wäre ihm die Energie ausgegangen. Dann schlägt er eine andere Richtung ein. »Weißt du, inzwischen gibt es in einigen Mannschaften an der Universität ein paar offen schwule Athleten, und durch die gemeinsame Arbeit habe ich viel von ihnen gelernt. Ich respektiere sie – wir respektieren uns gegenseitig –, was ich vor gar nicht allzu langer Zeit niemals für möglich gehalten hätte. Und ich dachte, dadurch hätte ich einige der Dinge, die zu meiner Erziehung gehörten und an die ich früher geglaubt hatte, hinter mir gelassen. Aber als ich diese Fotos sah … als mir klar wurde, was sie bedeuteten, was du vor mir geheim gehalten hast, bin ich einfach …« Er schüttelt hilflos den Kopf. »Mit einem Schlag stürmten all die alten Gefühle von früher wieder auf mich ein. Gefühle, auf die ich nicht stolz bin. Und ich hatte mich leider nicht im Griff.«

»Ich wollte nicht, dass du … dass du es auf diese Weise herausfindest.«

Mr Williams schweigt einen Moment. »Aber ist das der Grund, warum du auf einmal so anders warst, Sebastian? Bist du schwul?«

»Vielleicht?« Mein Freund hat nur ein aufrichtiges Schulterzucken anzubieten, ist immer noch nicht in der Lage, seine Sexualität klar zu definieren; vielleicht weiß er nicht, wie er sich einordnen soll, ob er bi- oder pansexuell ist oder vorwiegend heterosexuell – oder etwas anderes. Für so etwas gibt es keinen Lackmus-Test und nicht jeder findet sich auf der Kinsey-Skala wieder. Genauer als mit »vielleicht« kann er es im Augenblick wohl selbst nicht angeben. »Kommst du ... Kommst du damit klar?«

Ernst und nachdenklich fragt sein Vater: »Sebastian, was sage ich immer in Bezug auf die Familie?«

»Blut ist immer dicker als Wasser«, antwortet mein Freund leise, eine Mischung aus Frage und Feststellung.

»Blut ist immer dicker als Wasser«, wiederholt sein Vater feierlich. »Und du bist mein Fleisch und Blut. Du bist mein Sohn, Sebastian, und ich habe dich lieb, egal, was passiert. Ich möchte kein Mensch sein, vor dem du dich verstecken musst. Wenn du ein bisschen Geduld mit mir hast, komme ich mit allem klar.« Mr Williams lächelt tapfer und deutet etwas verlegen in meine Richtung. »Also, Rufus ist wirklich dein ... ist er dein, äh ... er ist der auf den Fotos.«

»Oh, äh, ja.« Sebastian sieht mich an, als wäre er überrascht, mich da stehen zu sehen, und macht eine fahrige Handbewegung. »Dad, Rufus ist mein ... mein Freund.«

»Nett, Sie wiederzusehen«, sage ich lahm, und dann geben wir uns die Hand, was wahrscheinlich als peinlichster Handschlag der Geschichte ins Guinessbuch eingehen wird, wenn man bedenkt, wie ich ihn vor wenigen Minuten noch angeblafft habe.

»Ich hoffe, wir können noch einmal von vorn anfangen.«

Mr Williams scheint Gedankenleser zu sein. »Das war nicht unbedingt ... es war eine schlimme Nacht, und ich habe mich nicht gerade von meiner besten Seite gezeigt, aber jeder, der meinen Sohn glücklich macht, liegt auch mir am Herzen, und ... daher werde ich mich nicht nur meinem Sohn zuliebe bemühen, sondern auch dir zuliebe.«

»Ich möchte mich entschuldigen, dass ich so unhöflich war«, bringe ich verlegen heraus und fühle mich dabei fast so schlimm wie vorhin, als Sebastian meine offene Wunde mit Händedesinfektionsmittel gesäubert hat.

Wir treten zurück, ein angespanntes Schweigen umhüllt uns wie eine Brandschutzdecke, bis sich Sebastian räuspert und fragt: »Weiß Mom Bescheid?«

»Ich habe es ihr erzählt. Du weißt ja, sie kann viel besser mit solchen Dingen umgehen als ich.« Mr Williams schenkt uns ein kurzes, schiefes Grinsen. »Du hast dich bei meinem Wutanfall gefürchtet? Du hättest sie erleben sollen, als sie herausgefunden hat, dass ich ihre Schale zerbrochen habe.«

»Ist sie sehr sauer?«

»Nicht auf dich«, antwortet Mr Williams schnell. »Na ja, vielleicht ein bisschen, weil du schon so lange weg bist. Aber wegen nichts sonst. Wenn du nach Hause kommst, wird sie wohl ein wenig mit dir schimpfen und dich dann in die Arme schließen und festhalten, bis du vierzig bist.« Nüchtern fährt er fort: »Du solltest jetzt wirklich heimfahren, Sebastian. Dir blüht kein Ärger – versprochen –, und wir werden uns morgen als Familie zusammensetzen und über alles reden. Aber jetzt sollten wir alle erst einmal schlafen gehen.«

Sebastian nickt und räuspert sich noch einmal. »Okay.

Gut. Ich muss nur … Rufus hat kein Auto, und ich bin heute Nacht sozusagen sein Chauffeur, also muss ich …«

»Okay.« Mr Williams reibt sich die Arme, als würde er zum ersten Mal bemerken, wie feucht und kühl die Nacht ist. »Fahr ihn nach Hause, aber dann komm direkt heim, in Ordnung? Und am besten schreibst du deiner Mutter eine Nachricht, damit sie sich keine Sorgen mehr macht. Ich möchte nicht, dass sie mich noch mal auf die Suche nach dir schicken muss.«

»Mach ich«, verspricht Sebastian. Er zögert kurz und fragt dann: »Woher wusstest du überhaupt, dass ich hier bin?«

»Das war schon fast komisch. Ich hatte damit gerechnet, dass du längst auf halbem Weg nach New York oder Montreal oder sonst wohin bist und dass ich vielleicht sogar mit der Bundespolizei Kontakt aufnehmen müsste. Erst vor ungefähr einer halben Stunde ist mir dann eingefallen, dass du ja einen GPS-Tracker in deinem Jeep hast, und ich habe die Ortungsbox für den Diebstahlschutz genutzt, um den Jeep aufzuspüren.«

Sebastian senkt den Blick auf seine Füße und murmelt: »Es tut mir leid, dass ich euch so einen Schrecken eingejagt habe, ich –«

»Schwamm drüber.« Mr Williams tritt unbehaglich von einem Fuß auf den anderen. »Zuerst habe ja ich dich in Angst und Schrecken versetzt, und Rufus hat recht – ich sollte mich bei dir entschuldigen. Es tut mir leid. Ich wünschte, ich könnte die Zeit zurückdrehen, aber … wir fangen einfach morgen noch einmal ganz von vorn an, okay?«

Sebastian nickt zustimmend und nach einem kurzen Schweigen geht Mr Williams zu seinem Sohn und umarmt ihn fest. Plötzlich fühle ich mich wie ein Eindringling, und um ihnen ein wenig Privatsphäre zu gewähren, betrachte ich eingehend die helle Leuchtreklame des Diners.

»Ich hab dich lieb, Sebastian«, sagt Mr Williams eher barsch, und Sebastian murmelt etwas, was ich nicht verstehe. Kurz danach höre ich, wie sie sich voneinander lösen und sehe gerade noch, wie der Mann meinem Freund einen freundschaftlichen Knuff gegen die Brust gibt und sich abwendet, um zur anderen Seite des Parkplatzes zu gehen. Über die Schulter ruft er zurück: »Bis dann zu Hause. Bitte bald, okay?«

»Okay«, gibt Sebastian zurück, seine Stimme wackelig und angestrengt, aber auch erleichtert. Schweigend sehen wir zu, wie Mr Williams erst zu einem grauen Schatten wird und schließlich ganz vom Nebel verschluckt wird. Wir sind wieder allein.

24

WIR SITZEN STILL IM JEEP, als Mr Williams seinen Wagen startet, den Parkplatz verlässt und auf die Straße biegt, seine Heckleuchten scheinen sanft im Dunst der Dämmerung. Ich halte Sebastians Hand in meiner, wir umklammern uns fest über die Mittelkonsole hinweg, und ich beobachte ihn aufmerksam, während er benommen durch die Windschutzscheibe starrt. Was sich gerade ereignet hat, ist so bedeutsam, dass man keine Worte dafür findet, es lässt sich nicht mit einer griffigen Bemerkung zusammenfassen.

Nach einer Weile sieht Sebastian schließlich zu mir herüber, seine Miene ist unergründlich. »Jetzt ist alles anders.«

»Ich weiß.«

»Mein ganzes Leben … wurde …«

»Komplett neu gestartet, mit zusätzlicher Software«, beende ich den Satz für ihn, bemüht optimistisch. »Du bist jetzt Sebastian 2.0 und musst dich erst noch an die neuen Features gewöhnen. Bist du … wie geht es dir?«

Sebastian schüttelt den Kopf. »Ich weiß es nicht. Ich … habe immer noch Angst. Natürlich bin ich glücklich, glaube ich zumindest, aber irgendwie auch total am Durchdrehen. Verstehst du das?«

»Und wie.« Dieses Gefühl kenne ich aus eigener Erfahrung – den entsetzlichen Todessturz, als mein Geheimnis ans Licht kam, als ich diesen Teil meines Lebens nicht mehr unter Kontrolle hatte. »Trotzdem, das ist echt mega, Sebastian. Am Anfang läuft es ein bisschen holperig, aber das wird bald besser. Immerhin hast du das Schlimmste ja schon hinter dir, oder? Und dein Dad will sich echt bemühen.«

»Meinst du wirklich, dass ich das Schlimmste schon hinter mir habe?« Sebastians dunkle, ausdrucksvolle Augen sind voller Zweifel. »Mein Dad war immer so etwas wie mein bester Freund, Rufe. Wir reden über alles. Was ist, wenn das nicht mehr geht? Was ist, wenn das alles zu schräg für ihn ist? Wenn er mich nie wieder so ansehen kann wie früher?«

Einen Moment lang lösen seine Ängste ein völlig unangebrachtes Neidgefühl in mir aus. Peter und ich haben uns noch nie über Persönliches unterhalten, waren nie auch nur im Ansatz so etwas wie »Freunde«. Er weiß wahrscheinlich, dass ich schwul bin – bestimmt hat er es irgendwann von April oder Hayden erfahren –, aber ich habe keine Ahnung, wie er das findet. Ich bezweifle, dass er jemals auch nur einen einzigen Gedanken daran verschwendet hat, was das Coming-out für mich bedeutet hat. Er kann mich nicht mehr verletzen, darüber bin ich hinweg …, dennoch gelingt es mir nicht, diesen beschämenden Anflug von Eifersucht zu unterdrücken, wenn ich sehe, wie wichtig Sebastian die Beziehung zu seinem Vater ist.

Dominic Williams ist jedoch nicht Peter Covington, und ich weiß, dass mein Freund keinen Grund zur Angst hat. »Das wird er aber. Vielleicht ist nicht sofort alles wieder

wie vorher, aber ich verspreche dir, das wird schon. Du hast
ihn gehört, Sebastian: Er liebt dich. Er möchte genauso
sehr wie du, dass alles wieder so ist wie immer. Ihr müsst
nur erst mal den Anfang hinter euch bringen, mehr nicht.«

Mein Freund nickt, auch wenn er nicht vollends überzeugt wirkt. »Ich fühle mich, als stünde ich auf der Bühne
und keiner hätte mir meinen Text beigebracht.«

»Völlig normal.« Ich betrachte prüfend sein Gesicht –
seine dunklen Wimpern, seine vollen Lippen, den sanften
Schwung seiner Wangen hinab zum Kinn –, und sage leise:
»Ich liebe dich.«

»Danke, Rufus.« Er sieht mich mit ernster Miene an.
»Dafür, dass du bei mir bleibst. Dass du meinen Dad beschimpft hast.« Ein Lächeln huscht über sein halb im Dunkeln liegendes Gesicht. »Danke.«

»Väter zu beschimpfen ist mein Markenzeichen«, bemerke ich trocken. »Peter kann ein Lied davon singen.« Dann
frage ich ihn mit egoistischem Widerwillen: »Fährst du jetzt
nach Hause?«

»Nicht bevor Race und Peyton uns ein paar Fragen beantwortet haben.« Auf meine überraschte Miene hin fügt er
hinzu: »Ich habe versprochen, auf dich aufzupassen, Rufe,
und mein Wort gilt. Ich meine, es hat ganz den Anschein,
als könnte diese Nacht für meine Eltern sowieso nicht mehr
schlimmer werden.«

»Wow.« Ich lächle ihn verschmitzt an. »Sebastian 2.0 lebt
gefährlich. Das gefällt mir.«

»Sebastian 2.0 hat keinen verdammten Schimmer, was er
eigentlich tut, also nütz es aus, solange du kannst«, antwortet er mit einem schiefen Grinsen. Er will gerade noch

etwas nachschieben, als wir von seinem Handy unterbrochen werden, das mit lautem Gebimmel eine eintreffende Nachricht ankündigt. Dann klingelt es noch einmal, und noch einmal, und Sebastian fummelt das Handy mit sorgenvoll gerunzelter Stirn aus der Hosentasche. »Es ist Lia.«

Die Nachrichten sind kurz und verzweifelt.

Race schreibt mir ständig. Was soll ich tun?

Er sagt, ich soll ihn TREFFEN! Er hört nicht auf zu schreiben!

Ernsthaft, Bash, antworte verdammt noch mal, ich werde wahnsinnig! Was ist, wenn er herkommt?? Scheiße, was ist, wenn er versucht, mich zu erstechen?

»Mann, wir müssen jetzt wirklich schnell machen«, flüstert Sebastian beunruhigt, während er eine Antwort tippt, alles in Großbuchstaben, und sie beschwört, Race zu ignorieren und unbedingt die Tür abzuschließen. »Das ist nicht in Ordnung. Sie dreht durch, und wir können sie nicht beschützen, wenn wir nicht …«

»*Stopp!*«, befehle ich ihm plötzlich, so entschieden, dass es uns beide überrascht. Seine Daumen halten mitten im Satz inne und er sieht mich mit großen Augen an. Ich fahre mir mit der Zunge über die Lippen. »Schick die Nachricht nicht ab«, fahre ich fort. »Lösch sie. Sag ihr … sag ihr, sie soll ihm schreiben, dass sie bereit ist, sich mit ihm zu treffen. Jetzt gleich.«

Sebastian zieht die Nase kraus und starrt mich ungläubig an. »Rufe, bist du verrückt? Race könnte der verdammte Killer sein.«

»Schon klar. Deshalb werden wir uns an ihrer Stelle mit ihm treffen.«

Er betrachtet mich abschätzend. »Ähm, Sebastian 2.0 weiß vielleicht nicht, was er tut, aber er weiß verflucht genau, dass er sich nicht die Kehle aufschlitzen lassen will.«

»Es werden zwei gegen einen sein«, lege ich ihm dar, »und selbst wenn er der Killer ist und ein Messer dabeihat, wird er kapieren müssen, dass Lia uns geschickt hat. Wir sagen ihm rundheraus, Lia erwartet unsere Nachricht, dass wir gesund und munter sind, sonst verständigt sie die Cops. Er wird nichts versuchen.«

Sebastian denkt darüber nach. Er wirkt immer noch, als wollte er etwas dagegen einwenden, doch schließlich nickt er verzagt. Während er den Entwurf seiner Nachricht an seine Ex-Freundin löscht, seufzt er: »Ich hoffe wirklich sehr, dass du recht hast.«

Ich auch, denke ich und wische meine schweißnassen Hände am Sitzbezug ab.

* * *

Gut eine Viertelstunde später gehen wir beide nebeneinander eine trostlose Straße im Süden der Stadt entlang, die zu beiden Seiten von überhängenden Bäumen gesäumt wird. Unsere Schritte hallen in der Stille wie klirrende Zimbeln. Vor uns liegt Fernwood Park, ein ausgedehntes Parkgelände am See und der abgeschiedene Ort, den Race für das Geheimtreffen mit – wie er glaubt – Lia ausgewählt hat.

Meine Erfahrungen mit Fernwood Park sind begrenzt, zum letzten Mal war ich am Wandertag in der sechsten Klasse hier, daher habe ich nur vage Erinnerungen – an kastenförmige Metallgrills, die aussahen, als wären sie noch nie sauber gemacht worden; verwitterte Holzpavillons für Picknicks, die nach Teer und Harz rochen; und riesige, unebene Wiesen, die sich zwischen Wäldchen aus Kiefern, Birken und Ahorn erstreckten. Verschwommen habe ich auch das Bild von Felsen im Gedächtnis, die sich wie an einer Perlenschnur entlang des Ufers aufreihen, bewacht von Unkraut und Weiden, deren Untergrund stetig vom Wasser des Lake Champlain ausgehöhlt wird. Darüber hinaus gibt es einen kleinen Parkplatz, der jedoch zu dieser frühen Stunde noch nicht geöffnet ist, die Zufahrt ist mit einem verschlossenen Metalltor abgeriegelt. Wir müssen den Jeep idiotisch weit weg parken.

Die angespannte Fahrt vom Silverman's führte uns direkt am Banfield Crescent vorbei, und ich konnte meiner morbiden Neugier nicht widerstehen und bat Sebastian, in die breite, elegante Straße einzubiegen, damit ich mir ansehen konnte, wo Fox Whitney gewohnt hatte.

Die Luft roch durchdringend nach feuchter Erde und verbranntem Plastik, ein scharfer, süßlicher Gestank, der mir in der Kehle brannte. Die Ruine der ehemals stattlichen viktorianischen Villa, dunkel und verlassen und umgeben von Absperrband, stand ein Stück zurückversetzt von der Straße wie ein scheuer Aussätziger. Hie und da waren die kunstvollen Schnitzereien noch intakt, doch insgesamt schien das Haus nicht mehr zu retten zu sein – eine kaputte Hülle, die sich nur noch durch schiere Willenskraft aufrecht hielt. Überall waren verkohltes Holz und rauchgeschwärzte Ziegel, in der Hitze geborstene und behelfsmäßig zugenagelte Fenster, und von der Garage und dem Dach war nur noch das Gerippe übrig. Sogar der Rasen trug Spuren des Feuers, merkwürdige Schleifen und Linien, die in das Gras gesengt waren, als hätten sich dort Zitteraale gepaart.

Quer über die breite, weiß lackierte Haustür waren in fetten scharlachroten Buchstaben Fox Whitneys Verfehlungen aufgesprüht:

LÜGNER

SCHWANZLUTSCHER

DROGENDEALER

VERGEWALTIGER

»›*Vergewaltiger*‹«, las ich laut. Ich merkte selbst, wie beunruhigt ich klang – ich fragte mich, ob der Mord an Fox Dimensionen hatte, die wir noch nicht bedacht hatten. Sebastian antwortete mit verwirrtem Kopfschütteln, sein Gesichtsausdruck machte deutlich, dass er davon nichts wusste, und dann wendete er den Jeep.

Während wir wegfuhren, war ich in Gedanken bei den Whitneys. Bestimmt hatte man sich inzwischen mit ihnen in Verbindung gesetzt, und sie wussten nicht nur, was mit Fox passiert war, sondern auch, dass ihr Haus einer Brandstiftung zum Opfer gefallen war. Hatten sie sich schon auf den Rückweg nach Burlington gemacht – und was würden sie tun, wenn sie hier ankamen? Sie besaßen zwei Adressen und hatten doch keinen Ort zum Wohnen, ein Haus war eine ausgehöhlte Ruine und das andere ein blutverschmierter Tatort, an dem ihr jüngster Sohn ermordet worden war. Wie sollten sie mit beidem fertigwerden?

Als wir jetzt aus dem Auto steigen und um das abgesperrte Tor von Fernwood Park herum über den leeren Parkplatz auf die Grasfläche dahinter gehen, versuche ich, meine Nerven zu stählen. Vor uns dehnt sich eine graue, alles verschlingende Nebelbank aus, nur durchbrochen von einem gelben Licht in der Ferne, das ein einsames Notruftelefon in der Düsternis markiert. Es ist zwanzig nach fünf, hoch über uns wird der indigoblaue Himmel allmählich heller, die Sterne erlöschen einer nach dem anderen; zu uns dringt allerdings nur ein Hauch von Blau durch den dunklen Schleier dichten Nebels.

»Ich wünschte, ich hätte eine richtige Taschenlampe mitgenommen«, bemerke ich, hauptsächlich um die dicke Kruste angespannter Stille zu durchbrechen, während ich mit dem Handy eine an einem Pfosten angebrachte Karte des Parks beleuchte. Auf der Grafik schlängeln sich Wege hierhin und dorthin, und ich versuche herauszufinden, welchen wir nehmen sollen.

»*Ich* wünschte, wir hätten einen Dobermann mitgenommen«, murmelt Sebastian. »Oder vielleicht ein paar Navy SEALs.«

Insgeheim muss ich ihm zustimmen. Ich kann mir nur einen Grund vorstellen, warum Race Lia hier draußen treffen will, und der ist nicht, dass er sie unheimlich süß findet. Ich brauche nach wie vor Isabels Geld, aber bei all der Mühe, die ich mir gegeben habe, um Sebastian und auch mich selbst davon zu überzeugen, dass wir das hier durchziehen müssen, habe ich irgendwie das Gespür dafür verloren, in welcher Gefahr wir womöglich schweben. Nach einem Blick über die Schulter wage ich einen Vorschlag: »Du hattest vorhin recht. Ich meine, wir müssen das nicht tun. Wir können immer noch die Polizei rufen und sagen –«

»Nein«, unterbricht mich Sebastian entschieden. Ohne auf meine überraschte Miene zu achten, fährt er fort:

»Schau, Sebastian 2.0 kann sich wahrscheinlich irgendwie herausreden, warum er so lange gebraucht hat, um seinen Freund nach Hause zu fahren – mein Dad möchte sicher keine Details wissen –, aber wenn ich die Polizei anlüge, riskiere ich damit, unter Hausarrest gestellt oder sogar richtig verhaftet zu werden.« Das Konzert der quakenden Frösche und zirpenden Grillen um uns herum unterstreicht noch, wie allein wir sind. »Du hattest vorhin recht, Rufus: Zwei gegen einen. Er kann uns nicht beide erledigen, und es ist so, wie du gesagt hast – wir brauchen stichhaltige Beweise, wenn wir das Ganze heute Nacht zu Ende bringen wollen.«

»Die Polizei hast du doch eh schon angelogen. Sieh's doch mal von der positiven Seite«, schlage ich vor und wende mich ab, damit er nicht merkt, wie kraftlos mein Lächeln ist. »Vielleicht will Race sich hier mit Lia treffen, weil Peyton die Täterin ist und er Hilfe bei der Entscheidung braucht, ob er sie verraten soll oder nicht.«

»Ich glaube, die positive Seite wäre eher, dass er gar nicht erst aufkreuzt.«

✳ ✳ ✳

Der Fußmarsch zu unserem Ziel ist nicht schwierig, aber nervenaufreibend. Das Universum ist auf einen erschreckend kleinen Umkreis zusammengeschrumpft, Orientierungspunkte sind nur auf etwa zehn Schritte Entfernung zu erkennen und jedes Objekt jenseits des alles verschleiernden Nebelvorhangs ist bis zum Beweis des Gegenteils ein bewaffneter und gefährlicher Mörder. Sebastian hat auf der Fahrt vom Diner hierher aufs Gas gedrückt, weil wir zeitig ankommen wollten, falls es sich um eine Falle handelt; Tatsache ist jedoch, dass wir keine Ahnung haben, wo wir uns da womöglich hineinbegeben – wir wissen ja nicht, von wo aus Race Lia geschrieben hat. Er könnte genauso gut schon hier sein und auf uns warten, nach uns Ausschau halten …

»Dort«, flüstert Sebastian plötzlich, und ich erschrecke mich fast zu Tode.

Vor uns ragt ein langgestreckter Picknick-Pavillon auf, versehen mit einer Erinnerungsplakette im Gedenken an »Jane und August Tidwell« – diesen Treffpunkt hat Race in seiner Textnachricht genannt. Auf knorrigen Kiefernstämmen ruht ein spitzes Dach, dessen Gebälk bestimmt ganze Heerscharen von Fledermäusen und Spinnen beherbergt; der Pavillon ist auf drei Seiten offen und Wind und Wetter ausgesetzt, nur am hinteren Ende befindet sich eine Ziegelmauer, an die sich die Toilette anschließt.

Dieses Wissen stammt allerdings nur aus meiner Erinnerung und nicht aus unmittelbarer Beobachtung; Schatten und Nebel machen die Dunkelheit im Innern des Pavillons so undurchdringlich, so dicht, dass ich nicht bis zum hinteren Ende sehen kann. Es lässt sich unmöglich sagen, was sich dort versteckt, sodass meine Fantasie mit mir durchgeht. Frische Leichen, ein blutrünstiger Killer oder nur ein paar krumme, klebrige Tische und Müll, der von betrunkenen Urlaubern zurückgelassen wurde – alles ist möglich. Vor uns gähnt ein schwarzes Loch, das alles und nichts zugleich enthalten könnte.

»Hallo?«, rufe ich ängstlich ins Leere hinein, und meine Stimme hallt zu mir zurück. »Race, bist du da drin?« Irgendwo tröpfelt Wasser. »Lia hat uns geschickt.«

Es kommt keine Antwort, sogar die Grillen schweigen jetzt. Sebastian und ich wechseln einen nervösen Blick, und ich mache einen Schritt vorwärts, schiebe mich an einer schäbigen Holzsäule vorbei und kneife die Augen zusammen, um besser sehen zu können. Ich nehme nichts wahr, höre nichts. In der dunklen Leere vor mir zeichnen sich Tische ab, ihre alten Bretter sind grob und uneben. Könnte dahinter jemand stehen? Atmet da jemand? Meine Zunge fühlt sich in meinem Mund wie ein Streifen trockenes Leder an. »Lia weiß, dass wir hier sind, okay? Wenn du es also auf die krumme Tour …«

»*Rufus!*« Sebastians Stimme hat das scharfe Stakkato eines Hammers, der auf Glas schlägt, und ich fahre herum. »*Da kommt jemand.*«

Er starrt in die Richtung, aus der wir gekommen sind, die spitzen Äste der Birken und immergrünen Büsche greifen nach uns wie Finger aus einem Sumpf. Aus dem bläulichen Dunst vor uns schält sich ein Umriss heraus – eine Gestalt trottet durch das feuchte Gras, fast lautlos, die Schritte werden durch die dichte, schwere Luft erstickt. Ich dränge mich an Sebastian, spüre den Puls an meinen Schläfen, als der Neuankömmling deutlichere Formen annimmt: ein unförmiges Sweatshirt mit aufgestellter Kapuze; der Kopf gesenkt, die Hände in den Taschen vergraben; lange, schlanke Beine.

»Race?«, rufe ich schrill, die Angst macht meine Stimme verräterisch hoch und die Gestalt bleibt abrupt stehen. Wir starren einander über die leere Grasfläche hinweg an, erfasst von gegenseitigem Argwohn, und meine Hände kribbeln, während mir ein Adrenalinschub das Herz abdrückt. »Gut so – das ist nah genug. Was auch immer du Lia sagen wolltest, sag es stattdessen uns.«

Meine Worte treffen auf taube Ohren, denn die Gestalt macht noch zwei Schritte vorwärts. Sebastian und ich erstarren, wappnen uns – keine Ahnung, wogegen, denn so weit kommt es nicht. Vor unseren Augen hebt die Person vor uns die Hand und zieht die Kapuze zurück, sodass eine Kaskade blonder Locken und ein Paar grüner, scharfer Augen zum Vorschein kommen, die in dem spärlichen Licht glitzern.

Es ist Peyton.

25

EINEN MOMENT STEHEN WIR NUR SO DA, drei Augenpaare spiegeln dieselbe Mischung aus Verwirrung, Misstrauen und Ungläubigkeit. Schließlich will sie wissen: »Was zum Teufel habt ihr beiden hier verloren?«

»Was zum Teufel hast *du* hier verloren?«, sprudle ich heraus, zu perplex, als dass mir eine bissigere Entgegnung eingefallen wäre.

Peytons argwöhnischer Blick schießt zwischen mir und Sebastian hin und her und gleitet dann zu der gähnenden Höhle des Pavillons hinter uns, wobei sie das Gewicht von einem Fuß auf den anderen verlagert. Sie wirkt, als versuchte sie sich über etwas klar zu werden. »Ich soll hier jemanden treffen.«

»Lia?«, will Sebastian sie aus der Reserve locken, offensichtlich fragt er sich, ob vielleicht doch Race und Peyton gemeinsam für Fox' Tod verantwortlich sind – und sich zusammengetan haben, um es zu vertuschen. Ich sehe mir ihre Kleidung an: einen übergroßen Lacrosse-Hoodie mit dem Schullogo, eine ausgeleierte Trainingshose, ramponierte Tennisschuhe. Hat sie sich absichtlich wie ihr Freund angezogen? Oder lese ich zu viel hinein in ein bequemes

Outfit, das sie für ein Treffen am frühen Morgen über ihren Schlafanzug gestreift hat?

»Warum zum Geier sollte ich hier rausfahren, in diesen gottverlassenen, ungezieferverseuchten Scheiß-Sumpf am Ende der Welt, um ausgerechnet mit Lia zu reden?«, gibt Peyton zurück, und es würde eine logarithmische Gleichung erfordern, um auszudrücken, wie viel Verachtung sie in diese vergleichsweise geringe Anzahl von Wörtern gelegt hat. »Ich kann Lia nicht mal leiden.«

Sebastian kräuselt die Nase. »Du bist eine ihrer besten Freundinnen.«

»Na und? Was hat das denn damit zu tun?«

»Peyton, wenn du nicht mit Lia verabredet bist, mit wem dann?«, frage ich ungeduldig.

»Geht dich nichts an.«

»Hallo? Stehen wir etwa nicht auch um halb sechs Uhr morgens in demselben ungezieferverseuchten Scheiß-Sumpf herum?« Ich werfe die Arme hoch. »Gib uns einfach eine Antwort, okay?«

»Na schön. Ich will meinen Freund treffen, in Ordnung?« Selbst im silbrigen Licht der Morgendämmerung sehe ich, wie ihre Wangen rot werden. »Ist das in Ordnung? Bist du damit einverstanden, Rufus?«

Sebastian und ich wechseln einen verwunderten, beklommenen Blick und ich befeuchte meine Lippen. »Warum hat Race dich in den Fernwood Park bestellt?«

»Keine Ahnung!« Peyton fängt an, ihre blonden Ringellocken um ihren Finger zu wickeln, eine Geste, die auf Unsicherheit hinweist und die mir ein merkwürdiges Unbehagen bereitet. Es ist mir nicht schwergefallen, eine Abneigung gegen Peyton Forsyth zu entwickeln, konnte ich doch meine ganze Teenagerzeit hindurch stets darauf zählen, dass sie die grausamsten und schärfsten verbalen Attacken gegen mich losließ. Da sie weiß, dass ihr aufgrund ihrer Beliebtheit nichts passiert, dass die Gefahr einer wirksamen Vergeltung gering ist, hat sie bei ihrem Mobbing nie Gnade oder auch nur einen Funken Reue gezeigt. Tatsächlich habe ich an ihr bisher nicht den Hauch von Verletzlichkeit erlebt, bis jetzt. Unglücklich zupft sie an einer Haarsträhne herum und murmelt: »Er wollte es mir nicht sagen. Zwischen uns ist es irgendwie … er ist gerade total sauer auf mich, und ich war einfach nur froh, dass er mich sehen wollte.«

Ich nicke langsam. »Wir haben von eurem Streit gehört.«

»Super.« Sie stemmt die Hände in die Hüften. »Dann weiß es jetzt die ganze Welt.« Sie sieht mich giftig an, wartet darauf, dass ich mehr sage, doch ich dehne das Schweigen aus, bis sie irgendwann das Bedürfnis hat, es mit Worten zu füllen. Allerdings dreht sie dann den Spieß um. »Und warum seid ihr hier? Und was hat Lia damit zu tun?«

Sebastian und ich wechseln einen weiteren Blick, zwischen uns läuft eine stumme Debatte darüber ab, wie viel wir ihr verraten sollen – oder ob es überhaupt einen Grund gibt, etwas zurückzuhalten –, als er ihr schließlich eröffnet: »Race hat sich hier auch mit Lia verabredet, aber sie hatte Angst. Deshalb bat sie uns, an ihrer Stelle zu kommen. Dir hat er nichts von ihr erzählt?«

»Nein«, antwortet sie bestürzt. »Nein. Ich meine, es war eine Textnachricht – er hat mich mit einer Textnachricht hierherbestellt, und da stand nur: ›Komm zum Tidwell-Pavillon im Fernwood Park‹, Punkt. Ich hatte schon seit

Stunden versucht, ihn anzurufen, und ihm Nachrichten geschickt, und das ist das Einzige, was von ihm zurückkam.« Peyton dreht sich frustriert um und sucht mit den Augen das Wenige ab, was wir von der Umgebung sehen können, dann stopft sie die Hände wieder in die Taschen ihres Hoodies. »Ich verstehe das alles nicht! Warum hat er Lia geschrieben? Warum hat er sie hierherbestellt? Und was zum Teufel meinst du damit, dass sie Angst hatte? Wovor denn?«

Zum gefühlt millionsten Mal in nur wenigen Stunden lenke ich mit einer Knaller-Nachricht von einer Fangfrage ab. »Fox Whitney ist tot.«

Der Knaller erweist sich als Blindgänger – schon wieder; Peyton holt nur schnaubend Luft und wendet den Blick ab. »Ich weiß. Hab davon gehört.«

»Du hast davon gehört?« Ihren Ton analysierend ziehe ich die Augenbrauen leicht nach oben und gebe ihr dann meine unverblümte Einschätzung: »Du wirkst nicht gerade am Boden zerstört.«

»Ach, leck mich doch, Rufus Holt!«

Sebastian legt mir eine Hand auf den Arm, ein stummer Hinweis darauf, dass die Bad-Cop-Masche bei Peyton Forsyth nicht zieht. Wahrscheinlich hat er recht, nur fällt mir keine andere Vorgehensweise ein, daher halte ich den Mund und überlasse ihm die Führung. »Von wem hast du es gehört?«

»Ist das irgendwie wichtig?« Sie wirft ihr Haar zurück. »Ihr habt meine Frage noch nicht beantwortet. Was hat das mit Lia zu tun?«

Sebastian weicht ihr genauso aus wie ich. »Arlo ist auch tot.«

Ihr klappt die Kinnlade herunter. »Was? Woher –?«

»Er wurde vor ein paar Stunden umgebracht. Wir wissen nicht, ob die Polizei ihn schon gefunden hat, aber …« Wieder wirft Sebastian einen Blick zu mir. »Wir haben ihn gesehen. Es ist bei ihm zu Hause passiert.«

Peyton hebt die Faust an den Mund und schüttelt den Kopf, dann spreizt sie mit einer heftigen, drehenden Bewegung die Finger. Ihre Lippen bewegen sich kaum, als sie beharrt: »Das kann nicht sein.«

»Arlo und Lia sind noch einmal zum Haus am See zurückgefahren, nachdem ihr alle weg wart«, werfe ich ein, weil ich gemerkt habe, dass Peyton ihren Schutzschild heruntergenommen hat, und ich das ausnutzen möchte. »Arlo hatte sich in den Kopf gesetzt, den Streit mit Fox doch noch auszufechten, aber sie kamen zu spät. Laut Lia hat ihn das, was er im Haus gesehen hat, dermaßen verstört, dass er erst mit ihr darüber reden wollte, als sie wieder in Burlington angekommen waren.«

Peyton kneift die Augen zu. »Ich verstehe nicht, was du da sagst.«

»Arlo hat gesehen, wie das mit Fox passiert ist«, verdeutliche ich noch einmal. »Und nach allem, was er Lia erzählt hat, kam er anscheinend auf die unglaublich dämliche Idee, Fox' Mörder zu erpressen. Um es kurz zu machen, wir sind ziemlich sicher, dass er aus diesem Grund jetzt mit aufgeschnittener Kehle auf seiner Veranda liegt.«

»Arlo hat Drogen verkauft«, erklärt sie mir, als wäre ich ein Idiot, aber ihre Schultern haben sich verkrampft. »Wenn er tot ist, liegt es vermutlich daran.«

Ich verenge die Augen, nehme wahr, wie angespannt sie

ist. Peyton will offenbar wirklich nicht glauben, dass Arlos Tod mit dem, was er im Haus am See gesehen hat, zusammenhängt, und der Grund dafür scheint auf der Hand zu liegen. »Auf der Party heute Abend waren sechs Personen anwesend, von denen nur noch vier am Leben sind; April war bei der Polizei, als Arlo sein Ticket ins Jenseits löste; und jetzt möchte Race dich und Lia um halb sechs Uhr morgens mitten in einem verlassenen Park treffen, wo niemand eure Schreie hören könnte. Klingelt da was bei dir?«

Ich habe meine kleine Zusammenfassung noch nicht beendet, als mir unweigerlich ein Schauder über den Rücken läuft. Der dichte Nebel verleiht unserer kleinen Zusammenkunft den Anschein von Intimität, aber wir haben keine Ahnung, was hinter den dicken Dunstschwaden lauert – oder wie weit unsere Stimmen tragen. Wo bleibt Race eigentlich?

Peyton holt meine Aufmerksamkeit zurück, als sie wiederum den Kopf schüttelt und die Lippen zu einem dünnen Strich aufeinanderpresst. »Du weißt nicht, wovon du redest. Hat Lia dir das erzählt? Dass Arlo gesehen hat, wie Race –?«

Sie scheint den Gedanken nicht zu Ende führen zu können und ich erlöse sie von dem Versuch. »Sie ist sich nicht sicher, was Arlo gesehen hat. Aber irgendetwas sagt mir, dass du es weißt.«

Sie erblasst ein wenig. »Was soll das jetzt heißen?«

»Du und Race, ihr habt uns heute angelogen.« Ich sehe in ihren Augen etwas aufflackern. Zweifel? Angst? »Er hat gesagt, ihr beide wärt von der Party direkt zu ihm nach Hause gefahren, und du hast es bestätigt; aber das war Bullshit. Wir wissen, dass ihr euch gestritten habt, wir wissen, dass ihr South Hero getrennt verlassen habt, und wir wissen, dass ihr euch später im Silverman's über den Weg gelaufen seid – um genau zu sein, nicht lange bevor wir beim Haus der Atwoods aufkreuzten, um uns wegen April zu erkundigen. Zu diesem Zeitpunkt wusste noch keiner, dass Fox tot war, warum habt ihr euch also schon gegenseitig gedeckt, Peyton?«

»Haben wir nicht«, beharrt sie doch tatsächlich, ihre Stimme schwankt.

»Hör auf zu lügen!« Sebastian hat die Nase genauso voll wie ich, ist ebenso genervt.

»Ich lüge nicht! Ich meine, ich dachte … also –« Sie bricht ab, schlägt beide Hände vors Gesicht und ein erstickter Schluchzer dringt durch ihre Finger. Wieder warten wir geduldig, gehen nicht auf ihren herzzerreißenden Gefühlsausbruch ein, und schließlich beruhigt sie sich. Mit erstickter Stimme murmelt sie: »Ihr … ihr versteht das nicht.«

Sebastian scharrt unbehaglich mit den Füßen. »Dann erkläre es uns.«

Sie hebt den Kopf, späht von einem zum anderen. »Ich habe ihn nicht gedeckt. Oder zumindest war es mir zu diesem Zeitpunkt nicht bewusst. Ich dachte … ich dachte, er würde *mich* decken. Okay?«

Einen Augenblick lang ist es so still, dass ich irgendwo hinter mir in den Untiefen des Picknick-Pavillons Wasser tröpfeln höre. »Was versuchst du uns gerade mitzuteilen, Peyton?«

»Ihr müsst … ihr müsst zuerst verstehen, was zwischen mir und Fox vorgefallen ist«, sagt sie flehend. »Wenn ihr von dem Streit zwischen Race und mir wisst, dann hat April euch wohl von dem Video erzählt? Also, das Ganze war kein spontanes Ding im Überschwang der Hormone, okay? Fox und ich ... das war irgendwie unvermeidlich. Fox stand schon immer auf mich – schon seit der Mittelstufe«, fährt sie fort und schlingt die Arme um den Oberkörper.

»Unsere Mütter sind dicke Freundinnen, deshalb war er ständig bei uns und ... keine Ahnung. Irgendwann fing ich dann auch an, auf ihn zu stehen. Ich war nicht in ihn verknallt, es war mehr so ... eine Schwäche für ihn. Irgendwie so, dass wir uns am liebsten gegenseitig die Treppe hinuntergestoßen und gleichzeitig miteinander herumgeknutscht hätten, alles beide.« Sie zuckt die Schultern. »Aber wisst ihr, Fox wollte immer nur das, was er nicht kriegen konnte – dabei gab es eigentlich nichts, was Fox nicht kriegen konnte. Wann immer er etwas haben wollte, bekam er es einfach, das war für ihn vollkommen selbstverständlich.

Er war total daran gewöhnt, immer und überall der Beste zu sein: der Bestaussehende, der beste Sportler, der allgemeine Liebling; die Leute rissen sich schier ein Bein aus, um ihm zu gefallen, weil alle unbedingt wollten, dass er sie mochte – auch die Erwachsenen. Sogar die Lehrer krochen Fox in den Hintern.« Ihre Mundwinkel verziehen sich zu einem mühseligen Lächeln. »Ich war vermutlich der einzige Mensch aus seinem Bekanntenkreis, der sich nicht bei ihm einschleimte, und das brachte ihn auf die Palme.«

»Okay«, sage ich verbindlich, während ich mich über dieses Fantasiebild von Peyton Forsyth wundere, das mir hier geschildert wird. Als hätten Sebastian und ich und jeder andere, dem sie jemals begegnet ist, nicht mitbekommen, wie sie und ihre gesamte Clique sich praktisch schon seit der Vorschule tagtäglich bei Fox Whitney einschmeichelte, ebenso gierig nach seiner Anerkennung wie die weniger angesagten Leute.

»Fox' größtes Problem waren Mädchen.« Ihr Ton ist kategorisch und kalt. »Ich meine, abgesehen davon, dass er ein verlogener Drecksack war, der alles vögelte, was nicht bei drei auf den Bäumen war, hatte er ein grundsätzliches Problem mit Mädchen – ein mentales Problem. Eine Frage: Welche Eigenschaft teilen alle Freundinnen von Fox?«

Ich reiche diese Frage mit einem Blick an Sebastian weiter, weil das hier seine Freunde betrifft und mir Fox Whitneys Liebesleben völlig am Arsch vorbeigeht – zumindest war das so, bis ich meine Schwester durchtränkt von seinem Blut vorgefunden habe. Mein Freund zuckt die Achseln und rät ins Blaue hinein. »Sie sind alle heiß.«

Peyton verdreht die Augen. »Sie haben keinerlei Selbstachtung. Das sind lauter notgeile Schlampen, die sich ihm an den Hals geworfen haben. Sie wussten alle, dass er bei seinen Freundinnen einen ziemlichen Verschleiß hatte; sie wussten alle, dass er sie, sobald er sich mit ihnen langweilte, wegwerfen würde wie ein Stück Müll; aber sie bettelten trotzdem darum, weil es immer noch besser war, Fox Whitneys derzeitige Flamme zu sein als ein Niemand.« Dabei sieht sie mir ins Gesicht, fordert mich heraus, Aprils Ehre zu verteidigen. »Fox liebte es. All die Mädchen, die ihn anhimmelten? Das war seine Erfüllung. Er ging nur mit einem Mädchen, das bereit war, sich für ihn absolut zu erniedrigen, wenn er es verlangte – aber wenn sie es dann tat, war es natürlich sofort aus. Dann war er fertig mit ihr, weil er den Respekt vor ihr verloren hatte. Ich meine, wie kann man jemanden respektieren, der nicht einmal sich selbst respektiert?«

»Aber du warst anders?«, souffliere ich, weil ich die Handlung dieser »besonderen Episode« vorantreiben will. Die ernste, wichtigtuerische Art, wie Peyton ihre Beichte vorbringt, erinnert mich an eine Reality-Serie, und es erfordert meine ganze Konzentration, nicht die Augen zu verdrehen.

»Ich habe da nicht mitgespielt, und das hat ihn geärgert. Die Hälfte seiner ›Beziehungen‹, oder wie immer man das nennen mag, waren nur traurige Versuche, mich eifersüchtig zu machen. Er hat ernsthaft geglaubt, dass ich eines Tages angekrochen kommen und ihn anbetteln würde wie seine anderen Eroberungen, denn er hatte buchstäblich noch nie ein Mädchen mit Rückgrat kennengelernt.« Peyton zuckt selbstgefällig die Schultern. »Deshalb wollte ich ihm einen Denkzettel verpassen und habe angefangen, mit seinem besten Freund auszugehen. Na ja, Tatsache ist – Race und ich sind jetzt seit fast einem Jahr zusammen, aber meine wirklich langfristige Beziehung – vielleicht meine einzige wirkliche Beziehung – war die mit Fox.«

»Und was hat sich verändert?«, wirft Sebastian leise ein, und Peyton schürzt die Lippen.

»Ich und Race. Letzten Endes läuft es darauf hinaus. Vielleicht habe ich mich zuerst nur mit ihm abgegeben, weil ich irgendein Zeichen setzen wollte, aber …« Wieder zuckt sie die Schultern, diesmal unbehaglich. »Also, Race und ich passen einfach zusammen. Wir haben viel gemeinsam, unsere Familien kennen sich und wir haben Spaß. Normalerweise.« Peyton verlagert ihr Gewicht auf das andere Bein und reibt sich die Stirn. »Ich glaube, Fox hat gemerkt, dass ich allmählich … also, dass es mir mit meinem Freund ernst wurde. Dass er in unserem Dreiecksverhältnis derjenige wurde, der eigentlich störte. Und damit kam er nicht klar.

Er fing an, mit April auszugehen und es mir unter die Nase zu reiben, aber das machte mir nichts mehr aus. Ich ignorierte ihn. Und als das nicht funktionierte …« Sie senkt den Blick zu ihren Füßen, ihre Schuhe sind nass von dem glitschigen Gras. »Eines Tages benahm er sich in der Schule aus heiterem Himmel mir gegenüber wie ein totales Arschloch, und wir stritten zum ersten Mal seit Jahren. Am darauffolgenden Tag, am Freitag, kam er dann mit eingezogenem Schwanz zu mir und sagte: ›Tut mir leid, ich war ziemlich mies zu dir in letzter Zeit, aber ich muss mit dir über etwas Wichtiges reden.‹ Ich sollte nach der Schule bei ihm vorbeischauen. Eigentlich war ich mit Race verabredet, aber ich hatte Fox noch nie so … so bedürftig erlebt, deshalb war ich einverstanden. Ich sagte Race unter irgendeinem blöden Vorwand ab, und nach dem Cheerleading-Training fuhr ich zu den Whitneys.«

Sie hält den Blick gesenkt, die Worte purzeln aus ihrem Mund, als versuchte sie, sie möglichst schnell loszuwerden, um sie nicht schmecken zu müssen. »Wie sich herausstellte, wollte Fox über uns reden, darüber, was zwischen uns lief. Und er sagte all die Dinge, die ich schon seit Jahren von ihm hatte hören wollen: Er wäre sich ziemlich sicher, dass er mich liebt, hätte aber Angst gehabt, es zuzugeben; er wäre verrückt vor Eifersucht auf Race; er hätte eine Scheiß-angst davor, dass ich mit einem anderen glücklich werden könnte.« Peyton blickt auf, in ihren Augen schwimmen Tränen. »Seine Eltern verachten einander, deshalb ist er so verkorkst, was Beziehungen betrifft. Mr und Mrs Whitney liegen im Dauerclinch miteinander, aber sie lassen sich nicht scheiden, weil sie lieber ihr Elend ertragen, als das Scheitern zuzugeben. Ihre Ehe ist ein einziger großer Macht-kampf, und Fox ist in dem Glauben aufgewachsen, dass Beziehungen so laufen – dass es in einer Beziehung um Kontrolle geht.«

»Kommst du irgendwann auf den Punkt?«, fragt Sebastian schließlich, offensichtlich genauso genervt von Peytons hochdramatischer Darstellung wie ich.

»Ja, du Arschloch«, fährt sie ihn zornig an. »Er hat mir gesagt, dass er mich liebt! Er hat mir gesagt, dass er mit mir zusammen sein will und dass ihm die Folgen egal sind. Scheiße, er hat sogar geweint. Also ... also bin ich mit ihm auf sein Zimmer gegangen und –«

»Das mit dem Video wissen wir schon, den Teil kannst du ruhig überspringen«, schlage ich schnell vor.

»Am Samstag und Sonntag bin ich Race aus dem Weg gegangen und habe überlegt, wie ich ihm sagen soll, dass es zwischen uns aus war, weil ich mit Fox zusammen sein wollte.« Peyton klingt jetzt gedämpfter, aber in ihrem Ton liegt etwas Düsteres. »Fox bombardierte mich das ganze Wochenende lang mit Nachrichten, in denen stand, dass er es nicht erwarten könne, mich wiederzusehen, und dass alles anders werden würde. Und als ich dann am Montag in die Schule kam, da ...« Ihre Stimme schwankt und sie blickt hinauf zum Himmel und schluckt. »Sobald er mich gesehen hat, hat er seine Zunge in Aprils Hals gerammt und ihren Arsch begrapscht. Direkt vor meinen Augen. Und über ihre Schulter hinweg hat er mich anzüglich angeschaut, mir sein scheißdämliches Grinsen gezeigt, als wäre er mächtig stolz auf sich. Er war die Schadenfreude in Person.«

Bekümmert sagt Sebastian: »Du meinst ...?«

»Ich meine, dass er verdammt noch mal mit mir gespielt hat«, fährt Peyton ihn so hitzig an, dass ich das Gefühl habe, um uns herum müsste sich der Nebel auflösen. »Ich meine, dass das alles Bockmist war – jedes Wort davon! Er hatte endlich herausgefunden, welche Knöpfe er bei mir drücken musste, damit ich zu ihm überlief, und mehr hat ihn nie interessiert. Alles, was er mir gesagt hatte, war eine Lüge, und er wollte, dass ich es wusste; ich sollte wissen, dass ich für ihn nur eine weitere belanglose Eroberung war. Ich hatte gedacht, wir hätten diesen perversen gegenseitigen Respekt wie bei *Eiskalte Engel* und so? Aber nein. Fox hat mich nie respektiert. Und er wollte mir auch noch den Respekt vor mir selbst nehmen.« Erbittert wischt sie sich die Tränen von den Wangen.

»Tut mir leid«, sage ich.

»Ach, leck mich.« Ihre Feindseligkeit ist ein Reflex. »Als wäre dir das nicht scheißegal.« Doch sie gibt ihre Abwehrhaltung auf und lässt matt die Schultern hängen. »Jedenfalls kommt Fox eine Woche nach dieser Sache wieder in der Aula zu mir und sagt todernst: ›Meine Eltern gehen heute Abend aus, warum schaust du nicht wieder bei mir vorbei?‹ Ich glaube, eine Sekunde lang hatte ich vor Wut einen

Blackout – ich war *so nah dran*, seine Eier mit dem Elektroschocker zu grillen, da fing er von dem Video an. Er sagte …« Sie schließt fest die Augen und ihr stockt der Atem. »Er sagte … ›Du wirst deine Pläne ändern und zu mir kommen, Peyton, sonst stecke ich Race, was für eine Schlampe du bist.‹ Also musste ich. Ich hatte keine andere Wahl.«

Erneut höre ich hinter uns Wasser tröpfeln und in der Luft liegt das Klappern und Zischen eines in der Ferne vorbeifahrenden Zugs. Sebastian wirkt geschockt. »Peyton …«

»Spar dir das. Der Punkt ist, er hatte etwas gegen mich in der Hand. Er hätte mein ganzes Leben ruinieren können, jederzeit – er hätte dafür sorgen können, dass mein Freund mich abserviert, hätte meine Freunde und meine Eltern gegen mich aufhetzen können – und glaubt mir, er hätte es genossen. Er wusste, dass er mit allem davonkommen würde und dass ich ohne meine Freunde und meinen … Status nichts mehr hatte. Nichts mehr *war*.« Peyton schnieft laut. »Er hatte mich am Haken, und wochenlang war ich nur eine Hure auf Bestellung. Er brachte mich dazu, Dinge zu sagen und zu tun …«

Sie schließt fest die Lippen, als könnte sie es nicht ertragen, weiterzusprechen, und meine Haut kribbelt bei dem Gedanken daran, was sie gerade geschildert hat. »Du musst ihn gehasst haben.«

»Da hast du verdammt recht, ich habe ihn gehasst.« Ihre Antwort kommt prompt und brutal. »Scheiße, ich wollte, dass er stirbt, und es tut mir kein bisschen leid, dass er tot ist. Ich wollte ihn eigenhändig killen – heute Abend –, als ich herausfand, dass er dieses widerliche Video seinen widerlichen, perversen Freunden gezeigt hatte!«

»Kann ich verstehen.« Und das meine ich tatsächlich ernst. Endlich scheinen wir der Sache auf den Grund zu kommen, doch ein ganz klares Bild habe ich immer noch nicht davon. Steuern wir hier gerade auf ein Mordgeständnis zu? Peyton hatte mehr Gründe, Fox zu hassen, als ich mir jemals hätte vorstellen können, aber es fehlen immer noch Teile des Puzzles. Ich verstehe nach wie vor nicht, was Race antreibt. Warum hat er für sie gelogen und warum hat er dieses bizarre Treffen überhaupt arrangiert?

»Ich kam nicht mal dazu, ihn zu schlagen.« Peytons Hände verknoten sich zu Fäusten. »Fox, meine ich. April rammte mir eine Flasche ins Gesicht, die Hölle brach los, und dann rannte ich aus dem Haus, bevor ich wusste, wie mir geschah. Als Race damit fertig war, Fox eine Abreibung zu verpassen, rechnete ich sicher damit, dass nun ich an der Reihe war, aber er sah mich kaum an. Er stieg nur in seinen Wagen und haute ab. Ich hatte Angst, ihm zu folgen, aber auch Angst, es nicht zu tun, und so bin ich ihm nachgefahren, sobald Lia sagte, sie hätte dafür gesorgt, dass April nicht die Cops rufen würde.«

»Und was ist dann passiert?«

»Ich konnte ihn nicht einholen.« Sie schüttelt kläglich den Kopf. »Er fuhr zu schnell – ich habe nicht mal mehr seine Rücklichter gesehen. Jedenfalls habe ich so sehr geweint, dass ich kaum Luft bekam, und irgendwo auf dem Rückweg zur Stadt, da bin ich … ausgerastet. Ich bin einfach ausgerastet.«

»Peyton …« Ich trete einen Schritt vor, der Nebel legt sich um meine Arme, dringt durch das luftdurchlässige Gewebe meines Lacrossetrikots. »Was hast du getan?«

Ihre Augen sind glasig und nass, ihr Kinn zittert, und es braucht mehrere Anläufe, bevor sie die Worte herausbringt. Mit quietschender Stimme flüstert sie schließlich: »*Ich habe Fox' Haus niedergebrannt.*«

26

DER NEBEL SCHEINT SICH ZU VERDICHTEN, uns auf den Leib zu rücken, und wir drei stehen einfach nur da wie ausgestopfte Tiere. Was bin ich bloß für ein Idiot gewesen. »Du ... du warst das? Du hast das Haus der Whitneys abgefackelt?«

»Es war keine Absicht«, schluchzt Peyton hilflos. »Ich war so in Rage, dass ich nicht mehr klar denken konnte! Ich wollte ihm doch nur eine Lektion erteilen. Es war ... Dank ihm kannten alle mein Geheimnis, und jetzt sollten alle auch seine Geheimnisse erfahren! Seine Eltern tun immer so, als würden sie von dem ganzen Scheiß, den er macht, nichts mitbekommen, und ich wollte etwas tun, das sie aufrütteln würde; Fox sollte endlich für alles, was er getan hat, zur Rechenschaft gezogen werden!«

»Und deshalb hast du sein Haus niedergebrannt?« Sebastian starrt sie völlig entgeistert an.

»Das war ein Unfall!«, kreischt sie. »Ich ... Ich habe ein paar Fenster eingeworfen und was auf seine Tür gesprüht. Mehr wollte ich gar nicht tun. Das war der Plan. Ich meine, ich hatte nicht direkt einen Plan, aber das hatte ich vor.«

»Lügner, Schwanzlutscher, Drogendealer, Vergewaltiger«, zitiere ich.

Peyton wirf mir einen bestürzten Blick zu, doch dann nickt sie langsam. »Ja. Ich wollte es riesengroß hinsprühen, damit seine Eltern es nicht ignorieren konnten, damit sie von Fox eine Erklärung verlangten.« Schwer schluckend fährt sie mit zitternder Stimme fort: »Doch dann dachte ich, was ist, wenn er die Tür übermalen lässt, bevor sie aus New York zurückkehren? Er hat genug Geld, um leicht jemanden aufzutreiben, der einen eiligen Auftrag übernimmt, sogar an einem Feiertag. Und dann dachte ich, vielleicht sollte ich es auf den Rasen schreiben, es ins Gras brennen? Auf diese Weise könnte er es nicht verstecken.

Also tat ich es. Ich habe mit einem Benzinkanister aus dem Kofferraum etwas ins Gras geschrieben und es angezündet, und dann – keine Ahnung!« Sie wirft die Hände in die Luft. »Ich habe wohl … das Benzin muss getropft haben oder so, denn es fing überall zu brennen an, und ich hatte den Kanister in der Auffahrt gelassen, und er ist verdammt noch mal explodiert! Die Garage ist *einfach so* in die Luft geflogen, und dann ist das ganze Ding *einfach so* abgebrannt!

Da bin ich abgehauen. Vor lauter Schreck tat ich so, als wäre nichts passiert. Ich zog mich um, schrubbte mir gründlich den Benzingestank vom Körper und fuhr direkt zum Diner, weil ich dachte … ich weiß nicht, was ich dachte. Dass niemand auf die Idee käme, dass ich hinter dem Brand steckte, wenn ich mich ganz normal verhielt.«

»Und dann ist Race aufgetaucht.«

»Diesmal wollte ich ihn nicht davonkommen lassen. Ich bin ihm auf den Parkplatz nachgerannt und habe ihn angefleht, mir zuzuhören; er weigerte sich, aber ich bin ihm bis zu seinem Haus gefolgt und habe ihn gezwungen, mir zuzuhören. Ich erzählte ihm die ganze Geschichte – sogar das, was ich mit dem Haus der Whitneys gemacht hatte. Er war so stinksauer, dass er mich kaum ansehen konnte. Er saß einfach nur da.« Sie holt tief und stockend Luft. »Ich wollte, dass er wusste, wie leid es mir tat. Wie bitter ich schon dafür bezahlt hatte, Fox zu trauen.« Das Geräusch des Zugs verhallt in der Ferne, das rhythmische Klackern löst sich in nichts auf. »Ich war total sicher, dass er mich verpfeifen würde, aber dann seid ihr beide aufgetaucht und er hat euch erzählt, wir wären beide direkt nach der Party zu ihm gefahren. Ich konnte es nicht fassen.«

»Das habt ihr gar nicht vorher abgesprochen?«

»Nein! Ich war geschockt, als er es sagte. Ich dachte … Als er gelogen hat, dachte ich, das würde bedeuten, dass er mir verziehen hat. Ich dachte, es würde bedeuten, dass er mich zumindest noch beschützen wollte und dass wir vielleicht noch eine Chance hatten.« Sie fährt sich mit den Fingern durchs Haar, ihre blonden Locken winden sich wie Schlangen. »Aber ihr habt nicht aufgehört, Fragen zu stellen, und ich hatte wirklich Angst, darauf zu antworten, deshalb bin ich gegangen; danach habe ich Race unentwegt geschrieben und versucht, mich bei ihm zu bedanken – und herauszufinden, ob er immer noch mit mir zusammen sein wollte, aber er schrieb nicht zurück. Nicht ein einziges Mal. Bis vorhin.«

Ich trete noch einen Schritt vor, auf meiner Kopfhaut und hinter meinen Ohren prickelt es. »Peyton … hat Race Fox umgebracht?«

»Es muss so sein«, wimmert sie. »Er muss es … er hat für

mich gelogen, weil ich sein Alibi war. Weil er wusste, dass ich ihn decken würde. Nur so kann ich es mir vorstellen.« Unter Tränen schüttelt sie den Kopf. »Ich hatte ja keine Ahnung. Ich wusste nicht einmal, dass Fox tot war, ich … ich habe es mir nur später zusammengereimt. Race hat gelogen, um mich zu decken, weil ich dadurch ihn decken würde.«

Ich sehe zu Sebastian hinüber, der meinen Blick erwidert, mit grimmiger, beklommener Miene. Peyton hat behauptet, sie hätte Race auf dem Rückweg nach Burlington nicht eingeholt; es könnte doch sein, dass er in irgendeine Einfahrt abgebogen ist und den Motor abstellte, nachdem Arlos Motorrad ihn überholt hatte, dann abwartete, bis Peyton vorbeikam, um schließlich wieder zum Cottage zurückzufahren?

Wie er es angestellt hat, ist allerdings ziemlich irrelevant; da man die Bewegungen aller anderen genau nachvollziehen kann, bleibt nur noch Race übrig. Er muss der Schuldige sein. Als ich mich umsehe, fällt mir auf, wie viel Zeit verstrichen ist, während Peyton ihre Geschichte erzählt hat, über den Fernwood Park zieht bereits unaufhaltsam die Dämmerung herauf. Inzwischen ist die Sonne bestimmt über den Horizont gestiegen, doch der dichte Nebel sorgt immer noch für eine graue Düsternis, die nur zögerlich den hellen Rot- und Blautönen der Morgendämmerung weicht. Das Prickeln auf meiner Kopfhaut wird noch stärker. Race ist mindestens fünfzehn oder zwanzig Minuten überfällig. *Wo zum Teufel bleibt er?*

»Peyton«, sagt Sebastian, die Stimme rau vor Nervosität, »das musst du alles der Polizei sagen.«

»Bist du irre?« Was für ein hypnotischer Zustand auch immer sie zu diesem Seelenstrip verleitet hat, sie ist gerade daraus aufgewacht. »Ich werde mich nicht selbst wegen Brandstiftung anzeigen – das war ein *Unfall*!«

»Dann erzähl eben das – ist doch egal!« Sebastian zieht scharf die Luft ein. »Verstehst du denn nicht? Du bist die Einzige, die Race mit Fox' Tod in Verbindung bringen kann – du bist nicht in Sicherheit, bis du den Cops sagst, was du weißt!«

»Ich werde nicht für etwas ins Gefängnis gehen, was ich gar nicht wollte«, beharrt sie vehement, ohne Sebastian zu-zuhören, »und wenn ihr irgendetwas davon verratet, leugne ich es! Außerdem, warum sollte ich in Gefahr sein? Ich bin Race' Alibi, schon vergessen? Er würde mir nichts tun.«

»Verflucht noch mal«, murmelt mein Freund zwischen den Zähnen.

»Bist du eigentlich total verblendet?« Ich sehe sie mit zusammengekniffenen Augen an. »Peyton, du bist nur sein Alibi, wenn du bereit bist, einen Mord zu vertuschen! Folg-lich bist du auch die Einzige, die beweisen kann, dass er kein Alibi hat. Schau dich doch mal um« – ich deute auf den wabernden Nebel, die endlose Leere, die uns umgibt –, »und frag dich selbst, was zum Teufel du eigentlich hier machst! Frag dich, was dein stinkwütender Freund dir so Wichtiges zu sagen hat, dass er es nicht am Telefon oder vor Zeugen mitteilen will!«

»Er hat doch auch Lia hierherbestellt, hast du gesagt«, wendet sie schwach ein.

»Klar hat er das – er glaubt, Arlo hat ihr erzählt, was er gesehen hat, als sie zurück zum Haus am See gefahren sind!« Ich stoße einen wütenden Seufzer aus, versuche, meinen Nervenaufruhr zu besänftigen, ruhig zu klingen. »Sieh mal, Peyton. Für Race seid du und Lia vermutlich die einzigen noch lebenden Personen, die der Polizei erzählen können, was mit Fox wirklich passiert ist – Arlo hat er ja bereits die Kehle aufgeschlitzt, um ihn zum Schweigen zu bringen. Willst du also wirklich dein Leben darauf verwetten, dass er euch nur deshalb hier herausgelockt hat, damit ihr eure falschen Geschichten absprechen könnt?«

»Er würde mir nichts tun.« Es klingt fast wie eine Frage.

»Ach ja? Und was ist mit Lia?«, wirft Sebastian ein, die Stimme scharf und erregt, und zwingt sie, ihm in die Augen zu sehen. »Hat er irgendeinen Grund zu der Annahme, dass sie für ihn lügen würde, nachdem er Arlo gekillt hat? Denn irgendetwas lässt mich daran zweifeln.«

Sie beißt sich unglücklich auf die Lippe, wirkt zwiegespalten – unentschlossen, ob sie das, was wir gesagt haben, akzeptieren oder darauf vertrauen soll, was sie lieber glauben würde, und gerade als sie den Mund öffnet, um etwas darauf zu erwidern, wird sie unterbrochen. Irgendwo erschreckend nah, aber im dichten Nebel außerhalb der Sichtweite, hört man Blätter rascheln und plötzlich einen dumpfen Schlag.

Wir fahren alle drei herum, kurz wie gelähmt vor Angst, und starren mit großen Augen in die graublaue Leere vor uns – bis wir uns gleichzeitig in Bewegung setzen. Ich drehe mich um und stürze in den Pavillon hinein, suche Schutz in seinem beharrlichen Schatten, Sebastian einen halben Schritt hinter mir, während mein Herz so heftig klopft, dass ich es bis in den Kiefer spüre. Peyton hingegen dreht sich auf dem Absatz um und setzt zum Sprint in die entgegengesetzte Richtung an, verschwindet fast sofort im Nebel.

»Peyton!«, zische ich, doch es ist zwecklos; das leise Wetzen ihrer Trainingshose erstirbt und der neblige Morgen ist erneut von einer unerträglichen, düsteren Stille erfüllt. Sebastian kommt näher, als wollte er mich davon abhalten, ihr hinterherzulaufen, was ich nicht vorhabe – es wäre Selbstmord, jetzt zurück ins Freie zu treten –, aber ich würde gerne, und der Konflikt zehrt mich innerlich auf. *Sie* ist das Mittel, um das hier zu beenden; sie ist der Schlüssel, mit dem man nicht nur Race aufhalten, sondern vielleicht auch unser Haus vor der Bank retten könnte. *Allerdings, wenn Race da draußen ist…*

»Was zum Teufel sollen wir jetzt tun?«, flüstert mir Sebastian kaum hörbar ins Ohr, der offenbar dasselbe denkt wie ich. Wenn Race uns suchen kommt, wird uns auch der schummrige Pavillon nicht mehr lange schützen; aber blindlings in den weiten Park hinauszulaufen – wo man keine fünf Meter weit sieht –, wäre auch nicht viel sicherer.

»Ich weiß es nicht«, forme ich mit den Lippen. Die Sekunden verstreichen, während ich darauf warte, dass etwas passiert, jeder Moment fühlt sich an wie eine quälende Ewigkeit, und kalter Schweiß rinnt mir über den Rücken. Ich strenge meine Ohren an, lausche auf Schritte, Atmen… doch da ist nur Totenstille.

Die Angst macht Sebastians Stimme heiser. »Glaubst du, das war Race?«

»Ich weiß es nicht«, wiederhole ich, frustriert über meine eigene Unentschlossenheit. Fall es Race war, ist er dann Peyton gefolgt? Oder wartet er, bis wir aus der Deckung kommen, um sich dann an uns heranzuschleichen? Und was, wenn das nur ein tollpatschiges Stinktier war, das vom Baum gefallen ist? Wie lange sollen wir hier herumstehen wie ein paar Idioten und darauf warten, dass uns einer abmurkst? »Wir müssen hier raus.«

»Okay.« Sebastian nickt, macht jedoch keine Anstalten, den schützenden Schatten zu verlassen, in seinen Augen spiegelt sich das schwache graue Licht, das unter das Spitzdach fällt. »Sie ... Peyton wird wahrscheinlich sofort nach Hause fahren. Vielleicht können wir sie einholen.«

»Nein.« Ich wische mir den Schweiß von der Oberlippe, in die Stille lauschend. »Wir müssen jetzt zur Polizei. Es ist Zeit. Es ist höchste Zeit.«

»Aber wenn Peyton nicht mitkommt ...«

»Wir brauchen sie nicht. Wenn wir genau berichten, was sie uns erzählt hat, Wort für Wort, wird das genügen, um sie und Race zu verhaften. Wir wissen, dass sie sich ihr Alibi nicht gemeinsam ausgedacht haben, deshalb wird es, was immer sie der Polizei auch auftischen, in Einzelheiten voneinander abweichen. Mein Plan ist nicht perfekt, aber er wird den Verdacht von April ablenken – und sobald Race im Fokus steht, hat er keine Gelegenheit mehr, Lia oder Peyton oder irgendjemanden sonst zu verfolgen. Dann sind alle sicher.«

»Okay«, sagt Sebastian noch einmal, er klingt unbeschreiblich erleichtert. »Okay.«

»Auf drei, ja?« Ich schiebe mich zentimeterweise vorwärts, an den Rand der Dunkelheit, an den Rand eines milchig-blauen Verderbens. »Eins. Zwei. *Drei*.«

Wir stürzen hinaus in den Nebel, unsere Knie brennen,

unsere Füße prallen hart auf den unebenen Boden, während wir hoffentlich Richtung Parkplatz rennen. Ich verlasse mich ganz auf meinen Instinkt, und sobald der Picknick-Pavillon hinter uns verschwindet, erfasst mich ein ängstlicher Schauder. Ohne sichtbare Orientierungspunkte sind wir wie Schiffbrüchige, die hilflos im Meer treiben und hoffen, irgendwann auf Land zu stoßen.

Wir sprinten an einer uns unbekannten Blumenrabatte vorbei, an einer Ansammlung von Birken und an einem verlassenen Picknicktisch, der mit Graffiti und Vogeldreck übersät ist. Irgendwo vor uns in der Ferne leuchtet das gelbe Licht des Notruftelefons wie ein Elmsfeuer und ich korrigiere unseren Kurs nach links. Die Luft pfeift an meinen Ohren vorbei, meine Schuhe rutschen im feuchten Gras, und meine Lunge brennt, weil meine fiebrigen Nerven mehr Sauerstoff verbrauchen, als ich aufsaugen kann.

Dann wird das Grau vor uns dunkler und dichter, ein Wall aus Bäumen taucht aus dem Nebel auf wie das verwunschene Dorf Brigadoon und wir bleiben keuchend und schlitternd stehen. Ich will mich gerade umdrehen und zurückschauen – überzeugt, dass gleich Race aus dem Dunkel auf uns zustürzt –, doch Sebastian packt mich an der Schulter und zieht daran.

»*Da drüben*«, raunt er, »*Parkplatz!*«

Ohne zu warten läuft er los, nach links, wo man auf Bodenhöhe die Parkplatzschwellen aus Beton ausmachen kann, sie wirken wie eine Alligatorenfamilie, die lauernd im Gras liegt. Ich eile ihm nach, doch sobald unsere Schuhe auf das Pflaster treffen, bremsen wir ab und gehen vorsichtig weiter, denn bei jedem Schritt knirschen Steinchen und feuchter Splitt auf der harten Oberfläche unerträglich laut, und ich fühle mich mit jedem Geräusch, das wir erzeugen, verletzlicher.

Plötzlich bleibt Sebastian stehen, sodass ich gegen seinen Rücken pralle. Mit hoher, eingerosteter Stimme stößt er hervor: »Ach du Scheiße, Alter.«

Vor uns im Nebel steht mitten auf dem Parkplatz ein schnittiger weißer Wagen, der mit einem zart glänzenden Feuchtigkeitsfilm überzogen ist. Tiefe Spuren im Gras zeugen davon, wo das Auto über den Bordstein gefahren ist und geschickt das mit einem Vorhängeschloss gesicherte Tor an der Zufahrt zum Parkplatz umschifft hat, um anschließend quer über die niedrigen Parkplatzschwellen zu brettern. Ich sehe den dramatischen Spoiler und einen Teil der Autoseite, über die sich ein dunkles Linienmuster zieht, und mein Herz hüpft so weit in meinen Hals hinauf, dass es von meinem Gaumenzäpfchen abprallt. *Das ist Race' Camaro.*

»Er ist hier«, sagt Sebastian tonlos, die Schultern verkrampft nach oben gezogen. »Das war er. Das war er, Rufus.«

»Wo ist Peyton?«, erkundige ich mich besorgt und beäuge das Auto, als könnte es explodieren. Es kommt mir vor, als hätten wir äonenlang allein in dem Pavillon herumgestanden, nachdem sie davongelaufen war, dabei können nur wenige Minuten verstrichen sein, ehe wir ihr folgten, und das hier ist der einzige Weg aus dem Park; sie muss hier vorbeigekommen sein. Was hat sie gemacht, als sie das Auto gesehen hat? Ist sie weitergerannt? Ist sie stehen geblieben und hat nach ihrem Freund Ausschau gehalten, überzeugt, dass sie immer noch auf derselben Seite stehen? *Ist sie überhaupt so weit gekommen?*

»Shit. Shit.« Sebastian fährt herum, seine Augen vollführen einen nervösen Tanz. Die Heckscheibe des Camaro ist getönt, es ist unmöglich, hineinzusehen, das schwarze Glas wirkt wie die Pforte zu einer gottverlassenen Hölle. *Ist er da drin?* »Verdammt, wir müssen von hier verschwinden. Wir gehen zum Jeep und rufen die Polizei.«

Ich nicke in stummem Einverständnis, während ich immer noch versuche, mit den Augen ein Sichtloch in die Heckscheibe zu brennen. Ich kann es kaum erwarten, meine Probleme endlich in die Hände einer höheren Autorität legen zu können. Nur dass mir in diesem Augenblick etwas auffällt, was mein Herz zum Stolpern bringt und meinen Mund ein merkwürdiges Geräusch ausstoßen lässt. »Warte mal, Sebastian.«

»Was? Was ist?« Er will weiter, bleibt gerade lange genug stehen, um der Richtung meines ausgestreckten Arms zu folgen, und sieht, was ich entdeckt habe: Aus dem schmalen Spalt zwischen Kofferraumdeckel und Karosserie ragt ein Stück weicher grauer Stoff heraus. Sebastian schüttelt den Kopf. »Das ist ... gar nichts, Rufus. Komm schon –«

»Das ist Peytons Kapuzenshirt.«

»Es *sieht aus* wie Peytons Kapuzenshirt«, korrigiert er mich, und ich erkenne Furcht in seinen Augen, »das aussieht wie eine Million anderer Kapuzenshirts. Jeder Spieler in jeder Sportmannschaft an der Schule hat eins in dieser Farbe – auch Race. Wahrscheinlich hat er einen ganzen Stapel davon im Kofferraum. Das heißt noch gar nichts.«

»Sie könnte da drin sein«, flüstere ich, unfähig, mich zu bewegen. »Wir müssen –«

»Was?« Er stellt sich vor mich hin. »Ihren Arsch da rauszerren und sie eine halbe Meile zum Jeep tragen? Dann entkommen wir Race bestimmt nicht, sollte er uns auf den Fersen sein! Wenn sie verletzt ist, braucht sie die Polizei, Rufus, wir müssen die Polizei holen.«

»Sie könnte im Sterben liegen oder ...«

»Und sie könnte schon mit durchschnittener Kehle tot da drin liegen!«, ruft Sebastian, seine Stimme schraubt sich dabei so nach oben, dass sie schier bricht, und mir entgeht nicht das Drängen in seinem Ton; er diskutiert jetzt nicht mehr mit mir – er fleht mich geradezu an, auf ihn zu hören. »Womöglich ist es sogar eine Falle – denk mal daran! Wir müssen verdammt noch mal hier weg.«

Er hat recht und ich weiß es. Wenn Peyton da drin ist, sind die Chancen, dass sie noch lebt, verschwindend gering. Im Auto rührt sich nichts, kein Laut ist zu vernehmen – niemand schreit im Kofferraum nach Hilfe und tritt gegen den Deckel. Es fühlt sich falsch an, nicht einmal nachzusehen, aber wir dürfen keine Zeit verlieren, das wäre ein zu großes Risiko. Ich lasse mich von Sebastian um den Wagen herumführen, doch im Vorbeigehen zieht mich das Fahrerfenster magisch an, und ich werfe einen bangen Blick hinein, erwarte voller Schrecken, dass Race mir irre daraus entgegengrinst.

Er ist nicht da. Das Fenster ist offen und das Auto leer. Trotzdem springt mir etwas ins Auge: der stumpfe Glanz eines Metallgegenstands, der auf dem Beifahrersitz liegt, gefangen in einem blassen Lichtrechteck, das die zunehmende Morgendämmerung ins Auto wirft. Als mein Gehirn verarbeitet hat, was ich sehe, bleibe ich erneut abrupt stehen. Es gibt eine Million vorstellbare Erklärungen. *Es könnte alles Mögliche bedeuten. Es bedeutet gar nichts.* Und dennoch …

»Komm endlich, Rufus!« Sebastian bleibt stehen, denn er hat gemerkt, dass ich nicht mehr hinter ihm bin, und wirft einen genervten, besorgten Blick zu mir zurück. Ich höre ihn kaum. Wie in Trance bewege ich mich auf den Camaro zu und probiere den Türgriff aus. Es ist nicht abgesperrt. Die Innenbeleuchtung geht an, und ich höre, wie Sebastian einen ungläubigen Aufschrei unterdrückt, während sich gleichzeitig meine Befürchtungen bestätigen. »Rufus, was tust du da?«

Er ist wieder bei mir, als ich gerade das Schloss des Kofferraums gefunden habe und entriegle, woraufhin sich der Deckel mit einem gedämpften *plopp* öffnet. Sebastian hüpft geradezu von einem Fuß auf den anderen, seine Augen schießen wild auf dem leeren Parkplatz umher, auf der Ausschau nach einem Killer, trotzdem kommt er mir nach, als ich um den Wagen herumgehe und in den Kofferraum blicke. Mein Magen sackt nach unten, doch es ist mein Freund, der beim Anblick dessen, was wir gefunden haben, entsetzt nach Luft schnappt und herausplatzt: »Verfluchte Scheiße.«

27

ZUSAMMENGEROLLT IM KOFFERRAUM, bekleidet mit ramponierten Tennisschuhen, einer Trainingshose und einem übergroßen Lacrosse-Kapuzenshirt – an Händen und Füßen gefesselt – liegt Race Atwood. Und er bewegt sich nicht.

»Ich …« Sebastian starrt nur auf ihn, mit leerer, fassungsloser Miene. »Ich verstehe das nicht. Es ergibt keinen Sinn.«

»O doch«, sage ich wie betäubt und kneife die Augen zu, das Bild hat sich bereits in mein Gedächtnis gebrannt. Race' Haut ist fahl, er hat die Augen geschlossen und sein Mund ist mit Klebeband versiegelt – auf den ersten Blick lässt sich unmöglich sagen, ob er am Leben ist oder nicht. Seine Hände sind unter dem Kinn komisch verrenkt und der rote Fleck auf einem Finger wirkt im schwefelgelben Licht des Kofferraums dunkel und schaurig. »Das ergibt schon Sinn. Schau doch mal auf den Beifahrersitz.«

Sebastian geht zurück zur Fahrerseite, die Tür steht noch offen, und späht hinein. »Da ist eine Sprühdose. Und w–«

Sobald er es ausgesprochen hat, fällt der Groschen. Seine Augen begegnen meinen, seine Lippen öffnen sich vor Überraschung und ich senke den Blick wieder zu Race. Zu

dem Finger, der denselben Scharlachton trägt wie die Wör-
ter, die auf Fox Whitneys Haustür gesprüht wurden: LÜG-
NER. SCHWANZLUTSCHER. DROGENDEALER.
VERGEWALTIGER.

Bei unserem Gespräch mit Race und Peyton früher am
Abend hatte ich an Blut gedacht, nach Blut gesucht – und
es einen Sekundenbruchteil lang auf Race' Fingerspitze gesehen. Als hätte sich Fox' Mörder alle Spuren des Verbrechens abwaschen können bis auf diese eine. Aber Sprüh-
farbe geht mit Wasser und Seife nicht ab, und wenn Race
den Finger zu weit an die Düse der Dose bekommen hatte,
als er sie benutzte …

»Das ergibt trotzdem keinen Sinn«, beharrt Sebastian
hartnäckig, er wirkt betroffen. »*Peyton* hat doch das Haus
der Whitneys abgefackelt – das hat sie uns selbst erzählt!
Ich meine, ihre Geschichte … das kann sie sich nicht alles
ausgedacht haben.«

»Hat sie auch nicht. Die Geschichte stimmte.« Ich sehe
ihr Gesicht genau vor mir, den ängstlichen Ausdruck, das
zitternde Kinn. »Nur dass es nicht ihre Geschichte war.
Sondern seine. Race ist derjenige, der zu Fox' Haus gefahren
ist; Race ist derjenige, der es aus Versehen in Brand gesteckt
hat. Peyton ist … Peyton –«

»Nein.« Sebastian schüttelt den Kopf, nicht bereit zu
glauben, dass man uns so getäuscht hat.

»Sie hat mit uns gespielt. Sie hatte keine Ahnung, was
Lia wusste, und musste herausfinden, ob Arlo irgendetwas
über sie zu Lia gesagt hatte. Falls ja, würde Lia ihre Anrufe
ignorieren, das war ihr klar, also schrieb sie ihr stattdessen
mit Race' Handy. Deshalb und weil …« Ich werfe ihm

einen beklommenen Blick zu. »Weil die Handydaten Race belasten würden, wenn Lia sterben musste.«

»Nie im Leben. Nie im Leben, Rufe, das ist Quatsch. Du hast sie doch gesehen, als sie uns erzählt hat, was heute Nacht passiert ist – sie ist fast ausgeflippt! So eine gute Schauspielerin ist Peyton nicht!«

Ich will gerade antworten, als mich eine Stimme irgendwo hinter mir davon abhält, und ich habe das Gefühl, als würde mir das Herz aus der Brust hüpfen und wie ein kopfscheues Pferd die Straße entlanggaloppieren. »Peyton kann vieles besser, als die Leute ihr zutrauen.«

Ich fahre herum und da ist sie: Sie steht auf der anderen Seite des Camaro, ist leise wie eine Katze aus dem dichten Nebel aufgetaucht, die grünen Augen hart und funkelnd. So lautlos, wie sie sich angeschlichen hat, kann sie uns schon die ganze Zeit beschattet haben, kommt mir in den Sinn, kann sie seit unserer wilden Flucht aus dem Picknick-Pavillon jeden unserer Schritte durch den Park verfolgt haben.

»Ich bin eine verdammt gute Schauspielerin. Ihr hättet die Vorstellung sehen sollen, die ich Arlo heute Nacht geboten habe.«

»Peyton«, beginne ich, in der Absicht, etwas Brillantes und Überzeugungskräftiges zu sagen; doch als ich die erschreckende Leere in ihrem Gesicht sehe, kommt mein Verstand komplett zum Erliegen.

»Das kann nicht wahr sein – es ergibt keinen Sinn.« Sebastian weigert sich immer noch, es zu glauben, seine Augen wandern von dem im Kofferraum liegenden Race zu Peytons kaltem, ernstem Gesicht. An der Art, wie sie den rechten Arm bewegt, erkenne ich, dass sie etwas hält, aber ihre Hand ist durch den Camaro verdeckt. Ich stelle mir ein riesiges Metzgermesser vor und das zwei Tonnen schwere Auto zwischen uns kommt mir auf einmal wie ein lächerlich dürftiger Schutz vor. Sebastian blickt finster, sein Zorn wird angefacht durch Frustration und Angst. »Race hatte mit der ganzen Sache überhaupt nichts zu tun, nicht wahr? Du hast Fox umgebracht und dann sein Haus angezündet und … und dann –«

»Nein.« Ich zwinge mich, es durchzudenken, mich zu konzentrieren und meine Gedanken zu sortieren – *tief durchatmen und einen Schritt zurücktreten.* »Peyton ist ausgerastet, wie sie gesagt hat, aber dann ist sie zurück zum Cottage gefahren, um sich zu rächen – nicht zum Haus der Whitneys. Sie wusste, dass April total weggetreten war, weil Lia ihr von dem Hustensirup erzählt hatte, erinnerst du dich? Den Teil hat Race nicht mitbekommen. *Peyton* war die Einzige, die wusste, dass es keine Zeugen geben würde – und dass es jemand geben würde, dem man es in die Schuhe schieben konnte.« Die Luft um uns herum fühlt sich an wie geschwollen, drückend. »Race war derjenige, der die Tür der Whitneys besprüht hat, und er muss es Peyton erzählt haben. Vielleicht hat er verlangt, dass sie ihn deckt. Vielleicht hat er gesagt, sie schuldet ihm ein Alibi dafür, dass sie ihn mit Fox betrogen hat.«

Peyton nickt langsam, mechanisch. »Er hatte wirklich Schiss. Die Garage fing Feuer, und da ist er abgehauen, weil er dachte, dass das Feuer auf das ganze Viertel übergreifen würde. Als ich ihn im Silverman's traf, war er immer noch in Panik – nur deshalb hat er mir überhaupt so viel erzählt.« Ihr Ton ist unbeteiligt, ohne jedes Gefühl, und mir dreht sich der Magen um. »Und als er dann sagte, ich müsste für ihn lügen, dachte ich ehrlich, das wäre jetzt ein Wink des Schicksals, dass es richtig von mir war, Fox zu beseitigen. Ich meine, ich war kurz davor, durchzudrehen, und dann fiel mir ein Alibi ... einfach so in den Schoß.«

»Du redest Unsinn!«, platzt Sebastian heraus. »Auf der Tür stand ›Vergewaltiger‹. Wir haben es gesehen! Warum sollte Race das schreiben, wenn er gar nicht wusste, dass Fox dich erpresst hat ... Sachen mit ihm zu machen?«

Peyton stößt ein trockenes Lachen aus, das klingt, als würde jemand einen Sarkophag aufstemmen, und das ungefähr sechstausendmal gruseliger ist als ihre emotionslose Art zuvor. »Wisst ihr eigentlich, wie viele Mädchen Fox Whitney betrunken oder stoned gemacht hat, um sich dann an ihnen zu vergehen? Er war ein widerliches Arschloch. Race wusste besser als ich, was für einen Scheiß Fox durchzog. Vielleicht wäre ich auf Fox gar nicht erst reingefallen, wenn er mir auch nur einen Teil davon erzählt hätte.«

Sie wirft einen verbitterten Blick auf Race' reglosen Körper, der immer noch zusammengefaltet im engen Kofferraum liegt, und bei dem Gedanken daran, was Peyton als Nächstes vorhat, bricht mir der Schweiß aus. Zu zweit können Sebastian und ich sie mit Sicherheit überwältigen ... aber wenn sie tatsächlich ein Messer hat, kommt uns der Versuch vielleicht teuer zu stehen.

Ich räuspere mich. »Du hast Arlo umgebracht, weil er dich erpresst hat, und du hast Race umgebracht, weil ... was? Weil er herausgefunden hat, warum du so bereitwillig für ihn gelogen hast? Wo soll das hinführen, Peyton? Hast du vor, jeden, der sonst noch auf dieser Party war, kaltzumachen, und hoffst, die Cops werden denken, dass April sich im Blutrausch durch die ganze Stadt gebeamt hat?«

»Race ist nicht tot«, widerspricht sie pedantisch. »Noch nicht.« Sie schenkt ihrem Freund einen weiteren Blick, und ich schwöre, diesmal sehe ich fast Bedauern in ihren Augen aufflackern und wieder verfliegen, ein sich anbahnender Sturm, der doch nicht ausbricht. »Es hätte nicht so kommen müssen. Außer Fox hätte heute Nacht niemand sterben müssen. Ich wollte niemand anderem wehtun.«

»Aber Arlo hat dich dazu gezwungen«, helfe ich ihr auf die Sprünge, weil sie sie am Reden halten will. Wir könnten davonlaufen. Peyton macht Leichtathletik, und ich weiß, sie ist schnell, aber sie könnte uns ja nicht beide verfolgen, wenn wir in verschiedene Richtungen rennen. »Er hat gesehen, was im Haus am See passiert ist, richtig?«

»Er hat gesehen, wie ich April in die Küche geschleppt habe, und hielt Fox und April für tot.« Sie lässt die Schultern kreisen, dass die Gelenke knacken. »Ich glaube, die beiden waren ihm ziemlich egal, aber er hatte eine Heidenangst vor Lyle Shetland und dachte, er könnte genug Geld von mir erpressen, um falls nötig für immer aus der Stadt zu verschwinden. Er wollte zehntausend. In bar.« Jetzt lächelt Peyton, ihre Zähne so spitz wie Zaunlatten. »Ich bin zu ihm nach Hause gefahren mit einer Reisetasche voller Zeitschriften und solchem Kram, und der Idiot glaubte doch tatsächlich, das wäre das Geld. Als könnte ich mitten in der Nacht zehntausend Dollar auftreiben.«

»Und er ließ dich nahe genug an sich rankommen, dass du ihm die Kehle aufschlitzen konntest.«

»Er bat mich, ein Stück zurückzutreten, während er die

Tasche öffnete, doch als er sich hinunterbeugte, um den Reißverschluss zu öffnen, betäubte ich ihn mit dem Elektroschocker. Seine Kehle aufzuschlitzen war dann ein Kinderspiel.«

»Blieben immer noch Lia … und Race«, souffliere ich weiter, mit trockenem Mund. Wenn man in verschiedene Richtungen flieht, ist das Problem, dass derjenige, den sie verfolgt, womöglich schon tot ist, bevor der andere Hilfe holen kann – und der nächste wirklich sichere Punkt ist der Jeep. Auf einem Achthundert-Meter-Sprint kann man nicht hoffen, sie abzuschütteln, und sobald man stehen bleibt, um das Auto aufzuschließen, ist das wie eine Einladung an sie, einen abzustechen. Sich aufzuteilen ist genauso riskant wie der Versuch, sie zu überwältigen.

»Ich hatte keine Wahl«, erklärt Peyton bestimmt. »Race, dieser blöde Vollidiot – er hat seine Meinung geändert! Nachdem ich mit Arlo fertig war, bin ich zurück zu Race gefahren, damit wir unsere Story ausarbeiten konnten, aber bis dahin hatten sie schon in den Nachrichten von dem Feuer berichtet, und er verlor die Nerven. Ich meine, er hatte einen totalen Zusammenbruch – er weinte, lachte, die ganze Palette –, und fing davon an, dass er sich stellen wollte. Ich versuchte, es ihm auszureden, aber er wollte nicht hören. Er rechnete damit, dass Fox sofort ihn verdächtigen und man ihn sowieso verhaften würde, da könnte er auch gleich gestehen.« Sie atmet erschöpft auf. »Also erklärte ich ihm, warum er das nicht tun konnte. Warum er bei der verdammten Geschichte bleiben musste, die wir euch erzählt hatten.«

»Er hat es nicht gut aufgenommen?«

»Nein.« Ein schwaches, unheimliches Lächeln gleitet

über ihre Lippen. »Ich musste also auch bei ihm den Elektroschocker einsetzen, nur um ihn davon abzuhalten, die Polizei zu rufen, und dann …« Sie zuckt teilnahmslos die Achseln. »Dann war es zu spät, um noch ein Risiko einzugehen. Ich kann nicht zulassen, dass er den Cops von mir erzählt, deshalb muss er … auch sterben.«

»Peyton, weiß du eigentlich, was du da redest?«, beschwört Sebastian sie, seine Stimme schraubt sich erneut nach oben, während er versucht, das, was sie gesagt hat, zu verarbeiten. Er wirft eine Hand in die feuchte Luft, die Finger gespreizt, sein Körper angespannt wie eine Sprungfeder. »Das ist … Wahnsinn! Das ist verfluchter Wahnsinn. Zwei Menschen sind bereits tot – ist das nicht schlimm genug? Du musst nicht noch jemanden umbringen!«

»Will ich ja auch gar nicht, klar?«, blafft sie erbittert zurück, ihre Augen lodern. »Das Ganze hier macht mir bestimmt keinen Spaß, Bash. Als ich vorhin geweint habe, war das nicht nur gespielt. So tun zu müssen, als hätte ich das Haus der Whitneys abgefackelt. Fox zu töten war … schrecklich. Es ist einfach passiert. Noch während es geschah, konnte ich nicht fassen, was ich da tat, und, und, es war … schrecklich. Ich hätte fast gekotzt.« Bei der Erinnerung daran krümmt sich ihr Hals und ihr Kinn schnellt nach vorn. Kurz denke ich, sie kotzt uns gleich vor die Füße, doch dann schluckt sie und beißt die Zähne zusammen. »Aber Fox Whitney war ein Lügner. Er war ein frauenverachtendes Schwein, er hat mich erpresst und damit zu Sex mit ihm gezwungen, er hat seine Freunde wie den letzten Dreck behandelt, er hat *Drogen an Kinder* verkauft … Sag mir, dass er es nicht verdient hat.«

»Ich …« Wie gern würde ich etwas entgegnen, diesem Gespräch eine andere Wendung geben, aber … was soll ich darauf sagen? Fox Whitney war wirklich ein übler Mensch. Mord ist nicht richtig – natürlich nicht –, trotzdem werde ich den Typen nicht vermissen. Ich habe nicht mehr zu bieten als platte Weisheiten über Recht und Unrecht, und ich weiß nicht, ob das bei ihr jetzt noch etwas bewirkt. Aber irgendetwas muss ich sagen. Ich muss es versuchen.

Peytons Verhalten zeugt nicht von Angst oder Verzweiflung; im Gegenteil, sie wirkt kontrolliert und stabil, scheint sich nicht die geringste Sorge zu machen, dass wir ihr entwischen könnten – und das jagt mir kalte Angstschauer über den Rücken. Schließlich gelingt es dem unschlagbaren Team meiner Nerven und meiner großen Klappe, ein paar Worte hervorzuzaubern.

»Peyton, ich hasse Fox schon viel länger als du, aber irgendwie konnte ich immer vermeiden, ihn umzubringen. Vielleicht könntest du es auch einmal damit versuchen, Menschen *nicht* umzubringen?«

Genervt verdreht sie die Augen. »Was bist du bloß für ein scheinheiliger Arsch, Rufus. Mach ruhig weiter so – dann fällt mir das, was gleich kommt, um einiges leichter.«

Sebastian packt mich am Ellbogen und zieht mich beschützend zu sich, auf seiner Stirn entsteht eine steile Falte. »Du musst gar nichts tun, Peyton. Und du kannst uns nicht alle drei umbringen. Lia erwartet, dass wir ihr Bericht darüber erstatten, was heute Nacht vorgefallen ist – persönlich –, und wenn wir uns nicht bald melden, wird sie die Polizei rufen!«

»Bis die kommt, bin ich längst weg und habe schon alle

offenen Fragen für sie beantwortet«, entgegnet Peyton selbstgefällig. »In ungefähr einer halben Stunde wird Race' Dad aus Washington zurückkehren, und wenn die Cops bei ihm auftauchen und nach seinem Sohn fragen, werden sie praktischerweise einen Abschiedsbrief auf Race' Computer finden, in dem er alles gesteht.« Mit leicht gerunzelter Stirn sieht sie uns an, eher enttäuscht als bedauernd. »Ich … ich hielt es fast für eine gute Sache, dass ihr anstelle von Lia hier aufgetaucht seid. Ihr wart bereits von Race' Schuld überzeugt, und ich habe gemerkt, dass ihr mir meine Geschichte abkauft. Ich dachte, vielleicht lasse ich euch zur Polizei gehen, damit ihr meine Aussage unterstützt – damit ihr erzählt, ich hätte Fox' Haus niedergebrannt, und mein Alibi bestätigt. Aber Race muss *hier* sterben. So habe ich es in seinem Abschiedsbrief geschrieben, und es ist zu spät, zurückzufahren und es zu ändern, ohne erwischt zu werden. Vielleicht, wenn ihr weitergegangen wärt. Wenn ihr nicht in den Kofferraum geschaut hättet. Aber …«

Wieder wird ihre Miene ausdruckslos, ihre Augen sind so kalt und leer wie Pluto und ich halte instinktiv den Atem an. Sebastians Finger krallen sich in meinen Arm, auch er spürt es – gleich wird etwas passieren; uns läuft die Zeit davon. Welchen Schritt wir auch ergreifen, es muss *jetzt* passieren.

Und dann hebt Peyton den rechten Arm und ich sehe, was sie bisher vor unseren Blicken verborgen hat. Die Druckverhältnisse in meinem Körper ändern sich; mein Magen sackt nach unten, meine Lunge steigt nach oben, und mein Herz fühlt sich auf einmal an, als würde es mitten in meinem Kopf hämmern.

In der Hand hält sie Arlos Gewehr.

28

IM OSTEN KÜNDIGT SICH DER SONNENAUFGANG AN, Streifen in Weiß und Silber lösen die verträumt wirkenden, dunstigen Blau- und Purpurtöne ab; Fernwood Park jedoch bleibt ein abgründiger Sumpf mit stickiger Luft und feuchtem Gras. Verhüllten Wächtern gleich ragen die Bäume auf, an denen wir uns mit unserer beschwerlichen Last mühsam vorbei- kämpfen. Race' Beine fühlen sich erstaunlich mager an in meinen Armen, aber sein Oberkörper rutscht Sebastian ständig aus den Händen, und zu Peytons wachsendem Ärger müssen er und ich häufig stehen bleiben, um wieder zu Atem zu kommen und Platz zu tauschen.

Die Situation hat sich dramatisch verändert, als Peyton Arlos Gewehr ins Spiel gebracht hat. Wenn wir Peyton irgendwie entkommen könnten, es schaffen würden, im Nebel zu verschwinden, bevor sie richtig zielen kann, hät- ten wir eine Chance, uns irgendwo vor ihr zu verstecken – vielleicht; allerdings ist ihr das wohl ebenfalls bewusst, denn sie bleibt gerade so weit hinter uns, dass sie zwar außerhalb unserer Reichweite, aber immer noch in Sichtweite ist. Sie hantiert mit der Waffe, als wüsste sie genau, was sie tut, und daher werde ich es mir bestimmt zweimal überlegen, bevor ich mit einem »Scheiß drauf!« einen Fluchtversuch wage. Außerdem müsste ich mich zuvor vergewissern, dass sich auch Sebastian in Sicherheit bringt, und wir haben keine Möglichkeit, uns zu verständigen, uns irgendwie abzusprechen. Wir müssen auf Zeit spielen – müssen hoffen, dass wir überhaupt genügend Zeit haben, auf die wir spielen können – und darauf warten, dass sich eine passende Gelegenheit ergibt.

Sobald Peyton den Lauf der Waffe auf uns gerichtet hatte und allen klar war, wie der Hase lief, befahl sie uns, unsere Smartphones auf den Boden zu werfen und sie zu zertreten. Dann wies sie uns an, Race aus dem Kofferraum des Camaro zu hieven und ihn zu zweit tief in den nebligen Fernwood Park zu tragen, unserem gemeinsamen Untergang entgegen.

»Also, Race geht es schlecht, wisst ihr, er hat solche Schuldgefühle, weil er Fox und Arlo umgebracht hat«, erklärt Peyton im Plauderton, während wir seinen schlaffen Körper an einer misslungenen Statue vorbeischleppen, einem sonderbaren Homunculus aus Bronze, der offenkundig zur Erinnerung an einen gewissen Wilfred Stanhope aufgestellt wurde – die zweifelhafteste Ehrerweisung, die mir je untergekommen ist. »In dem Brief, den er auf seinem Computer hinterlassen hat, ist viel von Reue die Rede. Er macht sich Gedanken darüber, ob er nach allem, was er getan hat, überhaupt verdient weiterzuleben. Er hat sich noch nicht entschieden, ob er Lia am Leben lässt, und er weiß auch nicht, ob er heute aus dem Park wieder nach Hause zurückkehren wird. Es steht fifty-fifty. Der Arme ist wirklich am Durchdrehen.«

»Klingt, als hättest du alles genau durchdacht«, bemerke ich säuerlich.

»Das mit dem Gewehr war ein glücklicher Zufall«, räumt sie ein und wirkt dabei sehr zufrieden mit sich. »Ich wusste nicht genau, ob Arlo eine Waffe bei sich haben würde, und mein hübscher Plan hätte auch komplett schiefgehen können. Aber alles lief glatt. Und als Arlo tot war, brauchte er ja sein Gewehr nicht mehr, also habe ich es mitgenommen. Wenn Race jetzt damit euch und dann sich selbst umbringt, ist das der Beweis, dass er bei Arlo war.«

Ich sehe auf den armen Race hinunter – nie hätte ich gedacht, dass ich diesen Typen mal so bezeichnen würde – und mir wird ganz flau im Magen. Seine Haut ist grau und mit einem Schweißfilm überzogen, auf seinen Lidern zeichnet sich ein Geflecht dünner Adern ab, und ich frage mich, wie Peyton es hinbekommen hat, dass er so lange bewusstlos bleibt. Irgendwo muss sie doch einen Fehler gemacht haben – Spuren hinterlassen haben, die sie mit diesen Morden in Verbindung bringen. Sie trägt Handschuhe, um Fingerabdrücke auf der Waffe zu vermeiden, aber das Haar fällt ihr lose über die Schultern; sie könnte ganz leicht ein paar lange, verräterische Strähnen auf Arlos oder Fox' Leiche verloren haben. Allerdings würde das nicht ausreichen, um sie zu überführen, schließlich hat sie die halbe Nacht mit den beiden gefeiert.

Außerdem wird etwas, was eventuell irgendwann in einem Polizeilabor auftaucht, Sebastian und mir herzlich wenig nützen, weil wir dann schon Monate oder gar Jahre tot in einem Kieferwäldchen liegen und Arlos Kugeln in unseren Schädeln herumkullern.

»Wir müssen anhalten«, schnauft Sebastian, als ihm Race wieder aus den Händen zu rutschen beginnt und immer tiefer Richtung Boden sackt. Mein Freund geht rückwärts, die Finger unter die Achseln des Bewusstlosen gehakt, was das Vorankommen schwierig macht. »Ich kriege einen Krampf in den Händen.«

»Na und?« Peyton fixiert ihn mit einem gereizten Blick. »Du hast's ja bald hinter dir. Also reiß dich zusammen.«

Sebastian bleibt abrupt stehen und funkelt sie wütend an, er hat die Kiefer so stark aufeinandergepresst, dass ich den Puls an seinem Hals sehen kann. »Ich lasse ihn gleich fallen, dann müssen wir sowieso stehen bleiben.«

Ausnahmsweise einmal bin nicht ich derjenige, der in Rage gerät; die Ohnmacht angesichts unseres bevorstehenden Todes steigert Sebastians Wut ins Unermessliche, und mir wird klar, wenn sich nicht bald eine »passende Gelegenheit« bietet, wird er irgendetwas unternehmen, um das Blatt zu wenden. Oder vielleicht ist er schon dabei. Ich beobachte, wie Peyton das Gewehr in der Hand verlagert und ungeduldig mit den Fingern auf den Kolben klopft, und schalte mich ein: »Wir sollten wieder Platz tauschen.«

»Ihr wollt nur Zeit schinden«, zischt Peyton, »und ich habe es satt. Los, weiter!«

»Das stimmt nicht«, knurrt Sebastian mit zusammengebissenen Zähnen und zornblitzenden Augen. Race rutscht tiefer und tiefer, der Stoff seines Sweatshirts verdreht und bauscht sich unter den Achseln, während mein Freund sich angestrengt bemüht, ihn festzuhalten. »Er ist verdammt schwer, ja?«

»Ich hab ihn ganz allein in den Kofferraum bugsiert, und

ihr zwei Weicheier schafft es nicht mal, ihn zusammen ein paar hundert Meter zu tragen?«

Ich sehe mich um, frage mich, ob wir tatsächlich schon so weit gekommen sind. Peyton kennt sich ganz eindeutig hier aus und führt uns wie selbstverständlich durch den Park – vermutlich zurück zum Tidwell-Pavillon, wo sie sich ursprünglich mit Lia treffen wollte –, aber wir haben einen anderen Weg als vorher genommen, und ich habe keine Ahnung, wo wir gerade sind. Mir gegenüber bückt sich Sebastian und legt Race trotzig auf dem Boden ab. »Wenn du übernehmen willst, dann tu dir keinen Zwang an.«

»Das ist doch wohl nicht dein Ernst?« Peyton sieht ihn ungläubig an und richtet das Gewehr auf ihn. »Heb ihn hoch!«

»Fahr zur Hölle, Peyton!«

Ich halte immer noch Race' gefesselte Knöchel fest, versuche verzweifelt zu entscheiden, ob ich die Situation entschärfen oder Sebastian dabei helfen soll, Peyton noch mehr zu provozieren – als ich spüre, wie die Füße des Bewusstlosen zucken. Die Beine beginnen zu zappeln, winden sich aus meinem Griff und schlagen hart auf dem Boden auf, während Race am ganzen Körper zittert und richtiggehend durchgeschüttelt wird. Ein feuchter Fleck breitet sich im Schritt seiner Trainingshose aus und zieht sich rasch an einem Hosenbein hinunter; sein Rücken wölbt sich, sein Hals wird steif, seine Lider flattern und geben den Blick auf das Weiß des Augapfels frei.

Peyton fährt zurück, starrt schockiert auf den sich im Gras windenden Race. In der Luft liegt der stechende Gestank von Urin. »Was zum Teufel …?«

»Was hast du mit ihm gemacht?«, frage ich. Die Haut des Jungen hat die Farbe von geronnenem Fett angenommen und aus seiner Kehle dringt ein gurgelnder Laut. »Schnell, zieh ihm das Klebeband vom Mund!«, fordere ich Sebastian auf.

»Stopp!« Peyton richtet die Waffe wieder auf uns, aber ihre Miene verrät Angst und wachsende Unsicherheit. »Lass es drauf!«

»Er hat einen Anfall, Peyton«, schreie ich, allmählich verliere ich die Geduld. »Er könnte seine Zunge verschlucken oder an Erbrochenem ersticken! Wie willst du das in deine schöne Selbstmordgeschichte einbauen?« Sie antwortet nicht, doch der Lauf des Gewehrs senkt sich um ein paar Zentimeter, und Sebastian bückt sich, um Race' Knebel zu entfernen. »Was zum Teufel hast du bloß gemacht? Wie viel Power hat dein Elektroschocker?«

»Das ist es nicht – ich meine, ich hab ihm nur einen einzigen Stromschlag verpasst, und Race war nur ein paar Minuten weggetreten!« Sie ist aus der Fassung gebracht und entnervt, spürt, dass ihr die Kontrolle über die Situation zu entgleiten droht. »Als er wieder zu sich kam, habe ich ihm ein Glas Wasser gegeben, in dem ich ein paar White Rabbits aufgelöst hatte – das sollte ihn entspannen. Normalerweise beruhigen sie ihn! Machen ihn glücklich und albern und … und leicht zu lenken. Und ich dachte, bei allem, was man so in den Nachrichten über White Rabbits hört – wenn man sie später in seinem Körper nachweisen kann, erscheint es plausibler, dass er so viele Leute umgebracht hat.«

Ich klappe den Mund zu und blicke wieder zu Race. Sebastian, der aussieht, als wäre er seekrank, hat ihn auf die

Seite gedreht, während Krämpfe den Rumpf des Jungen schütteln und ihm übelriechender Schaum vor den Mund tritt. »Du hast ihm welche aus Fox' Vorrat gegeben, oder?«

»Ja, und?«

»›Und?‹ Sie waren nicht sauber, Peyton!«

Sie starrt mich alarmiert an, und mir wird klar, dass diese Information an ihr vorbeigegangen war. Sie war draußen im Whirlpool, als Arlo Fox wegen der gepanschten Pillen zur Rede stellte, und wusste daher wahrscheinlich nichts von den unbeabsichtigten Nebenwirkungen. »Fox hat die White Rabbits mit irgendwas gestreckt und – ach, ist ja auch egal. Race könnte daran sterben, okay? Du wirst niemanden davon überzeugen können, dass er erst uns und dann sich selbst erschossen hat – nicht, wenn sie eine Autopsie vornehmen und herausfinden, dass er gleichzeitig einen verdammten epileptischen Anfall hatte!«

»N-Nein.« Sie schüttelt heftig den Kopf, das Gesicht bleich. »Du lügst.«

»Nein.« Ihre Augen verraten mir, dass sie mir glaubt – oder denkt, sie sollte es vielleicht tun –, und ihr Blick schießt zu dem sich windenden Race. Ich schaue zu Sebastian, und was ich in seinen Augen lese, hallt so laut wie ein Donnerschlag. Er hat die Lippen zusammengepresst, aber im Kopf höre ich ihn schreien, höre die Frage, die ich mir selbst stelle: *Ist das der Moment? Sollen wir noch länger warten? Können wir uns das leisten?* Ich träufle mehr Gift in Peytons Ohr. »Du hast es vermasselt, das Spiel ist aus, also könntest du uns einfach helfen, ihn ins Krankenhaus zu bringen! Vielleicht stimmt es die Cops ja milder, wenn du sein Leben rettest.«

Sie schüttelt beharrlich den Kopf, doch das Gewehr sinkt nach unten, während sie unsicher auf der Unterlippe kaut und auf den krampfenden Race blickt. Sie sucht nach einem Ausweg – sucht nach einer Möglichkeit, ihren Plan zu ändern, damit sie ihn trotzdem durchziehen kann. Sie ist abgelenkt und das ist *die* Gelegenheit. Ich schalte mein Hirn aus und mache einen Satz nach vorne.

Dabei strecke ich die Arme nach der Waffe aus, stelle mir den Lauf in meinen Händen vor – versuche abzuschätzen, wie viel Kraft ich wohl brauche, um die Waffe Peytons Griff zu entwinden, und wie mich das eventuell aus dem Gleichgewicht bringen könnte; darauf muss ich vorbereitet sein. Und ich *bin* vorbereitet. Mein Herz hämmert, Hitze schießt mir in die Brust, in den Hals, ins Gesicht und ich mobilisiere meine gesamte Willenskraft.

Doch der Abstand ist zu groß. Peyton reagiert, bevor ich sie erreicht habe, und der Lauf ruckt wieder nach oben, das Visier schwingt in dem Moment, in dem ich zupacken will, direkt auf mich zu. Sebastian schreit auf, meine Finger schließen sich um kaltes Metall und das Gewehr geht los; die Kugel verfehlt mein Gesicht nur um Zentimeter, Hitze und Schmerz breiten sich in meinen Handflächen aus, während auf einmal alle Umgebungsgeräusche verstummen und durch ein durchdringendes, anhaltendes Pfeifen ersetzt werden.

Peyton verliert das Gleichgewicht, und der Lauf wird mir aus den tauben Händen gerissen, als sie zurücktaumelt, auf dem nassen Gras ausrutscht, hart auf dem Boden aufkommt und sich abrollt. Ich wage keinen zweiten Versuch. Da sich Peyton bereits wieder aufrappelt, den Finger immer noch am Abzug, muss ich mich im Bruchteil einer Sekunde entscheiden – angreifen oder fliehen. Aber das war ganz schön knapp, und es hat mir eine Heidenangst eingejagt, mehr als ich zugeben will. Einen zweiten Versuch wird meine Blase nicht durchhalten.

»*LAUF!*«, brülle ich und wirble herum, jeder Muskel wach, mein Nervensystem steht unter Hochspannung. Ich setze über Race hinweg, Sebastian ist bereits aufgesprungen und passt sich meinem Tempo an und gemeinsam fliehen wir in den Nebel. Nie bin ich so schnell gerannt und habe mich dabei so langsam gefühlt, das Gewehr in meinem Rücken gibt mir das Gefühl, in einem Albtraum gefangen zu sein, in dem ich nicht von der Stelle komme.

Noch zweimal krachen Schüsse – der Lärm war zu erwarten und ist doch gleichzeitig so erschreckend, dass Sebastian stolpert und fällt und mit der Brust voran übers Gras schlittert. Ich helfe ihm beim Aufstehen, zerre ihn an seinem T-Shirt hoch, und ohne einen Blick zurück sprinten wir weiter und scheren nach links aus. Peyton schreit etwas und wir legen einen Zahn zu.

Absurderweise liegt plötzlich ein Schmetterlingsgarten vor uns, den Eingang bildet ein bizarrer Bogen aus Weidenzweigen und Efeuranken, und wir rasen einen schmalen Pfad entlang, der sich zwischen Beeten mit Sonnenhut, Zinnien und Wolfsmilch hindurchschlängelt; als wir auf der anderen Seite herauskommen, biegen wir nach rechts und spurten eine flache Böschung hinab, umrunden einen gewaltigen Baumstumpf und preschen geradewegs in einen Wald aus hüfthohen Rohrkolben hinein. Meine Schritte verursachen ein schmatzendes Geräusch, ein Hinweis, dass wir das Seeufer erreicht haben. Ein traurig wirkender Baum mit herabhängenden Zweigen neigt sich übers Wasser, als betrachtete er sein Spiegelbild.

Wir gehen in die Hocke. Kalter Schlamm dringt durch unsere Kleider, Insekten und Würmer kriechen über unsere bloße Haut und wir sitzen da und warten. In unserem Rücken liegt der spiegelglatte Lake Champlain, fast gespenstisch still, und Dunst hängt wie eine Rauchglocke über der Wasseroberfläche. Während die Minuten verstreichen, wagen wir nicht, uns zu rühren. Angestrengt lauschen wir auf das Geräusch von Peytons sich nähernden Schritten, können nicht glauben, dass wir sie abgehängt haben. Oder doch? Auch wenn sie uns aus den Augen verloren hat, wird sie uns kaum überhört haben – unser Keuchen und Schnaufen, das Klatschen unserer Füße; bei unserer Flucht vor der auf uns gerichteten Waffe war es nicht unbedingt unser oberstes Ziel, möglichst leise zu sein.

Doch als aus drei Minuten Stille vier und dann fünf werden, scheint es uns offensichtlich, dass sie nicht da draußen ist. Wäre sie dicht hinter uns gewesen, hätte sie sich inzwischen bemerkbar gemacht; sie hat nicht die Zeit, sich so lange auf die Lauer zu legen, bis wir irgendwann wieder auftauchen, denn für Race tickt die Uhr, und wenn Peyton ungeschoren davonkommen will, muss sie das hier zu Ende bringen, bevor Mr Atwood den angeblichen Abschiedsbrief seines Sohns findet und die Polizei auf der Suche nach ihm hierherschickt.

»Okay«, flüstere ich endlich, meine Lippen sind so trocken, dass die Haut spannt. »Okay. Wir sollten weiter. Ich glaube … ich glaube nicht, dass sie gesehen hat, in welche

Richtung wir gelaufen sind, und wenn ich hier einfach nur rumsitze, fühle ich mich wie auf dem Präsentierteller. Wir sollten abhauen, bevor sie doch noch zurückkommt oder so.«

»Rufus.« Sebastian schüttelt den Kopf, er sieht bleich und angestrengt aus. »Ich bleibe hier.«

»Aber die Sonne ist schon aufgegangen. Wenn sich der Nebel lichtet, haben wir keine Deckung mehr, das war unser einziger Vorteil!« Ich muss ihn einfach überzeugen; auf keinen Fall sollten wir uns trennen. »Wir schaffen es bestimmt zum Jeep, ich weiß es.«

»Nein, Rufus –«

»Hör zu, wenn wir uns am Rand des Parks halten, wo es Bäume gibt und so –«

»*Nein.*« Sein Tonfall ist so vehement, dass ich verstumme und ihn einfach nur anstarre. Er zuckt zusammen, seine dunklen Lider flattern und er murmelt: »Ich will damit sagen, ich glaube, ich muss hierbleiben, Rufe. Mir … geht's nicht so besonders.« Er schiebt sich zum Sitzen hoch, und auf einmal schnürt mir Panik die Kehle zu, denn sein T-Shirt ist auf der linken Seite blutdurchtränkt. Als er es vorsichtig anhebt, kommt eine hässliche Furche aus zerfetzter Haut und rohem Fleisch zum Vorschein, wo ihn eine von Peytons Kugeln getroffen hat, und mir wird augenblicklich übel. »Sieht so aus … sieht so aus, als hätte sie mich erwischt.«

Tränen schießen mir in die Augen, Erbrochenes sticht mir in der Nase und meine Stimme klingt wie eine kaputte Mundharmonika – siebzehn Töne gleichzeitig. »Sebastian –«

»Es tut gar nicht mal so weh«, sagt er, ein benommenes,

stolzes Lächeln in seinem schönen Gesicht. »Aber mir ist ein bisschen schwindelig.« Er schüttelt den Kopf. »Ich muss wohl hierbleiben. Ich würde dich nur behindern –«

»Nein, nein, nein, Sebastian.« Rasselnd atme ich ein, meine Lippen sind nass von den Tränen. Mir ist, als würde ich keine Luft mehr bekommen. Ich wende mich ans Universum, wünsche mir mit aller Kraft, dass Sebastians Wunde genauso geringfügig ist wie die Wunde an meiner Seite, aber es funktioniert nicht. Wäre ich doch an seiner Stelle! *Das hier ist falsch, ganz falsch.* »Du kannst auf keinen Fall hierbleiben – du musst ins Krankenhaus! Leg deinen Arm über meine Schulter, dann helfe ich dir –«

»Rufus …«

»Ich *trage* dich«, schluchze ich, als er den Kopf schüttelt, auf erschreckende Weise entrückt, wie ein Märtyrer, der sich bereits mit seinem Schicksal abgefunden hat.

Er greift in seine Hosentasche, zieht die Schlüssel für den Jeep heraus und schiebt sie mir in die Hand.

»Du weißt schon, wie albern das klingt?« Er hebt eine Augenbraue, wirkt fast entspannt, flirtet mit mir. »Nimm meinen Wagen und hol Hilfe – ich komme schon klar. Es ist für uns beide besser, wenn ich hierbleibe und mich einfach … also, ausruhe.«

Ich küsse ihn, weil ich nicht weiß, was ich sagen soll – weil ich ihn nicht mitnehmen, aber auch nicht bleiben kann, und weil ich ihn auf einmal gar nicht genug küssen kann. Ich ziehe das Trikot aus, knülle es zusammen und presse es auf seine Wunde. Er zuckt zusammen. »Drück es drauf, so fest und so lange du kannst, hörst du. So verlierst du weniger Blut, okay? Versprich es mir.«

»Versprochen.« Er lächelt mich wieder auf diese entrückte Art an, sein Blick wandert benommen über meinen nackten Oberkörper, während sein Daumen meine Unterlippe liebkost. »Du bist so schön, Rufus. Ich liebe dich. Und ich sage es so gern. Ich liebe dich.«

»Ich liebe dich auch«, wimmere ich, überwältigt und überrumpelt von lähmenden Gefühlen, die völlig neu für mich sind. Ich bin es gewohnt, allein und wütend zu sein. Ich bin es gewohnt, mich wehren zu müssen und mich mit einem Schutzwall aus angriffslustigem Groll zu umgeben. Und ich bin es gewohnt, Menschen zu misstrauen und ihre Motive anzuzweifeln.

Doch das hier kenne ich nicht – so jämmerlich liebesbedürftig und so total hilflos zu sein. Das Gefühl zu haben, dass es zum allerersten Mal nicht ausreichen wird, mich selbst zu retten. Ich küsse ihn wieder und wieder. Und dann lasse ich ihn dort zurück.

29

DER RÜCKWEG ZUM PARKPLATZ ist eine Tortur. Obwohl ich mich an meinen simplen Plan halte – dem Ufer folgen, bis ich den dichten Wald erreiche, und dann hoffen, dass mich die Bäume zu meinem Ziel führen –, fühle ich mich völlig orientierungslos und habe durch den Zeitdruck, der auf mir lastet, jedes Selbstvertrauen verloren. In meinem aufgelösten Zustand bin ich mir nicht mal sicher, ob ich in die richtige Richtung aus dem Park hinaus zur Straße gehe oder stattdessen immer tiefer hinein.

Der Nebel löst sich viel schneller auf als erwartet, und dass ich nun so gut sichtbar bin, verunsichert mich zusätzlich; bei jedem Geräusch flüchte ich mich in den Schutz der Bäume. Trotzdem laufe ich, so schnell ich kann, auch wenn ich dabei riskiere, durch das Knacken der Zweige unter meinen Füßen oder das Rascheln des Farnkrauts an meinen Knöcheln auf mich aufmerksam zu machen. Doch ich bin wild entschlossen, Sebastian zu retten, ehe es zu spät ist. Ich klammere mich an den Glauben, dass er wieder in Ordnung kommt. *Er muss wieder in Ordnung kommen.*

Dann – keine Ahnung, ob ich fünf Minuten oder vielleicht fünf Stunden unterwegs war – liegt plötzlich der

Parkplatz vor mir, wie ein Flammenmeer, das ich auf meinem Weg zur Straße durchqueren muss. Hier hat uns Peyton vorhin schon aufgelauert, wohl wissend, dass es der einzige Ausgang ist. Schwer atmend halte ich inne, ich spüre, wie mir am Haaransatz und unter den Achseln der Angstschweiß ausbricht. Zunächst einmal halte ich Ausschau nach Race' Wagen. Er steht immer noch am selben Platz, gerade so in dem dünner werdenden Nebel zu erkennen, eine Erscheinung vor einem Hintergrund aus verschwommenem, blassem Grau. *Ist sie dort?*

Bestimmt weiß sie, dass unsere beiden besten Chancen, um Hilfe zu holen – außer wir springen in den See und schwimmen nordwärts –, der Jeep und das Notruftelefon sind. Das Telefon ist ganz klar zu riskant, eine Falle mit einem grellen gelben Licht, die es Peyton leicht machen würde, mich anzuvisieren, während ich dort stehe und herauszufinden versuche, ob das verdammte Ding überhaupt noch funktioniert. Um auf Nummer sicher zu gehen, wird sie wahrscheinlich auf der gegenüberliegenden Seite des Parkplatzes warten, nahe genug beim Telefon, um Bewegungen auszumachen, und gleichzeitig nahe genug an der Straße, um auf Schritte zu lauschen.

Den Blick auf die Kühlerhaube des Camaro gerichtet und nach irgendwelchen Lebenszeichen ausspähend, steige ich vorsichtig über eine der Betonschwellen und schleiche geduckt Richtung Straße. Mein Herz hämmert, meine Schritte klingen in meinen Ohren so laut wie brechende Knochen und der Überschuss an Adrenalin lässt meine Finger schmerzhaft prickeln. Auf halber Strecke über den Parkplatz wird mir klar, dass sie mich gehört hat – ein ohrenbetäubender Knall zerreißt die feuchte Morgenluft und in einen der Bäume hinter mir schlägt eine Kugel ein. Peytons Silhouette zeichnet sich mit erhobener Waffe hinter dem Camaro ab – aber da bin ich bereits losgesprintet.

Ich presche über das Pflaster, als ein zweiter Schuss bellt und wieder einen Baum trifft. Mein Magen rumort und schlägt Purzelbäume, spielt vor lauter Panik verrückt. Mit einem weiten Satz springe ich über die nächste Schwelle und einen schmalen Grasstreifen und stolpere auf die Straße, dann schwenke ich nach links und rase unter heftigem Armeinsatz und mit schmerzender Lunge die leere Fahrbahn entlang.

Noch eine halbe Meile bis zum Jeep. Mehr oder weniger. Eine halbe Meile, die der sich wie ein Halbmarathon anfühlt. Voller Angst warte ich auf die nächste Kugel, frage mich, ob sie mich von den Füßen reißen wird und ob ich sie überhaupt spüren werde – es heißt ja, die Kugel, die deinen Namen trägt, hörst du nicht. Vielleicht bin ich dann einfach weg, renne in einer Sekunde um mein Leben und bin in der nächsten nur noch eine traurige Erinnerung, wie eine Kerze, die kurz flackert und dann verlischt.

Erst durch das Schleifen von Metall auf Beton – die Karosserie eines Wagens, der über den Bordstein rumpelt und auf der Straße aufsetzt – geht mir auf, dass Peytons Waffenarsenal nicht auf Arlos Jagdgewehr beschränkt ist. Hinter mir heult der Motor des Camaro auf, die Reifen hören sich an wie ein Rudel wütender Hunde, als sie hungrig in den Asphalt greifen, und das Fernlicht, das in meinem Rücken aufflammt, lässt den Nebel um mich herum blendend weiß leuchten.

Mein Herz stolpert, ich gerate ins Straucheln und mir wird vor lauter Panik ganz schwindelig, während der Wagen mit quietschenden Reifen einen Satz nach vorne macht. Es gibt keinen Ausweg. Die Straße besitzt nur zwei Fahrspuren und wird von tiefen Gräben mit schwarzem Wasser gesäumt, unter dessen tückischer Oberfläche eine Ansammlung von scharfen Steinen und benutzten Spritzbestecken lauert. Selbst wenn ich die Böschung hinunterklettern und einen der Gräben durchwaten würde, müsste ich mich auf der anderen Seite nur durch ein Labyrinth aus dicht stehenden Bäumen und brusthohem Gebüsch kämpfen. Ich käme keine zwei Meter weit, bevor Peyton die Waffe angelegt und mir den Schädel weggepustet hätte. Sollte ich den Graben als alternative Fluchtroute wählen, wäre ich die perfekte Zielscheibe. *Es gibt keinen Ausweg.*

In meiner Verzweiflung schwenke ich blindlings nach rechts. Der Motor des Camaro wird lauter, der Wagen ist mir dicht auf den Fersen, schließt zu mir auf. Meine Kehle fühlt sich an wie mit Sandpapier ausgekleidet, mein Schatten tanzt im Licht der sich nähernden Scheinwerfer vor meinen Augen und schrumpft immer mehr zusammen. Als mein Fuß die Kante des Grabens streift, bleibe ich abrupt stehen.

Ich drehe mich um. Der Camaro beschleunigt und rast auf mich zu, doch in letzter Sekunde springe ich zur Seite. Wie in Zeitlupe sehe ich dieses Monster aus Stahl um Haaresbreite an mir vorbeigleiten, so nahe, dass ich einen warmen Luftzug an meinen Beinen spüre – und mein Schuh im Sprung den Seitenspiegel abbricht. Durch den Aufprall werde ich weggeschleudert und überschlage mich, hilflos mit den Armen rudernd.

Ich lande hart auf dem Asphalt, reiße mir das Knie auf, wobei mich ein stechender Schmerz durchzuckt, wirble noch ein paarmal um die eigene Achse und komme schließlich am anderen Straßenrand mit einem gequälten Aufschrei zum Liegen. Um mich dreht sich alles, mein gesamter Körper brennt und ich schnappe verzweifelt nach Luft. Die Bremsen des Camaro quietschen, er schleudert, dreht sich und bleibt mit keuchendem Motor quer zur Fahrbahn stehen; gleich darauf legt Peyton den Rückwärtsgang ein und richtet den Wagen wieder gerade aus – bereit für den nächsten Angriff. Laut wimmernd rapple ich mich auf zitternden Armen und noch stärker zitternden Beinen hoch. Tiefe Kratzer ziehen sich kreuz und quer über meinen nackten Oberkörper und ich stolpere mit einem mitleiderregenden Hinken weiter.

Völlig kopflos laufe ich wieder Richtung Park, beherrscht von purem Grauen. Peyton lässt den Motor aufheulen und die Räder durchdrehen, bleibt aber stehen und wartet geduldig, bis sich unser Abstand so weit vergrößert hat, dass sie ausreichend Geschwindigkeit aufbauen kann. Ich trabe verzweifelt am Rand der Straße dahin, der Geruch des dunklen, übel riechenden Wassers unterhalb steigt mir in die Nase, und jedes Mal, wenn ich mein verletztes Knie belaste, schießt glühender Schmerz durch mein Bein, als würde es jemand mit einem Vorschlaghammer bearbeiten. Durch den Schleier aus Schmerz und Tränen höre ich in meinem Innern Sebastians Stimme, wie er bei einem meiner heftigen, jeden Gedanken ausschaltenden Tobsuchtsanfälle beruhigend auf mich einredet: *Tief durchatmen und einen Schritt zurücktreten.*

Peyton löst die Bremse und mit einem triumphierenden Heulen macht der Wagen einen Satz, die Räder, endlich frei, radieren erlöst über den Asphalt. Ich bleibe stehen und drehe mich um – erschöpft, blutig und geschwächt –, und sehe mit einem Gefühl der Leere zu, wie das Coupé heranbraust. Diesmal werde ich keinen todesmutigen Satz machen können; ich habe Glück, dass ich überhaupt noch aufrecht stehen kann. Der Nebel teilt sich, ich erkenne Peytons hämisches Grinsen hinter dem Lenkrad …

… und trete einen Schritt zurück.

Das Bankett gibt unter meinem Fuß nach und ich falle, meine Nerven werden von einem albtraumhaften Rasen erfasst, obwohl der Sturz ziemlich schnell zu Ende ist. Der seichte Bach, der durch den Graben fließt, hüllt mich in seine kalte Umarmung, und ich lande rücklings auf einem Bett aus scharfkantigen Steinen, Flaschendeckeln und langen, spitzen Ästen, die mir ins Fleisch dringen wie Kerzen in einen Geburtstagskuchen. Irgendwo stoße ich mir den Kopf an und sehe Sternchen, während ich das ölige, stinkende Wasser in den Hals bekomme.

Wieder tritt Peyton hart auf die Bremse, doch zu spät; der Asphalt ist feucht vom Tau und die Reifen rutschen weg. Das Fahrzeug schlingert, kommt ins Schleudern … und schießt dann übers Bankett hinaus. Im Graben gefangen, betrachte ich benommen von unten, wie der Wagen direkt über mich hinwegfliegt, die Strahlen der Scheinwerfer auf die massigen Baumstümpfe gerichtet, die schon auf ihn warten.

Der Aufprall ist ohrenbetäubend – eine scheußliche Detonation aus berstendem Glas, Metall und Plastik –, das

Auto stellt sich hochkant und wird durch die Wucht des Aufpralls zur Seite geschleudert. Hart kommt es wieder auf den Rädern auf, die Kotflügel schrammen an den Bäumen entlang und schließlich bohrt es sich in den Graben. Die Luft riecht nach Benzin und Öl und Hitze, als ich ächzend aus meiner nassen Liegestatt krieche wie ein Zombie aus seinem Grab.

Fast fürchte ich, dass Peyton sich in Terminator-Manier mit erhobener Waffe einen Weg aus dem Wrack bahnt, immer noch entschlossen, ihre Mission zu beenden; aber meine Angst ist unbegründet. In ihrer Eile, mich zur Strecke zu bringen, hatte sie den Sicherheitsgurt nicht angelegt. Mühsam rapple ich mich auf meinen gefühllosen Beinen hoch und sehe, dass Peyton durch die Windschutzscheibe gekracht ist – mit dem Oberkörper liegt sie auf der Kühlerhaube des Camaro, Blut und Glassplitter in den Haaren, die Gliedmaßen verdreht.

Peyton Forsyth ist tot.

EINEN
MONAT
SPÄTER

»ICH STÖRE EUCH DOCH HOFFENTLICH NICHT«, sagt meine Mutter mit wirklich schlecht gespielter Arglosigkeit. Zwei Minuten zuvor hatten Sebastian und ich noch wild auf dem Wohnzimmerboden herumgeknutscht. Wir hatten unsere T-Shirts abgestreift, und die verräterische Härte, die ich an meiner Hüfte spürte, als Sebastian auf mich glitt, war sehr erregend gewesen. Aber dann rasselte ein Schlüssel im Schloss, die Haustür flog auf, meine Mom rief ein unmögliches »Huhu, ich bin's bloß!«, und uns waren nur dreißig Sekunden geblieben, um uns anzuziehen und wieder brav hinzusetzen, bevor sie mit einem süffisanten Lächeln im Gesicht ins Zimmer spaziert kam.

»Nein, Mrs – äh, Genevieve«, stammelt Sebastian nervös, mit seinen vor Verlegenheit geröteten Wangen sieht er hinreißend aus. »Wir schauen uns nur gerade einen Film an.«

Mom wirft einen Blick auf den Fernseher. »Oh, *Freitag, der 13.*! Das ist Teil … sieben, stimmt's? Mit dem Mädchen, das mit ihren Gedanken Gegenstände durch die Luft fliegen lassen kann?« Sie sinkt in den Sessel, macht es sich bequem und zwinkert Sebastian zu. »Ihr habt doch nichts dagegen, wenn ich mitschaue, Jungs? Den siebten Teil mag ich am liebsten.«

Ich werfe ihr einen finsteren Blick zu, während ich spüre, wie meine Erektion, die ich geistesgegenwärtig hinter der Popcornschüssel versteckt habe, schwindet. Akustisch ließe sich das mit dem Glissandopfeifton einer Kolbenflöte untermalen. Auf dem Bildschirm spießt gerade Jason – der Killer mit der Hockeymaske – die Mutter der Hauptfigur mit einer Sense auf, und ich verkünde spitz: »Was für ein Zufall – das ist meine Lieblingsszene.«

Sebastian nickt heftig, zu sehr damit beschäftigt, ganz zwanglos zu wirken – er hat sich ein altes *ELLE Decoration*-Heft auf den Schoß gelegt, als könnte er damit irgendjemandem etwas vormachen –, um meinen Sarkasmus zu bemerken. Das Schöne ist, er sitzt so dicht neben mir, dass sich unsere Beine berühren, während wir so tun, als würde uns ein Film fesseln, den wir beide schon eine Million Male gesehen haben. Es hat eine Weile gedauert, bis er an diesem Punkt angelangt war – bis er nicht mehr reflexhaft von mir abrückte, wenn jemand mitbekam, dass wir uns berührten oder Händchen hielten –, daher fühlt es sich gut an. Ich mag diese Nähe – dass wir uns keine Sorgen mehr wegen der Reaktion der Leute machen müssen.

Nachdem ich in jener Nacht zurück auf die Straße gekrabbelt war – in meiner blutenden Haut steckten so viele kleine Ästchen, dass ich aussah wie ein grässlich misslungenes botanisches Experiment –, schaffte ich es irgendwie, mich zur Telefonsäule zu schleppen und einen Notruf abzusetzen. Die Rettungssanitäter wollten mich postwendend in einen Krankenwagen verfrachten, doch ich weigerte mich standhaft; zuerst führte ich sie zu der Stelle, an der Sebastian im Schilf lag – er war grau im Gesicht und bewusstlos, aber er atmete noch –, und dann brach ich zusammen.

Sebastian, Race und ich wurden in dasselbe Krankenhaus gebracht; später wurden wir alle drei ausführlich von der Polizei befragt und durften am Ende gehen. Ich weiß nicht, welche Version der nächtlichen Ereignisse Sebastian den Cops erzählt hat – und ob sie mit meiner auch nur im Geringsten übereinstimmte –, doch ich bezweifle, dass es eine Rolle spielte. Die ganze Sache war für die Behörden ein PR-Gau; nicht nur, dass mehrere hoch angesehene Familien in einen medienwirksamen Skandal aus Drogenmissbrauch, Mord und Brandstiftung verwickelt waren, sondern wir hatten ihnen auch noch die Lösung des Falls auf dem Silbertablett serviert. Mit drei Augenzeugen und einer toten Verdächtigen war die Sache glasklar, und ich glaube, die Polizei war froh, sich nicht zusätzlich mit unseren Lügen und Halbwahrheiten herumschlagen zu müssen.

»Ich dachte, du wolltest dich mit einem potenziellen Kunden treffen«, sage ich zu meiner Mutter, ein Wink mit dem Zaunpfahl, dass sie langsam mal wieder gehen sollte.

»Will ich auch«, erwidert sie, »aber ich hatte ein bisschen Leerlauf und dachte, ich fahre mal kurz nach Hause und schaue, wie es meinen Jungs geht. Ich weiß ja, dass ihr euch nichts kochen könnt, was sich nicht in die Mikrowelle schieben lässt, also habe ich euch ein paar tiefgekühlte Pizza Rolls mitgebracht, die ihr so mögt. Damit ich weiß, dass ihr mir nicht verhungert.«

»Haha.« Ich verdrehe die Augen.

»Habt ihr für heute Abend was vor?«

»Eigentlich schon.« Sebastian lässt den Blick durchs Zimmer wandern, ohne jemanden direkt anzusehen. »Mein Freund Jake feiert heute Abend seinen Geburtstag, also dachten wir, äh … dass wir hingehen. Ist das okay?«

Viele von Sebastians Freunden haben die Neuigkeit, dass er jetzt mit einem Jungen zusammen ist, ziemlich cool aufgenommen – nur dass *ich* dieser Junge bin, kam nicht so gut an. Aber das war vorauszusehen und wir arbeiten dran. Im Moment ist Jake Fuller Sebastians bester Freund, und als selbst ernannter Partyking der Ethan Allen High hat er uns schon einige Gelegenheiten geboten – wie heute Abend –, in der Praxis zu erproben, wie die Leute auf uns reagieren. Da meine schlimmsten Feinde an der Ethan Allen endgültig von der Bildfläche verschwunden sind, hat sich die allgemeine Haltung mir gegenüber verändert, und Typen, die in der Vergangenheit untätig dabei zusahen, wie man mir mein Leben zur Hölle machte, zeigen sich plötzlich betont freundlich. Ich muss all meine Charakterstärke aufbieten, um zumindest zähneknirschend höflich zu reagieren, aber, wie gesagt: Wir arbeiten dran.

Sobald Race wieder für fit befunden und aus dem Krankenhaus entlassen worden war, ging er bei seinen Großeltern in Maine auf Tauchstation, um dort den Medienrummel, den die Ereignisse des Unabhängigkeitstags nach sich zogen, auszusitzen. Nach dem, was Sebastian so gehört hat, suchen die Atwoods nach einer Privatschule in der Nähe von Portland, auf die er ab Herbst gehen kann. Auch Hayden hat für die absehbare Zukunft seine Zelte in Burlington abgebrochen, und ich muss sagen, ich genieße jede Minute eines Lebens ohne ihn.

Zwei Tage, nachdem es die Schießerei vor Suzy's American Diner auf die Titelseiten geschafft hatte, beschlossen Peter und Isabel ganz zufällig, ihrem Ältesten als verspätetes Geschenk zum Schulabschluss einen sechswöchigen Europatrip zu finanzieren. Hayden nahm den nächsten Flieger und prügelt sich inzwischen bestimmt vor Nachtclubs auf Ibiza oder besäuft sich bis zur Besinnungslosigkeit in Prag. Sollte er jemals in die Staaten zurückkehren, wird er Vermont links liegen lassen und direkt auf ein College in Massachusetts gehen. Laut April fahren Lyles Jungs nach wie vor alle paar Tage an ihrem Haus vorbei, für den Fall, dass der verlorene Sohn unerwartet wieder auftaucht.

April selbst befindet sich in einer ungewohnten Lage. Von ihrer früheren Clique ist nur noch Lia übrig – und nach allem, was passiert ist, können sich die beiden kaum mehr in die Augen sehen. Meine Schwester wurde zwar offiziell entlastet, aber ihr Ruf an der Ethan Allen High hat dauerhaft Schaden genommen, und so wird sie genau wie Race ab Herbst eine Privatschule besuchen. Sie hat kein Geheimnis daraus gemacht, dass sie dazu auch lieber den Bundesstaat wechseln würde, doch das hat Isabel rundweg abgelehnt, mit der Begründung, es würde nach Flucht aussehen.

Und da April nun keine Clique mehr hat, schreibt sie mir immer häufiger – und stößt sogar unaufgefordert zu uns, wenn ich mit meinen Freunden abhänge. Über diese bizarre Wendung kann ich mich gar nicht genug wundern – aber irgendwie funktioniert es. Meistens jedenfalls. Peter ist es sicher ein Dorn im Auge, dass wir so viel Zeit miteinander verbringen – falls er es überhaupt mitbekommt –, doch er fasst seine Tochter sogar noch mehr mit Samthandschuhen an als früher. Manchmal hat April mit ihrem sozialen Abstieg zu kämpfen, was wenig überraschend ist, allerdings lernt sie wohl allmählich, dass ein Außenseiter zu sein auch das befreiende Privileg mit sich bringt, sich nicht mehr so viele Sorgen um sein Image machen zu müssen.

»Eine Party klingt gut«, sagt Mom nicht ganz aufrichtig, den Blick auf den Fernseher geheftet, während sie eindeutig in Gedanken bei den Ereignissen Anfang Juli ist, »aber ihr wisst, ich hätte gerne, dass –«

»Dass ich spätestens um Mitternacht zu Hause bin«, ergänze ich automatisch, »und dich aufwecke, falls du schon schlafen solltest, damit du weißt, dass ich nicht gerade irgendwo abgemurkst werde. Mach ich, versprochen.«

»Also, wenn andere Kinder so sarkastische Sachen von sich geben, klingt es normalerweise, als wären ihre Eltern paranoide Neurotiker«, bemerkt meine Mutter trocken. »Du kriegst das irgendwie nicht hin.«

Ich schneide eine Grimasse, als es an der Tür klopft und Lucy Kim unaufgefordert ins Haus platzt.

»Hey, Mom!«, ruft meine beste Freundin meiner Mutter zu, hüpft an ihr vorbei und lässt sich aufs Sofa fallen, als wäre sie hier zu Hause. Was ja auch irgendwie stimmt. »Hey, Leute. Was steht an?«

»Weißt du, Lucy, es ist komisch«, sagt Mom mit übertrieben nachdenklicher Miene. »Wenn ich nicht absolut sicher wäre, dass mein Sohn und sein Freund unsere Hausregeln kennen, würde ich schwören, dass ich sie vor ein paar Minuten bei ›Netflix und Chillen‹ erwischt habe. Aber angeblich haben sie nur einen Film geschaut.«

Lucy reißt die Augen auf und spitzt die Lippen, als wollte sie »Uuuups« sagen. Und dann zwitschert sie aufgekratzt: »Rufus würde es nicht mal im Traum einfallen, elterliche Regeln zu missachten, Mrs Rufus-Mom. Ich erinnere mich, wie ich einmal dieses Limonadenzeug probieren wollte, von dem alle redeten, und Rufus meinte, das kommt gar nicht infrage, denn Limonade führt zu ausschweifendem Verhalten –«

»Ach du meine Güte, okay – ich gebe es auf!«, rufe ich aus. »Ich möchte mich dafür entschuldigen, dass ich *beinahe* das Verbot von ›Netflix und Chillen‹ übertreten hätte, in Ordnung?« Das Gesicht in den Händen vergraben stöhne ich: »Ich hätte euch zwei nie miteinander bekannt machen sollen.«

»Zu spät«, bemerkt Mom strahlend, steht auf und streicht ihre Kleider glatt. »Wie dem auch sei, ich muss langsam los zu meinem Termin. Drückt mir die Daumen, denn das könnte ein größerer Auftrag werden.« Sie beugt sich zu mir herunter und zerzaust mir liebevoll das Haar. »Bis später, mein Junge. Viel Spaß auf der Party.« An der Tür sieht sie sich noch einmal um. »Und nur damit ihr's wisst, ich werde *nicht* am Ende der Straße warten, um zu sehen, wie lange ihr braucht, um Lucy zu vergraulen.«

Lucy und ich verdrehen beide die Augen, als die Tür ins Schloss fällt.

Mein Showdown mit Peyton hat mir zwei gebrochene Rippen und einige krasse Fleischwunden beschert und eine Weile sah ich aus wie Frankenstein, meine verletzte Haut war eine Landkarte aus Nähten und geklammerten Wundrändern. Im Krankenhaus behandelten sie mich mit superstarken Antibiotika und behielten mich ein paar Tage da, um sicherzugehen, dass ich nicht trotzdem irgendeine schreckliche Infektion entwickelte. In der ganzen Zeit hielt mein Vater es nicht einmal für nötig, mir eine Genesungskarte zu schicken; an meinem letzten Tag jedoch schneite unerwarteter Besuch in Gestalt von Isabel Covington herein.

Sie hielt sich nicht lange auf und kam gleich zur Sache. Nachdem sie mir ein lapidares »Schön, dass es dir besser geht« hingeworfen hatte, informierte sie mich – im Ton eines Geschäftspartners, der verkündet, die Prognosen für das kommende Quartal seien vorsichtig optimistisch –, dass die Polizei April offiziell von jeder Mitschuld an Fox' Tod entlastet hatte. »Sie wollte dich besuchen, aber ich hielt das für unpassend.«

Und dann drückte mir Isabel ein weißes Kuvert mit viertausend Dollar in bar in die Hand und verließ grußlos das Zimmer.

Als ich meiner Mom einige Tage später die gesammelten sechs Tausender überreichte, verschlug es ihr zunächst die Sprache. Ich bat sie, mich nicht zu fragen, wo das Geld herkam, und sie hielt sich daran. Wahrscheinlich nahm sie an, ich hätte es Fox oder Arlo gestohlen oder vielleicht sogar Peytons Leiche gefleddert – oder es wäre Schweigegeld von den Atwoods, Whitneys oder Forsyths. Mir war klar, hätte sie gewusst, dass der Großteil von Isabel stammte, hätte sie es niemals angerührt; also behielt ich dieses Detail für mich, Mom bezahlte die Schulden bei der Bank, und die Wölfe, die unsere Türschwelle belagert hatten, zogen ab.

Und was Peter angeht, der Mann hat in den letzten Wochen Überstunden gemacht, um den Namen Covington reinzuwaschen und zu verhindern, dass er mit den skanda-lösen Ereignissen vom vierten Juli in Verbindung gebracht wird. Er ließ einigen namhaften Wohltätigkeitsorganisatio-nen großzügige Spenden zukommen; er schaffte es, in sage und schreibe drei verschiedenen Zeitungsartikeln mit sei-nen Ansichten zu den Gefahren des jugendlichen Drogen-missbrauchs zitiert zu werden, und klugerweise weigerte er sich, eine Zivilklage wegen widerrechtlicher Tötung zu übernehmen, die Fox' Eltern gegen die Forsyths anstrengen wollten. Vor allem aber hat er das angedrohte Kontakt-verbot gegen mich nie in die Tat umgesetzt, und er scheint zähneknirschend akzeptiert zu haben, dass ich nichts mit Fox' Tod zu tun habe.

»Hey, ähm … ich hab Jake Fuller deine Nummer ge-geben, ist das okay?«, sagt Sebastian zu Lucy und sieht fra-gend zu ihr hoch. »Ich glaube, ich soll dir sagen, dass er dich süß findet. Er hat dich noch nicht angerufen oder so?«

»Ich habe neulich tatsächlich eine Nachricht von ihm bekommen«, meint Lucy. »Sie lautet …« Sie ruft die Nach-richten auf ihrem Smartphone auf und liest vor: »*Was geht?*«

»Jake … hat's nicht so drauf mit den Ladys.«

»Nein, nicht besonders.«

»Besteht die Chance, dass du vielleicht heute Abend auf seine Geburtstagsparty mitgehen möchtest?« Sebastian zieht die Nase kraus. »Ich soll so tun, als wäre es meine Idee und als wäre es keine große Sache, ob du kommst oder nicht, aber ich glaube, er möchte dich wirklich gern dabei-haben.«

»Kommt darauf an.« Lucy setzt sich auf und sieht Sebastian verschmitzt an. »Mr Fuller hat wohl nie erwähnt, dass er es bereut, mich in der Achten als ›Schwulenmutti‹ bezeichnet und sich danach schlapp gelacht zu haben?«

»Ähm … nein.«

»Und er hat sich vermutlich nie dafür entschuldigt, dass er dadurch Rufus indirekt als Schwuchtel betitelt und mich damit indirekt auf seinen Handlanger reduziert hat, oder dass er mit seiner Bemerkung angedeutet hat, es wäre irgendwie falsch oder anrüchig, sich in Gesellschaft von schwulen Männern wohlzufühlen?«

»Äh …« Angesichts von Lucys Sprachgewalt bricht Sebastian der Angstschweiß aus, was zeigt, dass er definitiv ein Gespür dafür entwickelt hat, bei welchen Themen sie gewalttätig werden kann.

»Also, du kannst Jake Fuller ausrichten, falls er bereit ist, sich zu entschuldigen und sich mit mir über diese Dinge wie ein Erwachsener zu unterhalten, bin ich bereit, zuzuhören.«

Sebastian macht ein merkwürdiges Gesicht. »Ich glaube, dir ist nicht klar, wie wenig Peilung Jake hat. Wenn ich ihm all das sage, wird er nur heraushören, dass er vielleicht Chancen bei dir hat.«

»Auweia, *Jungs*.« Angewidert lässt sich Lucy wieder gegen die Sofalehne fallen. »Ihr seid doch alle so was von bescheuert. Das Leben wäre viel einfacher, wenn ihr nicht so verdammt heiß wärt.«

»Erzähl mir was Neues«, meint Sebastian und zerzaust mir das Haar.

Ich knuffe ihn in den Arm.

DANKSAGUNG

Dieses Buch begann mit einem Bild in meinem Kopf – ein Junge findet seine Schwester am Schauplatz eines Mordes in einem einsamen Haus an einem See – und ich möchte mich bei all den Menschen bedanken, die mich dabei unterstützt haben, Rufus, Sebastian, April und ihre Freunde (und Feinde!) der Fantasie zu entreißen und zwischen zwei Buchdeckel zu bannen.

An meine außergewöhnliche Lektorin Liz Szabla: Danke, dass du von dieser Geschichte genauso begeistert warst wie ich, dass du erkannt hast, wenn die Charaktere noch den einen oder anderen zusätzlichen Schub brauchten, und dass du meiner Arbeit den letzten Schliff gibst. Ich freue mich schon auf unser nächstes gemeinsames Abenteuer! Und an meine fantastische Herausgeberin Jean Feiwel: Nochmals danke, dass du meine Träume hast wahr werden lassen, indem du diese Geschichte zu einem Buch gemacht hast.

An Molly Ellis, meine Lebensretterin, Kampftrainerin und PR-Frau: Danke, dass du buchstäblich immer die Beste bist. Ohne dich wäre ich niemals so weit gekommen! An Caitlin Sweeney, Marketing-Magierin: Du warst einer meiner ersten Fürsprecher und das werde ich dir nie vergessen. Danke für alles.

Meine erweiterte Feiwel-and-Friends/Macmillan-Familie ist wirklich unvergleichlich. Mein tief empfundener Dank geht an Rich Deas, Mandy Veloso, Kim Waymer, Allison Verost und Jon Yaged für alles, was ihr beigetragen habt, damit aus meinem Pinocchio ein richtiger Junge werden konnte; vielen Dank auch an Brittany Pearlman, Ashley Woodfolk, Heather Job und Kelsey Marrujo (und Emma Mills, Marissa Meyer, Anna Banks, Kami Garcia und Leigh Bardugo!), dass ihr meine Erfahrungen mit Fierce Reads zu einem absoluten Vergnügen gemacht habt.

Meine sagenhafte Agentin Rosemary Stimola war für mich, was Gandalf für Frodo war: Sie schenkte mir ihren Rat, ihre Weisheit und ihr Vertrauen und half mir immer, immer, den richtigen Weg zu finden. Ich danke dir auch bei diesem Buch aus tiefstem Herzen für alles, was du für mich getan hast – und dafür, dass du all meine E-Mails beantwortest, egal wie verrückt oder bizarr sie sind!

Herzlichen Dank auch an die Sweet Sixteens, der Crew aus Jugendbuchautoren, die mich bei meinem Romandebüt unter ihre Fittiche genommen haben – ihr wart wie eine Familie für mich und ich habe so viel von euch gelernt. Tausend Dank an Kristin Cast für ihre Unterstützung und ihre Großzügigkeit (und dass du meine Vorliebe für *RuPaul's Drag Race* teilst!). Und ich denke voller Zuneigung und Respekt an all die Blogger und Buchhändler – insbesondere Stacey Canova, Jennifer Gaska, Angie Mann, Susan Rowland, Vee Signorelli, Eric Smith, Nena Boling-Smith, Rachel Strolle, Katie Stutz und Heidi Zweifel, in deren

Schuld ich stehe – ihr seid zu meinen Freunden geworden, habt für mich die Werbetrommel gerührt und/oder wart auf der BookExpo America meine Rettung (ihr wisst, wer gemeint ist). Ihr seid ein Glücksfall für diese Branche.

Meine Freunde und meine Familie mussten über die Jahre etliche Panikanfälle meinerseits ertragen – und noch mehr unausgegorene, sardonische Einzeiler –, und ihr sollt wissen, wie hoch ich euch das anrechne. An meine Unterstützer in L.A., Michigan, Phoenix, Chicago und anderswo: Ihr gebt mir die Kraft, weiterzumachen, und dafür danke ich euch von Herzen.

An Tapani Salminen und Erkki Mäkelä: Vielen Dank euch beiden für eure Großherzigkeit und Freundschaft in all den Jahren. Dieses Buch habe ich geschrieben, als ich in der Hämeentie-Straße wohnte, und die Überarbeitung des Manuskripts habe ich an meinem Geburtstag in eurem Haus beendet, daher ist diese Geschichte untrennbar mit unserer gemeinsamen Zeit in Finnland verbunden. Paljon Kiitoksia!

Und wieder einmal habe ich mir das Beste bis zum Schluss aufgehoben. Uldis, wenn dieses Buch erscheint, sind wir dreizehn Jahre zusammen. Vom Valley nach Hollywood, von Hollywood nach Helsinki und von Helsinki zurück ins Valley – auch unsere Geschichte ist voller spannender Abenteuer und überraschender Wendungen. Ich kann kaum erwarten, was als Nächstes kommt. Wie ein weiser Mensch einst sagte: »Der Rest ist noch ungeschrieben!« Es tevi mīlu, Ulditi.

Caleb Roehrig
Niemand wird sie finden

416 Seiten, ISBN 978-3-570-17334-3

Flynns Freundin January ist verschwunden. Die Polizei vermutet ein
Verbrechen und stellt Fragen, die Flynn nicht beantworten kann. Alle
Augen sind auf ihn gerichtet, schließlich war – ist – er ihr Freund und sie
waren in der Nacht vor ihrem Verschwinden zusammen ... Ein grausamer
Mord scheint die naheliegende Erklärung zu sein. Doch die Aussagen
von Mitschülern und Freunden zeichnen ein völlig fremdes Bild von dem
Mädchen, das Flynn so gut zu kennen glaubte. Er muss herausfinden,
was mit January geschehen ist, ohne dabei zu verraten, dass er ebenfalls
ein Geheimnis hat. Vor seinen Eltern. Vor seinen Freunden. Und vor
allem vor sich selbst ...

www.cbj-verlag.de

20258